プレオー8《ユイット》の夜明け

KomaO FurUyama

古山高麗雄

P+D BOOKS

小学館

目次

墓地で

私は、低い石垣で二重に囲った墓の、石垣と石垣の間で寝ることにした。佐々木長助は、同じ墓の、私と反対側の石垣の間に沈んだ。仰向けになると、寝棺の中で寝ているような気がした。石垣は、ちょうど寝棺ほどの高さだったし、幅も似ていた。ひとつには、ここが墓地だから、棺を連想したのかもしれなかった。だがフタのない棺だ。顔の上には夜空が広がっている。一面に星が瞬いている。安南人の眼から逃れるつもりなら、ここは安全な場所だとはいえなかった。角度によってはまる見えなのだ。だから私は、今夜、長助が泥棒に出かけたら、ここを出て、姿をくらましてしまうつもりだった。そして夜が明けたら、ひとりで安南人の家を訪ねる。ここから遠く離れた場所で。

私は、賭けなければならないと思っている。生きるためには、命を賭けなければならないことがあるが、いまがその時ではないかと思っている。安南人の家を訪ねることが私の賭けだが、長助という相棒がいるので、私は逡巡してしまうのだ。相棒が長助だから、というのではなく、相棒がいるということで、気持が萎えてしまうのだ。

私はひとりになりたかった。ひとりなら、私は安南人の前に姿を現わす。私はもうヴェトミンの敵になってしまったのかどうか、それがわかるのはそのときだし、そのときもし私が〝敵〟だったら、殺されるかもしれないのだった。だが、おそかれ早かれ、私はそれを確かめなければならないのだ。——まったく抵抗せずに手を挙げる。それでも私は殺されるだろうか？　その場では殺さずに、捕虜にして引き立てるかもしれないのだ。捕虜になったら、私はどこに連れて行かれて、どんな目にあわされることになるのだろう？　どういうものか、私は、格子のある祠に押し込められて、お粥をすすっている姿を思い浮かべるのだった。なぜこんなものが出てくるのかわからない。

お粥をすすったあとで、やっぱり私は殺されるだろうか。そのときのことを想像しないではいられない。だが鮮明には浮かび上がらないのだった。竹槍がぶっつり、私の腹、または胸、あるいは腹と胸両方に突き立つ。その瞬間のことだけは想像せずにはいられなかった。顔——顔は恐ろしい。弾丸が惜しいので、たぶん、銃は使わないだろう。竹槍か短刀でやるだろう。しきりに私が竹槍と短刀を思い浮かべるのは、竹槍と短刀のイメージが、生々しくとりついているからに違いない。一週間ほど前にヴェトミン地区に行ったとき、私は、竹槍をかついだ女や老人の教練を見た。モク、ハイ、モク、ハイ——一、二、三、を安南語では、モク、ハイ、バー、と言うのだが、村人たちは隊伍を組み、モク、ハイと掛声をかけながら行進していた。短刀を逆手に構えた青年が、私たちを見ると、ニッポン、ヴェトナム、オトモダチ、上等、フランス、イギリス、上等ナイ、と言った。あのときはまだ、私たちは〝敵〟ではなかったのだ。だが今は、ニッポン、上等ナイ、と言われるかもしれないのだった。

竹槍で私を突くのは、チョイドック連絡所で、毎日顔を合わせた首の細いオカアサンだ。私はそんなことを想像してみる。背の低いオキャン娘のチー・ハイ。ニョンヨンの町のコーヒー屋の娘。ダカオの娼婦——ダカオのチー・ビンは私のパンツを欲しがった。だから私は二度もパンツなしで帰った。チー・ビンが、私のパンツをはいて、私を突くなんて、むろん、無稽な空想だった。だが彼女にやられる話を作っていると、いくらか気持が紛れるのだ。

うまくいく場合だってあるわけだと思う。そのときのことを想像するのも悪くはなかった。安南人を訪ねたら、何か食べる物を売ってくれないかと頼んでみる。それから、サイゴンへ行く道を教えてもらう。なぜ放浪しているのか、と訊かれるだろう。私は、イギリスのために武器を運ぶのが嫌だったから、逃げて来た、と言う。そのために道に迷った、と言う。片言のヴェトナム語とフランス語で。すると、上等とくるんだ。アナタ・ジョウトー。相手がもし、チヨイドックのオカアサンのような女だったら、お金なんかいらない、と言うだろう。ウドンを煮て、安南醤油《ニヨクマム》をかけて、お食べ《マンジエ》、どうぞ《シルブプレ》。と言う。メルシ、ボーコー。私は十ピアストル紙幣を一枚出して、受け取ってくれと言う。ノンノン。美しい糸をお買いなさい、シルブプレ。彼女はタピオカをバナナの葉にくるんで持って来る。私は彼女の、小学生のように小さい手を両手で握って、メルシ……そうはいかないだろうか。やっぱり私は殺されるだろうか。

とにかく、一口食えば、私はたちまち元気になるのだ。ポパイがほうれん草を食べたときのように。昨日の朝から、私は食べていないのだった。自分の体力から考えて、これ以上歩き続けることはムダだと思った。せめて道さえわかっていたら、とことんまで歩いてみようという気にもなる。だが、ヤミクモに歩いている。これでは結局、もっと腹をへらし、もっと疲労困憊し、最後に倒れてしまうだけだ。

　長助は昨日、私に隠れて乾パンを食った。長助が始終私の後ろを歩いたのは、こっそり食うためだったのだ。私が振り向いた瞬間、長助の口の動きが止まった。両方が眼をそらした。ああいうところが私の狷介なところなのだ。おい、何か食ってるな、おれにもよこせ、と率直に、カラッと言うべきだったのだ。一度背なかでコリッと音がした。その音から私は、長助が食ったのは乾パンだと思った。長助も嫌な奴だ。実を言うと私は長助を、平素は嫌な奴だとは思っていなかった。長助には盗癖があって、私も再三、盗まれた。寝ているときに、胸のポケットから貴重品袋を抜き出し、袋の中の財布から金を抜き出し、カラの財布をまたポケットに戻すのだ。おまえに決まってるんだ、返せ、と私が言うと、証拠ねえべ、証拠、と長助は、眉間に皺を立てて頑張り通すのだった。

だが一等兵の給料が盗まれたからといって、許せないものではなかった。班長は、給料と言ってはいけない、俸給と言え、と言った。はじめは二十一円だったが、しばらくすると、二十三円五十銭になった。額はともかくあれは生活費ではないから、なくてもそれほど困らないのだ。それに、盗まれるというのは、ラクなのだ。受身だから。気がついたときにはなくなっているから。じわじわ押しつけてくるやつが、かなわない。部下は可愛い、と言うしたり顔の将校。ヘドが出る。可愛い、なんて、男が男に言うもんじゃない。武士道とは死ぬことなりと見つけたり、と演説をぶつ下士官。あれもヘドが出る。お仕着せ——それを、当然のことのように押しつけてくる。あれはたまらない。兵隊にも嫌な奴がいた。長助はドロチョウ、またはバカチョウと呼ばれていた。バカチョウのチンポ、先が曲がってんのしゃ。と、しつこく繰り返す同年兵がいる。私が笑わないので、もう一押しする。バカチョウの奴、女房《おかだ》のピンキー舐めたんだとよ。一緒に長助を愚弄しろと押しつけてくる。ソーデスカ。私はつまらなそうに、とぼりと言ってやる。それでも奴はやめなかった。だから私は言ってやった。性というもんは、優しくて、いいもんです、ケーベツしてはいかんなあ、おまえ、それがわからんのか。あいつは調子が狂って、口をあけたまま、黙っていた。ざまあみろ。

だが私は、だからといって長助に、好意をもっているわけではなかった。要するに長助は、あいつらに比べると、マシだというだけのことだ。


「腹へったなや」

墓石の向こうで、長助の声がする。私は返事をしなかった。すると長助は、

「なんとかよ、サイゴンさ、帰らねばよう」

「………」

「モク・ハイのやつめらっこ、シャクだなや。いきなり撃って来やがってよ」

私は、やはり答えなかった。すると長助は、また「腹へったなや」と言った。

痛いよう、痛いよう、と声に出して言うと、痛みがいくらか紛れる。苦しいときには、黙って我慢せずに、唸っていると、いくらかラクになる。長助の「腹へったなや」も、そのようなものだ。あれは、間投詞のようなものなのだ。それにしてもうるさい。すこし言い過ぎるのだ。

もっとも長助は今日、日が暮れてからしばらくの間は、黙って歩いた。よちよちと股をひろげて。まるで臨月の妊婦のような歩き方で。むろん、私も同じ恰好だった。体が重く、だるかっ

た。手を握り締めてみたが、力が抜けていて、まるで病人みたい、だった。気持だけは歩く気で、夢中になっているのだ。サイゴンという幻影を追って。あのとき私たちは、鼻先にニンジンを吊ったロバになっていた。サイゴンというニンジンを竿の先に吊り下げて、その竿を背なかにくくりつけて歩く。灌木の茂みを見れば、あの藪の向こうに行けば、サイゴンの街の灯が、夜空をぽっと照らしてる……。林を見れば、あの林を突き抜ければ、サイゴン河が星を映し流れている……。「サイゴン河に行き当たりさえすればいいんだ」と私は言った。「流れに沿って歩けば、サイゴンに出るわけだ」ところが、私の期待は裏切られる。灌木の茂みの向こうも、林の向こうも、草原だった。この墓地を見たときも、私はあの墓地まで行けば、ひょっとすると、という気がした。墓地は一帯が小高くなっていて、たぶん月光の加減で、砂丘のように見えた。砂丘には水がつきものだ。私はサイゴン河にむすびつけた。だが行ってみると、やはり草原が広がっているだけだった。遠くにところどころ林があって、民家の灯が、木立の隙間から漏れていた。

「あれ、モク・ハイの家だべか」と長助が言った。もちろんモク・ハイの家だ、と私が言うと、

「だべな。……ども、食い物買いに、行ってみっか。……危ねえべか」

むろん危ないに決まってると私が言うと、長助は、

「うんだば、夜なかに、やっか」

と、人さしゆびを曲げてみせた。それから彼は、時計を見て、「まだ早いな。八時だかんな。ひと寝入りすっか」と言った。

私もできれば、ひと寝入りしたかった。眠っている間は、空腹を感じないからだ。疲れもすこしは恢復するだろう。眼を閉じてみる。だが眠れなかった。腹がへりすぎているのだ。

皮肉なことに私は、戦争が終わるまでは、これほど飢えたことがなかった。食わないといってもせいぜい一日だった。ガダルカナルから退却して来た下士官や古年兵が、飢餓地獄ガ島戦線の話をする。「米の配給が一人につき、一日二シャクだった。おい、二シャクてどのくらいかわかるか」

私と横川曹長の対立は、あのときから始まっていた。横川がふんぞり反って、わかるかと言う。私が、わかります、と言って腰を折る。すると横川は、こやつ、と思うのだ。だがそのことでは憤るわけにはいかない。「とにかくだな。二シャク。二シャクと言えばこれくらいだ」と手を丸めてみせて、「それがまた、毎日配給があるわけではないんだ。そこでトカゲを追っかけるんだが、なかなかそれがつかまらんのだな」「人の肉を食ったという話を聞きましたが、本当ですか」と私は訊いた。横川は、そんなことは、わしゃ知らん、と言ったが、あとで古年兵が「食った者もいるらしいぞオ」と言った。「この分隊にいるかもしんねえぞオ」

私はそれほどの目にあったことはない。それに、一日二シャクで何カ月も過ごすより、二日絶食したあとでウドンを食うほうがラクに決まっている。第一、たかが二日じゃないか。痔や盲腸の手術をするときだって、二日や三日は絶食するのではないか。つまり、先が見えてりゃいいわけだ。腹ペコそれ自体は問題じゃない。だが、戦争が終わって一カ月もたっているのに、突然、こんなことになってしまうというのは、やはり、やりきれないことだった。もっともこれは、戦争には関係のないことかもしれない。不測のことが起きるのが人生ということかもしれない。——私が少年の日を過ごした朝鮮の町で、日本人の子が朝鮮人の子をドブに突き落とした。その子が朝鮮人の子だったからという理由で。あの泥だらけの朝鮮人の子のように私たちはあるとき、突然ドブに突き落とされるのだ。——ビルマで憲兵が、カレン人の首を斬ったのを思い出す。匪賊討伐という名目で私たちは、イラワジ河のほとりで、カレン族の部落を襲った。首領の名はボーターオンだ、と聞かされた。ある部落で憲兵が、一人の男を後ろ手に縛って引き立てて来た。村人を集めて憲兵は、この男はボーターオンの行くてを白状しないから、殺す、と言った。ビルマ人の通訳が血の気のひいた顔で、小学生が答辞を読むときのような甲高い声で訳す。憲兵は男の後ろにまわると、軍刀を抜いて首を打った。あとで憲兵は、みせしめだよ、あれは。と言った。本当にスパイかどうかはわからんが。あのカレン人はある日突然、なにがなんだかわからないまま、防ぎようもなく首を斬られたのだ。

私は小便がしたくなった。起き上がって石垣をまたいだ。

「どこさ、行く?」

と、長助が声をかけた。

「小便だよ」と言いながら私は、ひょっとすると長助は、私がマクつもりでいるのを感じているのではないかと思った。もし長助がそれを感じているとしたら、彼は今夜、出かけるのを思いとどまるかもしれないのだった。そうなると長助と別れることが、むつかしくなる。


今夜の長助の様子に、いつもとは違っているものがあることを、私は感じている。長助は日ごろ、二つの顔しかもっていなかった。天真爛漫な笑顔に没入しているか、眉間に皺を立て、眼を三角にして防御の構えをとっているか、どっちかだ。それもたいていは、後者のほうで、笑顔のほうは、慰安婦の部屋に入って行くときぐらいにしか見せないのだった。ところが、今夜の長助は、妙に甘ったれた調子で、親しんで来る。墓石の向こうから、声が届く。

「おめえ、フィリピンでよ、よくおかだに手紙書いてくれたな」

「そうだったな」

私はそっけなく言ったが、あれは私が長助にしてやった、唯一つの行為だった。長助は私に両手を合わせて、頼むからや、何でもいいのしゃ、なや、なや、と言った。それを言い出されると、ちょっとむずかしくなる。だがあれは、友情からでもなく、親切でもなかった。はっきり言ってあれは、私自身が楽しむためであり、班長たちに、隠微に反抗するためだった。そう言えば、あのころはまだ、手紙が出せた時期だった。日本から船が来なくなったのは、マライに移ってからだった。私たちはマニラから汽車で、カバナツアンという小さな町に運ばれた。あの町には、仔馬を連れて散策する馬がいた。活動小屋が一軒あって、市場があった。私たちの兵舎は、あの町の学校だった。たぶん、マリーの母校だろう。「おいみんな、今夜、消灯までに手紙書いて、持ってコオ。出してやっから」と班長が言う。私は、床に腹這いになって、葉書を書いた。

私は今、某地にいます。ここにはイーハトーボはありません。ぽえむなどではつきぬけることのできないみゆうるがあるばかりです。きみもがんばってください。

上野の駅に私を送って、なるべく死ぬなよな、と言った友人にボツを覚悟で葉書を書いた。さっそく下士官室に呼びつけられた。「なんじゃ、こりゃ、意味を言ってみい」私は、「はい、戦地は厳粛で、お伽噺みたいな甘いもんではない、きみもしっかり奉公してください、という意味であります」と適当なことを言ったが、「こういう手紙はわかんね」と横川は言った。房江さんの手紙には、まずスコールのことだとか、南方の果物のことだとか、ニッパハウスのことだとか、水牛のことだとかを、一応おとなしく書く。最後に、おまえのピンキーのことを思っている、と添える。私はまた下士官に呼びつけられる。

「おまえが、代筆したのか」「ハイ」「この、ピンキーとはなんだ」「女のあれのことであります」「なんだと、軍人は、まじめでないと、わかんね。それにこれ、英語でねえか。イーハトー、なんとか、これも英語でねえか。敵性語でねえか」と横川は言った。

「いや、これは英語ではありません。符牒であります」

「なにい」

横川は凄んだ。

その次は、ザボン屋の娘のマリーをめぐる三角関係だ。外出日に私は、慰安所には行かず市場に行く。フレイヤースカートをはいた十六歳のマリーに、私はあなたが好きだ、と言いに行く。ほんの十分間だけ話をしに行く。私はある日突然どこかに行きます。するともう二度とあなたには会えません。と言うと、マリーは、そうですね。と言う。

私たちが衛兵勤務についたとき、マリーは市場からの帰り、私を見ると、マガンダン・ハッポンポー（今日は）と言った。私がマリー、と叫ぶと彼女は、ボーリングのフォームで、ザボンを転がした。ザボンは鉄条網の下を潜ったが、私からかなり離れた草の上で停った。それを、衛兵司令の横川がのこのこ拾いに行って、チガーウ、と言われた。私は古年兵から、横川がマリーを追って嫌われた、という話を聞かされていた。醜男の私は急に二枚目になり、横川の面目は丸つぶれになった。「おめえ、なかなか早いでねえか」と横川は言った。「なんにもできねえくせして、女の尻、追っかけることばり」

「自分はただ、マリーを愛しているだけであります」

と、私は言ってやった。効果は覿面だった。

「ナニイ、アイしてるだと。それ、軍人の使う言葉か」

横川は、拍子のはずれた声で叫んだ。

「おまえは、軍人精神が入ってないぞ」以来横川は、ふた言めには、軍人精神が入ってない、と言うようになった。どことなく入ってない、と責めるのだった。あたりまえだ。そんなものは持たないように努めていたし、殴られるスレスレのところまでしか出さないようにしていたのだから。

「おまえみたいな、役に立たない兵隊は、見たこたねえぞ。国の飯、タダ食って、糞ひってるばりでねえか」あたりまえだ。そのつもりで、運ばれて来たんだ。

階級で威張るというのは軍隊の常識で、反抗してみたって、力ではとてもかなわない。だが私は、奴らの常識を冷笑し、狂った調子でつきあうことができる。そこは勝手だ。だからもし、奴らが、八紘だの玉砕だのと翼賛語を使ったら、私は嘲笑することにしていたのだった。なにがギョクだ。大君のへにこそ死なめ。なにが、へにこそ、だと思う。私には、思う自由、というものがある。これだけは、誰も束縛することはできない。

一昨々日の夕方の点呼のとき、勤務割を読み上げたのは、横川曹長だった。

横川は、護衛だれだれ、使役だれだれと読み上げて、護衛は武装しろ、使役は地下足袋で行け、と言った。私は使役、長助は護衛だ。

戦争が終わってからは、思う自由のほか、少しばかり、放言の自由もゆるされているように思えた。だが私が、

「飛んで火に入る夏の虫、ってやつだな」

と言うと、横川は聞き咎めた。

「ナニイ、ナニが夏の虫だ」

「白人も、グルカも、日本も、みんな夏の虫ですよ。日本軍が同行しようとしまいと、白人やグルカがヴェトミン地区に入って、無事だとは考えられませんから」

「イギリスの命令だから、すっかたなかんべや」

と横川は憤った。ポツダム上等兵ごときに、批判的なことを、しかも本当のことを言われたのが、口惜しいのだろう。

「戦争終わっても、軍隊解散するまでは、軍隊は軍隊だ。命令は命令だ。なに言うか、キサマ」

と横川は言った。

命令は命令だ、か。だが私は、命令には、できるだけ背くことにしているのだ。できるだけ。

「おれ、墓地でやったこと、ある」

また長助の声が聞こえる。

「チョイドックにいたときよ、茣蓙っコ、敷いてよう」

「そうだったな」

私は、チョイドック連絡所の勤務が終わって、分隊がサイゴンに引き揚げたときのことを思い出した。村を出ると墓地があった。

「や、ありゃ何だ」この墓と同じように、石垣が二重に囲った墓だった。石垣と石垣の間に、つまり今、私が寝ているところに、茣蓙が敷いてあって、朝の陽を受けて、生々しく光っていた。

「誰だい、あれは」と古年兵の一人が言うと、「自分であります」と長助が言った。

「相手は誰だ」

「カンボジヤの水汲み」

みんなが、どっと声を挙げて笑った。だが、笑った連中も、あのカンボジヤの水汲みとは寝ていたのだった。私も一度、彼女に誘われて、私は墓地ではなく、連絡所の近くの、タマリンドの樹の下に行った。不寝番についていたときだった。黒い女が闇の中からやって来て、何かわからないことを言った。それから頬をべたっと舐めた。小脇に茣蓙をかかえていたので、意味がわかった。

「あのカンボジヤよう、おめえもやったんだべ」

と、長助が言う。

「ああ」

「うんだば、おめえとおれと、きょうだいだ、なや」

「………」

長助は、へへっと笑って、それからまた、「腹へったなや」と言った。

私は上半身を起こして、長助のほうを見た。長助は、寝たままでしゃべっていた。

「腹へって、眠れね」

私は、八方を見まわして、長助が泥棒に出かけたあと、どちらに向かって行くのが得策だろうかと思案した。ところどころに林がある。灯火がまったく見えない林もある。低いのは灌木の藪だ。一応、林か藪に潜り込んで、様子を見て今度は、東に向かう。今までは東南に向かって歩いたのだった。もっとも、東だの、東南だのと言っても、いい加減なものだ。朝は太陽が東。正午の太陽は南。夜は、南十字星が南。これは疎漏な羅針盤だ。第一、方角を決めても、真っ直ぐ歩くのがむつかしい。砂漠を歩いていると、いつのまにかまた最初の地点に戻ってくるという。私もそういうことをしていたのかもしれない。ところで藪には、蛇はいないだろうか。せっかく長助をマイても、蛇にかまれて死んだのでは、なんにもならない。だが、このうとましいきょうだいからは、なんとしても逃げ出そうと思うのだった。冗談じゃない、なにが、きょうだい、だなや、だ。

長助は、もどって来たとき、私がいないので驚く。驚いて、どうするだろう？　見当もつかない。何を盗んで来るだろう。タピオカ。飯の入った鍋。やつは、乾パンを食ったときのように、まずひとりで食うだろう。それから今度は、残りを私のところに持って来る。だが私はいないのだ。仕方がないので、長助も歩きだすだろう。地平線に向かって。あてどなく。そして、どうなるのだろう。どうなってもいい、長助なんか。——ちょっと、哀れな感じがしないでもなかった。だが私は、中途半端な情を持つことはよそうと思った。長助なんか、所詮、私にとってはデクだ。長助にとって私がデクであるように。

まるで私が、ほんのちょっと仏心を出しかけたのに呼応するかのように、長助が歌をうたいだした。胡弓の音のような、嫋々とした声で。常磐炭坑節というやつだ。朝はなハヨから、カンテラ、さげてナイ、という歌だ。ヒョー、ヒョー、と、悲しげな、弱々しい声だった。こんな場合だから、声を殺しているのかもしれない。あるいは空腹で声が出ないのかもしれない。

炭坑節と言えば、長助の前職は炭坑夫だったのだ、と私は思った。長助とは、これまで過去を語り合ったことがない。お互いにもとの職業だけは知っているが、それだけしか知らない。房江さんに手紙に書いてやったとき、私は長助に二、三質問した。

「子供はいるのか」

「いねえ。一人いたけど、死んだんだ」

「留守をまもっているのは、かみさんだけかい」

「うんだ」

「おまえが出征したあと、かみさんはどうやって暮らしているんだい」

「選炭、やってんのしゃ」

長助について私が知っていることは、それで全部だ。長助も、私のことは何ひとつ知らない。もっとも、そう言えば私は、横川のことも知らない。本人からでなく、横川の前職は、食堂のレジだったと聞いている。乙幹で下士官になった。それだけだ。横川のほうも、私のことは、何も知らない。奴が知っているとすれば、私の出身校の名。独身だということ。年齢。わけのわからぬことばかり言うエンテリだということ。どことなく軍人精神の入ってない兵隊だということ。それぐらいしかつかみようがない。三年も生活を共にしているのに。これじゃ、連帯感を持つことも、親しむこともできない。あるいは、親しむことができないから、話さないのかもしれない。いずれにしても、こういう人間が寄り集まって、やれハラカラの戦友のと呼び合っているわけなのだ。

長助は、炭坑節を歌いながら、房江さんのこと思い出しているのかもしれない、と思った。だが、歌をうたうことと、ものを思うこととは両立しないことに気がついた。あるいは長助は、空腹を紛らすために歌っているのかもしれない。歌をうたっている間は、確かにものが考えられなくなる。そういう生理になってしまう。だから軍歌など歌わせるのだし、とにかく集団には歌がつきものだ。思考力を奪うことで、画一化してしまうというやり方だ。民謡もそのために生まれたのだし、流行歌だってそうだろう。人間はバカになるために歌をうたうのだろう。

私も昨日の朝は、やたらに歌をうたった。私たちを積んだトラックが、ラチョンの街から飛び出すと、すぐ、会津磐梯山、アリラン峠、パリの屋根の下、愛染かつら、春歌を二つ――三十五銭のズロースの歌、こんないいこと誰教えた、という歌。あれは、私の軍歌だった。あのとき私は、考えたくなかった。なんとか落ち着こうとして、わざと場違いな歌をうたってみる。トラックの最後尾で、膝をかかえて、低声で。のべつまくなし。声は、エンジンの音に消されながら、後方に飛んで行く。葬式のときに、踊るアホウに見るアホウ、などと歌ったらどうだろう。悲しさなんて、ふっ飛んでしまうのではないか。私がやったことは、いわばそういうことだった。私の消怖法というやつだ。だがなかなか私は落ち着けなかった。胃袋が、きゅっとのどもとまで上がってしまって、もどらない。なにか悪いことをして、内心びくびくしながら鼻歌をうたっているといった感じだ。

私の隣りには、前職まんじゅう屋の今朝やんがいて、長助はその向こう側にいた。長助の歯はすぐ鳴りだす。カスタネットのように、カタカタカタカタ、休みなく鳴っているのが聞こえた。今朝やんが、おい、もう助かったんだぞ、すこしは落ち着け、と言っている。だが、そういう今朝やんも興奮している。こういうときには、急に平静になれるというものではない。

撃たれたのは、ラチョンの街の真ん中だった。トラック隊がさしかかると、ヴェトミンは、狭い街路の両側から一斉に撃って来た。街路も煉瓦、家も煉瓦の街だった。窓という窓が火を噴く。逃げろちゃ、逃げろちゃ、と横川が、運転席の屋根を叩きながら連呼した。

私たちが乗っていた先頭のトラックと二輛目との間に、ベッドやテーブルや椅子や枕、植木鉢、便器……あらゆる家具什器が投げ出された。その障害物で、二輛目は動けなくなった。

私は、グルカ兵たちが、カービンを構えるいとまもなく、なにかギャーギャーとわめきながら、たちまちのうちに薙ぎ倒されるのを見た。白人たちは、八輛目から後のトラックに乗っていたので見えなかった。私たちがラチョンを飛び出すと、いくらもたたないうちに銃声はやんだ。私はトラックの背で弾みながら、ラチョンの街から、黒い煙が立ち上るのを見た。あれはトラックが燃えだした煙だろう。グルカも白人も、ひとり残らず殺されたに違いない。捕虜になったのもいるかもしれない。いずれにしても、〝生き残って隠れている白人〟など、いるわけもなかった。私と長助とがトラックから降ろされたのは、ラチョンから十五、六キロも来たあたりではなかっただろうか。横川は、今度はゆっくり、運転席の屋根を叩いて「停車！」と言った。

私たちは、トラックから飛び降りて、街道の脇で整列した。すると、横川は、「松山上等兵と佐々木上等兵とはだな、これから伝令となって、ラチョンへもどるべし」と言った。「ラチョンさもどって、だな、生き残って隠れておる白人を捜し出して、だな、助けるべし」

私が命令を復唱すると横川は、さらに、

「この任務は、むつかしいぞ。だが、松山ならやれるな」

と言った。

私と長助とは〝助かった〟わけではなかったのだ。またまた危険に逆もどり、ということになったのだから。私は、横川が、「松山なら」と言ったことにこだわっていた。私が役に立たない兵隊だということは知れ渡っているわけだし、横川も日ごろはそれを強調している。それがなぜ急に、「松山なら」と言うのだろう。からかったのかもしれない、と思う。横川はたぶんあのとき、仇を討ち取ったような気分になり、得意だったのだろう。負けているときには、糞ひってばり、と悪態をつく。勝ち誇ったときには、松山なら、と言うんだ。

横川は、「佐々木なら」とは言わなかった。「松山と佐々木なら」とも言わなかった。私はふと、横川は私を殺す気で、この役を案出したのではないか、と疑った。長助と組まされたことにもひっかかる。むつかしい役にバカチョウを選ぶということは、もし班長が、他意なく兵隊に仕事を割り当てたとするなら、私を選ぶこと以上に不自然なのだ。もっとも他意があるのかないのか、当の本人ですらよくわからないこともあるだろう。たとえば、ガダルカナル島から部隊が退却するとき、重機関銃一基と四人の銃手を、前線に置いて来たのだそうだ。あの話は丹羽曹長から聞いた。

「アメリカの追撃を食い止めるために、各隊から玉砕要員が選ばれて、シンガリ部隊を編成したんだなあ。連中が撃ってる間に、本隊が、迎えに来た駆逐艦に乗っちまう、という作戦なんだなあ」

と、丹羽曹長は言った。そのとき丹羽分隊には、分隊長の丹羽と、五人の兵とが生き残っていた。

「指名に苦しんだな、おれは。班長というのはつらい役だよな。助かる一人を選ぶということは、死ぬ四人を選ぶことだからな」

苦悩のうえ丹羽は、平素マメに丹羽の銃や軍靴を磨き、マメに食膳を捧げて運び、いつもハイハイと素直に返事をし、ときには肩を揉んでいた上等兵を選んだのだという。助かる一人として。そのときの丹羽は、他意だの何だのっていったことではなかっただろう。マメな上等兵のことが、ピンと来た。実は、それだけだったのだろう。いくら丹羽が飾って言っても、そういうことなんだろう。

横川のやり方は、それとは違って、まず死ぬ（かもしれない）二人を、傍目もかまわず選んだのだと思う。私と長助とでは、格好も釣り合わない。私は丸腰で、水筒と雑嚢とタバコの缶を下げ、地下足袋をはいている。長助は軍靴をはき、水筒、雑嚢のほかに、鉄帽を背負い、三八式歩兵銃と弾薬六十発を持っている。飯盒は二人とも雑嚢に入れていた。飯盒は兵隊のイノチ。鉄砲捨てても、飯盒捨てるな。それはそうだが、今は、飯盒の使いみちはなかった。まだ雨季は終わっていないはずだが、昨日も今日も、ぽつりとも降らない。せめて雨が降ってくれたら、飯盒で受けて、飲むこともできるのに。長助はあいかわらず、カンテラさげてナイ、を歌っている。私も歌うことにした。雨の歌でもうたって、雨乞い、だ。雨のブルース。中学の同級生に、淡谷のり子が好きで、雨のブルースばかり歌っていたのがいた。ああ、ああ、帰り来ぬ、心の青空。ああ、というの、好きなんだな、日本人は。ああ、同期のサクラ。ああ、アッツ島。ああ、軍神。ああ、ああ、あの顔であの声で。私たちはさしずめ、ああ、放浪。ああ、きょうだいだ。やりきれないなあ。ああ、人殺し。だが、横川に殺意があるかどうかは、それこそ確かめようのないことだった。証拠あっか、証拠。だ。

私が歌いはじめると、長助の歌が切れた。しばらくすると、胸の上にタバコが一本、ぽとりと落ちた。

「吸えや、戦友」

「おまえ、まだ持ってたのか」

と私は言った。

「もう、あと、ねえよ」

と長助は言った。

「星っコ、きれいだなや」と長助が言う。「あの星っコ、大きいな。リンゴぐらい、あっかな」

リンゴぐらいの星というのは、宵の明星のことだ。たしかにあの星は、異常に大きい。あの星だけ赤味を帯びて、ねっとり潤んでいる。だが、長助が星の話をするのは似合わない。どうも、長助の感じが変わって来ている。感傷的になっているのか。房江の次が炭坑節で、なけなしのタバコを一本くれて、(乾パンは隠れて食ったくせに)今度は星っコだ。三年間に一度もなかったことばかりが、矢継早に打ち出される。むろん、今までだって、長助は長助なりに、しんみりした時間を持っていたのだろうが、私には見せなかった。それが今、たまたま私のいる所で、勢いよく噴出している。だが、突然、それを見せられると、私は、鳥啼き、魚の目は泪、といった感じになるのだ。あの俳句の意味はよくわからない。だが長助がしんみりすると、私は魚の泣きべそ、を連想するのだ。

「坑山《やま》の星っコ、きれいだったなあ。おらいのおかだ、何してっかな。蜘蛛の巣、はってっぺ」

やっぱり、故郷のおもいに耽っているのだ。

「うるさい！」

と私は、突慳貪に言った。突然、親しもうとしたって、そうはいかないのだ。それどころか私は、長助に腹が立って来た。実は、私もかなり感傷的になっている。私はなんとなく長助と同じことになっている。私が安南人の家に食い物を買いに行こうと思うと、長助も同じことを思っていた。今度は感傷的になっている。私がやたらに想念を拡散させているのは、空腹を紛らすためばかりではない。泣きたいような気持を、吹き払うためだということを、私は知っていてやっている。それが、長助のために、調子が狂ってしまいそうな気がするのだ。

なにが、星っコ、だ。と私は呟いてみる。星っコがオシッコに聞こえる。そう言えば、この可憐な日本語を、私は三年間も聞かなかった。いや一度、北ビルマのラシオ兵站病院に入院していたとき、重症患者が病室の中央に運ばれて来た。衛生兵が毛布を剝《む》くと、痩せしぼんだ裸があった。四十年輩の兵隊だった。衛生兵がリンゲル注射の針を突き立てると、そのはずみで、患者の股間から水が舞い上がって弧を描いた。

「ショーベン出たあ」と、その四十年輩の患者が、消え入るような声で言った。観客はどっと笑って、「オシッコ出たかよ、オトッツァン」

どうもいけない。あれを考えると、私は活力がなくなってしまうのだ。人間がコロコロ、死んで行く。それが平常化しているので、誰も何とも思わない。昨日だって、何十人という白人やグルカが、一瞬のうちに死んだというのに、誰も何とも思わない。私も何とも思ってやしない。雲南の山中で米式重慶軍と戦ったときには、毎日のようにマラリヤで死んだ。部隊が前進したり、退却したりして場所が変わるたびに、私はまず壕を掘らなければならなかった。タコ壺を掘れと言われると私はタコ壺は掘らずに浅い長方形の穴を掘った。寝棺のような――どうも私は寝棺に縁がある。タコ壺を掘るのは難儀だが、寝棺ならすぐ掘れる。その代わり私は、水に漬かって寝なければならなかった。豪雨が来る。私の寝棺は、たちまち池になる。はじめ私は、鉄帽で水を掻い出したが、とても雨にはかなわなかった。寝棺のまわりに土手を盛ってみたがムダだった。私は諦めて水に漬かった。水牛みたいでねえか、と笑われたが、水牛のように逞しくはない。下水にはまったドブネズミといったところだ。私はフンドシまでびじょびじょになった。びじょびじょになっているうちに熱が出て、野戦病院に送られた。

「山地のマラリヤは悪性だから、気をつけろ。すぐ頭に来るから。下痢が始まったら、まずおしまいだな」

と衛生兵が言った。その言葉を裏づけるように、〝頭に来た〟患者が続出した。一晩じゅう、立木に向かって、カアチャンヨウと話しかけて死ぬ。どういう幻想なのか。寝ている患者の頭を便所と間違えて、あちこちで尻を蹴られたり殴られたりして、ヒイヒイ泣いた患者がいた。あの兵隊も死んだ。

「あしたは正月だからナ、死ぬんだったらあさってにしてくれよナ。正月ぐらい休ませてくれよナ」

死体から指を切り取る役の兵隊が、重症患者に気合をかける。

——どうもいけない。だんだん変なことになってきた。いまは、こんなことを思い出してはいけないのだ。思うのは勝手だからといって、こんなことばかり思っていると、自分で自分をしばってしまうことになる。強がり言っても私は、あれを考えると長助が捨てられなくなる。私はまた、思考停止のために歌をうたいだす。

マリーさんのヒツジ、ヒツジ、ヒツジ。いやあれはマリーさんじゃなかった。メリさんだ。

（一九六九年「季刊藝術」十号）

プレオー8《ユイット》の夜明け

毎朝、私たちは、ヴェトミン独立歌の斉唱で起こされる。

ドアンクン　ヴェトナム　ディ　チュンロン　チュウクォック……

（越南軍の進軍だ。祖国を救わんと、一心一如……）

まったく安南たちはチュンロン（一心一如）だ。鉄格子の外の赤煉瓦畳みの中庭が、ほんのり白むころ、どこかの雑居房が歌いだす。すると監獄じゅうの安南が、歌いだす。泥棒も詐欺師もチュンロンだ。痴漢もチュンロンだ。女囚たちの声も混じる。私たちの雑居房、プレオー8《ユイット》（中庭第八号）の上は、第十三号雑居房だ。私たちは三カ月ほど前までは、第十三号に入れられていた。十三号から半数が、ここに移されたのである。十三号の隣りが女囚の監房だ。彼女たちも声を合わせてチュンロン。賑やかで、寝坊助の私もさすがに眠ってはいられないのである。

私の隣りには補助憲兵の仲住トヨちゃんが寝ているが、チュンロンが始まるとトヨちゃんは、軍用毛布の中で私の手を握って、「また朝だねえ、また一日だねえ」と言うのだ。

ひとしきり安南囚人たちの斉唱が続き、それが終わると今度は、フランスの泥棒や痴漢たちの、ラ・マルセイエーズが始まるのだ。

サイゴン中央刑務所には、安南人、フランス人、広東人、そして私たち日本人、と、とりどりに入っている。多分、カンボジャ人やラオス人も幾人か入っている。だが歌を歌うのは安南とフランスで、私たちは聴き手なのだ。フランスの囚人たちはチュンロンを聞くと、敵愾心を燃やすのだ。そこで対抗して声を張り上げるのだけれど、むろん勝負にはならないのである。人数が違う。おそらく、千人対五十人だ。フランスの声は、すぐ疲れて枯れてしまうのだ。

ラ・マルセイエーズが終わるころには、すっかり朝になっているんだ。中庭には燦々と陽光が降り、監獄じゅうの雑談の声が、ざわざわざわざわ。プレオー8では洗面が始まる。クチュクチュとおとなしい音の奴もいるし、ガラガラポンと派手な音をたてる奴もいる。誰かが便器にまたがり、生暖かい空気が流れる。

「ヨーさん、起きる?」とトヨちゃんが言い、「ああ、起きようよ」と私が言う。

それから、毛ちゃむくれのフランス囚人が二人、一人は両手にパンを抱え、一人は黒砂糖の入った籠を下げて現われる。安南の囚人が、お茶の桶を運び込む。あの便器交換の囚人は、何人かな？　色の黒い、ずんぐりしたのが、にこにこ笑いながら、便器を取り換えに来るんだ。また同じ朝。毎日々々同じ朝。

もっとも、フランスがマルセイエーズを歌いだしたのは、最近のことだ。私たちがプレオー8に移って来て、かなり経ってからだ。はじめてマルセイエーズを聴いたとき、

「やっとる、やっとる、フランスの奴、ヌザボン、ヌザボンとやっとるわい」と丸目大尉が言った。

「ヌザボンか。八月十五日を思い出すねえ」と白石少尉が言った。「あのときは参ったねえ。フランスの俘虜たち、みんなであの歌、歌ったからねえ。あれには参った。へへへ。俺たちは、何を歌えばいいのかな。われわれも何か歌って、日仏安の歌合戦でもやりますか。海に河馬、みみずく馬鹿ね（海行かば、水漬《みづ》く屍《かばね》）でもやりますか。へへへ」

すると金井中尉が言ったんだ。

「海に河馬なんて、シャレにもならない。もう少し、気のきいたことを言ったらどうなのさ」

あのとき、金井はもう女性化していたな。流し眼で、白石を軽蔑して、

「きみの言うこと、いつも馬鹿みたいだから嫌よ」

そう言って金井は、ピンクのナイトキャップを脱ぐと、右手に手鏡をかざし、左手の小指で

髪を撫でつけた。それから便所に行ったんだ。金井が便所から出て来ると、宮沢大尉が入れ替りに入った。宮沢は便所から出て来ると、

「金井さんのウンコ、とぐろ巻いてたよ」

と言った。あれは痛烈だった。金井は真っ赤になって俯いた。

「ごめん、ごめん」

宮沢は謝ったけれど、うれしそうに謝った。宮沢は、金井に女性を演じさせるために、あんなことを言ったんだ。そしてなるほど、金井の恥ずかしがり方は、女の恥ずかしがり方だった。しばらくたってから金井は、

「ひどいなあ」と言った。

今朝は、体が痛くて眼がさめたんだ。安仏斉唱合戦が始まる前に。——あるいはまだ夜中かも知れない。

暗いなあ、プレオー8は。まったく、坑道のような監房だなあ。間口が狭くて、奥に深い。天井が低い。夜は、塀側の鉄格子の外から、電燈の黄色い光が差し込む。だが夜も昼も、薄暗いのである。床には凹凸があって、第十三号からここへ移って来たとき、床は濡れていた。クレゾールの匂いが鼻を衝いた。床が濡れていたのは、消毒液を撒いた直後だったからなのだが、

あのとき私たちは、ここはもう永遠に暗くて、臭くて、じめじめした監房に違いないと思い込んだのだ。「こりゃひどいや」と金井が悲鳴をあげた。「こりゃ、ひどい。まるで地下牢じゃないの。どう、この床は。こんなところに寝たら、背中が痛くてかなわないよ」

私の痛いのは腰だ。白石に投げられて打ったのである。あの坪井憲兵軍曹が寝ているあたりだな。私がベショッと音をたてて落ちたのは。

それにしても白石の奴、思いきり投げ飛ばしたものだ。五尺八寸八〇キロが、五尺二寸五〇キロを本気で投げ飛ばすのだからたまったものではない。鼕は抜けてふっ飛ぶし、私は痛くて、しばらく起き上がれなかった。あれは柔道の腰投げというやつだ。観客は喜んで、「やった！」と言った。

やったよ、白石は確かに。だが白石は、いったい何を考えているのだろう。

あれは、もののはずみ、と解釈すべきだろうか？　まさか私に恨みがあるわけではあるまいと思う。私にタオルをくれたのは白石だ。恨みがあるのにタオルをくれるはずはないのだ。

私のタオルは、タオルというよりは襤褸雑巾だったな。布が弱っているので、絞って水をきるというわけにはいかないのだった。絞ると切れてしまうのだ。だから私は、絞るかわりに握り締める。おにぎりを握るときのように。

すると指の間から、襤褸が飛び出すんだ。垢と、ふやけた繊維とが溶け込んだラーメンの汁のような水が、ぬるぬると滲み出てくるんだ。

私がタオルを握っていたら、白石が、

「これ、あげますよ」

その白石がねえ、なぜだ？　それにしても白石の奴、いい気なもんだぜ。どうだ、あの鼾《いびき》。いまに、隣りに寝ている金井が起きて、文句を言うに違いない。

「白石君。なんとかならないかねえ、その鼾。眠れやしない」と言うんだ。

ここに来たとき、金井は、補助憲兵に怒鳴られた。プレオー8は、中庭に面した部分と塀側の部分とが鉄格子になっている。今は場所も移して莫蓙で囲ってあるが、来たときには、奥の鉄格子際に、黒い桶が二つ並んでいた。それを見て金井は、また囀りだしたのだ。

「おや、これが便所なの。こりゃ、ひどい。穴じゃないじゃないの。第一、不衛生じゃないか……」

すると、

「チャーチャラ、チャーチャラ、うるせえぞ」

と、補助憲兵のひとりが言ったのだ。

金井は兵隊に怒鳴られて、口惜しかったに違いない。だが、

「なに、言ってんのさ」と口の中で言っただけだった。

喧嘩を買わなかったのは、賢明だったな。檻の中の喧嘩というやつは、やらないほうがいい。闘鶏の籠の中に、鶏も見物も一緒に閉じ込められて、コケッコ、コケッコ言ってるような具合だから。

チーホア刑務所の第十五号雑居房に入っていたとき、補助憲兵と補助憲兵とが、将棋の助言をしたとかしないとかいって、派手な立廻りを演じたことがあった。いや派手だったのは、声だけだった。眼鏡をかけた小柄な補助憲兵が、肥満体の補助憲兵の額を、サンダル下駄で打った。

「やったな」と肥満体が叫んだときには、眼鏡のほうはもう、いちはやく壁際まですっ飛んでいて、「来るか！」とサンダル下駄を青眼に構えていた。肥満体はゴムマリのように脹らんでいる手で額を押えていた。その手の下には、紫色に腫れた瘤があった。

「やったな、畜生！」

「来るなら、来い！」

息が詰まった。喧嘩の当人も逃げ場がなくて困っていたのだろうが、見物の私たちだって、逃げ場がないんだ。

だが、ここへ来たとき、みんな、また一つ零落したような気分になって、悄然としていたのは確かだな。ここは第十三号の真下だし、感じが、金井の言うように、地下牢みたいだし、だからみんな、貧乏籤を引いたような気がしていたんだ。私は、金井とは逆に、いつもの痩我慢で、調子のいいことを言ったんだ。

「悪かないぞ、ここは。ちょっとロマンチックだし、空気がいい」

だが、私の痩我慢に激励された奴はいなかったんだ。

空気のことを言ったのは、第十三号の空気がひどかったからだ。ここが坑道なら、第十三号は、落磐で口を塞がれた坑道だ。もっとも感じは、坑道というよりは、船艙に似ていた。四つの白い壁に囲まれて、廊下の側の壁に、小さな覗き穴のついた鉄の扉があった。扉と対面の壁の上部に、硝子と金網と鉄格子とを張った半円型の窓が二つ。だが窓といっても、硝子を張ってあるので、風は通らないのだ。天井の隅に一ヵ所、空気抜きらしい四角があった。だがあれが空気抜きだとしても、あの四角と鉄の扉の覗き穴とだけでは、六十人分の酸素はまかないきれないのだった。天井が、人間の肩に人間が乗っても手が届かないぐらい高かった。プレオー8の天井は、飛び上がっただけで手が届く。天井が高いので、いくらか息苦しさが緩和された。だが、夕食の桶が運び出された後、長い夜が来て、私たちは酸素の不足で苦しくなる。第十三号の住人はふえる一方だった。六十人が六十五人になり、さらに七十人になった。ますます私たちは、一酸化炭素が濃くなってくるのを感じるのだった。で私たちは、鉄の扉の覗き穴から鼻を突き出すために、行列をつくるのだった。

「アン・ドゥ・トロア・キャ……」

誰も頼みもしないのに、増田上等兵が扉の傍に立って、フランス語で数えるのだった。増田は、福島訛りを隠すためと、ひとつには剽軽なやつだと思われたいので、やたらにフランス語を使うのだ。フランス語混じりの独創的な言葉を。彼は俘虜収容所で、多分、二十か三十のフランス語を覚えた。ケスクセ（それは何だ）だとか、アッタンデ（待て）だとか、デペッシェヴー（急げ）だとか。そして増田は、「アロー、ムッシュウ、それ、ケスクセ、ボンかパボンか、パボンかボンか、ボンならデペッシェヴーね」などと、自分では珍妙なせりふを考案したつもりで、得意になって道化役《ザンニ》を演じるのだ。ちっとも受けてやしないのに。

「……ヌフ、ディス。はい、フィニイ（終わり）だよ。ムッシュウ。はい、次ね」

増田が、ディス（十）と言えば、交替なのだ。なんとなくそういう習慣ができていた。十呼吸以上に外気を吸いたいなら、もう一度行列に従かねばならないのだった。

私も毎晩、行列に加わって、少なくとも五回は、増田のディスを聞いた。それから席にもどって横になったが、私の席は真ん中の列の真ん中だった。天井の中央に光度の強い電燈が剝き出しで点《つ》いていて、仰向けになると、眼がちかちかした。眼をつぶっても、瞼の裏が赤かった。

そこで私は、襤褸タオルを眼の上に置いて寝た。

第十三号では、手術台の上で寝ているような気分になったが、あれは、あのちかちかする電燈のせいだった。それに上半身は裸だし。下半身は、蚊帳の裾でつくった紺のモッコ褌だ。私は、仙台の陸軍病院で、痔の手術をしたときのことを思い出した。あのときは下半身が裸だった。看護婦に変な形の刃物で尻の毛を剃られて、麻酔をかけられた。私たちの病室は、痔と脱腸の患者ばかりだったのに、愛国娘たちが、花など持って見舞いに来た。「どこがお悪いんですの」と訊く。「ジです」と答えると、困ったような顔をして、「はあ」

「私は虚弱な体で、放埒な生活をしていたので、軍隊に入って鉄砲かついで駆け足をさせられたら、とたんに尻が抜けてしまったんです」

「はあ」

「私は、白衣の勇士というわけではありませんよ」

声にちょっと力をこめるだけでも、響いて痛かった。だから、だらだらと締まりのない調子で言うと、娘さんは、

「そんなことありませんわ」

あの小柄で、きょろんとした眼の娘さんは、どうでも私を勇士にしたかったのか。いや、あの、そんなことありませんわ、は意味のない言葉だったんだ。間投詞だ。娘さんは、野菊の花

を飾って帰った。名前は忘れてしまったな。

克子が死んだのは、あの痔の手術の直後だったのだ。知らせはすぐには来なかった。私は克子の親から憎まれていたから。克子の親は、克子を殺したのは私だと言うのだ。克子は私の子を宿し、私の子を生むために死んだのだから。克子の母親から来た手紙に、娘が貴男とめぐり会うことさえなければ、こんなことにはならなかったものと悔まれます、と書いてあった。

赤紙（召集令状）が来て、私が仙台に行くとき、克子は上野駅まで見送ってくれたけれど、「中には入らないわ、つらいから」と言った。「そうだね、ここで別れよう。無事赤ちゃんを生んでくれ」と私が言うと、克子はうなずいて、「元気でね」と言った。「きみもね」私は歩きだしたが、何度か振り返った。そのたびに克子は、改札口の所で、胸まで上げた手を左右に小さく振った。あれが最後だった。

十三号ではまた、私は、しばしば、航海をしているような気持になったな。あの監房が貨物船の船底に似ていたからだろうか。それとも、四人の生活というやつは、もともと船旅のようなものかも知れないのだ。毎日、同じ顔。同じ壁。船が港に着くのは、何十日先のことか、何カ月先のことかわからない。そう思うとうんざりした。果てしなく続く船旅。来る日も来る日も、船客たちの雑談と、変わらぬ海の音とを聴きながら、見当もつかぬ長い日が経つのだ。待たされ過ぎて、私は呆けてしまうのだ。港に着いたぞお、待ち焦がれていたはずの声を聞いても、呆けてしまった私には、もはや感応する気力がなくなっているのではないかと思った。鬼界ケ島の俊寛みたい。よろよろしながら私は船艙から出るんだ。陸。解放《リベレ》。自由。幻が現実となってやって来た。――そのときの私は、もし呆けていなかったとしたら、どんな気持なんだろう。見当もつかない。とにかく、感激で体がこちこちになることは確かだ。桟橋に、ヒロ子が立っているかも知れない。ヒロ子は、いま四つだから、そのころは少女になっているんだ。まぶしい陽の下で、私は、くらくらして倒れそうになりながら言うんだ。「お父さんだよ」

ヒロ子との対面は、どんなぐあいになるのだろう。顔も知らない父が、突然、お父さんだよ、と現われたときの少女の気持なんて、想像もつかない。そのときヒロ子は、どんな眼で私を見るのだろう？

私は、とりとめなくそんなことを思った。みんなが寝静まるのは何時ごろなのか、時計がないからわからない。正午には鐘がなる。だがそれ以外は、朝があり、午前があり、午後があり、夕方があり、夜があるわけだ。船客たちは夜更けまで、ガヤガヤガヤガヤ、雑談のざわめきが監房に充満するのだった。

あの監房でよかったことといえば、隣りが女囚の部屋だったということだ。それだけだな。散歩の時間に、ラヴレターを送った。毎日、三十分、散歩の時間があって、私たちはその時間に、ラヴレターを石鹼の背に載せて、廊下を滑らせた。女囚の雑居房の前は、私たちの散歩の区間ではなかったが、その時間になると女囚の部屋の鉄の扉があいて、青いショートパンツの女が、バケツを下げて飛び出して来た。女囚の監房の前の、廊下の壁に水道の蛇口があった。彼女たちは、バケツに水を満たしては、監房に引っ込むのだった。三人か四人の女囚が、入れ替り、立ち替りに登場しては退場した。毎日顔が変わるのは、多分、当番制でやっているのだ。私たちは、その水汲み当番の中から恋人を選ぶのだった。視線が合って、微笑み合えば成立だ。ガルジアン（看守）の眼を盗んで、石鹼を滑らせる。女はサッカーの選手みたいに、ちょいと石鹼を足で押えて、素早く部屋に蹴り入れる。アンナは、左瞼に創あとのある、がっちりした体つきの女だった。私は一つきりしか持っていないラックスを郵便車に使った。ツィー。彼女、筋肉質の脚だった。あの硬い感じ、ほんとは私の好みではないんだ。だがそれで決まってしまったんだ。返事はその日のうちに来た。私たちは彼女たちの監房の前に行ってはいけないのに、彼女たちはの葉の包みが落ちて来た。第十三号雑居房の鉄の扉の覗き穴から、小さなバナナの葉の包みが落ちて来た。

私たちの監房の前に来てもいいんだ。ありゃ変な規則だな。とにかく、バナナの葉の包みには、刻みタバコと手紙とが入っていて——親愛なるムッシュウ・ヨシナガ・シロー、私の名はアンナです。なにがアンナだ。どうして仮の名を使うのだろう。もっとも日本人たちも、私は本名を使ったけれど、みんな仮名を使っていた。樋口兵長は清水次郎長だったし、金井中尉は花柳章太郎だった。乃木希典。徳川家康。ウナドンダイスキ。女囚はみな、フランスの名をつけていた。アリス。クロチルド。マドレーヌ。アントワネット。マルグリット。コレット。

金井の恋人のクロチルドは、象の小母さんというあだ名の、中年ぶとりの女だった。「どうせやれるわけじゃないじゃないの。僕は色より欲をとるね」と金井は言った。「象の小母さんは差入れが多そうだからね」

そういえば象の小母さんには、小金を貯めているような雰囲気があった。シャバでは、長い象牙の箸で鶏の蒸肉をつついて、ゆったり暮らしていたような感じだ。金井は差入れのおこぼれを狙っているのだと言う。けれども、おこぼれといってもそれは、少量のタバコか草菓子だった。色と欲などというような大仰なものではなかった。アンナは私に、エンゲージリングを贈って来た。ローストチキンの首の骨を、床で砥いで作ったものだった。彼女も他の女囚と同じように、一応、チュウクォック（救国）の女戦士を装っている。だが、泥棒かも知れないし、娼婦かも知れない。むろんそういうことは、どうでもいいことだけれど。

あの部屋では、壁に穴をあけたな。白い漆喰を少し剝がして、煉瓦と煉瓦の間のセメントを針でくじったら、直径一センチほどの穴があいた。「ひゃー。マンデー（水浴）やっとる」最初に覗いたやつが歓声をあげた。「嘘つけ」と誰かが言ったが、嘘ではなかった。覗いてみると、女の裸の、胸から下だけが見えた。乳房から腹に水がちょろちょろ降りて来て、股間に流れ込んだ。手で水を体に塗りつける。彼女たちの水浴は、それで終わりだ。あれならタオルは要らないな。一人がすむと、別の下半身が登場するんだ。どれが誰かわからない。それを知りたければ、もう一つ上のほうにもトンネルを掘ればいいわけだが、そこまではやらなかった。だが、象の小母さんだけはわかったな。あの太い足の肉のつき方は、特別なんだ。プレオー8に来たために、アンナとの交渉は切れた。だがあれは、只の恋愛ゴッコだった。ゴッコは終わりぬだ。

「釈放の日も近いでしょう。釈放されて自由な身になったら、花市場で会いましょう」

そんなことを気楽に書いたが、裁判もまだなんだ。お互いにお互いの言葉を嘘だと知っていて、遊んでいたんだ。それが終わったからといって、何だというんだ。――

やっぱり、まだ夜中かも知れない。塀の外が静かだ。毎日、夕方になると、塀の外に安南人が来て、大声を張り上げて、監獄の中の囚人と話し合うのだ。ピョーヒョー、ピョーヒョー、安南語はよく音が通る。

だが夜中になると、塀の外も静まり、塀と雑居房との間を、ときどきガルジアンが巡回するだけになる。朝は、独立歌の前に、まず塀の外の往来を馬車が走る。蹄がタカパカ、鈴が、シャンシン、シャンシンと鳴る。

まさか、私の骨に、罅《ひび》がはいっているようなことはあるまいと思う。痛いといっても、もし鋳がはいっていたら、こんなものではないだろう。もっとズキンズキンと激痛があるはずだ。これは、鈍痛というやつである。多分、単に打身の痛さというやつだろうと思うのだ。

だがこれで、今度の土曜日の演し物《だ》は変えなければならない。昨夜の「血と砂」は、喜劇だといっても、ちょっと陰にこもったところがある。次回は、底抜けに明るいものにしようと思っていた。オペレッタ「白浪子守唄」。これは、監獄に入る前、軍隊芝居に書きおろして好評を博した。軍隊芝居のときは楽隊を編成できたが、監獄ではそういうわけにはいかない。だが脚本に手を入れればなんとかなるのだ。ただ「白浪子守唄」には〝韋駄天〟があって、これだけは外せない。〝韋駄天〟が見せ場の一つなのだ。あのときは、野狐三次が目明かしに追われるところを、花道を使って〝韋駄天〟にしたのだけれど、ここでは書きかえて、もっと大ぜいにするつもりだった。

〝韋駄天〟は楽しいんだがな。白石に鼻のトランペットを吹かせて、ドソドシソソ、ドファソファソソソ、ドソドソドレレ、ドレレレレレファ。全員で踊るんだ。だが、この腰では無理だ。先にのばすか。

昨夜の「血と砂」は、なるほどグロだし、陰にこもっているところはあるが、私としては、かなりいい芝居だったと思っている。少なくとも、私の芝居の中ではオリジナルなものだから、愛着がある。いくぶん誇らしげな気持もあったのだった。

「血と砂」は題名はヴァレンチノ主演の映画からの盗用だが、内容は創作だ。だいたい私の芝居は、盗作、または翻案が多い。プレオー8の連中、つまり観客は、「吉永さんは、たいしたもんだ。よくもまあ、次から次に面白い話をつくりだすもんだなあ」と、私の作劇の才能に驚いているけれども、なにせ、プレオー8で芝居を始めて以来、私は〝赤めし座〟の座長として、毎週一本、脚本を書き上げなければならないのである。毎週といっても、そのうち執筆に使えるのは三日間だけだ。日、月、火の三日間だけだ。水、木、金は、雑居房の一隅を蚊張で囲んで、その中で稽古をする。この三日間は、私は演出者として、また役者として忙しい。公演は土曜の夜だ。この日割りの繰り返しの中で、そうそう創作劇が書けるわけのものではない。だから私は、「鶴八鶴次郎」を焼き直して「馬七と馬三郎」を書いた。鶴八鶴次郎は確か、河東節語りの芸人だが、馬七馬三郎は、朝鮮舞踊の名手というわけである。

アリラン、アリラン、アーラリヨと歌いながら、馬七と馬三郎は、緩慢な振りで踊るのである。愛し合っているのだが、芸では譲らずに喧嘩をする。

馬三郎が、

「おまえさんの、アーラリヨのときのお尻の振り方、ありゃぁいけねえよ。色気ばかりで、センチメンタリズムが出ていねえ」

と言うと、

「なにさ、あたしゃあんたにケチをつけられるようなお尻の振り方は、してやしないわよ。あたしゃちゃんと、セックスと人生の悲哀と悶えとを、お尻の振り方で表現してんのよ。あんた、えらそうなこと言うけど、女のお尻の表情の、デリケートなところ、わかっちゃいないのね」

と馬七が反論するのである。趣向は結局「鶴八鶴次郎」と同工である。

また先々週の土曜日に上演した「捕鯨船第三旭丸」は、「商船テナシティ」の翻案だったし、先々々週の「伝兵衛さんの倅と今朝松つぁんの娘」は「ロメオとジュリエット」だ。盗作を賞められたのでは気がひける。だが私の「血と砂」は、これは女力士の物語だが、ヴァレンチノ演じるところの闘牛士を女力士に移しかえたといったものではない。主演の女力士は二人である。小柄で可憐な美人力士の絹百合と、偉軀堂々たる獰猛な女力士の玉椿。その絹百合という醜名の女力士を私が演じ、玉椿のほうを白石が演じた。女相撲一座の親方は金井中尉だ。その妻お咲が樋口兵長で、息子の共産党大学生の三太郎が丸目大尉。娘の十二歳のヨッコちゃんが、仲住トヨちゃんだ。行司のタコやんが、補助憲兵の橋本上等兵である。やっぱり絹百合は、金井のほうがよかったかな、とも思う。私が投げつけられたからではない。金井は、名女形のつもりでいるからだ。「あら、僕、絹百合じゃないの」配役を言い渡したとき、金井はちょっと不平そうな声を出した。だが金井が名女形だとしても、何にでも向くってわけではない。金井は女を演ずることで、みんなから愛されようとしている。彼は普通にしていると、憎まれ、嫌われる。それがつらいので、女の中に逃げ込んでしまった。その心情は哀れだ。けれども、そうそう金井にばかり女役をやるわけにはいかない。それに、女役といっても、女力士となるとグロだからな、グロだから私が買って出たのだ。

とにかく芝居は大当たりだった。ちょっと気取った幕のあけ方をした。まずタコやんの行司が、しばらくオフシーンで、ノコッチ、ノコッチイ、ノコッチ、ノコッチイと、甲高い声を聞かせるのである。その声に混じってパシッ、パシッと肌を打つ音。これは自分の腿を叩いた。やがて蚊帳の幕をあけると、舞台では——舞台といっても雑居房のコンクリートの床だが、私の絹百合と白石の玉椿とが揉み合っているのである。

観客は、わっと歓声をあげたな。

私も白石も、赤いビキニのパンティをつけ、まるめたタオルで胸をふくらませ、ちり紙で作った島田の鬘をかぶっていた。顔は、亜鉛化軟膏を下塗りに、歯みがき粉を真っ白にはたき、唇には赤チンを色濃くつけていた。橋本のタコやんは、ゆかたの尻をはしょり、ざんぎり頭に大きな台湾ハゲをつけていた。

絹百合は土俵ぎわに追い詰められるが、打棄《うっちゃ》りで勝つのである。八百長相撲を演じているというわけだ。

「こりゃ玉椿」楽屋のシーンで、金井の親方が言う。

「おまえはブスじゃ。絹百合はベッピンじゃ。ベッピンがブスに負けたんじゃ客が喜ばんけん、上手に負けたるんやで。ええかい。あわや、ちゅうところで逆転じゃで。それが芸というもんじゃで」

「わかっとりますがな。そやけどあたい、一度、ほんとの相撲とってみたいわぁ」

白石の玉椿が、そう言って私の絹百合を忌々しそうににらみつけるのである。私はフンと鼻を鳴らして、

「そりゃ玉ちゃんは強いもん。キングコングみたいに強いもん。玉ちゃんが本気で相撲とったら、双葉山だって吊出しで持ってけるわよ」

「あらちょいと、ちょいと、ちょいと、絹ちゃんそれどういう意味？」と白石が気色ばむのだ。

「あんたは強いって、ほめてんのさ」と私。

「ほめてるだって？　白々しいわね。ほんとはあんた、あたいがキングコングみたいにブスで、不格好だと言いたいんでしょう。わかってるわよ。どうせそうでしょうよ、なにさ、コンチキショウ」

「なにさ」と私。

「なにさ」と白石。

「イーだ」と私。

「イーだ」と白石。

「こりゃ、こりゃ、いいかげんにせんかい。おまえたちの相撲は、勝った負けたじゃないんやで。見世物なんやで。見世物——つまり、ショーや。強い弱いは関係ないわ。客かて、勝負を見に来るわけやない。色気を見に来よるんじゃ。絹百合が土俵ぎわでしなりよる。すると色気がこぼれるわけじゃ。客はそれを見て喜ぶんじゃ。いいか、言っとくがの、なにがどうあれ、商売は尊いもんじゃ、粗末にはさせんぞ、これだけは言っとくぞ」

そのあとで、東京から丸目大尉の扮する息子の三太郎が帰って来るのである。

巡業先の小さな町に、共産党になった三太郎が帰って来て、旧弊な親爺とことごとに衝突する。

三太郎は、絹百合や玉椿やタコやんを集めて、

「きみたちは労働者だ。労働者は団結しなければならない。ね、きみたち、組合をつくりたまえ、組合を」

と言うんだ。すると玉椿がシナを作って、

「ね、若旦那、ドードシャって、なーに?」

「あら馬鹿ね、ドードシャって女力士のことよ、知らないの」と私。

「あたい、あんたに訊いてやしないわよ、なにさ。(三太郎に)あの、クミアイってなーに?」

「あら馬鹿ね、クミアイって、お酒を汲み合うことよ。つまり、ダンケツすることよ。(三太郎に) じゃないかしら」

「きみたち、意識低いなあ。せっかく僕がきみたちの幸せを考えて努力しているのに」

「あら、あたしの幸せを考えてくださってんの、うれしいわ」

「きみたち目ざめなきゃいけないよ」

「あたし、若旦那のこと思うと、目ざめちゃって眠れなくなるのよ」と私がシナをつくると、

「私もよ」と白石も張り合って、三太郎ににじり寄るのである。

玉椿がにじり寄ると、三太郎があわてて飛びのくところは、猛練習をやった。稽古のかいはあった。観客はどっと笑った。笑いがおさまったところで、三太郎が、

「ああ、夜明けはまだだなあ」と言うのだ。

三太郎と親爺が対立すると、樋口のお咲はおろおろするのである。トヨちゃんの扮するヨッコちゃんは、オカッパの鬘がよく似合った。トヨちゃんは顔だちが可愛いので、いつも女役か子役を振るのだけれど、演技は、どうにもいただけない。「捕鯨船第三旭丸」のときには、パーマネントの鬘をかぶって、石巻の一杯飲み屋の姐さんをやった。だがトヨちゃんは、見せ場の海辺のラブシーンをぶちこわしてしまった。舞台を東北に設定したので、トヨちゃんのズーズー弁はリアリティがあるということになるかも知れない。けれども教科書を棒読みするよう

な言い方をするので盛り上がらない。

「あんた、船さ、乗らねえでけろ」とトヨちゃんが言う。

「そんなわけ、いがねんだ。ジャンケンで決まったんだもんな。いまさら変えられね」

恋人の丸目大尉は、調子をつけて言っているのに、

「あんた船さ乗っちまったら、半とすも、一年も帰ってちねえんだべ。その間にわたす、どうなってっか、ずぶんでずぶんのことがわからないわ」

せっかくの名せりふなのに、のっぺらぼうに言うんだ。擬音で波の音をザザーと入れて、いいところだったんだがな。トヨちゃんはいくら稽古してもだめなんだ。もっともトヨちゃんは、容姿だけで客にうけた。舞台端に陣取った連中は、いつも細竹を用意している。細竹でトヨちゃんのスカートをまくるのである。「第三」のときは、トヨちゃんと丸目とが抱き合ったときにやられたし、「血と砂」のときは、トヨちゃんが樋口に手をひかれて登場すると、とたんにやられた。カラスなぜ鳴くの、カラスは山に、可愛い七つの子があるからよ、と歌いながら登場するのである。だがスカートをめくられたので、歌を中断して、「やんだな、やめてけれ」と抗議した。補助憲兵の横山が、「見えた、見えた」と言い、観客が笑った。ま、監獄の中の芝居だから、あれはあれでいいだろう。

結局、絹百合と玉椿とは三太郎に懸想したあげく、確執を土俵に持ち込み、玉椿の八百長破

りとなるのである。

絹百合が玉椿に、

「うれしいわ、若旦那、私に、ドードシャよ手をつなごうって言ってくれたのよ、こっそり」

と言うと、

「ま、手をつなごうですって」

「手の次は、口づけ。その次はオッパイ。その次はあそこ。順序は決まってんのよ」

そこで玉椿は逆上してしまうのである。そして脱走を決意して、絹百合を投げ飛ばしてしまうのである。

私には、稽古のときから、もし白石が力を加減せずに私を投げたらたまったものではないという恐怖感があって、「本気で投げないでくださいよ」と何度も念を押した。だがそれは、白石を疑っていたわけではないんだ。五尺八寸八〇キロと組むと、どすんと重い威圧が来る。肉感的に恐怖感のようなものが、湧いて来るんだ。五尺八寸八〇キロの肉感といえば、私は、慰安婦の春江を思い出す。だがあれは体位が違っていたから、相手の重さより、自分の軽さのほうを感じたんだ。

あれは一昨々年、ビルマのイラワジ河のほとりの、エイタンという小さな村に駐屯していたときだった。それともあれは、一昨々々年かな。今は二月で、チーホア刑務所からサイゴン中央刑務所に移されたのが昨年の八月で、チーホア刑務所に入れられたのは、昨年の三月だ。終戦が一昨年の八月だ。俘虜収容所に転属になったのが一昨年の五月で、雲南戦線から退いて、プノンペンに到着したのが一昨年の二月だ。してみるとやっぱり一昨々年だ。あれは雲南作戦に出動する直前で、ビルマの正月の直後だった。エイタン村には、ヴァイッセイという名のビルマ娘がいて、はじめのうちは私は、外出日に慰安所に行かず、ヴァイッセイのところに、日本語とビルマ語の交換教授に行ったものだった。三叉路があって、その附近にひとかたまりの民家があった。煎餅屋があり、椰子酒屋があり、鍛冶屋があった。

三叉路の一角の煎餅屋の土間には、古びたテーブルが据えてあって、山羊の乳入りコーヒーが飲めるのだった。カップに八分目ほどの乳に、ちょっぴりコーヒーを垂らした甘い飲物だったな。あれはむしろ、コーヒー入り山羊の乳と言うべきかも知れない。煎餅屋の隣りは椰子酒屋で、土間には素焼の壺が並んでいた。その隣りが鍛冶屋で、火が真っ赤に燃えていた。ヴァイッセイの家は、道を隔てて椰子酒屋と向かい合っていた。彼女の家は、農家だ。多分、農家だ。彼女はよく、薄暗いニッパハウスの中であぐらをかき、手を摺り合わせて、セレ(煙草)を巻いていた。セレは、鉛筆のように細いものから、トウモロコシのように太いものまであった。私が行くとヴァイッセイは、セレや黒砂糖をくれる。彼女はパーカーの万年筆を持っていたが、インクを持っていなかった。私はクアラルンプールで、二十一円の一等兵の月給をまるまる投じて手に入れたイギリス製のインクを、半分薬瓶に移して彼女に贈った。エイタン村の正月は、つまりビルマの正月は、太陽暦の四月十八日だった。ビルマ人は、太陽暦でも太陰暦でもない、特別の暦を使っていて、正月には水を掛け合うのだった。その水の量が多ければ多いほど、敬愛の意を示すことになるというのだった。そこで私はバケツを下げてヴァイッセイを訪ねた。彼女の、腰まである長い髪の上から、ザンブリ。彼女は首を縮めて、おとなしくかしこまっていた。濡れた彼女は、今度は私を待たしておいて、裏の井戸からお返しの水を汲んで来た。私たちは河から這い出して来たような姿で微笑み合った。私はペニスまでびっしょり濡れたから、ヴァイッセイも股間までじゅうぶん濡れただろうと想像した。どうしても私は、そういうことを思ってしまう。ビルマ語で男根のことをリーと言ったな。女陰がサッパだ。だからビルマ人の労働者たちに、てめえらサッパリ働かねえじゃないかと言ったら、男の労働者はゲラゲラ笑い、女の労働者は憤ってストライキだ。ああいうときには、まったく働かないとか、ちっとも働かないとか言わなきゃいけなかったんだな。

あれからまもなく、ヴァイッセイを訪ねることを禁じられてしまったんだ。「原住民とつきあっては、わかんね。原住民を見たらスパイだと思え」と班長が言った。東北弁では、だめだということを、わかんねと言うんだ。それ以後は、公然とはヴァイッセイを訪ねることができなくなった。

慰安所は、三叉路から街道を東に一丁ほど行った竹藪の中にあって、兵隊たちは外出のたびに、そこへ行くのだった。外出が終わって点呼のとき、班長が二、三名に、お前いくつやったと訊く。それから敵娼《あいかた》の名を訊く。訊かれた者は、一つだの、二つだの、ラン子だの、みどりだのと答える。私も一度訊かれたことがある。私は、私が慰安所に足を踏み入れないことを知っていて、わざと訊いたのだ。「なんで、にさ、兵隊らすくすねえんだ」と班長は言った。

そんなことがあった後、私は、古年次兵に引き立てられるようにして慰安所に行った。兵隊らすくね。慰安所の部屋の配置は、この監獄に似ている。中庭があって、まわりを部屋が囲んでいる。中庭には、埋め込んだ丸太に板を打ちつけただけの簡単なベンチがあって、そこで休んでいた。そこへ春江が来た。春江は顔だちは悪くないのだが、なにせあまりに大き過ぎるので、繁盛していないのだ。混む女は、決まっていた。混む女はわざわざ客を引きに来たりはしないのだ。春江は私に、「なにぼんやりしているの」と言った。「㊎なら遊ぶよ」と私が言うと、「おいて、まけとくよ」と言った。

私は蟬が大木にとまったような感じになった。また、宙にほうり上げられるゴムマリみたいな感じでもあったな。春江は、体が大きいだけでなく、心も大らかな女だった。

「徴用たと言うんだよ。うち、慶尚南道で田んぼにいたんだよ。そしたら徴用たと言て、連れて行くんたよ。汽車に乗て、船に乗たよ。うち、慰安婦なること知らなかたよ」

悠揚迫らぬ、とはあのことだな。春江には、暗い陰がなかった。愉快そうに笑いながら彼女は続けた。

「運たよ。慰安婦なるのも運た。兵隊さん、弾に当たるのも運た。みんな運た」

白石は、春江ほど大らかではないな。一見、気が弱そうに見える。だが、本当に気が弱いのかどうかはわからない。ただ、どこか、おどおどしているところがある。そして鈍い。鈍いところが一見大らかに見える。チーホア刑務所では、私たちは、兵隊と将校と別々の雑居房に入れられていた。チーホア刑務所は、風通しのいい監獄だった。私たちは第十五号雑居房で、金井や丸目や白石たち将校連中は、隣りの第十四号に入れられていた。四階建の棟が扇面の形に造られていて、要《かなめ》に当たる位置に、そして四階の私たちの眼よりいくらか高い位置に、監視塔があった。監視塔ではフランス兵が、カービン銃を彼女に見たてて、腰に手をまわした格好をして、流行の〝海辺のルンバ〟を歌いながら、ダンスのステップを踏んでいた。

雑居房は、三方が壁で、廊下の側は一面の鉄格子だった。廊下の向こう側も一面の鉄格子だった。私たちは雑居房のどこにいても、二枚の鉄格子を透して、空の一部と監視塔とを見ることができるのだった。雑居房の鉄格子に縋ると、広々とした監獄の外の野原が見えるのだった。野原の彼方には、サイゴンの街の一角が、霞んで見えた。野原を、小さな人間が歩き、小さな牛が草を食んでいた。右手のほうには、レールが緩い曲線を描いていて、ときどき、蒸気機関車が、機関車だけでのろのろと走っていた。私たちが水浴をする三角形の庭の一部と、頂点の所に置いてあるドラム缶も見えた。私たちは毎日、たいてい午前中に、第十三号から雑居房ごとに水浴をするのだった。フランス兵が鉄格子の鍵をあけると、私たちは二ポンド入りコンビーフの空缶を下げて廊下に並ぶ。フランス兵が、「アレ、アンナヴァン（前へ）」と言う。とたんに私たちは、三角の庭めがけて階段を駆け降りるのだ。シンガリはフランスに、細竹で褌の尻を打たれるので、先を争うのだった。ドラム缶に達すると、私たちはコンビーフ缶に三杯、水をもらうのだった。二杯は頭からかぶり、手で、水を体じゅうに塗りつけるのだった。あそこでは女囚式だった。カラスの行水だ。一杯は飲み水として、雑居房に持ち帰るのだった。

水浴の往復、シンガリが尻を叩かれるのは、第十四号の将校も同じだった。将校が私たちの鉄格子の外を走るとき、やつらはもう、少しも偉くはなかった。彼らはもはや、誇りも気力も失って、ひたすら尻をかばいながら逃げまどうのだ。あれはもはや、難民のおっさんたちだった。

「カナチュウ（金井中尉）のやつ、監獄さ入ってもオシャレでねえか」と増田上等兵が言った。越中褌やモッコ褌の中で、金井だけが白いキャラコのパンツをはいていたからだった。あのころの金井は、分所長らしい威厳の保持につとめていたようだ。いつも先行集団の中にいて、私たちの前を駆け抜けながら、短い言葉をかけるのだった。「元気？」だとか。「かなわんね」だとか。偉そうに。もともと彼には女性的な感じがあったが、あのころの金井は、今のようには女性化してはいなかった。白石少尉は、いつもビリだった。白石は越中褌をつけた巨軀をゆすりながら、ウェー、ウェーと鈍重な悲鳴をあげ、裸の背や越中の尻を打たれるのだった。

「シロショウ（白石少尉）は片眼だから、早く走れねえのしゃ。可哀そうによ。カナチュウの野郎、たまには代わってやればいいのしゃ。俘虜収容所同士でねえか」

増田は金井を非難した。増田は、金井には収容所に勤務していたときから反感をもっていたし、白石には、同じ連隊の出身だということと、戦傷者同士だということで、親近感を抱いていたのだ。

「シロショウはよ、眼をやられるまでは、もっとシャンとしてただよ。眼、やられてから、アンプー（少し）おかしくなっただよ」

増田は、白石が眼をやられた雲南作戦で、左肱に迫撃砲弾の破片を食らっていた。戦傷者といえば、樋口兵長もそうだ。樋口は私と同じ部隊の出身で、やはり雲南でやられた足をひきずっていた。増田と樋口とは、たちまち、口だけだが、諍いを始める。

「おめえだって、水浴さ行くとき、ビリになったことねえでねえか。人のことばかり言わねえで、たまにはおめえもビリやったらどうだい、え、マスさんよ」と樋口が言う。

「おれ、腕、悪くなければ、ビリ、やるだよ。ここさ、バンブー（竹）当たると、痛えからよ」と増田は、左肱をなでるのだ。

「人のことばかり言わねえでよ。おめえもやったらどうだい」

樋口の言葉は、リフレインが多い。

「あんただって、やらねえでねえか」

増田が反撃すると、

「ああ、おれはやらねえよ。いつおれがやると言った？　おれは、やらねえから、人のことも言わねえんだ」

「吉永がやっから、あんた助かってんでねえか。吉永が本気で走れば、あんたビリでねえか」

私の名が出る。すると二人は、ちらちらと私を見ながら争うのだった。確かに私は、第十五号のビリを勤めた。いつも尻を打たれていた。私の場合は、わざとビリを勤めていたのだった。白石は、わざとじゃない。鈍重だからビリになるのだ。私は、わざとなんて気障だと思った。だが、全部が、わざとというわけではなかった。水浴のときの尻叩き、あれは実は痛くなかったのだ。先を争って逃げるに値しない痛さだったのだ。白石が大仰に、ウェーと悲鳴をあげたのも、痛かったからではないだろう。興じていたのかも知れないのである。――だが、にもかかわらず私は、あの尻叩きで点数をかせいだ。監獄にほうり込まれて以来、よく私は、間違って貰められる。

「あんたは、ビリを買って出ておるんじゃのう。みんなのために犠牲になってくれとるんじゃのう」と憲兵の一人から言われた。「そんなわけじゃありませんよ」と私は言う。するとますますいい格好になる。その種のことが多かったな。だがインケツのガル公がやって来ると、私は被害を蒙らないように、ひたすらちぢこまっていたのだった。チーホアには、インケツのガル公と呼ばれていたフランス兵がいた。インケツというのはオイチョカブの用語で、最低という意味だそうだ。ガル公は、ガルジアンのことである。インケツのガル公は、鳴り物入りで登場するのだった。あるときは第十三号のほうの階段から、あるときは第十六号のほうの階段から、ボンボボ、ボン、ボンボボ、ボンと、口でマーチを奏しながらやって来る。ボンボボが聞こえると私たちは、白羽の矢を怖れる小娘になるのだ。息をひそめ、化石になるのだった。動いてはいけない。目だつからだ。石になって、人身御供の不運が自分から外れることを願うのだった。誰か、他人《ひと》に当たることを願うのだった。最初に奴が現われたとき、ボンボボと口を鳴らすのは、陽気な性質だからだと思われた。だから補助憲兵のひとりが奴を見て、愛想笑いをした。すると、「クワッ（何だ）」インケツは憎々しげに言い、鍵をあけて雑居房に入って来た。

補助憲兵は後ろ向きに立たされて、モッコ褌の尻を蹴られた。鋲のついた編上靴で。蹴られると補助憲兵は、チャップリンの歩き方で数歩ちょこちょこと前進した。インケツは追いかけても一つ蹴った。補助憲兵は、またちょこちょこと前進した。

私は、同情するよりも、おかしかった。だが、見ているだけで、自分の尻が痛かった。あれは痛いのだ。以来、奴が来ると、私たちは視線を合わせないようにした。視線が合っただけで、「クワッ」だ。ところがインケツは、今度は、随意に入って来て、随意に誰かを引き起こしては蹴るのだった。増田に白羽の矢が立てられたことがあった。その恐怖の時間に、誰かがクシャミをしたのだ。誰かがクスッと笑った。するとインケツは、待ってましたとばかりに、「キイ（誰だ）」と叫んで入って来た。増田は、「ノン、ノン、私、ノン」と必死に弁解したが、むだだった。インケツは、「トア（おまえだ）」と怒鳴って、増田の尻を蹴った。増田の尻にはみみず腫れが走って、数日、動けなかった。

私は、痛くない尻叩きのほうには応じたが、痛い尻蹴りのほうは、逃げていた。私の隣りにいた増田が引き立てられたとき、一瞬、私は怯え、それから、助かった、と思った。こういうのを何と言うのだろう？　段階的処世？　痛くなけりゃ殴らせて、痛けりゃ逃げる。だがチーホアの、ここもそうだが、処すべき世間とは何だろう？　たとい三十五人の集団でも、そして檻の中の生活でも、処世の必要な世間というものがあるのだろうか？　いったい私たちに、目的というものがあるのだろうか？　目的といえば、釈放だけだ。あるいは刑が軽いこと。それだけだ。ほかになにかあるだろうか？　だがこれは自分の力ではどうにもならない。してみると、目的というのはおかしい。では何だ。願望か。だがいずれにしても、私たちは能動的になることはない。ここで私たちに、なにかやれることがあるだろうか？　どうすればいいのかわからない。――してみると私のやっていることなんて、なるようになってるということなんだ。それだけなんだ。段階的、だなんて、しちめんどうくさいことじゃないんだ。

白石は、へへへ、をやるから、気が弱いように見えるのだ。いったい私は、何度、白石のへへへを聞かされたことだろう。

私が白石とはじめて会ったのは、マルタン兵営でだった。仏印事件で、フランスの俘虜ができて、各部隊から役に立たないやつばかり集められたんだ。私は、俘虜収容所に転属になるまでは、班長からは〝お荷物〟と呼ばれ、軍医からは〝お得意さん〟と呼ばれていた。私は、戦争が終わるまで一等兵だったが、一等兵のやることと言えば、歩哨と当番と荷物の運搬だ。私は荷物を担ぐとすぐ熱が出た。それで医務室では〝お得意さん〟というあだ名がついたのだった。だが私は、弾丸の下では割合に勇敢だったと思っている。もっとも観念と生理とは一致しない。雲南の前線で米式重慶軍と戦ったとき、私は自分がヒロ子の父であるからには死んではいけないのだ、と思ったけれども、そう思っても死ぬときには死ぬんだと思った。弾をこわがってみても、運が悪けりゃ死ぬんだと思った。自分の意思や力ではどうなるものでもない。ということなら、弾をこわがることは意味がない、と思った。だが突然、迫撃砲弾がヒュルヒュルと飛んで来て、キャンと凄い音で炸裂すると、意味があるもないもないのだった。たちまち歯がカタカタと鳴りだすのだった。それを止めるために、「おれ、怖くて震えてるんじゃないぞ、寒いんだよ」と叫んでみたな。だが、なかなか停まらなかった。

雲南は高い山で、寒かったなあ。班長がここは六千メートルだ、と言ったが、まさか六千メートルはない。班長の間違い、でなきゃ嘘だ。富士山が確か三千七百いくらだから、緯度の差が気温にどう関わるのか知らないけれど、六千もあれば、氷雪に閉ざされているはずだ。ところが私たちが重慶軍と対峙した山は、緑の樹や草に覆われていて、農村出身の兵隊は山芋を掘った。だが明け方は寒かった。もっとも、夏服で、下着まで雨に濡れて山の夜を明かせば、寒いのはあたりまえだ。豪雨に頻繁に襲われた。雲が、しばしば降りて来て、私たちを包む。月のない夜の漆黒は多分、雲のせいだ。雲が、わずかばかりの余光を吸いつくしてしまうのだ。闇い夜は、一尺先が見えないのだった。その闇に乗じて、戦闘部隊が肉弾攻撃を仕掛ける。戦闘司令所勤務の私は、戦闘部隊の攻撃が成功すれば、少し前進し、失敗すれば少し退却するのだった。ときには、道のない山腹を登ったり降りたりもしたが、同じ山道を、往ったり来たり、往ったり来たり、毎日、往還を繰り返すのが、あのときの戦闘だった。道端は人糞だらけになり、臭かったな。屍臭も臭かった。私たちは屍臭と糞の臭いを嗅ぎながら、不意に訪れる死を待つのだった。

前進、または退却の行軍が停まると、まず山腹にタコツボを掘る。タコツボは一人用だ。地形によっては、一コ分隊全員が入れるほどの大きな横穴を掘ったこともあった。私がトレードに出されたのは、なにやら峠とかいう所で横穴を掘ったときだった。第一分隊長は私に〝ほまれ〟二箱をつけることで、第二分隊長と取引をしたのだ。その日、私より〝ほまれ〟二箱分優れた第二分隊の兵隊が、第一分隊の横穴で死んだ。横穴の上に伸びていた枝に触れて破裂した弾の破片が、穴の中に飛び込んだのだった。私は追い出されたおかげで助かり、彼は私と交換されたために死んだ。樋口が足をやられたのは、あのときだ。

私は〝ほまれ〟二箱の持参金で追い出されるにふさわしい兵隊だったんだ。重い物を担ぐとたちまち熱を出し、わずか二キロか三キロの行軍にも落伍する。上等兵になろうとする意欲はなく、兵隊らしからぬことばかり言う。行軍のとき、班長はもうそろそろ私が落伍するころだと思って、気合をかけに来る。

「どうだ、吉永、大丈夫か」

「大丈夫でもありません。タンゴの足取りになって来ました」

「団子の足？　何だと？　落伍して敗残兵にやられても知らねえぞ」

勝ってもいないのに敗残兵もないものだが、班長が私を荷物だと思うのは無理もないのだ。

あの、なんとか峠に着く前、私はガスマスクを谷底に投げた。雨を吸った軍用毛布も捨てた。荷物を減らせば、少しでも行軍が楽になるからだ。ガスマスクを捨てたことで、班長から殴られた。軍隊ではガスマスクのことを被甲と言うが、被甲は軍事機密に属するもので、敵の手に渡ると重大なことになるという。

「おまえは軍法会議だ」と班長は言った。

どっちみち被甲は敵の手に入っている。だが班長は、私が捨てた一つのために、敵は、日本軍の全部の被甲が役にたたなくなるような毒ガスを発明してしまうのだと言った。

「どこさ投げたんだ。取りに行って来《こ》」と班長は言った。

取りに行って来、と言われても、取りに行けるような所ではない。谷底といっても、ちょっとやそっとの谷底ではないのだ。上から見ても、底が見えないほどの深い谷だ。私はとにかく道を引っ返したが、谷をのぞいただけで帰って来た。

軍法会議にはかけられなかったけれど、私は俘虜収容所に転属になった。

俘虜収容所には、臨部隊という名がついていた。臨時に収容所を作ったから臨部隊なのだ。五月の末、私はサイゴンの駐屯地で、班長に呼びつけられた。

「俘虜収容所作ったども、日本から船が来《ち》ねえんだな。俘虜収容所は元来、朝鮮人か台湾人の軍属にやらせることになっている。だが運べねえんだな。そこで各部隊から、役に立たねえ兵隊ばかり、集めることになった」と班長は言った。樋口は足の負傷で役に立たないし、私は、もともと役に立たないのだ。「おめえも、ここよりは収容所のほうが、よかんべや、え、吉永」

臨部隊の本部は、マルタン兵営にあった、植物園の近くだ。マルタン兵営は、それまでフランス軍の兵営だったのだ。

私と樋口がそこに着いたとき、増田は、古靴の山に坐り込んで、自分の足に合うやつを物色していた。建物の幾つかが破壊されていて、靴のほかにフランス軍の飯盒や水筒や雑嚢などが散乱していた。

「おまえ、どこの部隊だ?」

と樋口が言うと、増田が、

「〇三です」

と言う。

なるほど、戦闘の役に立たない兵隊が集まっていた。左肱が曲がらない増田に隻眼の白石。足をひきずる樋口に、体に二十余りも弾の破片が入ったままだという下士官もいた。戦傷者でないのは、金井中尉と私だけだった。そう。本所長の元石大佐も戦傷者ではない。だが見るからに老いぼれた将校だった。それでもさすがに職業軍人らしく、声だけは凛としていた。

私たちはここで、泰緬国境の収容所から転属になって来た朝鮮人軍属と合流し、元石大佐の演説を聞いた。

「俘虜は武器なき敵である。いついかなるときにも、俘虜が敵であることを忘れてはならない。俘虜が逃亡を図れば、ただちに射殺せよ……」——

サイゴン中央刑務所の第十三号雑居房で、私たちは、元石大佐と再会した。元石はどういう理由からか、チーホアを経ないで、シャバからじかに、ここに入れられていた。あれはどういうわけだろう。

彼のいる列は、壁際だった。彼の列には師団長の那須中将、工兵隊の丸目大尉、警備隊の須貝大佐、北橋中佐、収容所のタバナケ分所長の金井中尉、タクセン分遣所長の白石少尉たちがいた。中将だけがマットを敷いていた。「それでなくても狭いのに、やつにだけマットを敷かせる手はねえ」と民間人《シビル》の一人が陰で息巻いたが、直接、中将にそれを言って咎めた者はいなかった。監獄では、権威は暴落していた。だが、すっかり消滅してしまったわけではなかったのだ。

マットについての批判はあったが、中将のまわりには、人がよく集まった。彼には柔軟で人なつこいムードがあり、話が面白かったからだ。

大使館付武官として欧米をまわった彼は、ひとくさりあちらの話をした後で、

「ところで君たち、婦人の手にキスするときにはどうやるか、知ってるかね。これがなかなか、

むつかしいんじゃ。タイミングよく、ナチュラルにやらなきゃ、さまにならんからの。やってみましょうか、こうするんじゃ」

彼は陸軍伍長の手をつかむ。伍長は、閣下のキスを受けると格好がつかず、体をもぞもぞと動かすのだった。

これなんだい？ という漫才か何かの真似が、監房の一部で流行っていた。これなんだい――おはな。これなんだい――おくち。これなんだい――おっぱい。これなんだい――おへそ。これなんだい――うっふん、ばか。というのだ。中将もあれをやった。隣りに寝ている丸目大尉の胸を突いた。これなんだい。丸目はどうしていいかわからず、赤くなって弱り果てていたな。

元石大佐には、そういうくだけたところはない。くだけたところがないどころか、ろくに口もきかないのだ。彼が話をしに行く相手は、那須中将だけだった。何を話すのか、彼は、那須の前に、しゃちこ張ってかしこまり、誰かが来ると、そそくさと自分の席にもどって、再びぽつねんと、仏像のように坐り込んでしまうのだ。

私がチーホアから移って来て、半月ぐらい経ったころ、元石は元帝国領事の柄崎と、腕力沙汰の喧嘩をした。そう、あれも、サンダル下駄だった。腕力沙汰とはいっても、柄崎が元石の額を、サンダル下駄で一発、パチンと打っただけの喧嘩だが。

元石が便所から出て来るのを、元帝国領事が待ち構えていたんだ。パチン。

「何をする!」と大佐が一喝して、それから二人は、ギャギャと何かわめき合った。

大佐は自分の席に戻ってあぐらをかき、真っ赤になって憤っていた。

元帝国領事も自分の席に戻ったが、柄崎は大佐のほうをちらちら見ながら、部屋じゅうに聞こえるほどの声で、打擲の理由を説明した。

「あいつ、後から来て、先に小便しやがった。常識が、はずれとる」

大佐は、それを聞いて、もごもごロを動かしたが声は出さなかった。もはや彼には生気がない。狷介で孤独な、塩干魚のように痩せた老人。汚れたよれよれの褌を、肉のそげた尻に、申しわけばかりにつけて、他人から無視され、自分も他人のことは考えず、静かに、というよりは、死んだようになって、ぽつねんとお迎えを待っている枯木のような老人。

監獄に入って、変わった奴と変わらない奴がいる。俘虜収容所の連中のほかは、入獄前はどうだったのか知らないわけだけれど、憲兵は一般に、あまり変わっていないような気がする。収容所関係では、白石だけが、変わっていない。ずっと以前のことは知らないけれど、収容所の白石と監獄の白石と、変わっているとは思えない。だが、ほかの連中は、みな変わってしまった。元石も、金井も、樋口も、増田も。ミイラみたいに枯れてしまったり、エキセントリックになったり、確かに変わった。私も、かなり、変わったかも知れない、と思っている。自分では、センチメンタルになったのではないか、と思っている。

多かれ少なかれ、こんな目に会っていれば変わるのがあたりまえだと思っているのに、白石だけが石のように変わらないというのは、やはり彼の神経は、私たちと違ったものなのかも知れない。

彼は、監獄生活ではカルシウムが不足になるから、と言って、茹卵の殻を丹念に砕いては飲むのである。それを見ると私は、彼がタクセンのニッパハウスで、部屋を明るくするのだと言って、壁に白い紙を貼りつけていたのを思い出す。

「部屋が暗いと眼に悪い」

と白石が言った。

「しかし、もったいないですね。紙はこれから、貴重ですよ」

と私が言うと、白石は、子供が悪戯で咎められたときのような顔をして、

「へへへ、そういえば、もったいないね、へへへ」

白石がへへへ、をやると、金井中尉がそのたびに叱るのだ。私たちが、タクセンの分遣所にいたとき、金井はトラックの助手席に坐って週に二度くらい、タバナケの分所からやって来た。

「アメリカが上陸したら、最後は、このラオスが決戦場ということになるんだ。そのとき俘虜をどうするか、考えておかなくちゃ」

と金井が言った。

「毒ガスで、皆殺しにしましょう」

と白石が言った。

「どこに毒ガスがあるの。馬鹿なこと言っちゃいかんよ」

「へへ、冗談ですよ、へへへ」

「馬鹿みたいな笑い方するんじゃないよ」

そして、白石が金井に叱られると、増田が口惜しがるのだ。

「カナチュウのやつ、ふけめし食わしてやる」

あのせりふも何度か聞いたなあ。だが金井は、タクセンの飯など食わなかったな。金井にはいつも、フライパンを持った当番がついていた。当番が特別に料理を作る。そういえば増田は、白石の当番だったんだ。だから白石が叱られると面白くなかったのだ。それにしても金井は、白石をよく叱る。叱られれば叱られるほど、白石は、へへへ、をよくやる。

チーホア刑務所からサイゴン中央刑務所に移されたときには、白石は二度、金井に叱られた。最初は、手錠をかけられたときだ。チーホアのビューロー（事務室）の前で、私たちは二人ずつ、お手々つないで式に手錠でつながれた。警備隊の須貝大佐と同じく警備隊の北橋中佐。工兵隊の丸目大尉と収容所の金井中尉。白石少尉と樋口兵長。増田上等兵と上等兵の私。階級を意識してお手々をつなぐ。北橋中佐はすんでのところ、金井中尉とつながれそうになって、ノー、と言って、大佐の横に並んだ。手錠は外国映画などで見るような、手首にパチンと打ちつけるやつではなくて、二つ合わせて、ネジで留めるやつだった。握りこぶしを突き出すと、フランスの憲兵が、柱時計のゼンマイを巻く鍵のようなやつをとりだして、ゆっくり回してネジを止めて、「ヴァラ（よし）」と言った。手錠をかけられると、われながら罪人らしく思えた。なにか取り返しのつかないことをしてしまった。破廉恥なことをしでかしてしまった。たとえば、——もし私が罪を犯すとすれば、何をやるだろう。殺人や強盗などやれるわけがない。泥棒や痴漢でもない。そのケがないとはいえないけれど、やっぱり、詐欺だ。——とにかくヒロ子には見せたくないザマだと思った。だが、いま四つのヒロ子が見ても、わからないかも知れない。ヒロ子ちゃんもする、なんて言いだすかも知れない。「手錠ってやつは、屈辱を感じるなあ」と私が言うと、「感じる、感じる、へへへ」と白石少尉。

すると金井中尉が、

「馬鹿みたいな笑い方をするんじゃないよ、きみ」

それから小型トラックに載せられた。三人の憲兵が、カービン銃をかかえて乗り込んだ。一人が私の横に腰をおろした。半年振りに私は、街の人を見た。至近距離で。だがそれは、見た瞬間には、遠ざかってしまった。あとへあとへと飛んで行く、森や林や田や畑、あとへあとへと飛んで行くと、歌うでもなく呟くでもなく口にしていると、憲兵が何だと言う。日本の囚人の歌だと言ってやると憲兵は、珍しがって聴いている。森や林や田や畑ではなくて、安南笠をかぶって天びんを肩に、裸足でひょくひょく拍子をとりながら歩く女や、バナナの葉の包みを下げて、アオザイの裾を翻して歩く女、路傍のコーヒー屋の七輪の上で、ポッポと湯気を立てている薬缶、シャラシャラ鈴を鳴らしながらすれちがう馬車などが、あとへあとへと飛んで行った。私は護送のフランス憲兵に言った。サイゴンのコンガイ（娘）は一回いくらだろう？するとフランス憲兵は、たぶん十ピアストルだが、みなマラード（病気）持ちだからパボンだと言う。私は安南女がバナナの葉の包みを解いて、支那鍋に豚肉をぶちまけるシーンを思い描いた。チャーッ。脂の弾ぜる音。あなたおなか空いたでしょ。すぐ作るから待って。私はまたフランスに言う。フランスのチンポコは大きいな、敬意を表します。憲兵は、オー、ノン、ジャポネとメームショーズ（同じもの）だと言って笑う。私は、眼と鼻の間を濡らしてしまったな。刺激が強過ぎる、街の女を近くで見るのは。克子は、私のために肉をいためたこともなく、私から金をもらったこともなく死んでしまった。私と知り合って、わずか一年で死んだ。新宿旭町の二畳の私の部屋で抱き合い、街を歩き、ぼそぼそ話をしただけで。私を非国民だと言って責め、ヒロ子を生み、死んでしまった。私の顔を見て憲兵が、どうしたと言う。安南コンガイを見たら死んだ女房のことを思い出した、と言うと憲兵は、首を振り、肩すくめをした。女房と言ったが克子は女房か。あなたがまともな職につかないかぎり、結婚は許さないって言うのよ、と克子は言った。あのころの私は、新宿貨物駅前の運送店主の居候だった。飯は食わしてやらあ、と気風のいい店主は言った。変わった人もいるものだ。あのころ私は、学校をやめて無頼の生活をしていた。私の親は、私を正道にもどすためだといって、仕送りを止めた。たちまち私は食い詰めてしまった。配給の米を煮て、塩をかけて食い、水道橋のアテネフランセにフランス語を聞きに行った。月謝を払わずにもぐり込んでいたら、見つかってしまって、それからは行くわけにはいかなくなった。貨物駅前の運送店に飛び込んで、何か仕事をさせてくださいと言うと店主は、貧弱な私の体つきを見て、何かできるかね。

「何か、さしてください」と私は言った。

「じゃ、貨物駅の構内に行って、うちの荷物の番でもしてろ」

荷物の上で昼寝をするのが、私の仕事になった。確かにあれは、まともな職とは言えない。克子の父は市電の運転手で、克子は電気屋の女店員だった。私は、克子と出会ったころからフランス語の勉強をやめてしまった。――

小型トラックは、相乗り自転車を追い越し、シクロ（足踏み三輪タクシー）を追い越した。洋服屋の店の硝子の中で、ミシンを踏む女の顔がちらりと見えた。アイスキャンデー売りの少年が声を張り上げる。「カーレンカーイ」私たちを見て、ニッポン、ジョートーと叫んだ安南人がいた。

フランスの憲兵を突き飛ばして、逃げたらどうだろう、と、ちょっと思ってみたが、そんなことができるわけはない。手は増田につながれているし、たちまちカービンで穴だらけにされてしまう。

私たちは中央刑務所に直行するのではなく、いったん裁判所で降ろされた。廊下でしばらく待たされた後、一人ずつ部屋に呼ばれて、書類にサインをさせられた。何のサインかと通訳に訊くと、起訴されたこと認めますサインです、と言った。刑務所は道路を隔てて裁判所と向かい合っていた。刑務所の前には、ホットドッグ屋が屋台を出し、草菓子屋やカーレンカイ屋が、籠や箱を据え、賑わっていた。刑務所の門には、メゾン・サントラル・ド・サイゴンと書いてあった。

「ここは、カチナ通りというサイゴンで最もシャレた通りのはしなんだ。東京で言や、京橋か新橋といった所さ。だからメゾンなんて気どってやがんだ」金井が知ったかぶりを言った。

ビューローでリストとの照合が終わると、マガザン（保管所）に連れて行かれ、飯盒だの、編上靴だの、軍衣袴だのを預ける。係が、私たちの毛布包の中から、持ち込んでいいものといけないものとを選り分け、終わると、アレ、アレ（行け）と言う。

ガルジアンに従いて中庭を出ると、頭の上で、カランカランと鐘が鳴った。

「正午の鐘だな、あれは」と私が言う。

「ヨーロッパの修道院みたいな感じだね」と白石が言った。

「行ったこともないくせに、きざじゃないか」と金井。

「いや、映画で見たんですよ、へへへ」

チーホアと違って、雑音がすさまじい。雑音は、話し声の集合だ。チーホアは、平原の中の砦《とりで》みたい。デビイ・クロケット戦死の場所だ。そんな感じだった。ここはまるで遊園地だ。青い囚衣を着た安南人が、食事の桶を抱えて私たちの前をよぎる。庭には、赤や黄のカンナの花が咲いている。監獄にもいろいろあるものだと感心していると、白石少尉が、

「われもまた、莫蓙をかかえて赤黄の、カンナの庭を歩くよ、裸足で。へへへ、あんまりうまくないねえ、へへへ」

「馬鹿みたいな笑い方をするんじゃないよ、白石君」

プレオー８に来てからも、白石は金井に叱られてばかりいる。だが最近では、白石も金井を侮りはじめているようだ。金井が「馬鹿みたいな笑い方をするんじゃないよ」と言うと、「わたしゃ、馬鹿ですからねえ」と口返答をするようになった。いくら金井が、かつての直属上官であっても、あれほど女性化したのではだめだ。「馬鹿みたいな笑い方をするんじゃないよ、きみ」と、「僕、嫌よ」が両立するわけはないのだ。

小便をしてもどって来ると、トヨちゃんが眼をさましていた。

「寒い」と言ってトヨちゃんは、体を私に押しつけてきた。確かに寒い。サイゴンは南の国といっても、二月の夜は寒いのだ。桶の小便の量が、目だってふえる。私はトヨちゃんと抱きあって、暖め合った。

私の隣りがトヨちゃんで、その隣りが樋口だ。その隣りに増田が寝ている。トヨちゃんが来るまでは、私の隣りは増田だった。トヨちゃんははじめ、補助憲兵の列の中で寝ていた。トヨちゃんも補助憲兵だったから。ところが補助憲兵の間で、トヨちゃんの奪《と》り合いが始まった。補助憲兵のひとりは、トヨちゃんが一緒に寝てくれないといって、毛布をひっかぶって、まる一日、唸り続けた。二日目からは唸り声は衰えたけれど、依然として毛布をかぶって寝たままだった。

彼は、最近は起きているけれども、凄い目付で私をにらみつける。トヨちゃんが私の所に逃げて来たのは、彼のためだ。

「俺、ヨーさんの隣りに寝てもいい」とトヨちゃんは言った。

「ああ、いいよ」と私は答え、増田に、「きみ、少し向こうに寄ってくれないか、俺も寄るから」と言った。

あのときは、増田も喜んだのだ。喜んだといっていい。増田は、トヨちゃんとは同郷だったし、上等兵同士だから。増田は、何か共通するものがあると、チームを作って立て籠りたがる傾向がある。白石とは〇三の同士で、樋口と私とは俘虜収容所の兵隊同士で、トヨちゃんとは同郷の兵隊同士というわけだ。だからトヨちゃんが来たことを喜んだのだ。ところがトヨちゃんが私と抱き合って寝るので、彼は面白くなくなってきたのだ。

「見ちゃおれんだよ。馬鹿々しくて、見ちゃおれんだ」

と言って増田は、樋口に、寝場所を変えてくれと頼んだのだ。

補助憲兵の笹倉が、叫びはじめたのは、トヨちゃんが私の隣りに来てからだった。笹倉は、突如として、ギャーと、力いっぱいに叫ぶのである。

「監獄の生活、もう飽きたぞ！　頭が変になった！　やれん、やれん」

そうかと思うと、笹倉は、私の前に来て、正座して、頭を下げて、

「仲住トヨちゃんを、たまには俺んとこ、寝かしてくんしゃい」

と言う。

「トヨちゃんが行きたけりゃ、行けばいい」

と私は言う。

すると笹倉は、今度はトヨちゃんに何度も頭を下げながら口説いたんだ。トヨちゃんは断りきれなくて、一晩泊まりに行ったんだ。そして、朝、帰って来ると私に言った。

「ヨーさん、ごめんね」

トヨちゃんが泊まりに行った夜、私は寂しかった。けれども私は、「馬鹿だなあ、なんで謝るんだ」と言った。

私はこの雑居房で芝居を始める前に、丸目大尉と〝コロビクレコード新譜発表会〟というのをやった。私が詞を書き、丸目が作曲して、丸目が歌うのである。味気ない、憂鬱な監獄生活に、退屈しのぎを持ち込もうと申し合わせてのことだったが、芝居と違って、私と丸目の歌は歓迎されなかった。変に上品ぶったからではないかと反省している。

「キャプ・サン・ジャックにて」という歌をつくって発表したことがあったが、流行らなかった。

砂山踏みて、青い海見たよ
ひと夜さ明けて　また行った
船が来るかと
キャプ・サン・ジャックの砂浜なぎさ
砂の陽　まぶし
鷗が飛んでた　スーイ　スーイ

という歌である。考えてみると、こんな歌が流行るわけはないのである。

「そんな、しちめんどくさい歌、パボンだよ」
と増田が言った。
それでは、というので作ったのが、「監獄の歌」だった。
朝になって昼になって夜になって
朝になって昼になって夜になって
飯食って、糞ひって、せんずりこいて、
疥癬《かいせん》つくって、軟膏《なんこう》つけて、
監獄暮らしは、やれんたい。
という歌である。だがこれも流行らなかった。
こういう歌詞は、受けないのである。もっと、抵抗のないものでなくてはいけない。たとえば、海を扱うにしても、ひと夜さ明けてまた行った、ではだめなのだ。船は出て行く、七色テープ、あの娘の瞳が泣いている、なんていうようなやつでないとだめなのだ。スイトンすすって、モンペはいて、原爆くらって、七色テープもないもんだが、そんなことはどうでもいいのである。もっとも、私の歌が流行らなかった理由は、歌詞よりむしろ曲にある。丸目の作曲した歌は、むつかしくて歌えないのである。短調で、歌謡曲調でいかなくてはなあ。スッチャン、チャカポカ、スッチャン、チャンという伴奏で歌えるやつでないとだめなんだ。

あの、受けない〝新譜発表会〟をやっていたころ、トヨちゃんが私のところに来て言った。

「俺、感激した」

「何を、感激したの？」

「ヨーさんのことだ。ヨーさんは、この監獄の中で、みんなが喜ぶことを何かしようとしているんだもんね。そういうことなかなかできないもんね」

「なに、退屈しのぎだよ。自分の気持を紛らしているだけだよ」

「そうじゃないでしょ。俺、わかってるんだ。俺、なんか手伝うことない？」

そのあとで、女性歌手として売り込んで来たのが金井なのだ。

「僕、女の声が出せるんだ」

金井の声、女の声と言えるのかな。だが、金井は、とにかく終始ピヨピヨとした声で歌ってみせて、「ね、どう？」と言った。

金井に歌ってもらうべき新曲はつくれなかったけれども、あの〝コロビク〟が〝赤めし座〟の母体になったのだ。金井を女性歌手にした芝居を書いたことがある。あれは「サーカスの唄」という芝居だった。

あの芝居で金井が歌ったのは、「婦系図《おんな》」だ。湯島通れば思い出す、おツタ、チカラの心意気、という歌である。金井は、新派が好きらしい。象の小母さんにラヴレターをつけたときの名が花柳章太郎だし……そういえば、「鶴八鶴次郎」も新派だ。それをもじった「馬七と馬三郎」で、金井の扮した馬七の口調は、そういえば新派調だった。

芝居を始めたら、みんな、爆発的にトヨちゃんを追いまわすようになった。いずれはこういうことになったのかも知れないけれど、芝居が、拍車をかけたことは確かなんだ。

ところがトヨちゃんは、私のところに来てしまったんだ。まずいんだな、それが。実は私は、退屈しのぎだの何だのと言っているけれど、それだけではなくて、みんなのため、という気持がないわけではなかったんだ。それを、口には出さず、こっそり、そういう気持を持ち続けよう、と思っていた。監獄には何もない。べたっと打ちしおれているだけではしようがない。だから、何かできることがあったら、育てよう。少しでも楽しいことを考えだして、やっていこう。芝居にも、そんな気持をこめた。そして私は、内心得意だった。パンの白いところを、みんなから少しずつ供出してもらって、ちょっぴり水を加えてこねて、麻雀牌を作ったのもそうだ。将棋の駒も碁石も、パンで作った。トランプや花札も作った。バナナと黒砂糖で酒も作った。芝居のためには鬘を作り、衣裳を整えた。むろん、全部を私が作ったわけではない。性器のついた博多人形など、さすがに私の手には負えなかった。これは特別器用な奴にしかできなかった。だがみんなで何かを作るということが、私の狙いだったし、私は〝作る〟生活のリーダーだったんだ。ところが、いまや、少なくとも芝居は、ホモの温床になってしまった。私自身、ずるずるとはまり込んでしまった。

「こんなことなら、芝居はやめよう」

と私は言いだしたことがある。だが、たちまち猛反対をくらってしまった。

「いけないよ。それだけはいけないよ。みんなが、ほんとに楽しみにしてるんだもん」

そうはいっても、やっぱり変なことになってしまったな。トヨちゃんがスカートをはいて登場しただけで、ペニスを勃起させる奴が何人もいるんだ。隠すために、何人かが、腹這いになって芝居を見るんだ。

増田の最近の態度も、トヨちゃんに関係があるのかも知れない。増田は、無口になったし、歌を歌わなくなってしまった。かつては、増田は道化を売っていたし、よく歌った。彼の十八番は、「花占い」という歌だった。北京娘の花占いは、赤い牡丹の花びらを数えて、イー、アル、サン、スー、ウーというのである。彼は口をよくあけないで発音するので、ペキンムスメがピキンムスメになり、ボタンがボトンになる。イー、アル、サン、スーが、イー、ウル、スン、スーになる。彼はチーホアの第十五号でも、この監獄の第十三号でも、よく「花占い」を歌ったものだった。簡単な振りをつけて。彼は歌うとき、肱の曲がらない左手の指先でモッコ褌の端をつまみ、右手を頭上にまわして、ポルカを踊るような格好をして、だが足は踵を叩きつけるのではなくて、ちょいと出し、ちょいと退く。単調にその動作を繰り返すのだった。ところが最近、増田は、目についで、しょびたれてしまった。歌、どころか、口数も減ったのではないか。劇団〝赤めし座〟をつくったとき、私は増田にも入座を勧めた。だが増田は、嫌だと言った。

「そんなこと、でけっかあ」

と私が言うと、

「やってみろよ、面白いぜ。乞食と芝居は、三日やったらやめられない、というぐらいだ」

「でけっか。カナチュウなんかとよ」

と増田は言った。

増田はしかし、金井中尉を仲間に入れたことが気に入らなかっただけだろうか。トヨちゃんが、二言目には、ヨーさん、ヨーさんと言うことが気に入らなかったのではないのか。だが、あのころ、増田と白石の間にも、罅が入っていた。増田と白石、つまり、兵隊と将校。そのことでも増田は苛立っていた。増田と樋口とが、金井と白石に詰め寄ったことがあるのだ。

「あんた、タバナケ分所長だったんでねすか。俺たちの上官だったんだべ。責任とるの、ありまえでねすか」

と、樋口が金井に詰め寄った。樋口は真っ青になり、金井は赤くなっていた。

「将校としての責任はとるよ。もちろんとるよ。けれども僕、そんなこと言った記憶はないね」

　と金井が言った。

「言ったでねすか。いまさら、卑怯でねすか」

「僕、覚えていないけど、白石君、きみ言ったんじゃないの」

　金井が白石に顔を向けると、白石は、

「言ったかな。言ったかどうか、忘れたなあ」

「僕は、ビシッとやれとは言ったけど、俘虜を殴ってもいい、と言った覚えはないよ。きみ、言ったんじゃないの。そりゃ軍隊の組織から言えば、きみの責任は僕の責任よ。僕の責任は元石大佐の責任よ。でも困るねえ。そういうこと言っちゃ」

「俺、言ったかなあ」

　白石は肩をまるめて、頭を掻いた。

「白石少尉殿も言ったけど、あんたも言ったでねすか」

　今度は、増田が言った。樋口と増田とは、震えていた。

　増田は、白石に対しては、依然として〝殿〟をつけている。金井に対しては、陰ではカナチュウと呼び、面と向かっては、金井さんと言っている。だがあれで増田は、将校対兵隊の対立を確認した。本所長対分所長対分遣所長対兵隊。そんな図式ができるだろうか。責任というやつが、ゴム風船の中に入っていて、こっちを押えると、むこうがプーと脹れる。あっちを握ると、こっちがプーと脹れる。それはいつも一定量で、脹れる場所が違うだけ。つまり、金井や白石の刑が重くなれば、私たち兵隊の刑は軽くなり、金井や白石が軽くなれば、その分だけこちらが重くなる。樋口と増田とは、そんなふうな考え方をしているのだ。

だがそうではない。私たちの刑は、そんなことでは決まらないのである。では何で決まるかと言うと、まるっきり見当もつかない。なにせ、戦犯裁判というのは、前例がないのだ。だから、見当をつけようにも、よりどころがないのだ。

私は、チーホア刑務所に入ったときのことを思い出した。フランスの戦犯局から出頭命令が来たのは昨年の二月だった。私たち俘虜収容所関係の者は、師団司令部の一室に集まった。元石大佐は来なかったけれど、金井中尉、白石少尉、樋口兵長、増田上等兵、私。

金井中尉は、あのとき、私たちに逃げたらどうだ、と勧めた。

「名前を変えるんだ。どう？　戦犯局には、僕と白石少尉と、将校だけが出頭すればいいんじゃないの。きみたち、逃げたほうがいいんじゃないかな。なに、危いのは復員船に乗るときだけさ。日本に着いてしまえば、もうこちらのもんだ。日本じゃ、つかまりっこないよ。占領軍はアメちゃんだから」

私は即座に、嫌だと言った。

「逃げるのは嫌です。逃げたら、やましいことがあるから逃げたということになります。それに、逃げたということで、やられる理由ができてしまいますから」

樋口も増田も、私に同調した。すると金井は、

「そう。じゃ、そうしましょ。みんなで出頭しましょ」

戦犯局は、カチナ通りにあった。私は、タクセンの分遣所で、フランスの軍医を、一発殴っている。そのことを訊かれた。だが殴ったとはいっても、一振り、それも力を入れず、ビンタをとっただけだ。あのフランスの軍医は、軍医のくせに病人を診なかったのだ。アメーバ赤痢の患者に打つ注射液がないと言って、フランスの衛生兵が、私のところにやって来た。私は、ツーターロー（ちょっと待て）と言い、日本の衛生兵のところへ行き、フランスにエメチンを分けてやってほしいと頼んだ。

「フランスなんかにやれるか」と衛生兵は怒鳴った。「戦争は長いんだぞ。あとで日本の分がなくなったらどうするんだ」

「お願いします。一本でも二本でも。とにかくいま、患者が死にかかっているんです」

「これだけだぞ。あとはだめだぞ」

あの衛生兵はいいやつだった。怒鳴りながら、そのたびに何本かくれたんだ。私は、タバコ

を彼に届けた。そのために私は節煙した。すると彼は、「いいよ、気をつかってくれなくても」と言った。

フランスの衛生兵は、私からエメチンを受け取ると、私の手を握ってメルシと言った。いい雰囲気だったんだ。ところが軍医の奴、オムレツなどパクパク食っているだけ。知らん顔をしている。だから私は、あなたは軍医なんだから、患者を診てあげなさい、と言ったんだ。最初は優しく言った。すると奴、嚊りだした。フランス語で口論して、勝てるわけがない。ついに私は、一発、やってしまった。のび上がって。

そりゃ、いいことだとは思っていない。あのときは、ああでもしなければケリがつかないような気持になっていたが、とにかく俘虜を殴ったのはよくない。けれども、あれが、〝犯罪〟だろうか。

取調べが終わったあとで、私は取調官のフランス将校に訊いてみた。

「私は罪になりますか?」

「ならないでしょう」とフランスの将校は、言下に答えた。「しかし、戦犯裁判には報復の意味があるのです。一応、監獄には入ってもらいます。しかし、一週間か十日も入れば釈放ですよ」

私はその言葉を疑わなかった。疑えば、あの晩、逃げることもできたんだ。

あの晩も、別れ道だったんだ。私は、政府だの当局だのと名がつけば、頭から疑ってかかる。新聞や雑誌や、放送も信じない。お先棒を担ぐからだ。ところが、個人的な発言には、簡単に騙されてしまう。戦犯裁判には報復の意味があるのです、などと言うところが巧みだ。取調官という公的な立場からは言えない言葉を使うところが。

「あなたは明日、プリゾン・チーホアに入ってください。今日は時間が過ぎました」とフランス将校は言った。「私も一緒に行きます。明日の朝、もう一度、ここへ来てください」

兵站に帰ると私は、遠足にでも出かけるような調子で、入獄の準備を整えたんだ。準備を整えるといっても、飯盒と水筒と雑嚢、洗面具とちり紙、襦袢と袴下、褌の替え、それだけ軍用毛布に包めば終わりだ。

私は毛布包みを、三つ作った。樋口兵長と増田上等兵の分も。取調べの順番の早かった二人は、その日、戦犯局から、兵站にはもどらずに、直接チーホアに運ばれていたのだ。フランスの将校は私に、あなたが仲間《カマラード》の荷物を持って行ってあげなさい、と言った。

翌朝、渉外部の中尉が、私を迎えに来た。私は中尉と同乗して、昨日と同じように、戦犯局に行った。フランスの将校が現われると、中尉は、グッモーニング・サーと言い、フランスはボンジューと言い、二人は握手をした。

渉外部の中尉は、にやけた奴だった。やたらに顔じゅうくしゃくしゃにした愛想笑いをして、イエース・アイ・シイ、と言っていた。私たちの車は、サイゴンの街を出ると、しばらく郊外の鋪装された道を走った。刑務所に着くと二人は、事務室で私を引き渡して車に戻った。

簡単な身体検査があった。フランス兵が、私のポケットや背中を叩いて、ボンと言った。事務室から四階の第十五号雑居房まで、カービン銃をかかえたフランス兵と並んで歩いた。第十五号の前に来ると、見知らぬ顔に混じって、樋口と増田とがしょんぼり肩を寄せ合っているのが、眼に入った。檻の中の人間は、みな褌だけの裸だった。樋口と増田も、同じ格好をしていた。銭湯の脱衣場だ。私が手を挙げて合図をすると、樋口と増田も手を挙げた。

まっさきに、一週間か十日で釈放だということを伝えてやらねばならない、と思っていた。信じないかも知れない。信じないなら、言ってやろう。俺は昨日、兵站に帰されたんだぜ。兵站からなら、逃げられるんだぜ。もし俺たちが重罪犯なら、逃げられる所に帰されるわけはないだろ。

フランス兵が、鍵をあけて、

「アレ、アントレ（さ、入れ）」

と言った。

私は、鉄格子を潜った。

バタン。

あれから十カ月経ってしまった。

チーホアの第十五号に入ったとき、私は、当分、フランスの言葉を信じていたんだ。入った日、私と寝場所が隣り合わせになった関口憲兵曹長が、

「あんたは、ブラックじゃろう」

と言った。

「何ですか、ブラックというのは？」

と訊き返すと、

「戦犯は容疑の濃さで、ベリイ・ブラックとブラックとホワイトとベリイ・ホワイトに分かれとるんじゃ。四階はみんな、ベリイ・ブラックとブラックよ。あんたはブラックじゃろう」

「俺たち、ブラックだそうだよ。室長が言っただよ」

と増田が言った。

「ブラックなどと言われると、刑が重そうですね。フランスの取調官は、一週間か十日で釈放だと言ってましたがね」

「ハハ、そんなことはない。ブラックが釈放になりますか。だが、あんたはブラックじゃけん、まだいいわい。十五年か二十年か知らんが、ま、死刑にはなるまい。わしらベリイ・ブラックは、死刑候補じゃけんの」

そう言えば、第十三号でも、鹿野兵曹長から言われたな。「いいですな、あんたがたは」

鹿野は、まるで、墓場から這い出して来た亡者みたいだったな。顔は土色で、いつもどんより虚ろな眼をして、剝製みたいだった。

「あんたは俘虜収容所ですね」

「そうです」と私が言うと、

「虐待ですね」

「まあ、そうです」

「小物ですね」

「フランスに、そう思われたいですね」と私が言うと、

「いいですね、あんたがたは。私のように死刑が決まっていては、楽しくないですよ」

鹿野の声は、抑揚のない陰気な声だった。

稲葉は、鹿野とは違って、やたらに甲高い声で騒いだ。裁判の日取りが通達されると、

「よし、よし、まだ十日生きられるぞ、最低十日はバナナが食えるぞ」

部屋じゅうに響き渡る声だった。

「死刑は決まってるけどさ、殺されるまでは朗らかにやるさ」

と稲葉は言った。

だが、あの声が、朗らかだったとは思えない。甲高いからといって明るいことにはならない。私には、彼が、はしゃげばはしゃぐほど、悲鳴に聞えた。

「まあ何ヵ月か、ここで暮らせただけでも、しあわせでしたよ。天国ですよ、ここは」

「天国とは大げさですね」と私が言うと、

「大げさじゃありません。本当に天国です」と稲葉は言った。「日本の刑務所に較べりゃね。ひどいもんですよ、日本の監獄は。壁に向かって正座させられるんですよ。まっすぐ壁を見つめていなければいけないんです。居眠りしてはいけない。姿勢を崩してはいけない。いけないずくめです。看守が覗いてまわって、ちょっとでも姿勢が崩れていると、竹で殴るんですよ。私は看守から痰をかけられた。理由なんかありません。人の顔を見ると、いきなり、ペッ、です。悪い奴だったな。あいつら人間じゃないな」

「そいつはひどい」

「騙されて、軍の監獄に入れられたんですよ。実は私、逃げようと思ったんですがね。フランスには絶対に渡さないから、逃げるな、と言うんですな。軍法会議にかかれ、と言うんですな。日本軍の刑を受ければ、フランスの裁判は受けなくともすむ。日本軍の裁判で、無期になっとりゃ、後で恩赦という手がある。――なんて、うまいことを言いやがってさ。結局、フランスが来ると、簡単に引き渡しやがった。責任を問われると困るので、うまいこと言って騙したんですな」

「何をやったんです？」

「斬ったんですよ、フランスを。ハバナクで。そいつが偉い奴だったんだ。ボワイエ弁務官とミロー弁務官という奴でね。鹿野さんと。ドクーの次ぐらいに偉い奴だったんですな」

ボワイエとミローの名が出たときには驚いた。ボワイエとミローなら、私は知っているのだ。

「いつですか、それは？」と訊くと、

「去年の八月十七日ですよ」と言う。

「じゃ、タバナケの収容所から、サイゴンへ行く途中じゃないか」

「あんた、知ってんの」

「知ってますよ。タバナケから、私が送ったフランス人ですよ」

「へえ、あんた、知ってるんですか」

と稲葉も驚いた。

「参った、参った、ヒヤー、参った。嫌だなあ。私はタバナケから、サイゴンにいる二人の奥さんに、電報を打ってやったんです。金井中尉が、ほら、あそこにいる分所長が」と私は顎をしゃくって、「電文を訳せと言うので訳しましたよ。私は二人をトラックに乗せて、握手をしました。私がボン・ヴォワイヤージュと言うと、弁務官は、ヴゥゼット・トレ・ジャンティ、ボン・サンテと言いましたよ。道中ご無事で、と言ったら、あなたはとても親切だ、元気で、と言ったわけですよ。二人は、お偉いさんだから、ってんで、二人だけみんなより一足先に発たせたんですよ。嫌だなあ」

私は、頼まれた電文に、おまえのことをいつも優しく思っている、とあるのを読んで、いいなあ、と思ったことを思い出した。電報を受け取って二人の妻は、ぽろぽろ泣いたに違いないんだ。七十歳の夫と六十五歳の妻が抱き合って、皺くちゃの頬にキスするシーンを想像して、私は、いいな、と思ったんだ。ボワイエとミローの、筋ばった、シミだらけの、金色の毛がもじゃもじゃと生えた大きな手を思い出す。あの手が、妻のシミだらけの手を握り締めるはずだったんだ。——

「二人がタバナケを出発したのは、八月十六日でしたよ。次の日には死んだわけだなあ」と、私が言うと、

「逆上してたな、あのときは。それに、日本は降伏しても、南方軍はやるかと思っていたんだ、あのときは」

タバナケを出発したボワイエとミローは、国道をハバナクまで下って、トラックから降りた。ハバナクで、船に乗り換えて、メコン河を下るつもりだった。船を待つ間、二人はその小さな町で住民たちに言った。——日本は降伏した。ヴェトナムもラオスも、また昔のようにフラン

スが統治することになった。——

「何を言うか、やっちゃえ、といって、やっちまったんですよ。それで、私の運命は決まっちゃったんですよ。だが、田沼大尉と岩下少尉は気の毒だなあ。田沼大尉からは、兵隊を借りたんです。岩下少尉からは、車を借りたんですよ。二人は日本軍の裁判では無罪だったが、フランスは共犯だと言うんですな。ま、あの二人は、死刑にはならないと思うけど……しかし、口惜しいな、やっぱり、日本に騙されたと思うと。八月十七日は、私たちにとっては、まだ戦争中だったんですよ」

稲葉と鹿野が銃殺されてから、もう、かなりになるな。

それにしても、人間なんて、はかない存在だな。逃げるべきときに逃げないと、まるで蠅叩きで蠅を叩くみたいに気楽に殺されてしまう。あるいは誰かに逢ったということで殺されてしまう。あるいは、パタン、だ。もう出られない。ボワイエとミローが、稲葉や鹿野でなく、他の人に出会ったとしたら死んでいない。稲葉や鹿野も、ボワイエやミローに会わなかったら死んではいない。会ったとしても、もしその日が一日遅れていたら、誰も死ななかったかも知れない。あるいは稲葉と鹿野が、ボワイエとミローを斬ったあとで逃げたら、死んでいない。克子は私に会わなかったら死んでいない。もっともそのかわり、ヒロ子は生まれていない。もし私が、金井の勧めに従って逃げていたらどうだろう。トヨちゃんに会わなかったな、永遠に。

そうすれば私は、生涯ホモの経験なんか持たなかったに違いない。いやこれがホモか。安南女囚との交渉も恋愛ゴッコだったが、トヨちゃんとの関係も、擬似恋愛だ。ホモというのは男と男がやることだが、ここでは一人が女を演じる。そういえばトヨちゃんも金井も〝赤めし座〟の舞台だけではなくて、日常的に女を演じているわけだ。そして私は、女を演じているトヨちゃんの相手を演じている。いったい、芝居は、私たちの人生のどの辺から始まっているのか。だいたい、監獄ってやつが、考えてみると遊戯じみている。人間が人間を檻の中に入れて見張っているなんて。だが遊戯じみていると言ってみたところで、私はそこにしかいないのだ。もし私が二十年檻の中に入れられるとすれば、二十年この状態が続くのだ。それが私の現実だ。とすれば、たとい、それが偽せの恋愛であろうとなかろうと、私はトヨちゃんに優しい気持を持とう。恋人の役を演じ続けよう。——

そういえばこの檻、大きな鼠獲りの罠のように思えてくる。私は、上半身を起こして、みんなの寝顔を眺め渡した。遠くの連中の顔は見えないけれど、鼠の死骸が、べたっと並んでいるような感じ。

トヨちゃんは、また眠ってしまった。口を少しあけて。

白い鼠に黒い鼠だな。トヨちゃんと樋口と丸目、それから私も白だ。増田と白石は黒だ。金井は中間だな。餌がいい、と言って喜んでいる。なるほど餌は悪くない。朝はパンに黒砂糖。

昼と夜とは、毎食、バナナが二本に卵が二つ。卵は茹卵かオムレツだ。毎食、ビーフシチューか、ローストチキンか、魚のバタ焼。そして白い飯。〝赤めし〟というのは、安南の残飯だ。赤い筋の入ったバサバサの飯だ。ここでは、日本と安南と、食事に差がつけられている。安南は半干の魚と赤めしだけだ。その赤めしを私たちに分けてくれるのである。明日は日曜だから、スープとサラダもつく。

「内地じゃ、これだけのものは食えないよ。芋ばかり食ってるそうだよ」と、プレオー8の鼠どもは得意になる。ほかに得意になれるものがないから。——

私はふと、学生のころの友人の茂木のことを思い出した。茂木の絵を。あいつは紙さえあれば落書風に裸を描いた。裸といっても仰向けの男がペニスを立てている構図に決まっていた。男の朝の状態だというのだが、からだの総ての線が、先の細くとがったペニスに向かって、たぐられているように集まっていて、身動きのできない感じがよく出ていた。あれはしかし、寝ている姿ではなく、吊り下げられている姿に思える。ペニスをつままれて、人間が空中で、揺れないように腹や腿の筋を必死につっぱっている。けれどもそのうちに、ペニスが切れてドサリと墜落。近ごろの私は、トヨちゃんの手が伸びて来ないかぎり、朝、あの絵のような状態にはならないけれど、私たちはみんな、あんな状態で生きているのかも知れない。ふらりふらりふら、ドサリ、の状態だ。腹の筋を張ってみても、どうにもなりはしないのだけれど、ほかにできることはないわけだ。——

や、馬車が通り始めた。あの音。だんだん近づいて来る。まだ暗いけど、もうすぐチュンロンの歌が始まるぞ。また朝だねえ。

（一九七〇年「文藝」四月号）

白い田圃

三叉路で、トラックは右に曲がった。

この道がどこに行くのか、私は知らない。この辺一帯をイラワジ・デルタと言う。この道はイラワジ河に沿って南下しているように思える。だが、行く手にどんな地名があるのか、私は知らない。それにイラワジ・デルタなどと言ってみても、私のそれについての概念というのが、曖昧模糊としている。班長が、この辺はイラワジ・デルタだ、私たちが駐屯しているネーパン村は、イラワジ・デルタの村だ、と言った。だが、そう言われても、イラワジ河のどの辺からがデルタで、どの辺までがデルタか、はっきり言えと言われると模糊としてわからない。ネーパン村は、いったい、ビルマのどの辺になるのか？　私にはよくわからない。――おおまかなことなら言うことができる。私はビルマの地図を、漠然となら描くことができる。ビルマは、顎がやたらに長く伸びたような、人間の横顔のような形の国だと思っている。その後頭部のあたりから、鼻または口に相当するあたりに、河が三本流れている。東から西に順に言えば、サールウィン河、シッタン河、イラワジ河、だ。三本とも、水量の豊かな河だ。ネーパン村は、イラワジ河の、中流もしくは下流の沿岸にある。沿岸と言っていいだろうか。ネーパンから河は見えないのだ。

だが、河からいくらも離れていないのは確かだ。ネーパンから東へ、七キロか八キロ、せいぜい十キロも行けば、河に突き当たるのではないか、と思っている。私は、ネーパンに来たときのことを思うと、そんな気がするのだ。私は泰緬鉄道でタイからビルマに入って、モールメン、ペグー、ラングーンなどという町を経て、西へ西へと来た。そのとき、サールウィン、シッタン、イラワジを渡り、河の名を覚えた。鉄道は、イラワジの東方で切れていて、そこから徒歩の行軍になった。

あのときは、夜、エンジンのついた筏でイラワジ河を渡った。河岸には百台ほど牛車が待っていて、ビルマ人の御者が、ケノア、ケノアと叫んでいた。ビルマ語で牛のことをノアと言う。ケは掛声で、さあ、とか、それ、とかいったほどの意だ。私たち兵隊は、イラワジを渡ると、積荷組と卸荷組とに分けられた。積荷組は渡河点で、トラックや牛車に荷物を積む。卸荷組は駐屯地に先発して、荷物の到着を待った。

私は卸荷組のほうだった。竹藪の中で待っていると、トラックや牛車が駆け込んで来る。私たちがそこへ行って背中を向けると、こらさんやのどっこいしょ、と言いながら、載せ役の兵隊が、箱だの袋だのを私たちの肩に載せるのだった。私たちはそれを、指定の場所に、こらさんやのどっこいしょ、と言って積み上げるのだ。

　夜が明けるまで荷役をやり、夜が明けると大工をやった。空襲を受けたとき被害が少ないように、あちらの竹藪に一軒、こちらの竹藪に一軒と、分散させてニッパハウスを建てた。営門や立哨小屋や衛兵所も作った。営門は丸太を二本、地面に打ち込んだだけだったが、立哨小屋と衛兵所は、ニッパで屋根を葺き、アンペラでまわりを囲った。

　衛兵所を作りながら私は、ここでもまた、捧げ銃とキャーラーをやらされるのか、と思って、うんざりした。衛兵所を作るのは、自分の墓穴を掘るのに似た気分がある。私たち師団司令部管理部衛兵隊の兵隊には、三日に一日の割で衛兵勤務というのがまわってくる。なんでこんなアチャラカ芝居のようなことをやらされるのだろうと、悲哀を感じる。立哨者が銃を、昼は立て銃《つつ》、夜は腕にかかえて、営門やそのほか、決められた場所に立つ。控えの兵隊たちは、衛兵所で、記念写真を撮るときのように顔を並べて腰かけている。そこへ将校が来る。すると、立哨者は捧げ銃をやり、控えの兵隊は、最初に将校の姿を見た者が、キャーラーと、けたたましく叫ぶ。敬礼、と言っているのだが、キャーラーと聞こえる。肝腎なことは、正確な発音をすることではなく、元気で大きな声を出すことだ。内地の兵営では、内務班と呼ばれる部屋から出るとき、または入るとき、戸口の所でいちいち、どこへ行くのか、どこから帰って来たのかを、元気で大きな声で叫ばなければならなかった。徳吉二等兵ベンジョバッチャマイリマー、それが、便所へ行って参りますと聞きとれなくてもよい。正確に発音しても、声が小さいと叱られる。声が小さい、やり直し!

兵隊の一人が、キャーラーと叫ぶと、控えの兵隊は、一斉にぴょこんと立ち上がって不動の姿勢をとり、眼は将校を見詰めなければならないのだ。衛兵司令という勤務名の下士官が、兵隊の後ろで挙手の礼をやる。すると将校は、格好をつけた挙手の礼で応え、なかには、ご苦労、などというやつもいる。衛兵隊長の尾形大尉は、私たちの直属上官だから、むろん、ご苦労、と言う。それも二つ重ねて、ご苦労ご苦労、と言う。将校が私たちの前を通りすぎると、衛兵司令が、休め、と号令をかけ、私たちは腰をおろして次の将校を待つのだ。

私は、衛兵勤務のときは、ビルマ語を勉強することにしていた。参謀部に勤務している兵隊に頼んで、『日緬会話』という四十ページほどの本を入手して、それをもとに中学生がやるように、語学カードを作った。控えのとき、手に握ったカードをちらちら見ながら、覚えるのだ。

立哨中、または動哨中には、架空の相手に小さな声で話しかけてみる。普通、司令部の竹藪の東側にクリークがあって、そこに立つ歩哨は動哨することになっている。歩哨は、立哨地点から三十メートル以上離れてはいけないことになっているが、動哨と決められた場合は、決められた範囲を歩きまわるのだ。架空の人物を相手のビルマ語会話は、動哨中のときのほうが、やりやすい。営門の立哨は、衛兵所から見られているが、クリークには、ときどき週番士官というのが襷《たすき》をかけて巡回して来るだけだからだ。とくに夜は、少し声を出して、チー・キャイテー（愛してるよ）だとか、ミン・ガラ・サウン・バー（結婚してください）などと、アクセントをつけて、迫真の語調で言ってみる。架空の人物を相手に、と言ったが、そのとき私は、鍛冶屋の娘マッタンチンを思い浮かべている。チー・キャイテー・マッタンチンと言ってみることもある。そのうちに誰かが来る。夜、動哨していて人影を見た者は、押し殺した声で、誰か、と言わなければならない。すると、××中尉、だとか、△△少尉だとか、答えが返って来る。歩哨は、夜は一般に銃把をパチッと叩いて捧げ銃をやる。音で、捧げ銃をやっていることを将校に知らせるわけだ。

非番の将校が夜、クリークを越えるのは、慰安所に行くのだと思って間違いない。ネーパン村では、ほかに行く所がないのだ。営門から百メートルばかり東へ行くと、先刻通り過ぎた三叉路があって、午前中、一時間ぐらい、三叉路の周辺でゼー（市）が立つ。だがネーパン村のゼーは、十か十五ほどの露店が出るだけの、わびしい市だ。そして村の賑わいと言えばそれだけで、夜は、散在する民家からランプの灯がちらほらと漏れるだけの森閑とした村になるのだ。

ときどき、野良犬の遠吠が聞こえ、トッケイがトッケイ、トッケイと鳴くだけだ。

慰安所は、先刻、またたくまに通り過ぎてしまった。慰安所は、三叉路からこの道を百メートルほど来ると、道から少し引っ込んだ竹藪の中にある。小原上等兵が、桃子とも当分お別れだなや、と言ったときが、慰安所の前だった。私たちがネーパン村にニッパハウスを建てて三週間ほどすると、朝鮮人の慰安婦が十人ほどやって来た。彼女たちはみな、桃子だの、小百合だの、鈴蘭だのと、花に因んだ源氏名をつけていた。

衛兵隊長の尾形大尉は、桃子のところに通っているという話だが、ネーパン慰安所のナンバーワンは、桃子ということになるだろう。尾形や班長の大沢軍曹や小原上等兵、そのほか桃子がお目当てで行くやつが、圧倒的に多いようだ。桃子もナンバーワンを自覚して、スター気どりだ。たまたまベッドが空いたからといって、ほかの慰安婦のように客を誘ったりはしない。アンペラの戸から、ハンカチを振り回しながら出て来て、ちょっとシナを作ったポーズで、アチュイワ、カナワンワ、と鷹揚に言いさえすれば、たちまち兵隊がむらがって順番争いを始めるのだ。彼女は、選びさえすればいいのだ。

私は、金がないので、桃子には近寄らなかった。一回の値段は、公式には将校が六円、下士官は四円五十銭で兵隊は三円五十銭と決められているのだけれど、男たちは彼女たちに好かれるために、公式の値段表を空文にしてしまった。桃子のようなスター慰安婦になると、十円が相場だということだ。私の月給は二十三円五十銭だし、そのうち十円は目時一等兵に持って行かれてしまう。目時は毎月、私に十円貸してくれと言う。おれたち、どうせ死ぬだろう、おれまだ、やったことないんだ、死ぬ前に、やってみたいよ。目時が私にそう言ったのは、フィリピンに上陸してしばらく経ってからだった。小原上等兵のように、塩だの員数外の靴下だのを巧みに入手して、それを売って金をつくればともかく、二十三円五十銭で足りるわけがない。そこで目時は私から借りるのだった。彼が死んでも、私が死んでも、あるいは二人とも死んでも、貸した金は戻って来ないわけだが、彼は、そのつど、そのうち返すからな、と言うのだった。

私は目時から金を返してもらおうとは思っていない。彼のために私は、いっそう、桃子どころか、一回五円級の慰安婦に接することも困難になってしまった。けれどもそれは構わない。私はまだ二十六だ。性欲がないわけではない。だが軍隊の慰安所という所には、あまり行きたいとは思わなかった。私は一度しか、そこへ行ったことがない。私が接したのは、おそらく私より十も年上の、梅子という女だった。兵隊たちは梅子のことを、梅干ばばあ、だとか、梅干、だのと呼んでいる。梅干は、二十代の慰安婦たちに比べると、器量も劣り、体つきも醜い。身のこなしが直線的で、オイチニ、オイチニと小学生が体操しているような感じがあった。髷もよくない。角力の褌かつぎのような、慈姑《くわい》のようなチョン髷を結っている。私が梅干を選んだのは、彼女だけは順番争いの対象になっていなかったからだが、私は梅干のチョン髷を見ながら、寂しい想いになった。おれも、梅干も同じようなものだ。私たちは何千回となく、キャラーや、こらさんやをやらされているわけだし、彼女たちは何千回となく、性交をやらされているわけだ。拉致されて、屈辱的なことをやらされている点では同じだ。梅干は徴用されたとき、コーパ（工場）へ行くのだと思っていたのだそうだが、私たちが徴兵を拒むことができなかったように、彼女たちも徴用から逃げることはできなかったのだ。そんなことを思っていると、どうにも気が滅入ってしまうのだった。彼女たちは同族だ、だから親しくやっていかなければならない、と思ってみても、理屈だけでは親しめなかった。遊廓には通ったのに、慰安所に抵抗を感じるのは、矛盾しているだろうか。いずれにしても私は、一度、梅干に接して、もうこんなことはよそうと思った。——

ネーパン村を出て、もうかなり走った。にもかかわらずイラワジ河に行き当たらないというのは、やはり私たちは、河沿いに南下しているわけだろう。このまま、どんどん南下すれば、いつかはベンガル湾に行き当たるのだろう。むろん、そこまでは行かない。その前に私たちは、トラックから降ろされて、某村を包囲するわけだ。目標の村の名は、尾形大尉は言わなかった。出動命令がかかったのは、今日の午後で、それも夕方近くなってからだった。班長が、第一分隊と第二分隊は作戦さ出動だ、と言った。百二十発ずつ、弾薬を渡された。私は弾薬を受け取ったときから、死ぬかも知れない、と思い始めていた。弾薬は重いから。――私は作戦と聞くと、弾に当たって死ぬことより、行軍で落伍して死んでしまうイメージにとりつかれる。私はゴム人形で、弾薬は文鎮なのだ。他の兵科のことは知らないが、重機関銃分隊では、兵隊に番号がついている。一番から四番までが銃手で、五番以下は弾薬運びだ。だめな兵隊ほど番号が多くなり、私は、びりの十二番だった。弾薬手は、三十キロの重機の弾薬箱のほかに、三八式歩兵銃と、歩兵銃の弾と、背嚢、雑嚢、水筒、場合によってはガスマスクまでつけて歩く。私の体重は四十九キロで懸垂は一回しかできない。私がこれだけのものを体につけると、落伍するに決まっているのだ。

落伍して、隊列から離れて、一人でとぼとぼ歩いていると、敵の遊撃隊や斥候が、私を襲う。――その場合、敵が大ぜいで勝目がなく、そして逃げられないとなれば、自殺しようと思っている。逃げられるようだったら、逃げようと思っている。弾薬箱などほうり出して。――摑えられて殺されるのはかなわない。殺す、と言われて殺されるのは、怖いだろうと思う。その点、死刑囚に比べると、ガダルカナルの兵隊は、怖さ、ということでは楽だった。食い物ではつらかっただろうが、死なないかも知れない、という気持をもちながら死んで行った。――こんなことを言ったら、ガ島帰りの小原上等兵に殴られるかも知れない。

トラックに乗る前に、軍装して並んだ私たちの前で、尾形大尉が言った。

「当隊は、ただいまより、匪賊討伐作戦に出動する。当隊は、明日、午前中に、匪賊の拠点であるところの某村を包囲する。隷下部隊から、歩兵砲が二門来て、援護する。匪賊はむろん、皇軍の敵ではない。だが場合によっては、白兵戦もありうる。しっかりやれ」

私たちがトラックに乗って、発車するまでに、ちょっと間があって、その間に班長の大沢軍曹が補足説明した。

「おめえら、たるんでっからよ、演習の代わりに実弾の飛んで来る所に連れて行ってやっから。気合かけてやっから。匪賊というのはカレン族という民族しゃ。ビルマにはいろいろ民族がいっけど。カレンというのがいるんだな。ビルマ族は色が黒いが、カレンは色が白い、ビルマは仏教だが、カレンはクリスチャンだ。キリスト教信仰して、親英的なんだな。親英的ということはつまり、反日的ということだ。いいかみんな、われわれはだな、チーパーオン、匪賊の親分の名は、チーパーオンというのしゃ、チーパーオン以下、匪賊を包囲殲滅する。みんな、早きこと風のごとく、静かなること林のごとく行動せねば、わかんねえぞ」

ビルマに匪賊がいるとは初耳だったが、そのカレン族というのは、匪賊ではなく、ゲリラだろうと思われた。フィリピンにフク団がいて、マライには共産ゲリラがいる。ゲリラは、どこに行ってもいるようだ。だが、フィリピンに上陸するとすぐフク団の話を聞かされたし、マライに移動すると、すぐ共産ゲリラのことが耳に入って来た。カレン族のことを、ビルマに来て数ヵ月も聞かなかったというわけは、どういうことなのだろう？　カレン族のゲリラというのは、つまり取るに足らないほどの戦力しか持っていないからではないのか、と思う。包囲殲滅、と言ったが、ゲリラの本拠が二コ分隊で片づくというのは、彼らがたいしたものではないからではないのか？　そう思うからだろうか、親分の名も強そうではない。チーパーオンなんて。

――名前はともかく、規模の大きなゲリラだとは思われない。

それにしても、クリスチャンのゲリラというのは、珍しい。フク団もマライゲリラもコミュニストだった。実は私は、フィリピンのフク団はカトリックだと考えていた。フィリピン人は、民族語のほかに、三十代より上の者はスペイン語を使い、若い人は英語を使っていた。宗教はカトリックが大半だと聞かされたが、事実ルソン島では、いくつか、教会を見た。ところがフク団はコミュニストだと聞かされたので、意外な気がした。それからマライに移って、ゲリラはコミュニストだと聞かされ、さらに、そこには行ったことがないが仏印の北部やラオスにもコミュニストの匪賊がいるという話を聞かされた。そのうちに、なんとなく、ゲリラといえばコミュニストと思うようになっていた。だが、クリスチャン・ゲリラもいたわけだ。ビルマに来て、まだ一度も教会を見たことはないが、尾形の言う某村にはそれが建っているのだろう。

――

それにしても、ゲリラと匪賊では、感じが違う。日本軍は、正規の敵軍以外はすべて匪賊と呼ぶが、匪賊というのは例の国策語なのだ。ワダツミ、神兵、ハッコーイチウなどと共に、国策語辞典に収録しなければならない言葉だ。匪賊という言葉は、いつごろから使われるようになったのだろう。私が小学校の上級のころだったか、中学に入りたてのころだったような気がするが、はっきり覚えていない。いずれにしても私は、馬賊は嫌悪しなかったが、匪賊は嫌悪した。そこが狙い、だったのだろう。それは嫌悪されなければならなかったのだ。馬賊という呼称は、古くからあった。馬賊となると、ロマンチックなイメージが伴う。私は少年のころ、朝鮮の新義州という町で育った。新義州は鴨緑江に沿う国境の町で、対岸に、満洲の安東《アントウ》を望んだ。安東が馬賊に襲われたという話は聞いたことはなかったが、満洲では馬賊が跳梁していて、安東から少し奥地に入ると危険だと聞かされていた。

鴨緑江を遡ると朔州《さくしゅう》という小さな町があり、さらに遡ると満浦鎮《まんぽちん》という小さな町がある。満浦鎮あたりは危険区域だと言われていた。新義州から出発したプロペラ船が、鴨緑江を遡上中、あるいはその帰りに、馬賊に撃たれたという話を聞かされたことがあるし、上流のどこかの守備隊が襲撃されたという話を聞かされたこともある。

守備隊といえば、新義州にも守備隊があった。赤煉瓦の兵舎が二棟あったが、私が召集された仙台の聯隊では、一棟に一コ中隊が入っていたから、新義州の守備隊は、二コ中隊の兵員だったのだろう。営門に、国境守備隊と書いた木の看板がかかっていた。新義州の守備隊は、鴨緑江の上流沿岸に点在する守備隊のマザー・キャンプだったのだろう。

安東の警備はどういうことになっていたのか知らないが、満洲の安東を襲撃しない馬賊が、鴨緑江を渡って、対岸の新義州を襲撃するわけはなかった。それでも少年の私は、冬、鴨緑江に厚さ一尺五寸ほどの氷が張り詰めると、汚れた鞍敷毛布をかけた支那馬にまたがって、綿入帽子をかぶって、青竜刀やあるいは、銃身の長い旧式銃を背負った馬賊が、夜、ひそかに鴨緑江を渡って、新義州に侵入しようとしているのではないかと空想するのだった。それはいつも、蒲団の中でだった。ときには起き上って、水蒸気が凍って花模様を作っている二重窓に、指を押しつけて、氷を溶かして、戸外を窺ってみるのだった。冬空の星や、ある時は雪を見て、そして表を通る人の下駄の音や話声を聞いて、私はまた蒲団にもぐり込むのだった。馬賊の空想は、なかなか消えなかった。いくど私は馬賊と戦ったことだろう。青竜刀を木刀で払って、打ちのめす。すると馬賊は額を割られて仆れるのだった。

馬賊の実在を証明したのは、安東での首斬りだ。刑場は安東の町外れの山の中だということだったが、馬賊の処刑があると聞くと、新義州からも見物に出かける人がいた。子供でもそれを見に行ったのは、小学校の私のクラスでは、タコという綽名の口のとがった子だけだったが、今になって思うと、あれは大人の話の請け売りだったのかも知れないと思う。タコの語るところによると、後ろ手に縛られた馬賊が穴の前に坐らされて、満人の役人が青竜刀で首を刎ねる。コロリと首が落ちて、血が噴水のように、一尺ほどの高さに噴き上げるのだった。処刑が終わると見物人が死骸にむらがり、饅包《マントウ》（支那パン）に血を吸わせて持って帰るのだった。血のついたマントウは魔除けになるのだとタコは言った。だが、タコが私に説明したメンスの話と思い比べるにつけても、彼の話はどのへんまで信じていいのかわからなくなるのだ。タコは私に、女はみな、ときどきマンコから血の塊りを出す。その血の塊りをメンスというのだと言った。嘘つけ、と私は言ったが、タコは寄宿舎の女生徒がメンスを落とすのを見たと言った。見たと言われると、見ない私は反駁できなくなってしまうのだった。どれぐらいの塊りだった？　と私は訊いた。そうだな、リンゴぐらいだな、とタコは言った。以来私は、女を見ると変な気がした。浄土寺の和尚さんの子で、私より二年下の由美ちゃんなんか、指に掛けて飛ばした輪ゴムが体のどこかに当たったというだけで、すぐメエとなく。あの幼い由美ちゃんのマンコは、水蜜みたいにつるんとしているだけだ。夏になると由美ちゃんはズロースをはかないから、浄土寺の境内で朝、ラジオ体操をするとき、踵を上げ膝を半ば曲げの型になると、短いスカートの下からのぞくのだ。由美ちゃんのあの小さな赤い筋から、リンゴほどの血の塊りがポロンと落ちるなんてありうることだろうかと私は思った。やっぱりタコは、嘘をついたのだ。だが、その怪奇を想像すると面白かった。私は、おむすびコロリンのおむすびと、メンスのリンゴの玉とをごっちゃにしてしまうのだった。コロコロ転がって、押えようとすると、コロコロと行ってしまう。追っかけてまた押えようとすると、またコロコロと行ってしまう。とうとう、コロリン、コロリンと転がって、穴の中に転がり落ちてしまうのだ。あるときはそれを私が追いかけ、またあるときは由美ちゃんが追いかけるのだった。

私は木刀で馬賊とわたり合うばかりでなく、ときには私自身が馬賊の頭目になり、青竜刀を背負うのだった。馬賊になった私は、女どもを攫って洞穴に連れて行く。可愛らしい女の子はお嫁さんにして、ブスの子は召使にするのだった。看護婦の町田さんも連れて行くつもりだったが、町田さんはどう扱えばいいのかわからなかった。十も年上の町田さん。だが町田さんがいなくなったあとの東さんを想像すると愉快だった。私の父は新義州で開業医をしていたが、税関の東さんは、病気でもないのに、入院させてくれと言う。大人たちの話から、東さんは町田さんが好きで、病気でないのに病気だと言い張るのだと知った。私が看護婦室に遊びに行くと、町田さんが泣いていたことがあった。どうしたの？　と訊くと、なんでもないのよ、と町田さんはいそいで涙を拭いて微笑んでみせたが、私は、東さんが追いまわすからだ、と思った。東さんのエキセントリックでしつこい求愛は、小さな町の話題になっていた。新義州は、日本人が一万人、支那人が一万人、朝鮮人が三万人ほどの小さな町だった。ニュースはたちまち行き渡る。税関の東さんのことを、父が母に話しているのを聞いたことがあった。父が東さんに、あなたは病気でないから来なくともよろしい、と言うと、翌日、東さんは、ナイフで自分の腕を傷つけて、治療を受けに来たというのだ。東さんが来ると、町田さんは逃げてしまうのだ。すると東さんは、なぜ町田さんを隠すのか、と父に抗議したと言っていた。——

馬賊のイメージには、憧れを誘うところがあるのだ。だが匪賊となると、獰猛な凶悪人の集団であって、憧憬の入り込む余地がなくなってしまうのだ。だから日本は、匪賊という言葉を作った。だが、カレン・ゲリラと私たちとの関係を考えると、匪賊に相当するのは私たちのほうではないかと思った。親英的だから反日的で、だから匪賊だという言い方では匪賊にはならないのだ。

私は、暴君ネロという映画を思い出した。ネロは、自分でローマに火を放ち、それをクリスチャンどもがやったのだと言って、弾圧する。これは日本軍がよく使う手だ。張学良の軍隊が、満洲の鉄道を爆破したために満洲事変が始まった。私が中学校のとき、満洲に修学旅行に行って、そんな話を聞かされた。張学良の手下が鉄道を爆破した証拠に、ここに銃と靴とが落ちていました。案内人は得意げに言った。もし、本当に張学良がやったのなら、銃と靴とを置いて逃げるというのは不自然だ。日本がやったに決まっていると私は思った。いつでも事件が起きるときには、日本軍は、たまたま、実弾を持って演習中で、もう我慢ならぬとやっつけてしまうのだ。

日本軍は暴戻な中国を膺懲し、ネロは暴戻なクリスチャンどもを膺懲する。あの映画では、クリスチャンは片っぱしから捕えられ、ライオンに食べられてしまうのだった。髪の長い、優しそうな女が、頑固に信仰に殉じる。あの頑固さ。あれだからクリスチャンには歯が立たない。彼女も捕えられて、ライオンに食べられることになるが、ネロの配下の将校が彼女に惚れて、はじめは女に信仰を捨てさせることで命を救おうと試みる。だが、てんで歯が立たないのだ。女が毅然としているので、男のほうが転んでしまった。

あの男は、筋肉隆々の美男子だったが、要するに恋のヤッコだ。いわば町田さんを追っかけ回した東さんのようなものだ。もっとも東さんは町田さんに嫌われたが、ネロの配下の将校は、女からアイ・ラブ・ユウと言われた。バット……バット付きのアイ・ラブ・ユウだから、うまくいかない。結局、共にライオンに食われてしまった。食われる場面は出なかったが、ライオンが檻の中で、さも待ちかねているといった様子で、ウオーと吠えたり、うろちょろしたり、する。係が戸を引き上げると、ライオンはしなやかな身のこなしで、競技場に駆け込んで行った。競技場で、二人は食べられるのだ。その光景を、ネロやローマ市民たちは、スタンドで一杯やりながら見物するのだった。男が女の肩を抱き、しずしずと競技場へ向かう。二人は、神々しく、光に包まれる。伴奏音楽が、いちだんと高まって、ジ・エンド、だ。

私は一等兵で、筋骨薄弱。美男子ではない。だが、あのネロの配下の将校のように、恋のヤッコとなり、殺されたいものだ、と思ってみる。ただ、ライオンに食べられるのはかなわない。できれば乳房の間に十字架を下げたカレン族の娘と逐電したいものだが、そのとき撃たれて死ぬというのだったら、それでもいい。だがライオンに食べられに行くというのは——私は『暴君ネロ』のジ・エンドのあとのシーンを想像してみた。ライオンは、男と女をずたずたに引き裂く。痛いだろうと思う。内臓が無残に飛び出し、乾いた大地に鮮血が吸い込まれ、最後に、女の長い髪と、男のちぢれた頭髪と、二つの陰毛だけが残るのだ。——

「爆音でねえか」と誰かが言った。

「シッ！　こう、静かにしろ」と大沢は、喋っている者はいないのにそう言って、耳に手を当てて夜空を見上げた。

私も空を見た。星が降るよう、というのはこういう空だ。飛行機は見えない。流星が二つ、続けて流れた。

そういえば確かに、どこかでミンミン鳴っている。その音が少し大きくなった。「うん、爆音だ」大沢は、体を乗り出して運転席をのぞき込み、「大尉殿、敵機です。爆音が聞えます」と助手席の尾形大尉に言った。

私たちのトラックはすぐライトを消したが、停まらずにそのまま走り続けた。大沢が、「ボーイングです。高度は一万メートルぐらいです」と言ったからだ。

第二分隊のトラックは、私たちのトラックに接近して従いて走っていたが、爆音に気がついていないらしい。そこで第一分隊が口をそろえて、バクオーン、バクオーン、明かり消せえ、と叫んだ。

やや大きくなった爆音は、また次第に小さくなって行った。

「ラングーンさあたりに行ぐ、ボーイングだべ。三機ぐらいかなや」

と野川一等兵が言った。

「ラングーンか、モールメンか、バンコックか、さあ、どこへ行くんだろうね」

と私が言うと、野川が、

「ボーイング、おっかなぐねえもんな」

するとガ島帰りの小原上等兵が、

「ばっきゃろ、おめえら、やられたことねえから知らねえんだ。やられてみろ、ボーイングのほうが街道荒らしなんかより、よっぽどおっかねえぞ」

私たちは補充兵で、そういえば、フィリピンに上陸して、小原たち島帰りと合流して以来、まだ一度も弾を撃ったことがない。戦闘の経験はないのだ。だがビルマに来て、数回、〝街道荒らし〟に襲われた。〝街道荒らし〟というのは、ハリケーンとかスピットファイヤーとかいう機種らしい。イギリスの戦闘機が、エンジンを停めて、突然、低空に滑り降りて来る。機銃を放つと同時にエンジンをかけて、舞い上がるのだった。だが、〝街道荒らし〟も、そう頻繁に来るわけではなかった。今、インパール作戦というのが始まっているのだという。イギリスの航空隊は、そのインパールに力を注いでいるのだろうと思う。日本の航空隊もインパールの空を飛んでいるのかも知れない。それにしても私はビルマに来て、まだ一度も日本の飛行機を見たことがない。

一度私は、夜、〝街道荒らし〟に撃たれたことがあった。シッタン河を渡って、貨車に荷物を搭載していたとき、大きな音をたてて頭上に来ると、バリバリと撃って来た。実は、あのときが〝街道荒らし〟に出逢った最初の経験で、曳光弾というのを、はじめて見た。赤や緑の光が、夜の中に条をつくった。あのとき、私は将校に殴られた。曳光弾を見て、きれいだな、と言ったからだった。敵の弾をきれいだとはなんだ、当たれば戦友が死ぬんだぞ、ばかもの、と将校は言った。あの将校は、最近見ないが、転属にでもなったのだろうか？ 名前は知らないが、あれは多分、幹候上がりだ。陸士出の将校には、ヒットラーみたいな硬い感じがあるが、幹候上がりは、どこかふやけたところがある。尾形大尉のように。尾形大尉は凜々しいとは言えない。体全体の感じが疲れた男根に似ているのだ。あのとき私を殴った将校も、凜々しい感じはなかった。凜々しくなろうと、せいいっぱい努力しているのかも知れない。だが、将校が兵隊を殴るというのは、凜々しいことではないのだ。――

私は時計を持っていないので、時刻はわからない。やがて、トラックが停まった。

「下車」

夜間用の押し殺した声で、大沢が号令をかけ、私たちは路傍に並んだ。

そこは、幅の狭い川の岸だった。体格のいいビルマ人が二人、尾形大尉に何か言っているが、声が低くて聞きとれない。大尉の声ばかり大きく、よし、わかった、よし、といくども答えている。私はそのビルマ人が、実はビルマ人に変装した憲兵だと気がついた。暗くて、それに離れているので、顔は見えないが、堂々とした態度は、憲兵のそれだ。ロンジー（腰布）をつけ、ビルマ人の布製のショルダーバッグを肩に掛けている。あのショルダーバッグの中には、拳銃が入っているのだろうと思った。

「今から、舟に乗る。四番までは一隻め、五番から十二番までは二隻めに乗る。わかったな」

と大沢が言う。

川――クリークと言うべきだろうか、このクリークは水量が豊かだ。ネーパン村のクリークは、ほとんど干上がっていた。それを見て私は、ビルマのクリークは乾季になるとみな干上がってしまうのかと思っていた。だが、そうとは限らないのだ。クリークによっては、むろん、雨季に比べると水量は激減しているのだろうが、こういうやつもあるのだ。岸に沿って、屋根つきの小舟が四隻、私たちを待っていた。憲兵らしいビルマ服と尾形大尉は一隻めに乗り、大沢軍曹は私たちと一緒に、二隻めに乗った。

小さな舟で、足も伸ばせない。ビルマ人の船頭が、艫で櫓の音を立て始めた。

「喋っては、わかんねえぞ」と、また大沢が言った。

そのうちに、舟底の水が次第にふえて来て、靴の中に水が浸み込んだ。

「この舟、水が漏るな」と囁く。

「汲み出すべえ」

「椰子の殻があるぞ」とひそひそ声で誰かが言った。

「汲み出せや」と誰かが言った。

蛯名一等兵が、汲み出しをやった。舟底の水を掬っては、川面にあける。

ゆっくり、静かに、水を汲み出す。あんなに悠長にやっていたのでは、浸み込む水の量に追いつけなくて、今に舟が沈んでしまうのではないか、と私は思った。だが、考えてみると、舟が沈むのは悪くない。舟が沈めば、三十キロの弾薬箱も、五十キロの九二式重機も川底に沈んで、討伐作戦は中止だ。これは面白い。だがそれとも、それでもわが軍は作戦を続けるだろうか？

川の水が、ピチョピチョと舟縁《ふなべり》を打っている。私は、屋形を囲っているアンペラの隙間から、ときどき外を覗いてみたが、何度見ても、黒いだけだ。川岸の樹木らしい影が見えた。その彼方に星の夜空が見えるが、月は出ていないようだ。ビルマ人は、毎月を満月の前と後に分けて、前の半月をラサンと言い、後の半月をラソカと言うのだと、『日緬会話』に書いてあった。今はラソカの終わりだから、一晩じゅう月は出ないわけだ。

ビルマ人の船頭も声を出してはいけないと釘をさされているのだろう。櫓の音だけが、キーコ、キーコと鳴っている。――私はビルマ人の船頭が、船歌をうたうのを聞いたことがある。あれはいいものだ。ビルマ人は歌好きだ。クーリ（労働者）はトラックの上で、足踏みをしたり、一歩出たり、退がったりしながら、リズミカルな節の歌をうたう。また、若い青年や娘たちは、数人で手をつなぎ合って、歌いながら散歩する。ネーパン村の三叉路から左へ数キロほど行くと、おそらくイラワジの渡河点にほど近い所だと思うが、ヘンザダという町がある。ヘンザダはこのあたりでは最大の町だということだけれど、人口はせいぜい、五、六千、あるいはそれ以下ではないかと思われるほどの小さな町だ。日本の村役場ほどの役所や、分教場ほどの学校や、テニスコート二つ分の敷地しかない監獄や、あまり裕福そうには見えない民家などが、林の中に散在しているのだった。私はビルマの青年と娘とが歌いながら散策するのをあの町で見た。夕方になると、彼らは、歌いながら樹間を縫う。あれも、羨しい光景だが、船頭の朗々とした歌も情趣がある。このカチカチ山の泥舟の船頭も、一丁、歌いたいに違いない。だが、禁じられているのだろう。

私はまた脱走の空想を始めた。舟が沈んで、みんなずぶ濡れになって岸に這い上がる。私だけが、ずっと下流——どちらが下流なのかわからないが、とにかくみんなからずっと離れた地点で崖に上がって、闇の中を突っ走る。分隊では私のことを、溺れて死んだと思う。思わなくてもそういうことにする。ビルマ人は、私をかくまってくれるだろうか？　ネーパン村のマッタンチンならかくまってくれるかも知れないが、ネーパンに帰るわけにはいかない。私はマッタンチンに、シタイ（戦争）ムカウンブー（よくない）と言った。彼女はホー・パー・デ（そうね）と言ってうなずいた。こういう会話は、ネロの治下で、こっそりエーメンと言って十字をきるようなものだ。

二人だけで隠れて禁句を言ってうなずき合うのは、快い。同志の親しいつながり。相手が女の場合は、一種のキスのように思える。濡れたキスではなく、軽く優しいキス。私はマッタンチンに、チー・サヤ・カウンレー（可愛いらしい）と言ったことはあるけれど、面と向かってチー・キャイテー（愛する）と言ったことはない。だが、しょっちゅう彼女との抱擁を空想した。それが現実にはありえないことを知っている。彼女の私に対する微笑は、私が期待するそれではない。だが、わけを話せば、あるいは、マッタンチンなら、私をかくまってくれるかも知れない。だが、彼女の両親となると、これはどうか。いずれにしても、ネーパンにのこのこ舞いもどるわけにはいかない。マッタンチンに期待することはできない。

舟が沈むということは、実際にはないだろう。いっそ、おどり上がって川に飛び込むか。もし私が、突然、川に飛び込んで逃亡を図ったらどういうことになるだろう？　わがハラカラは、非国民だという理由で私を撃つだろうか？　ヘンザダで、報国義勇団というのを見たことがある。旅回りの芝居のように、報国義勇団という幟を立てて、数十人のビルマ人が、みな手錠をかけられて歩いていた。前後左右に日本兵が、三八式歩兵銃をかかえて同道していた。わけを訊いてみると、町でぶらぶらしているビルマ人を徴用して、クーリとして泰緬国境に連れて行き、労働させるのだということだった。手錠をかけないと、逃げるのだということだった。手錠は、サールウィン河あたりまで行けば、外してやるのだということだったが、たまには、サールウィンあたりまで行っても諦めずに、ざんぶり、河に飛び込む者もいるという。日本兵は、それを撃つのだという。どうせ溺れて死ぬだろうから、他の者への戒めの意味もあって撃つのだという。私も、もしクリークに飛び込んだとしたら撃たれるかも知れない。だがもし撃ったら、静かなること林のごとく、にならない。隠密の行動をチーパーオンに知られてしまうから。畜生と言いながら、見逃すかも知れない。——

入隊以来、私は何度、脱走を空想したことだろう。実際には、できはしない。少年の日に、馬賊の頭目になった自分を空想したのと同じように、二十六歳の私は、空想で脱走し、女たちと所帯をもつ。フィリピンでは、オニヤンという名の混血娘と結婚したし、ビルマではマッタンチンと結婚した。先刻は、十字架を下げたカレン娘と結婚したし、これから先も、結局、空想だけで実際には逃亡せず、幾人かの女と結婚して、――だが最後は、死んでしまうのだろう。ビルマ娘との結婚には難点がある。兵隊たちの、チンダラ節の替歌に、ビルマ娘のどこ見て惚れた、さのよいよい、竹でけつふく、やれ、ほに、シナのよさ、というのがあるが、ビルマ人は紙を使わず、竹のへらを使う。ビルマの便所は、母屋から離れていて、一尺幅の板が長々とかかっていて、その板を踏んで行くとアンペラで囲った小屋があり、隅に、何本かへらを立てた竹筒が置いてある。ウエ（豚）が糞を食いに来る。こいつは、いくら空想の結婚だといっても、パッとしない。

某地で上陸した。

縦隊で歩きだす。いよいよ、苦手の行軍だ。行軍が始まると私は、目の前の土ばかり見詰める。夜は、足もとに広がっている闇ばかり見詰める。どこまで遅れずに歩けるだろう。徐州、徐州、と人馬は進む、徐州居よいか、住みよいか、という歌があったが、あれは『土と兵隊』の歌だったか『麦と兵隊』の歌だったか、覚えていない。確か、『土と兵隊』という映画があり、それを見たのは二十歳ぐらいだったと思うが、少年のころ見た『暴君ネロ』に比べると、まったく場面を覚えていない。なんとなく、三八式歩兵銃や軽機を担いだ兵隊が、とんとことんとこ、どこまでも行軍する映画だったような気がするし、むろん、戦闘場面はあったはずだが、どんな戦闘場面だったか記憶にない。だが、あの映画の分隊長は、ぶわっと暖かい感じで、頭もよさそうな班長だったような気がする。しかし、なまじ、暖かく頭のよい分隊長でないほうがいいような気もする。大沢軍曹のような、オッチョコチョイの分隊長のほうが、やりやすいかも知れない。なまじかけるな深なさけ。そんな歌の文句もあったが、班長がいい人間だと、情がからむだろう。すると、しんねりと重くなってきて、やりきれなくなるだろう。大沢軍曹なら、いつまでたっても、そういうことにはならないだろう。これは、軽くて楽な関係かも知れない。ネーパン村で大沢の判断から、分隊全員で変なマラソンをしたことがあった。あれは、私たちの宿舎のある竹藪からわずかに離れた原っぱに、黒く、二坪ほどに広がった草の焼跡があったことから始まった。

大沢は焼跡を見ると、「怪しいぞ、こりゃ」と言った。「こりゃ、敵機への秘密通信かも知れないぞ」

あいにくそこに、ビルマ人の警官が通りかかった。

「おい、パーレ（警官）」と、大沢が呼び止めると、

「トメ・サー・ピービラ（ご飯食べましたか）」と、愛想笑いを浮かべながら、警官は言った。トメ・サー・ピービラは、ビルマの挨拶だ。今日は、といったほどのことで、だから、ピービー（すみました）とか、ムピーブー（まだです）とか、軽く答えておけばいいのだ。だが大沢は、「トメ（飯）？　なにがトメだ」と言い「チーハ（これ）」と焼跡を指して、「モー（空）ティ（知る）インガレ（イギリス）ティ（知る）ムカウンブー（よくない）」

それから、マッチをすって草に火をつけるしぐさをしてみせて、

「ジゴラゲ（来い）ミヤンミヤン（早く）」と叫んだ。

大沢の言葉は、どこまで通じたのだろうか。警官は、近くの農家から、鼠色の汚れたロンジーをつけ、上半身は裸の、三十年配の魯鈍そうな男を連れて来た。

「こいつか？」と大沢が言った。

「ホーテ（はい）」と警官は言った。

「こいつがスパイか？」

「ホーテ」

警官はおそらく、日本語はわからず、大沢の剣幕に反応して、反射的にホーテと言っただけなのだと思う。だがそれで決定した。大沢はもはや、片言ビルマ語を使うことをやめて、「なんで焼いた？　なんで草焼いた？」と言いながら、農夫の裸の背を、手にしていた二尺ほどの

細竹で、ピシリと打った。すると農夫は、やにわに身を起こして逃げだした。

「スパイが逃げたぞ！　つかまえろ！」

マラソン大会は、こうして始まったのだ。

農夫の足は早く、誰も追いつけなかった。追っ手の一番は、高木一等兵だったが、見る見る引き離されてしまった。追っ手の私たちは、脚力と気持の差で農夫からずっと遅れて、縦に長い、バラバラの展開になった。どん尻が私だった。私はもともと足が遅いが、タンタンタカタカタンタンと、小さな声で〝天国と地獄〟の伴奏を入れながら、のろのろと走った。

そのために大沢から、乾いた田圃の土の上に突き転ばされたのだ。

大沢は、農夫が逃げてしまったので、目的を変えて、茂みのかげで、私の到着を待ち受けていたのだ。私は彼の待伏せに気がついたので、いくらかスピードを上げてみせたが、全力疾走しなかったと言って咎められた。大沢はいったん私を前にやらしておいて、後ろから追いすがりざま、

「それでスパイがつかまるかよ、この！」

と、私の首のつけ根を、力いっぱい突いた。

ビルマ人は、夜、松明をかざして歩く。あの焼跡は、松明の火が落ちて燃えたのではないだろうか。それに乾季になると、ビルマの野火は珍しくないのだ。農夫たちは、穂だけを刈り取

った田圃に火を放つのだ。その灰が肥料になるのだ。いわば乾季のビルマは、焼跡だらけになるのだ。いちいち疑っていてはキリがない。むろん、その気になれば、焼跡を通信に利用することもできる。日本軍の移動や所在を知らせることもできるだろう。ハート型の焼跡ならどう、ヒョータン型ならこうといった方法で。だが、あの農夫がスパイでないことは明らかだった。

翌日、農夫は昨日の警官に付き添われて、司令部に謝りに来た。大沢にとって好運だったのは、その日彼は衛兵司令の勤務についていたので、農夫を営門で追い返せたことだ。農夫はおそらく、何を謝ればいいのかわからずに謝りに来たのだ。だからもし農夫が営門を通過して、中で、通訳を通じて事情を話したら、変なことになっていたのだ。大沢は面目をつぶすだろう。それとも大沢は、防諜に熱心な下士官として、賞揚されただろうか?

いずれにしても今は、タンタンタカタカどころではない。

重い。肉体的に苦しい。重圧は、形而下的にずっしりとのしかかっていて、私は、自分の短い脚が、一歩踏み出すたびに、少しずつさらに短くなっていくような気がした。また、自分は一本の杭で、いまに地面に、ずぶずぶと突き刺さってしまう――そんな幻想にもとりつかれた。

私は苦しさを紛らすために、今の自分にふさわしい伴奏音楽を選ぶとすれば、何だろうと考えた。むろん、マーチじゃない。ワルツでもない。やはり、タンゴ――ラ・クンパルシータ、だ。スロー、スロー、クイック、クイック、スロー、だ。だがそんなことを思ってみても、やはり苦しい。この苦しさ——拷問だ。だが、スロー、スローなどと言えるだけの余裕があっても拷問だろうか？　拷問にかけられたとき、人は何を考えるだろう？　たとえば、焼きゴテを当てられたとき、縛られて水の中に投げ込まれたとき、生きながら火炙りになるとき。心頭滅却すれば火もまた涼し、と言ったのは誰だったろう？　そんなことができるだろうか？　私は仙台の内務班で、貴重品箱の下の捧げ銃、というのをやらされたことがある。内務班の柱には、郵便受のような箱がかかっていて、兵隊はその箱に貴重品袋を預けて入浴に行く。その箱の下の捧げ銃というのは、あれは拷問と言うべきだ。白状を強いられたわけではないから、リンチというべきかも知れないが、際限なく捧げ銃をやらされることがすでにたまらない。そのうえ、貴重品箱の下では、頭がつかえるので脚を伸ばすことができない。半ば膝を曲げたままでいなければならない。こいつがまた苦しいのだ。私は、銃の手入れが悪いといって古年兵にそれをやらされたのだが、あのときの私は、ぼろぼろ泣きながら、いちずに死にたい、と思った。死ねばこの苦しさがわからなくなるだろうから。私には、心頭を滅却するなどという芸当は、とてもできはしない。——

いつのまにか夜が明けて、足もとが白くなっていた。周囲を眺める気力はないが、夜が明けたからには、某村に近いだろうと思った。足もとばかり見ながら歩いたが、明るくなってからは、藪の中の道ばかり歩いたような気がする。灌木の藪。土は、からからに乾いている。編上靴が真っ白になっている。落伍が始まったのは、夜が明けてからだった。十一番の目時と私との間隔がずんずん伸びる。目時は、私が遅れ始めたことに気がついているのだろうか。夢中で歩いている。もっとも気がついたとしても、彼自身疲れていて、私を助ける余力はないだろう。私の速度が鈍ると同時に、第二分隊が私を追い抜いて行った。第二分隊長はじめ、兵隊たちが口々に、小声で私に気合をかけた。もうちょっとだ、がんばれ、だとか、徳吉、がんばれ、だとか。だが、もうだめだ。スロー、スロー、クイック、クイックではなくて、際限なくスロー、スロー、スローの連続になってきた。第二分隊と私との距離もまたたくまに隔たってしまった。いまに藪の中から、首に十字架を吊したカレン人が現われて、私に銃口をつきつけるのではないか、と思った。銃口は怖い。——怖いのは銃口であって、飛んで来る弾ではない。もし捕虜になって、銃殺ということになったら、そのときは怖いだろうな、と私は思った。ヒトツ、軍人ハ人ヲ殺スベカラズ、と言ってみた。だが、もし藪の中で音がしたら、私は銃を向けるに違いない。観念どおりにはいかない。こんな日本で、生きていたってしようがない、と、いつも捨鉢に思うのだけれど、いざというとき、やはり生きようとするだろう、と思った。

——

村は、意外に近かった。藪の中の道は、まもなく終わって、討伐隊は藪の縁に身をひそめ、前方の村を窺っていた。私は落伍したというより、ちょっと遅れて到着したかたちになった。私が着くと、

「あの村だってさ」と目時が言った。

藪の前には、亀裂の入った乾いた田圃が、白く土をかぶった切株を見せて、広々とひろがっている。三百メートルほど前方に、こんもりと王竜胆の樹や竹藪の茂った盛り上がりがあり、そこが匪賊の村だという。

藪の間から、重機の銃口を覗かせて、弾倉をさし込んで、重機の後ろに小原上等兵が腹這いになっていた。一触即発の構えだ。

「ばてれんめ、一巻の終わりだ」と小原は言った。

包囲殲滅と聞いたが、これで包囲していることになるのだろうか。私たちは、第一分隊も第二分隊も、チーパーオンの率いるばてれん匪賊（?）の村から三百メートルほど離れた藪の中にいる。点と点との対峙のように思われる。それとも、これから包囲が始まるのだろうか。

私たちと反対の方向から歩兵砲の援護射撃が始まった。林から、煙が立ち上った。包囲とはこういうことだったのか。

「それ、始まった」歩兵砲の、最初の一発が鳴ると、尾形大尉が言った。

「村から逃げ出すやつは、撃て」

何発か歩兵砲弾が撃ち込まれると、そのうちカレン人が、まず最初は男が、ロンジーを翻しながら飛び出した。ずっと右手に、その村から数百メートル離れて、小さな林があった。その林に向かって走って行く。

九二式重機が、タタタと火を噴いた。いったん倒れた男は、すぐ起き上がって再び駆けだした。また重機が鳴り、男は倒れたまま動かなかった。

続いて、幾人かが飛び出したが、右手の林に辿り着いた者はいなかった。二百メートルから三百メートルというのは、重機の命中率が最も高い距離だという。そのうちに、緑色のロンジーの女が、背丈から判断して、十ぐらいの女の子の手をひいて飛び出した。女の子は、ピンクのロンジーをつけていた。

「あれも撃ちますか」一瞬、小原が逡巡した。

「撃て、射撃練習じゃ」尾形は言った。

「今度は、自分に撃たせてください」

とっさに私は、重機にしがみついた。小原は私に、おめえ撃つか、と言ってゆずってくれた。私は、目標の三メートルほど後方を狙って撃った。緑とピンクのロンジーは、ときどき転びながら、右手の林に向かって駆けて行った。

大沢が、私の尻を蹴った。

「なんじゃ、おまえ、当たらねえでねえか、この、でこすけ」

大沢は、私の腹の下に靴を入れて、私を重機から引き離した。

「わかんね、おめえじゃ。交替!」

重機から離れると、私は、第二分隊が、まったく撃っていないことに気がついたので、

「第二分隊は撃たないんだな」と目時に囁いた。

「第二分隊は、左に逃げるやつを撃つんだって」と、目時は言った。

私が到着するまでに、分担が決められていたのだ。林の左も、白い田圃の広がりだった。左手にも林があった。だが左の林は、右の林に比べると、村から、かなり距離があった。左の林の中にも右の林の中にも村があるのだ。ビルマの村というのは、海のなかに点在する島みたいだ。これで雨季になって、毎日雨が降ると、田圃は一面の水になって、本当に海のようになってしまうのだ。そして林の中の村は、本当の島のようになってしまうのだ。乾季は牛車で、雨季は丸木舟で、緑のロンジーの母とピンクのロンジーの子とは、首に十字架のペンダントを下げ、隣村に出かけて行くのだ、と私は思った。

昨日まではそうだったのだと思った。隣村には、嫁に行った娘がいるかも知れない。トメ・サー・ピービラ(ご飯食べましたか)? ピービー(食べました)をやっていたのだ。それか

らキンマ（噛みタバコ）を噛んで、口を真っ赤にしておしゃべり。——いや、カレン族というのは、ビルマ語でなく、カレン語を使うわけだろう。トメ・サー・ピービラとは挨拶しないかも知れない。キンマを噛むかどうかわからない。だがとにかく昨日までは、彼らは、歩兵砲弾をぶち込まれて、機関銃を撃たれるなどとは思わなかっただろう。突如、災禍がやって来た。弾のなかを、子供の手をひいて走る母の気持は、どんなものだろう？ と私は思った。幾人かが死んだが、殺されたカレン人の肉親の気持は、どんなものなのだろう？

私は三百メートル前方の田圃の土の上に横たわっているカレン人の死体を想像した。私は、南方に来て、約一年になるが、まだ一度も死体を見たことはなかったな、と思った。あの三百メートル前方の田圃で仆れているのが、はじめて見る死人だ。死はあのように、忽然とやって来るものかも知れない。死ぬかも知れないと思っているようなときには、なかなか死なずに、思わぬときにぽろんと死ぬ。ある日突然、カレン人は死んだ。死の予告は、歩兵砲弾が撃ち込まれたとき。少なくとも最初に村から飛び出したカレン人は、私たちが灌木の藪の枝の間から重機を覗かせているとは予想できず、夢中で白い田圃を走った。とたんに人生が終わった。それは私たちも同じであるはずだ。私は、〝街道荒らし〟に襲撃された経験だけしかないが、もしあれが、弾の下を潜った経験だと言えるなら、一度だけ撃たれたことがある。あれはフィリピンで射撃演習をしていたときだ。日本軍から撃たれたのだった。撃って来たのは討伐隊で、私たちの銃声を聞いてフク団と間違えたのだった。すぐ、互いに、相手が日本軍だということがわかって撃ち方をやめたが、あのとき死者が出なかったのは、運としか言えない。虚無的にならずにはいられない。だが私は、虚無的になれる体質ではなさそうだ。どちらかと言えば私は、甘ったるく、めそめそした質ではないかと思っている。ガ島帰りの作田兵長、あいつはちょっと、ニヒリスティックな雰囲気をもっている。だがあれは、眼がロンパリだからかも知れない。ゆうべよ、あの家でよ、ビルマのやつ69やってやがんのさ、と、まるで、今日は晴天なり今日は晴天なり、と低音で言っているみたいに、感情の入っていない口調で言った。私なら、もし、あの若夫婦のポンピエとミミを見ても、誰にも言わない。大事に、自分ひとりで暖める。あの女は、昼間よく縁側であぐらをかき、黒い、豊かな乳房をあらわに出して、子豚を二匹両腕に抱いて吸わせていた。赤ん坊だけでは乳が余るのだろう。夜はランプの灯を細くして、愛し合う。それは私たちにとって、魅惑的な世界でないはずはない、と思うのだ。作田はどうして、あんな亡者みたいな口調で言うのだろう?

持たざる国の歩兵砲らしく、砲弾は緩慢に王竜胆の林に吸い込まれていた。村から飛び出した者が撃たれたのを見たからだろうか、それからは田圃を走る村人はいなかった。そのうち村では火災が起きた。煙ばかりでなく、赤い焔も見えた。竹がポンポン、爆竹でも鳴らしているように、賑かに爆ぜた。火災が起きるとまもなく、砲声が熄んだ。

「援護射撃、終わったな」と尾形が言った。「ばてれんども、震えあがっとるだろな。おい、少し、あの村に撃ち込んでみろ」

分隊長の撃てという号令で、二基の重機と十数梃の小銃が、一斉に火を噴いた。私は、三八式を空に向けて、やたらにぶっ放した。なるべく沢山撃って、それだけ軽くなろうと思った。この音で、カレン人を怯えさしているわけだ。だが、そこまで気を遣ってはいられない。撃ちながら私は、先刻のロンジーのカレン女も、生きた心地はなかっただろう、と思った。

村の火事は類焼を免かれたようだ。一斉射撃が終わると、竹の爆ぜる音も下火になっていた。村からは、一発も撃って来ない。あの村が、本当にゲリラの拠点であるかどうか、疑いたくなる。「行ってみるかな。おまえたちは、ここで待っとれ」と尾形は言い、大沢軍曹と、三八を持った兵二名と、四人で歩きだした。

ビルマ服の憲兵は、どこに行ったのだろうか。藪の中には見当たらない。舟から降りると、いつのまにかどこかへ行ってしまった。

尾形たちを見ていると、西部劇の決闘場面を思い出す。向こうからも顎鬚の男が現われて、適当な距離で立ち止まって、腰の拳銃抜く手も見せず、パパンというやつだ。だが、むろん顎鬚が現われるはずはない。今に尾形が、手を振って前進の合図をするだろうと後ろ姿を見ていた。

チーパーオンというのは、まったく、やる気がないのではないかと私は思った。それに、どうもこの作戦は、調子の狂ったところがあるように思われる。白い田圃の中に見えるのは、村といっても、見えるのは林だけだ。あの林の中に、どれほどの村人が住んでいるのか、見当がつかない。瞬間幾人かの人間が飛び出したきり、あとはひっそり閑として、うんともすんとも言わない。無気味だ。林の中に、人が残っていることは確かだが、いったい、何をしているのだろう。あるいはみな諦めて、教会に集まって、お祈りをしているかも知れない。まさか、私たちは、大沢が言ったように、演習の代わりに、なんでもない村を攻撃しているのではないだろうが、そんな感じがして来るのだった。

尾形たちが百メートルぐらい進んだときだ。「撃った！」林の中から、いきなり一発、撃って来た。はじめて一発。私たちは緊張した。こういう場合、その場に伏せるのが日本軍のやり方ではないかと思われるのだけれど、尾形たちは、くるりとこちらに向きを変えて、一目散に逃げて来た。

撃って来たのは一発だけだった。灌木の藪の中に逃げ戻ると、尾形が、「危ない、危ない、うかつには進めない。もう少し、弾を撃ち込め」と言った。

また、撃ての号令がかかった。私は、また空に向けて撃った。

その村に突入したのが、何時ごろだったか私はわからない。だが、村に入って、一軒一軒踏み込んで、村に残っていた者を空地に集めると、そのあとで私たちは飯を食った。飯盒の飯が、ろくにのどを通らなかったのは、興奮していたからに違いない。

憲兵が、忽然と現われたのは、その前、私たちがまだ灌木の藪の中にひそんでいたときだった。分隊長が、ここから村まで匍匐《ほふく》前進して、突撃するのだと説明したあとだった。号令を待っている私たちの背後で、突然、「みなさん、私たちは憲兵です。私は、中河憲兵曹長、この人は、牟田口憲兵軍曹、覚えといてくださいよ。第一分隊の方は、村に入って、敵の抵抗が終わったら、私の指揮で行動してください。私がそれを言うまでは、普通に分隊長の号令で動いてください」

昨夜、トラックから降りたときのビルマ服だろうと思う。一人は色の褪せた格子縞のアウ（着物）で、一人は灰色の無地だった。二人とも布のショルダーバッグを左肩にかけ、右手に拳銃を持ち、足は、裸足だった。

チーパーオンの抵抗は、まったくなかった。こちらは銃に着剣して、必死の覚悟で突入したのに、ワーと喚声を挙げて飛び込んだ林の中には誰もいない。鶏が一羽とび上がって逃げただけだった。

そこは、二百坪ぐらいの空地だった。籾殻の山がくすぶっていて、水を掛けた跡があった。

その奥に農家があったが、人はいないらしい。先刻、尾形大尉が撃たれたときのように、また、いきなりパンとどこかから来るかも知れないから油断はできないけれども、なんという変な村だろう。籾殻の奥は農家。その左手は竹藪で、その奥のほうにいるような気もする。だが、依然として拍子抜けのする静まり方なのだ。

「では、これからは私たちの指揮に従ってください」と憲兵が言った。

私たちは、拳銃をかざした憲兵に従って、竹藪の中に踏み込んだ。第二分隊は、牟田口憲兵について、別の方向に進んだ。尾形は中河憲兵と並び、大沢はその後ろから進んだ。私は十二番だから、いつものように、しんがりで進んだ。

やはり憲兵は、ビルマ語がうまい。衛兵勤務中にいくらか修得した私など、とても及ぶところではない。

やはり、林の奥には、何人かの村人がいて、怯えた眼を向けていた。村人を見つけると憲兵は、ラゲ（来い）と言い、ぐずぐずしていると、パチンと殴って引っぱり出す。ラゲぐらいは私にもわかるが、憲兵がぺらぺら多量に喋ると、もう私には何を言っているかわからない。

憲兵は相手によっては、ぺらぺらと長く喋り、そのあげく、「こいつは縛ってください」などと言う。小原や高木など、張り切って、こんちきしょう、などと言いながら縄をかけた。

「女は、後ろで縛らなくてもいいですよ」と憲兵は言った。

大沢は、出発のとき、ビルマ人は黒いが、カレン人は白い、と言ったが嘘だった。みんな黒い。この村の人たち、本当にカレン族なのだろうか。それにビルマ語で話すのだ。教会はなかった。胸に十字架を下げている者もいなかった。

引っぱり出された人間の数が次第にふえて、第二分隊が連れて来たのと合わせて、二十人ぐらいが、空地に引き据えられた。そのうち、三人の女と、五人の男が縄をかけられ、少し離して引き据えられた。村に兵器はなかった。

「撃って来たんだから、ないはずはないんだが、どこに隠したんだろう」と尾形が言った。

小さな村だった。先刻、白い田圃を走って重機で撃たれた者と、今空地に引き据えられた者とを合わせて、三十人ぐらいのものである。家の数からすれば、もう少しはいてもよさそうなものだが、駆り出されたのはそれで全部だった。私は、若い男がいないことに気がついた。逃げたのかも知れない。だが、田圃の中の孤島から、どのようにして逃げたのだろう?

それから日本軍は飯を食った。大沢は私に、

「徳吉、おめえは女が好きだべ。その女」と手を縛られた三人の女を指して、

「チーパーオンの情婦だそうだよ。みんなの飯が終わるまで見張っとれ。目時は男のほうを見張っとれ」と言った。

三人の女が、三人ともチーパーオンの情婦だとは思えなかった。一人は、二十代の女だった

が、二人は五十代だった。私は、三人の縄に、一人ずつ触ってみた。それを見て大沢が、何やっとる、と言ったので、しっかり結んであるかどうか確かめているのであります、と答え、実は、こっそり、手に食い込んでいる縄を緩めてやった。逃がすわけにはいかないが、こんなにきつく縛る必要はない。三人には、逃げると殺されるから逃げないようにと注意した。それから二十代の女に、五十代の二人の女は誰かと訊いてみた。伯母だと答えた。

みんなの食事が済むまで、私は三人の女と、とくに二十代の女と、だいぶ、こっそり話をした。例の、心理的なキスだ。チーパーオンの情婦は、マッタンチンより年上で、成熟した女らしさを感じさせたが、顔も、体付きもマッタンチンのほうがいい、と思った。チーパーオンの情婦は、マッタンチンに比べると、ずん胴で、眼に張りがない。恐怖に歪んだ顔だから、というのではない。どちらかといえば、泰然としている。私は彼女に、名前と年を訊いてみた。彼女は、マメチュイという名で、二十二だと言った。私はさらに、マメチュイに、あなたはケイタレイ（カトリック）かと訊いてみた。するとマメチュイは、そうではない、と言った。大沢のやつ、でたらめばかり言う。手を縛ってある縄を緩めてやったことで、女たちは私を、いくらか信用してくれたのかも知れない。あるいは、日本軍の暴戻を憎むあまり、言わずにはいられなかったのかも知れない。

「ジャパン（日本）キンピー（憲兵）ムカウンブー（よくない）」とマメチュイは言った。

私は相槌を打って、エーボー（そうだとも）と言った。

マメチュイが、インガ・コワージンデ（便所に行きたい）と言ったのは、大沢が「徳吉、目時、徳吉は橋本と交替、目時は本多と交替して、飯、食え」と言ったのと、ほとんど同時だった。

「はい、あの、その前に、女たちに小便させていいですか。したいと言っておりますが」と私が言うと、大沢は、

「この助平野郎、やらして来《こ》」

と叫んだ。

私は三人を、茂みの陰に連れていった。彼女たちのロンジーは、踵に届くほど長い。私は彼女たちがしゃがむと、一人ずつ、ロンジーを、地面にひきずらない程度にたくしあげてやった。手首を縛られている彼女たちは、肱でロンジーを押えて、マメチュイが私に、見てはいけない、と言った。私は、見ない、と言って眼をつぶってみせたが、実は薄眼をあけていた。三人は一斉に放尿し、立ち上がると私に、ケーズーチンバーレ（ありがとう）と言った。

橋本と見張役を交替すると、私は火焔木の下で目時と向かい合って、飯盒のふたをあけた。中盒には、茄子と豚肉の油いため、塩干魚が入っていて、飯には梅干が二つ埋め込んである。

それを、二食分だから、飯もおかずも、半分だけ食べるのだ。目時は衛兵隊の中では、私にいちばん親しい兵隊だ。目時は、フォークを取り出すと、水筒の水を少しかけて、ちり紙で拭い、飯をほじりながら言った。

「あいつら、なぜ縛られたのかな」

「女は、チーパーオンの情婦と、その伯母だそうだが、男は何だろうな」と私は言った。

「あれが匪賊かな」

「匪賊じゃないよ」と私は言った。

縄をかけられずに蹲っている連中を見張っているのは、第二分隊の吉田一等兵だった。カレン人たちは吉田の前で、ある者は静かに目をつぶり、ある者はおどおどと落着なく周囲に眼を配り、ある者は不安そうに顔を寄せ合って、ときどきそっと私語を交わしている。マメチュイと同じ年ごろの女も一人いるし、子供も三人ばかり混じっているが、村人の人数、老若男女の配分、どう考えても変だ。どこか肩すかしを食わされているような虚ろなものがある。一部の者が、風のごとく、忍者のごとく姿をくらました。どんなふうにしてだかはわからないけれど。

——そう思ってみると、マメチュイが残っていたという理由が解せない。いったい、どういうことなのだろう?——

それにしても、これだけの人間がいて、インガ・コワージンデと言ったのがマメチュイと二人の伯母だけだというのはどういうことなのだろう？　そのうちに、次から次に申し出るということになるのだろうか？　そのとき吉田ではビルマ語がわからない。私が通訳してやらなければならない。

「ウェッへへ」

急に尾形が、大きな声で笑った。すると中河憲兵が、

「まあ、そういうことですなあ、ハハ」

と、張りのある低音で言った。何のことだかわからないが、タバコに火をつけると、尾形は、兵隊たちのほうに向きを変えて、

「この村、あとで焼いてしまうそうだよ。欲しい物があったら、今のうちに盗って来い」と言った。「五人も残っとりゃいいだろう」

大沢と、第二分隊長の関口軍曹とが話し合って、分隊から三人ずつ、六人が残ることになった。

「行ぎたぐねえやつ、いっかあ」と大沢が私たちを見まわした。

「自分は、残ります」と私が言うと、

「おめえ、残るか。よし、徳吉一等兵、残れ。ほかにいねえか。ほんだら、野川一等兵と、津村一等兵と、残れ」と大沢は指名した。

貧しそうな村だ。村人たちを駆り出したときに踏み込んだ何軒かの内部を思い出してみたが、

何もなかった。家族の写真を額縁に入れて、壁に飾っていた家があった。床屋に行くと、よく免状を入れて掲げているのがあるが、あれぐらいの大きさの一枚の額縁に、手札判や名刺判ぐらいの写真が、何枚も同居していた。ほかに、何があっただろう？　兵隊たちが狙っているのは、現金やロンジーだ。ロンジーは、かなり高く売れるのだ。目時が私に、「何か、盗って来てやろうか」と言った。

「カレンの写真を持って来てくれよ。額縁はいらない、写真だけ」と私が言うと、目時は、

「写真？　なんで写真なんか」

「欲しいんだ」と私は言った。

写真を、空地にしゃがんでいるカレン人の誰かに、そっと手渡してやろう、と私は思った。村は焼かれて灰になっても、また建てることができる。だが、写真は、二度と撮ることができないのだ。その写真は貴重なものとなって残るはずだ。日本軍が去った後、カレン人たちは言うだろう。この写真は、日本が襲って来て村を焼いたとき、ジャパン・セツテイ（日本兵）の一人がこっそり返してくれたものなんだよ。これはどういうことなのだろうねえ。あのジャパン・セツテイは、あのとき私たちにオシッコもさせてくれたねえ。――私は、さきほど見た額縁の中に、髪に生花を挿した十四、五の女の子の写真があったことを思い出した。いま吉田の前にしゃがんでいる女の子が、あの写真の子であるかどうかはわからない。だが、目時があれ

をとって来てくれるといいと思った。あるいはその写真が、苦しみの思い出を呼び起こす材料となって忌わしいと思うかも知れない。それなら、それを棄てたい者は捨てるがいいし、棄てたくない者は棄てなければいいのだ。たとい私の気持が一方交通に終わってもいい。私は写真をカレン人に贈ってやろう。——

掠奪隊が竹藪の奥に消えた。しばらくすると、「では、始めますか」と憲兵が言った。

「あんた」と憲兵は私を呼んだ。

「はい」

「あんた、手伝ってください」

「は？」

「こいつからやりましょう」

憲兵は、数珠つなぎの縄を切ってマメチュイを二人の伯母から引き離すと、

「こいつ、情婦というよりゃ、チーパーオンが暴力で犯した女ですがね、こいつが知ってないとですな、作戦は長びきますよ」と、尾形を振り返った。「こいつが行先を知らないとなると、チーパーを追っかけまわすことになりますが、ちょっと、摑まらんかも知れませんな」

「やむをえんだろ」と尾形は言った。

憲兵は、マメチュイの手を縛った縄に、長い縄を結びつけて、その縄を王竜胆の樹の枝にか

けろ、と私に言った。

なんということだ。だが私は、言われたようにしないわけにはいかなかった。縄の端を握ると私は、眼でマメチュイに詫びた。通じるはずはない。マメチュイは、恐怖と憎悪のこもった眼で、憲兵と私とを見た。私は視線を外らした。

空に向かって、縄の端を投げつけた。縄は二度めに、かなり高い所に伸びている枝を越えた。

「よし」と憲兵は言った。憲兵はマメチュイに激しい語調で何か言った。チーパーオンの行方を白状させようとしているのだ。憲兵はマメチュイにティーラ（知っとるのか）ムティーブラ（知らんのか）と怒鳴った。

「ムティーブー（知りません）」とマメチュイが答えると、憲兵は、「兵隊さん、縄を引いてください」

私は縄を引いたが、縛られた手が伸びただけだ。

「ぎゅんと引いてください。ぎゅんと」

やむなく私は力を入れた。マメチュイの体重と痛みが伝わって来ただけで、体は地面から離れなかった。

「なんじゃ、なんじゃい。それで日本の兵隊さんかね」

中河憲兵はそう言って私のところに来ると、このォ、このォと言いながら、私からとりあげた縄を引いた。マメチュイが、ひと引きごとに吊り上げられて、足が地面から一メートルほど離れた。

「よしや」と憲兵は、縄を樹に巻いて留めると、マメチュイの足を摑んで、勢いよく振り飛ばした。

マメチュイは、振り子のように空中を往復した。吊り上げられて腹がへこんで、ロンジーがずり落ちた。それを見て尾形が、ははあ、と笑った。カレン人たちは笑わなかったが、兵隊たちは、みな、にやにやした。憲兵は、眉も動かさず、マメチュイが止まると、細竹で股間や尻を突ついて、

「ティーラ? ムティーブラ?」

「ムティーブー」

マメチュイは消え入るような声で言った。

「あんた、こいつを押しなさい」と憲兵は私に言った。私は、マメチュイの足を押した。冷たい足だ。

「そんな押し方ではだめだ」

憲兵は、私を押しのけて、再び自分で押した。マメチュイは往復した。彼女は、死にたいと思っているだろう、と私は思った。私は、貴重品箱の下の捧げ銃を思い出した。あのとき私は、

女の子のようにぼろぼろ泣いたが、マメチュイは泣く気力すらないのだ。

憲兵が、三度めに、ティーラ、ムティーブラをやったときには、マメチュイのムティーブーは、もう声にはならなかった。

私は、大沢が言うように助平野郎かも知れないけれど、マメチュイのむきだしの下半身に好色と嗜虐の眼を向けるよりは、心理的な、軽くて優しいキスを続けていたかった。キンピー（憲兵）ムカウンブー（よくない）と禁句を囁き合うことで。そう思ってみても私は、キンピーに手伝って、マメチュイの足を押しているのだ。こんなことなら、掠奪を嫌って残るのではなかった。だが、こうなってからそんなことを言っても、愚痴だ。それにこういうことは、自分だけ逃げればいい、と割り切ってしまうわけにもいかないのだ。——

もはや、表情も動かなくなってしまったマメチュイが、また空中を往復した。

「兵隊さん」と憲兵は私に言った。「縄を引いてください。ぎゅんと気合入れて。こいつをもっと高く吊り上げてください。一人じゃだめだな。あんたも手伝って」憲兵は、野川一等兵に指を向けた。

「はい」

私は、こめかみが冷えたような、熱くなってきたような、異様な生理になりながら言った。


（一九七〇年「季刊藝術」十三号）

蟻の自由

今日からまた手紙を書きます。やっと手紙が書けるような環境になりました。ここに来るまでは、いつも一日じゅうみんなと一緒でしたから、しばらく手紙が書けなかったのです。ここなら、手紙を書いても見つかるまいと思います。手紙を書いていて、見つかったら大変です。こなに書いとる、見せてみい、と言われるでしょう。そう言われたらおしまいです。軍隊では、それを拒むことはできませんし、また軍隊が、こんなことを書く僕を赦してくれるとは考えられません。読まれたら最後、ビンタぐらいではすまないでしょう。たぶん僕は、軍法会議にかけられて、軍隊監獄にほうり込まれるでしょう。それともここは前線だから、そんな手続きは踏まないかも知れません。簡単に処刑されてしまうかも知れません。もっとも、実際には、僕の字が読めるはずはありません。僕はいわば、闇の中で、やみくもに鉛筆を動かしているだけですから。自分でも読めないような字を書いているのですから。

この手紙は闇の中で書いているのです。昼間だったら、読める字が書けるかといえば、やはりだめだろう、と思います。なにしろ僕の手帖は、たいていいつも濡れているので、鉛筆の字はどっちにしても載らないのです。今だって、僕が左手に握っているこの手帖、濡れています。紙が破れないように、僕はそっと鉛筆を動かしています。暗くて、何も見えません。山の闇って、ほんとうに真っ暗だね。書き終わると僕は、手さぐりで手帖の頁をちぎって、手さぐりで足もとの土の中に埋めてしまうのです。この手紙が読めるのは、佑子しかいないのだ。

手紙といえば、僕が宇品から輸送船で南方に運ばれて以来、一度だけ、公認で出したことがあったな。僕が最初に上陸したのは、フィリピンのルソン島でしたが、そのころの日本には、まだ輸送能力があったのでしょうね。ルソン島ではカバナツアンという町が駐屯地だったのですが、その町に着いてまもなく、下士官が言いました。

「内地さ手紙出すたい者は、今夜ずうに書いて班長室さ持ってコオ」

そこで点呼の後、僕たちは手紙を書いて、古年兵の一人がそれを集めて、下士官に持って行ったのでした。

下士官は、僕たちの手紙を読んでダメを出しました。検閲にひっかかった者は、書き直さなければなりませんでした。僕が書いた手紙は、帝国軍人にふさわしくない、という理由で突っ返されました。あのとき僕は、親父と佑子とに、葉書を書いたのでした。ところが両方とも検閲にひっかかりました。そのいきさつを書くと長くなるので省略しますが、結局僕は、親父への葉書だけ書き直して再提出しました。佑子への葉書は、出すのを諦めました。帝国軍人にふさわしいように書き直した手紙を出すぐらいなら、何も言わずに、出征前の言葉を大事にしているほうがいいと思ったからです。もっとも親父への葉書も、はたして内地まで運ばれたかどうか疑問です。あれからまもなく、輸送船の往復が一段と危険になったと聞かされましたから。あのころはすでに、日本軍にしてみれば、手紙どころではなかったのではないかと思われます。なにせ、その後すぐ、今度は、「もうへぇ、手紙書いても送れないぞ。船ッコ、ねえんだってよ」と言われたのでした。それでも僕は、マライでも書いたし、ネーパン村でも書きました。マライやネーパン村では、ちゃんと読める字で書いたこともありましたよ。人の目を盗んで、こちょこちょと書きました。長い手紙は書けなかったけれども、何回か書きました。書くとすぐ、また人の目を盗んで、土の中に埋めました。けれど、何を書いたかな。忘れてしまった。ただ僕は、マライのクアラルンプールで、ディゴの樹の根もとに何通も手紙を埋めたことを憶えています。ディゴの樹は、ビルマでは見当たらないようですが、僕はあの樹の緑が好きでした。ディゴの葉は、柔らかな緑で光がすき透るのです。僕はあの緑を、佑子にふさわしい色と決めていました。

ここでは長い手紙が書けそうです。というのは、タコツボに入っているからです。なにしろ、タコツボというのは、ひとりきりの密室だし、そして前進しても退却しても、停まるとすぐ僕たちはタコツボを掘るのです。むろん、勤務もあるし、一日に一回、飯を炊かなければならないし、タコツボを掘り終えたとたんに、あるいはまだ掘り終えないうちに、すぐまた移動ということもないわけではありません。けれども、今日までのところを振り返ってみると、僕たちがタコツボの中に籠っている時間は、けっして少なくないのです。僕が師団司令部所属の兵隊だからでしょうか、前線といっても、案外ヒマなのです。移動のない晩など、歩哨勤務のわずかな時間をのぞけば、一晩じゅうタコツボでひとりきりということもあるのです。ただときには、タコツボではなくて、一コ分隊全員が入れるような、大きな横穴を掘ることもあります。また、一コ分隊全員ではなくて、六、七人ぐらいが入れるような、いわば中型の横穴を掘ることもあります。タコツボを掘るか横穴を掘るかは、部隊が到着した地点の地形によって決められるのでしょうか、これまでに僕たちは、一度大穴を掘り、一度中穴を掘りました。そういう共同の壕に入ったときは、むろん手紙は書けません。しかし、ここに来てもう十日ぐらいになりますから、共同の横穴を掘った日より、タコツボを掘った日のほうが、圧倒的に多かったというわけです。明日からも同じ状態が続くかどうかは予断ができませんが、これから、書ける限りは手紙を書こうと思っています。

今夜は、これでやめます。これから少し寝ます。

弾というのは、案外当たらないものだとも思うし、しかし、そう言っているうちに、僕もコロッと死んでしまうかも知れないんだとも思っています。

今朝、小峯一等兵が、迫撃砲弾をくらって死にました。昨夜、前進することになって、山を一つ越えたのですが、小峯はまるで翌朝自分が死ぬことを予知していたかのように、だめだ、だめだと言っていました。昨夜は道のない所を歩いたのですが、どういうわけか小峯は、ちょっとした崖などを登るにも、僕と同じようにひどく骨を折っていました。登りかけて、登りきれないでずるずる落ちて、だめだあと言うんです。蔓草や木の根に足をとられて転ぶこともあるのです。すると小峯は、だめだあ、と言って、助けを求めるように、まわりの者を見るのです。目的地に着くと僕たちは、夜が明ける前に掘り終えろと言われて、さっそくタコツボ掘りをやりましたが、払暁に、迫撃砲攻撃を受けました。

迫撃砲というのは、凄いですよ。まず遠くのほうで、花火でも打ち上げるときのようなポンという軽やかな音が鳴る。しばらくすると、ヒュルヒュルという音が聞こえる。これは弾が空気を切る音です。しかしこの音が聞こえるときは、むしろ安全なのです。近くに落ちる場合は、弾が空気を切る音など聞く余裕はないわけですから。炸裂音は、実に脅迫的ですよ。キャーンというすさまじい金属的な音です。僕たちがタコツボを掘り終えたのは何時ごろだったか、僕は時計を持っていないのでわかりませんが、そろそろ夜が明けかかったころ、続けざまに迫撃砲弾が落ちて来ました。僕はただただタコツボの中で身をちぢめて攻撃が終わるのを待っていましたが、どこからどう飛んで来たのか、小峯の胸に、鉄の破片が突き刺さったのです。ひとしきりの炸裂音が静まってしばらくたって、僕は、小峯がやられたぞという声を聞きました。

小峯は、傷口からも口からも、血をどくどく流しながら死んで行きました。ものも言えず、目を虚ろに開いたままで。

僕は、小峯と一緒に慰安所に行ったことを思い出します。ルソン島にいたとき、連絡将校の護衛で、カバナツアンからマニラに出張したときのことです。小峯は慰安所に行きたいと言いだしました。

「俺たち、どうせ死ぬだろ。俺、まだ女、知らないんだよ。女知らないで死ぬの、死にきれないよう。な、だから一緒に行ってくれよ。俺、一人じゃ行けないんだよ」

小峯は商業学校を出ていたので、僕と同じように幹部候補生要員として召集されたのですが、僕と同じように落第した者の一人でした。僕の中隊では、三十人のうち、五人落第を出して、合格した者は予備士官学校へ行き、落第した者は一兵卒として南方派遣の輸送船に載せられたのです。小峯は僕と同じ歩兵中隊から、師団司令部に転属になった一人でした。

「どうせ死ぬなら、女を知ったって知らなくたって、すぐなにもかもなくなっちゃうじゃないか」

と僕が言うと、

「きみは、散々遊んで来たから、そんなことが言えるんだ。俺は、そうはいかん」

と小峯は言いました。

「そうか、じゃ行こう」

そう言って僕たちは、連絡所の近くにあった慰安所に行ったのです。慰安婦は台湾人でした。部屋の隅に、水を張った洗面器が置いてあって、使用済の突撃一番（軍隊で配給するサック）がいくつか浮かんでいました。小峯の敵娼は感じの好さそうな女でしたが、小峯の部屋にも洗面器があって、突撃一番が浮かんでいるのだろうな、と思いました。

僕の敵娼も、人のよさそうな女でした。僕が料金を渡すと、素早く薄い生地のズボンを脱いで、寝台に横たわりました。

「あのね、私、今日、しない」

と僕が言うと、彼女は上半身を起こして、

「どして」

と言いました。

「今日ね、友達する、私、しない」

「どして」

「どしても。ごめんね」

と僕が言うと、

「あなた、病気ですか」

「そう、病気です。私、病気でここに来る、上等ないね、ごめんなさい」

と僕が言うと、彼女は、

「病気なおったら、またいらっしゃいね」

と言いました。

その後、小峯は、一人で慰安所に行けるようになって、カバナツアンでも、クアラルンプールでも、ネーパン村でも、二度と僕に、一緒に行ってくれ、とは言いませんでした。僕は、散々遊んで来たからではなくて、たぶん、自分も死ぬと決めているからでしょう、慰安所に行く気になれません。そんなふうになった僕を、佑子は想像できますか？　出征前、僕が三業地から帰って来ると、佑子から、「穢いわ、兄さん」と言われたことを思い出します。

でもね、佑子、兵隊が慰安所に行くのは、「穢さ」もないぐらい、虫的なんだよ。

よく兵隊は、自分たちを虫けらみたいだと自嘲します。それはそうだと思う、僕も。ただ兵隊が自分たちのことを虫けらみたいだと言うとき、兵隊たちは、愚弄されながら死んでしまうのだという気持で自嘲するわけです。僕は、兵隊は、小さくて、軽くて、すぐ突拍子もなく遠い所に連れて行かれてしまって、帰ろうにも帰れなくなってしまう感じから虫けらみたいだと思います。

少年のころ僕は、家の庭を這っていた蟻を一匹つかまえて、目薬の瓶に入れて、学校に持って行って放したことがあるのです。そして僕は、蟻の、おそらく蟻にとっては気が遠くなるほどの長い旅を空想しました。

今の僕は、あの蟻に似ているような気がするのです。

兵隊と慰安婦の出合いなど、蟻と蟻との出合いほどにしか感じられないのだ。また、僕と小峯との結びつきにしても、たまたま同じ目薬の瓶に封じ込まれた二匹の蟻のようなものではありませんか。

(僕は、小峯に友情を持っているとは言えません。)

僕は、死にたいと思っている。それは嘘ではない。けれども、そう思っても、やはり人間は死にたくないのですね。今日も、落ちて来た砲弾の数はわりに少なかったけれども、二度ほど、迫撃砲の攻撃を受けました。最初は例によって夜明けで、二度目はすっかり明るくなって、沢に炊爨《すいさん》に行ったときでした。二度とも僕の歯はガタガタ鳴って、しばらく止みませんでした。死にたいと思いながら、自分だけは死なないのではないだろうかという期待を、僕は一方では持っているのですね。

しかし、その期待は、やはり自信につながるものではないのです。やはり、いずれはやられるだろう、というのが僕の見通しなのです。すくなくとも、怪我をするか、怪我をして不具になるか――たとえそれを免れても、病気になることだけは確かだと思っているのです。

マラリヤで熱を出すでしょう。駐屯地ですら僕は、しょっちゅうマラリヤに罹って熱発しました。（隊では、発熱のことを熱発と言います）駐屯地でしょっちゅう熱発していて、前線でやられないはずはありません。どちらかといえば、罹病率は前線のほうが高いのではないかと思えます。なぜって、前線では栄養が十分でないし、体力が衰えていて病気への抵抗力が弱いのではないかと考えられるからです。今のところ前線に出て十日間ぐらいですから、今のところはまだ、もっているということなのです。だが、かなり消耗して来てもいます。すでに僕には、一キロの行軍でも苦痛になっています。

ここへは、ネーパン村からまっすぐ、トラックで来ました。正確に言えば、ボーシという町までトラックで来て、そこからが徒歩の行軍でした。ネーパン村を出ると、イラワジ河を渡って、ラングーンに出て、ラングーンから北上してマンダレーに来て、マンダレーから山道になりました。

マンダレーまでは、一面の大平野でした。ビルマの平野も広いよ。満洲ぐらいあるんじゃないかな。地平線から日が昇り、地平線に沈みます。僕は満洲を思い出しました。佑子と奉天に行ったことがあったね。満洲の晩秋の夕日、赤くて大きかったね。秋といえば、いまは季節からいえば秋なのです。けれどもビルマは満洲とは違って、秋の季節感といったようなものはないのです。ビルマには雨季と乾季があるだけ。いまは雨季が終わって、乾季が始まったといったところです。これから半年、ポトリとも雨が降らなくなるのです。そう思っていたのだけれど、それは平地の話で、山地に入ると、また違っているようです。ここでは毎日、雨が降る。それも、豪雨です。降っている時間はそれほど長くはないけれども、一雨来るとたちまち、頭からタライの水をぶちまけられたときのように、ずぶ濡れになってしまいます。軍隊ではレインコートのことを外被と言いますが、外被など着ていても、雨は外被を突き抜け、服を突き抜け、下着までびじょびじょに濡らしてしまいます。それでも外被は、必要でないわけではありません。雨は防げなくても、寒さを防ぐためには役に立つからです。その外被を僕は、今朝、盗まれてしまったのです。今朝、迫撃砲攻撃をくらったとき、僕はいつものように、ひたすらタコツボの中で身をちぢめていましたが、そのうちに退がれと号令がかかりました。とっさに僕は、いったん退がっても、またここに戻ってくるにちがいないと判断しました。退がるにしても進むにしても、僕には重いものを背負った行軍ぐらい苦手なものはありません。そこで僕はズルを決めこんで、背嚢をタコツボにおいたままで退却したのです。飯盒と小銃と、重機関銃の弾薬箱とだけを持って。このへんが弱兵の知恵。しかも猿知恵だったのでしょうね。とにかく僕は、そんなふうにして退却しました。背嚢には、毛布や天幕や外被をくくりつけてありました。退却といっても、山を中腹まで降りるだけのことだろうと思っていましたが、案の定、そこまで来ると、後退が停まりました。その後、そこでも迫撃砲弾をくらって、結局山の裏側の道路まで退がったのですが、予想通り日が暮れると、部隊はまたもとの場所まで前進することになりました。

タコツボに戻って来てみると、外被も天幕も毛布も、背嚢の中の靴下や携帯口糧も、なにもかもすっかり盗まれていたのです。円匙だけを残した裸の背嚢がタコツボの暗闇の中で、僕を待っていました。よくもまあ、こんなときに、泥棒ができるものだと思います。

南方といっても、山地は涼しいのです。夜明けなどは、むしろ寒いくらいです。それにここは南方というより、支那なのです。マンダレーから、ラシオという所を通って、前記のボーシという所に来たのですが、ボーシというのは、支那とビルマの国境から少しばかり支那に入った所らしいのです。僕はネーパン村を出るとき、北ビルマに行くと聞いたので、ではミートキーナあたりに行くのかな、と思っていました。それは、今年の五月ごろ、ミートキーナにイギリスの空挺部隊が攻めて来て、激戦が続いていると聞かされていたからですが、僕たちが運ばれて来た所は、中国の雲南省でした。こことミートキーナと、どれぐらい離れているのか、僕にはわかりません。なにしろ僕たち一等兵には、ほとんど何もわからないのです。下士官が教えてくれることだけが、僕たちが知っていることの全部です。もっとも下士官の話というのを、どの程度信じていいかわかりませんが、下士官の説明によると、僕たちが通って来た山道は、テンメン公路といって、もとは、インドから重慶に物資や兵器など運ぶために、イギリスが作ったいわゆる援蔣ルートと呼ばれる道路なのだそうです。それを日本軍が、リュウリョウだとか、トーエツだとか、ラーモーだとかいう要衝の町を占領して、切断していたのだそうです。ところが重慶軍が反撃して来て、リュウリョウだとか、トーエツだとか、ラーモーだとかの守備隊は包囲されていて、全滅になりかかっているのだそうです。そして、その守備隊を助け出すのがこの作戦の目的なのだそうです。つまり、トーエツやラーモーより、もっとこちら側まで攻めて来ている重慶軍を、トーエツやラーモーの向こう側まで押し返してしまえば、守備隊を助け出すことになるのです。

ところが、重慶軍を押し返すというのは、容易なことではなさそうです。なにしろ、重慶軍の装備はアメリカ式で、自動小銃を持っているのです。人数からいっても、日本軍の十倍ぐらいの兵力だそうです。日本軍には、飛行機もないし、大砲もわずかしかないようです。だから、第一線の歩兵部隊が、肉弾攻撃を繰り返しているのです。夜間、または夜明けに、音を立てないようにして、そっと重慶軍の陣地に近づいて、手榴弾を投げて躍り込むという戦法です。肉弾攻撃で歩兵部隊が重慶軍の陣地を占領すると、僕が所属している師団司令部の戦闘司令所は、少しばかり前進します。しかし夜が明けて、歩兵部隊が占領した陣地に反撃の砲弾が撃ち込まれ、飛行機が爆弾を落としに来ると、今度は少しばかり退却することになります。二歩進んで一歩退くこともあれば、一歩進んで二歩退くこともあるといったぐあいで、この一週間僕たちは、同じ所の行ったり来たりを繰り返しています。それでも、多少は前進しているのです。だが、この調子でリュウリョウまで進むのにどれだけかかるのか、僕には見当がつきません。第一、ここからリュウリョウまで何キロぐらいあるのか、僕は知りません。なんでも、リュウリョウとラーモーとトーエツのうちでは、一番手前にあるのがリュウリョウであって、ラーモーとトーエツはリュウリョウよりもう少し遠い所にあるのだそうです。そういった所まで、少し進んだり少し退いたりを繰り返しながら、少しずつ進んでいるわけです。テンメン公路というのはね、トーエツを通り、ラーモーを通り、昆明を通り、重慶に通じているのだそうです。トーエツは、公路から離れているのだと聞かされました。この重なり合った山々の向こうには、サルウィン河が流れ、その向こうには、四川盆地があって、そこに蔣介石がいるのだと聞かされました。なにしろ見渡す限り、山ばかりです。そしてここは、もうかなり高い所のようです。樹木はそれほど大きくはなく、また多くもありません。壕はだから、掘りやすいというわけです。

僕たちは、ときには鋪装された公路を歩き、ときには、公路からそれて、山の斜面を歩きます。どこを歩いても、マテ（屍体）の臭いが流れて来ます。公路を歩くときは、マテの臭いのほかに、糞の臭いも漂って来ます。なにせ、何百人も何千人も、（正確な数字は言えませんが）おびただしい人間が同じ所を行ったり来たりしながら、道端で排便するのですから、道端は糞だらけです。排泄に行った者は糞を踏みつけて帰って来ます。それを嫌っていたら、しゃがむ場所はありません。

ところでマラリヤのことですが、この辺のマラリヤは、大変悪性で、すぐ頭に来るので、アタピンのマラリヤと言われています。それからまた、ここが山だから山岳マラリヤとも言われています。それではネーパン村のマラリヤは、平地マラリヤだとか平野マラリヤだとか言えばいいのでしょうか。平地マラリヤだって、頭に来ます。なにせ三十九度、四十度の熱が出るのですから、頭がぼんやりしてバカみたいになってしまいます。しかし、山岳マラリヤによるアタピンのぐあいというのは、平地マラリヤの場合とは違って特別なのだそうです。ただぼんやりバカみたいになるだけではなくて、気が狂ったみたいになってしまうのだと聞かされました。するど僕も、気が狂ったみたいになるのでしょうか。それも悪くはないと思います。どっちにしても僕たちは、人殺しになるか、気違いになるかしかありません。佑子は僕が、どちらになることを望みますか？

気違いのほうがいいわ。そう言っている佑子の声が聞こえて来るような気がしますが、しかし僕は、気違いになれるでしょうか。

昨日はなにか、まとまりのつかないことをやたらに長く書きました。しかし、まとまりがつかないことや、尻切れトンボの手紙を書いても、ゆるしてください。なにしろ、戦場で書いている手紙ですから、こんなぐあいにしか書けません。

昨日は、手紙を書いていたら、例の豪雨に見舞われました。山の天気は変わりやすいというけれど、ほんとだね。昨日は失敗しました。タコツボのまわりの土の盛り方が粗雑だったために、あっという間に、地面を這って雨水が壕の中に流れ込んで来て、とたんにタコツボが水風呂になってしまったのです。僕はあわてて這い出して、鉄帽で水の掻い出しをやったのです。その水の掻い出しが終わらないうちに、立哨の順番がまわって来ました。

寒かったな。靴の中も、褌の中も、びじょびじょに濡れて、立哨中僕は、きまりの形に銃をかかえて、震えっぱなしでした。立哨時間の終わらないうちに雨は小降りになりましたが、昨夜の雨で、僕はタバコをすっかり濡らしてしまいました。マッチはサックの中に入れてあるので無事でしたが、佑子の写真と便箋とがぐちょぐちょになってしまいました。便箋というのは手帖のことで、手帖を濡らしたのは昨日がはじめてではないわけですが、佑子の写真を濡らしたのが実に残念です。ただ濡らしただけならいいのですが、濡らして崩してしまったのです。佑子の写真は、まず薄紙で包んで、その外側をタバコの銀紙で包んで、貴重品袋の中に入れていたのでした。ところが、その銀紙が、はがれなくなってしまいました。濡れて、写真の表面が糊になってしまったのでしょうね。急にこんなことになってしまいました。それで、昨夜の雨のせいだろうと、勝手に決めているわけです。それにしても、ほんとに残念です。僕の宝物だったのに。

ここには、変な声を出す鳥がいます。ハーッ、ハーッ、と、まるで人間が苦しそうに溜息をついているような声を出す鳥がいます。その鳥の姿を見たことはありませんが、声を聞いたのは、今夜が二度目でした。あるいは鳥ではなくて、獣かも知れませんが、声を聞いているうちに、ひょっとしたら人間が怪我でもしていて、息を吐いているのではないかと思えて来ます。先日、はじめてその声を聞いたとき、僕は、「誰か」と言ってみました。すると、ハーッ、ハーッ。僕は声のほうに少し歩いて、闇の中に目を見すえながら、もう一度、「誰か」と言ってみました。すると、また、ハーッ、ハーッ、と言います。そこで僕は、さらに声のほうに近づいて、「どうした」と言いました。すると声が消えて、ガサッという音がして、それきりです。今夜も、その鳥だか獣だかが、ハーッ、ハーッ、を始めたので、「おい、変な声を出すのはよせよ」と言ってみました。しかし依然として、ハーッ、ハーッと言うので、「やいこら、いい加減にしないか」などと言っていたら、ちょうどそこに下士官が巡回に来て、「なに、言っとる」と咎められました。「誰か、負傷しているようなのであります。あそこで、ハーッ、ハーッと言っておりますが」

「ばか。あれは鳥だ。なに、ばかみたいなこと言っとるんだ。おまえは」

と下士官は言いました。

もしあれが鳥だとすれば、変な鳥がいるものですね。

外被がないので、服がどろんこです。外被は防寒に役立つだけでなく、服が泥でよごれるのを防ぐのだと、いまさらのように知りました。僕は外被を盗まれたばかりでなく、もうひとつヘマをやってしまったのです。それは編上靴を捨ててしまったことです。僕は単純に、なんでも捨ててしまって、軽くさえすればいいと考えだしました。だから、背嚢につけていたもの、いらないと思うのは、あながち負け惜しみではありません。もう僕は、だいぶ疲れて来ている。だから、そういう考えになってしまうのです。わずかばかりの前進や退却が、僕にはつらくてたまらないのです。確かに道のりはわずかで、せいぜい、二キロか三キロぐらいの前進または退却なのだけれど、けれどもたとえ、二キロが一キロであっても、僕はみんなと一緒に歩くことができない。荷物が重過ぎます。歩くとき、僕が身につけているものといえば、小銃、小銃の弾、空の背嚢と円匙、雑嚢、水筒、被甲（ガスマスクのことです）、ゴボウ剣、そして重機関銃の弾薬箱です。一番重いのは、もちろん弾薬箱で、三十キロほどあります。これだけ体につけると、僕はたとえ百メートルの距離でも、みんなと同じ速さで歩くことはできないのです。そこで僕は、少しでも荷物を軽くするために、背嚢を捨て、編上靴も捨てたのです。編上靴の代わりに地下足袋をはきました。そのほうが軽くて足に負担がかからないだろうと思ったのですが、これは誤りでした。地下足袋のほうが編上靴よりも、歩いていて疲れます。しかも山の斜面の濡れた土の上では、つるつる滑ります。そのために、ますます疲れます。リュウリョウやトーエツの守備隊は、みんなビタミン欠乏で脚気になっていて、ちょっとした木の根や小さな石につまずいただけで、ステンステンと転んでいるのだそうですが、僕も、もう体力がなくなっていて、ステンステン転んでいます。

小峯は死んだし、部隊で今、いちばん転ぶのが僕なんだな。テンメン公路からそれて、山の斜面を歩くとき、僕は必ず転びます。夜は目がきかないから、つまずきやすいうえに、誰かが掘ったタコツボに、スポンと落ちることがしばしばあります。タコツボに落ちると、しばらく僕は這い上がれない。といって這い上がらないわけにはいかないから、土にしがみついて、そのたびに、なけなしの渾身の力をふりしぼるのです。

そんなぐあいだから、僕は人一倍よごれるのです。ほかの人は、外被はよごれても、服はそれほどではないのですが、僕は、どろんこの服で、その泥を豪雨が流す、というより服に染み込ませ、またどろんこになり、また染み込ませ、といった状態で、ほかの兵隊にくらべてとくによごれ方が目立つからでしょう、敗残兵というあだ名をつけられました。

「死んだ者の外被、もらったらどうだ」

と言われました。

けれども僕は、死者から外被をはぐのはよそうと思っています。

外被がなくて寒いのはつらいけど、きたないのはかまわない、と思っている。戦場の兵隊の服なんて、もともと野球のユニフォームと、まあ同じようなものでしょう。恰好も悪いし、布地も悪いけれど、それがどろんこになったからってかまわないよね。

寒いことだって、我慢しようと思っています。人より寒い思いをすれば、それだけ早く消耗して、それだけ早くマラリヤになれるような気がするのです。僕はもう、実はアタピンにでもなんにでもなって、歩く苦痛からだけは脱れたいと思っています。苦しみだの痛みだのというものは、言い表わしようのないものですね。だから、ここでの僕のつらさ、こと細かに書くことはやめます。どうせ形容になってしまうのだもの。ただ僕は、ひとりぼっちで、つらいな、死にたいな、と思っていると、佑子が京城の医専病院で、つらくないはずはないのに、頰笑もうとしていたことを思い出します。そして、佑子の微笑を思い出すと、いっそう死にたい気持が強まります。

あのとき、僕が病室のドアを締めて出て行ったあと、佑子は泣いたんじゃないの？

僕は、乗物に乗る気になれず、夜の街を、なるべく人通りの少ない通りを選んで、病院から京城の駅まで歩きました。

僕は泣きました。涙を拭く気にもなれず、泣きながら歩きました。涙のフィルターのせいで、灯火がみんな、十字架の形にうるんで見えました。何百、何千、という光の十字架が、夜空に輝いていました。

今の僕は、なぜあのとき僕は、せめて出発を一日でも二日でも延ばさなかったのだろうと悔やまれます。出発を一日延ばせば、入隊が一日遅れ、二日延ばせば二日遅れたわけです。そうすれば僕は当然、罰を受けたでしょうが、なぜ僕は罰を受けなかったのだろう。やっぱり僕は弱虫だったんだね。

召集を拒むことは、僕にはできない。また、もしそんなことをしたら、佑子だって、いけないわ、と思うに決まっている。けれどもなぜ、遅刻、ということに気がつかなかったのだろう。あとで気がつく何とやら、というやつだね。あのとき、僕が病室のドアを締めたとき、佑子は死んだのだ。医学的な死と、もう永久に二度と会えないということと、どこが違うのだろう？病院の白壁に添って歩きながら、僕は病室に引き返したかった。けれども僕は、そのままボストンバッグをさげて、駅に向かって歩いた。

生きてりゃまた会えることもある、という希望が、一かけらでも残っていたら、考えが違って来る。けれどもあのとき、佑子の命はせいぜい三カ月しかもたないと言われていた。そして実際には、三カ月どころか、一カ月後に佑子は死んだ。僕は仙台の聯隊でその知らせを受け取った。

「じゃ、行くよ」

と僕が言うと、

「気をつけてね」と佑子は言った。それから「ありがとう」と言った。

あのころ僕たちの家は、新義州にあった。父は内科の開業医だったのに、佑子が自分の娘だということで、京城の医専病院に預けたのだった。肉親だと、情が絡まって、的確な医療を施すことができないから、と言っていた。けれども佑子はすでに、どのような的確な医療を受けようとも、恢復の望めないところに行ってしまっていたのだ。一日でも臨終を遅らせるためだけの医療だったのだ。僕には本籍地の宮城県刈田郡七ケ宿村役場から、召集日は十月一日だと予告があった。僕は赤紙を待っていた。そして、十月一日の九時までに聯隊に着けるぎりぎりの時間まで佑子の傍にいることにして、新義州から京城に向かったのだった。

僕は佑子のために、何もしてやれることはなかった。毎日、寝台の横に腰掛をすえて、話をしたり、本を読んでやることのほかには。

僕は、その生活を、あの日のあの時刻で終えてはいけなかったのだ。遅刻の罰はどんなものか、僕は知らないが、時間に間に合うように動くバカがいるか。

今ごろ気がつくなんて、なんと間の抜けた話だろう。

しかし、そのうちに僕も死ぬだろうし、死ねば、なにもかもなくなってしまう。後悔だって、なくなってしまう。

今日はこれでやめます。実はね、もう手帖の紙はなくなってしまって、この手紙は木の葉に書いています。何に書いたって同じだよね。ではまた。

今日は、被甲を捨てました。

やっぱり戦場という所は、人間を変えるのかも知れません。僕が被甲を捨てたことを、思いがけない人が下士官に密告して、そのために僕は、ひどく殴られ、そして殴られたことで僕は、またいちだんと消耗してしまいました。

密告とは言えないかも知れません。僕が、福島一等兵に、「おれ、被甲、捨てちゃった」と言ったら、福島がそのことを、僕の目の前で及川上等兵に言ったのです。すると及川上等兵が、「なんだ、被甲は軍事秘密だぞ、ばかやろ」と流し目で睨んだかと思うと、すぐ下士官のところに行って、僕の目の前でそのことを告げたからです。つまり、陰でこっそり告げたのではなく、子供がいじめられたとたんに、先生なにちゃんがね、と駆けて行くようなふうに、告口したのです。

それはしかし、僕には予想外でした。及川は駐屯地では、あまり、規則だのしきたりだのにとらわれずに、ものわかりのいいところを見せていました。及川はガ島帰りの古参上等兵ですが、ここに来るまでは、どちらかというと自分から規則違犯を勧めるようなところがありました。たとえば、兵隊が員数外の靴下やキニーネなどを住民に売って金を作るとき、見つからないようにうまくやれよ、などと言っていたので、僕は、やはりガダルカナルで九死に一生を得て生き残っているような人は、小事にとらわれないようになるんだな、と感心していたぐらいでした。

ところが、僕が被甲を捨てたことを知ったとたんに告口に行ったので、驚きました。それはともかく、僕を殴った下士官の言うところによると、被甲を捨てるのは、ほかのものを捨てるのとは違って、軍法会議にまわされるような大変なことなのだそうです。被甲が一つでも敵の手に入ると、敵はその被甲では防げないような新しい毒ガスを発明してしまうので、一つたりとも絶対に渡せないのだ、ということです。理屈はそうかも知れないけれども、誰が考えたって一つどころか、いくつだって被甲は、敵の手に入っているに決まっています。下士官だって、まさか、被甲が一つも敵の手に入っていないと思っているわけではないでしょう。下士官はだから、敵が僕の捨てた被甲を拾って新しい毒ガスを発明するのを惧れたからではなくて、僕が規則を破ったことに腹を立てて、殴ったのでしょう。

「ぶん投げたところは、どこしゃ？」

と下士官は言いました。

「谷底です」

「行って、取ってコオ」

と下士官は言いました。

「はい」

僕は、とにかく、道を引っ返しました。小銃をかついで、手榴弾を二つ腰につけて。僕たちは、手榴弾を二つ持たされているのです。自殺用に——僕はそう思っています。とくに僕には、自殺用の手榴弾が必要です。いつも行軍のとき落伍するので、重慶軍に襲われる確率が高いからです。ひとりぼっちで大ぜいに襲われて、とてもう敵わないということになったとき、そうなったら僕は、自殺しようと思っています。この懸念は必ずしも、幻影ではなさそうです。その証拠には、ときたま、重慶軍の兵士が、捕虜になって引き立てられて来るのです。捕虜は、輸送するのはめんどうだということなのでしょうか、すぐ殺しているようですが、重慶軍が捕虜になるということは、日本軍も捕虜になるということではないかと思われます。つまり日本軍の陣地に重慶軍が入り込んでいて、重慶軍の陣地に日本軍が入り込んでいる、ということでしょう。そういう形で、進んだり退いたりしているわけでしょう。だから、あっちがつかまったり、こっちがつかまったりするわけでしょう。

僕は、被甲を捨てた場所まで行ってみました。もちろん谷底に降りて行く気はありません。なにしろ、どれほど深いか見当もつかない谷です。千仞の谷というやつです。それに、昼間ならまだしも、夜です。なんにも見えやしません。山の闇というのは、本当に暗い。手を顔の前に伸ばして、一尺先で振ってみても見えません。あるいは霧が立ち込めているのかも知れません。また、霧だと思っているのは、雲で、僕は雲の中にいるのかも知れないのです。昼間、谷間に、自分の足もとよりも低い所に、白い雲が降りているのを見ることがあります。あの雲が、僕たちにかぶさっているのかも知れません。こんなに暗いのは、わずかばかりの光を、すっかり雲が吸い取っているからではないでしょうか。

しばらく僕は、闇の中に佇み、それから再び部隊に戻りました。途中、またも豪雨に見舞われました。その雨の中を、とぼとぼ歩いているうちにいくらか小降りになりましたが、戻って来ても、今夜はタコツボを掘る気力も体力もありません。暗闇の中で、下士官を捜しだすのに骨を折りました。

「山藤班長殿は、どこにいますか」

先刻殴られた場所とおぼしきあたりで、闇に向かって、低い声で言ってみました。

誰も返事をしてはくれません。

「山藤班長殿は、どこにいますか」

やはり返事がありません。

そう言いながらその辺をさぐっているうちに、僕の重機の弾薬箱が見つかったので、その上に腰をおろして、もう一度、山藤班長殿はどこにいますか、と言ってみました。

けれどもやはり誰も答えてくれないので、僕はそのまま泥土の中に横たわり、朝を待つことにしました。

昨夜、僕が被甲を取りに行けと言われて部隊から離れている間に、松原一等兵が死んだのです。

みんなが松原の死を知ったのは、夜が明けてからでした。松原は昨夜は、立哨の番ではなかったのでしょう。だから明るくなるまで、誰にも気づかれないで、ほうっておかれたのでしょう。松原は血に染まっていませんでした。雨に流されたのでしょう。蠟人形のように硬くなっていただけでした。

福島に訊くと、昨夜、二発ばかり迫撃砲弾が落ちて来たのだそうです。

「おめえ、運がいいのしゃ。おめえのいねえどき、ぶちこまれたんだ」

と福島は言いました。僕は死にたいと思っているんだから、運がいいことにはならない、と思いましたが、そんな話が通じるはずはありませんから、黙っていました。

死にたいと思っていても、弾が落ちて来ると歯がガタガタ鳴る話、確かこのあいだ書きましたね。でもね、やっぱり僕は死にたいと思っている。ここはね、ある意味では、とても自由なところだと言えるかも知れない。そんなもの、自由じゃない、と言われるかも知れないけれど、とにかくここには何もない。歩け、と言われたら歩かなきゃならないし、穴を掘れ、と言われたら、穴を掘らなきゃならない。だから、みんな、束縛されてると思うだろ。そういう意味では、束縛されているんだよね、確かに。けれどもここでは、僕はほんとにひとりぼっちなんだよね。なんにもないんだ。だから、どんな生き方だってできるんだよね。外側だけ、みんなに似せておきさえすれば、かなり自分流にやっていけるんだ。被甲のことで山藤班長は、作戦が終わったら、そのときまだ僕が生きていたら、軍法会議にまわすと言っていた。しかしもう、僕はこわくない。僕は死ぬ気でいるのだもの。

軍隊監獄にほうり込まれたって、僕は自分流に生きてやろうと思っている。軍隊って、そうするよりほかにすることなんてないじゃないか。

また蟻のことを書きます。

僕は、遠くに運ばれてしまって、去年の十一月に死んだ佑子に、手紙を書き続けている蟻。鉄砲を持って、みんなと一緒にいるけれども、戦争をする気のない蟻。僕は、そういう蟻になれるのです。

ここでは、遠く離れて愛することしかできないのです。そしてその愛する人に、なにひとつしてやることも、してもらうこともできないのです。福島や死んだ松原は、妻子のいる蟻だ。

だが福島も松原も、ここでは、妻子になにひとつしてやることもできない。結局、僕と同じように、届きもしない手紙を互いに書き合うことしかできないのだ。

けれども僕たちは、そうすることを自分の生き方として選ぶことができるのです。

こんな生き方、哀れですか。哀れだって、仕方がないよね。少なくとも、国のためだなんて思い込まされて、死にたくないのに死んで行くよりは、マシだと思う。小峯なんか、お国のため精神があったんだ。でも死んでしまえば同じかな、それこそ、なんにもなくなってしまうのだから。

なんだか話が理屈っぽくなって来たけれども、今日は僕、一日じゅう興奮ぎみなんです。松原が死んだうえに、狼部隊の払暁攻撃を見たせいだと思います。

夜が明けかかると、青木上等兵が、「あ、松原が死んでる」と言ったのです。それから、衛生兵が来て、班長がポケットから遺品を抜いたりして、それから埋めることになりました。二、三人が交代に円匙をふるい始めました。すると、鉢巻山で、豆を煎るような自動小銃の音が鳴りだしたのです。そのうちに砲声が加わった。

僕たちは少し前進して、木陰から鉢巻山を見ていました。はじめのうちは、雲のかかっていた鉢巻山でしたが、次第に晴れてきて、山の輪郭がはっきり出て来ました。例によって下士官が聞かしてくれたのですが、狼部隊というのが、じりじりと這いながら、肉薄攻撃をやっているところだということでした。

狼というのは通称号で、狼部隊というのは、僕たちが育った朝鮮で編成された部隊だそうです。そして兵隊の半分ぐらいは朝鮮人だそうです。

そのうちに、ワアという突撃の声が聞こえて来ました。それからしばらくすると、バンザイという声が聞こえて来ました。

「とったぞ」と双眼鏡を目に当てていた将校が、後ろを振り返って言いました。

けれども、成功は束の間だったのです。飛行機が来て、鉢巻山に爆弾を落とし始めたし、砲撃をくらい始めました。

狼部隊の兵隊は、かなりやられたのではないかと思います。そして結局、僕たちは、少し退却することになりました。

肉弾攻撃というのは、結局はだめなんですね。占領してはやられ、占領してはやられているうちに、最後には攻撃する力がなくなってしまうのです。なにせ重慶軍は、砲弾と爆弾で攻撃するのに、日本軍は生身の体でぶつかるのですから、しまいには日本軍が負けるわけです。

今夜、僕は、感傷に溺れました。そのために重慶軍の捕虜が、痛い目にあわされました。僕が重慶軍の捕虜にしたことがいいことかどうか僕にはわからなくなりました。

夕方近くなって、重慶軍の兵隊が一人、後ろ手にしばられて引き立てられて来たのです。明日の朝、殺すということで、衣服をはぎ取られ、丸裸にさせられました。裸にしたのは、逃亡を防ぐためだということです。

夜、その捕虜の監視に立ったのです。雨が降らなかったのはさいわいでしたが、寒さはかなりのものでした。

僕の一時間の立哨中、その捕虜が泣きだしたのです。暗闇で、一メートルほどしか離れていないのに、皆目、捕虜の裸体は見えませんでした。見えないから、後ろ手にしばった縄が解けていないか、頻繁に触わって確かめよ、と言われていました。

闇の中から、アイヤー、アイヤーという声だけが聞こえるのです。その声の震え方で、捕虜の寒さがわかるような気がしました。

で、僕は、捕虜をだいて、暖めてやったのです。実際に暖めることになったかどうかわかりませんが、とにかくだいて、体をこすってやったのです。そしたら、捕虜のアイヤーの声が、いちだん高くなったのです。

飛び出して来たのは、及川上等兵です。

「うるさいじゃないか」

僕は、人の気配を感じたとたんに、捕虜から離れて、銃をかかえていました。

「眠れないじゃないか、そんな声を出させては」

「はあ」

「声を出させないようにするには、どうすりゃいいか教えてやる。こうするんだ」

及川は、裸の捕虜を蹴り始めました。すると、捕虜のアイヤーがぴたりと止まりました。暗くて、音だけしか聞こえませんでしたが、及川は力いっぱい、蹴り続けたようで、捕虜が泣きやむと、

「見ろ、これが捕虜の扱い方だ、おぼえとけ」

と言い捨てて、帰って行きました。

僕は、捕虜をだいて暖めてやることができる、と思ったんだ。蟻の自由を駆使したつもりだったんだ。おかげで捕虜は殺される前に、ひどい目に合ってしまった。

どうやら熱が出てきたようです。指に力がなくなりました。バンザイ。と言うべきだよね。

僕はそれを願っていたのだから。

熱発すれば、もう指を使って手紙を書くことはできなくなりそうですが、けれども、佑子への手紙は、なおも続けますよ。それは続けられるのだ。なぜなら、これは去年の十一月に死んだ佑子への手紙だから——

でも、ひとまずは、さよなら、と言っておきましょう。

（一九七一年「群像」九月号）

今夜、死ぬ

今夜、だろうな、おれが死ぬのは。攻撃は十時だという。始まったらすぐ、死ぬだろう。塀を降りるときか、降りた場所で、やられてしまうだろう。王宮を護っているカンボジヤ兵、どれくらいいるのか知らないけれど、機関銃を据えて、待ち構えている。おれたちが塀に上って、棕櫚縄を垂らして、ぶら下がる。ぶら下がったところをバリバリ薙ぎ払う。とても、右、左、右、左といったぐあいに、縄を持ち換え持ち換え降りる余裕なんてない。ずるずるストンと落ちるのが精一杯だ。サーチライトで照らし出すだろう。それとも照明弾を撃ち上げるかも知れない。照明弾ってやつは明るいな。パァッと真昼のように明るくなる。縄にぶら下がっているときぶっ放されたら、どうしようもない。地面にたどりついても、へばりついたまま、顔も上げられない。カンボちゃん、間断なく撃ちまくる。照明弾もたっぷり撃ち上げる。ポン。

ポン。ポンのバリバリ、ポンのバリバリだ。あの塀の中に、遮蔽物のようなもの、あるのだろうか？　遮蔽物のことは聞いていない。王様が寝ている建物や宝物殿の場所について、一応、説明があった。隊長が黒板に略図を書いて、

「シアヌークは、この建物に寝起きしておる。この建物を包囲するのである」

だが包囲する前に、みんな、やられてしまう。班長は、

「おめえら、まんず、全滅だべや」

と言った。おめえら、って、自分もやられるわけではないか。いずれにしてもこの作戦、誰が考えたって無茶だ。無茶でもやらなきゃならんというわけなんだな。方法も、これしかないのかな。一体、二個分隊のうち、生き残るものは何人いるのかな？　隊長は、

「シアヌークを保護するのである。それがわれわれの任務である」

と言った。保護するって、つまりは生捕りにして、日本の味方にさせるんだ、と班長は言った。だが、保護、ではなくて、無茶、がわれわれの任務みたいだな。みんな死んでしまったら、保護はできない。なにか言ってることとしていることとピッタリしない。まんず全滅だとはじめからわかっているのなら、ほかにもっといいやり方を考えたらよさそうなものだがなあ。こんなやり方しかないのかなあ。もっとも、そんなこと、一等兵のおれが愚痴を言っても、どうしようもないのだ。おれたちは、言われたことを、言われたようにやるしかないのだ。言われ

たようにやれと言われても、おれには、右、左、右、左と縄を持ち換え持ち換え塀を降りることはできない。力がないのだから仕方がない。持ち換えるもなにも、両手でぶら下がることもできない。稽古の最初の一回から、おれは手のひらを血だらけにして墜落した。縄にすがると、そのままずるずる地上に着いてしまった。両手とも、ペロッと皮が剝けていた。すぐ医務室に行って、軟膏をつけてもらって、包帯を巻いてもらって、それから今日まで、ずっと持ち換えなしにずり落ちているのだ。素手でできないこと、包帯を巻いたら、もっとできないな。包帯を巻いて、その上に軍手をはめている。だが、どうにか傷はなおった。こうして洗濯できるまでなおった。稽古を始めてから、ちょうど、まる一ヵ月になる。とにかく、力がなきゃできないことは、いくら言われたからといって、力がない者にはできないのだ。しかし、死ぬとわかっていても、逃げるわけにはいかない。できないことはできないが、命令にそむくことはできない。上官の命令はチンの命令である。いや、チンの命令であろうがなかろうが、命令にそむくことはできない。弱い者が強いものに命令を出したのなら、そむけるんだけどな。それにしてもおれたちは、プノンペンに来てまる一ヵ月、毎晩、全滅の稽古をしたわけなんだなあ。

と班長は言った。

「音立てては、わかんねぞ、チイ(気)つけろ」

幹候少尉の隊長は気取って、

「しずかなること林の如く、はやきこと風の如く行動せよ、わかったな」

と言った。だが、音を立てず、林の如く、風の如く行動しても、カンボちゃんが機関銃を据えて待ち構えていて、照明弾を上げて撃って来たら、おしまいなんだ。

ついに、親子丼にはありつけずに、死んでしまうわけだな。今日は、三月九日である。ビルマからタイを通って来たのだが、プノンペンに着いたのが、二月十三日だった。ビルマのトングーからプノンペンまで、何日かかっただろう？　マライからタイを通ってビルマに入った行きのときにくらべて、今度はなにかスーと調子よく通ってしまったような気がする。やはり進軍よりは退却のほうが、おれの性にあっているのかな。ビルマから移動が始まった当初は、行先は仏印だとしかわからなかった。カンボジヤだと知ったのは、タイに入ってからだった。そういうことは兵隊には知らせないのがたてまえらしいが、小迫班長は教えてくれた。

「カンボジヤのどこですか？」

「プノンペンだそうだ」

と小迫班長は言った。

「プノンペンでも、親子丼が食えますか？」

「どうだかな」

と班長は言ったが、仏印に行って親子丼を食うことは、ビルマ以来のおれの憧れだった。

雲南省の山の中で、仏印に行くとな、親子丼が二円五十銭で食えるんだって、と聞かされてから、おれたち、何回ぐらい親子丼の話をしただろう。あれも小迫班長が言ったのだった。部隊が、中国の雲南省から仏印に転進するらしいという情報も、親子丼のことも、小迫班長から聞かされた。親子丼が二円五十銭で食えると聞かされたとき、おれたち、唸ったなあ。おお、この世の中には、親子丼というものがあったんだ！　おれがそう言うと誰かが、本当すか、仏印さ行けば親子丼があるんすか、と息を詰めて言った。あれは部隊が、進んだり退いたりを繰り返しながら、やっとのことで龍陵まで行き、龍陵を見下ろす山の中でタコ壺暮らしをしていたときだ。そしてあれから間もなく、部隊は後退したのだが、おれがこんなに親子丼に熱中しているのは、食い意地だけからではないだろう。親子丼は地方の味。地方の、市井の、とうちゃん、かあちゃん、にいちゃん、ねえちゃんの、哀しくて優しい、あったかーい食いもの。だから本当は、食わなくてもいいんだ。憧れてりゃいいんだ。シンボルなんだよ、親子丼というのは。そういうわけだから、サシミや吸物などはお断りだな。実際に出されたら食うだろうけど。だがあれは、役人や将校が旅館や料理屋で、いばりくさって食う食いものだからな。だが雲南の戦線では、食い意地のほうが先だったかも知れないな。市井の味だなんて思って感傷に浸っている余裕はなかった。部隊の後退が始まるとすぐ、おれはマラリヤで発熱して野戦病院に入院したが、運ばれて来た汁桶に二つ三つ浮いている小指の先ほどのブタの脂肪《あぶら》が、ひょっとして自分の飯盒のふたに入れてもらえないものかと、はかない願いを祈ったものだった。だがその脂肪は必ず分配者自身の容器に注ぎ込まれてしまい、ああ、やっぱりと諦めたものだった。

だが、入院というのは、一方では置いて行かれる者の心細さを感じながら、しかし一方では、ああこれで厭な部隊から離れることができるな、と胸の晴れるような思いになる。野戦病院に入院したからといって、もちろん軍隊から解放されることにはならないが、それでも環境が変われば、しばらくは、いくらか憂鬱が紛れるのだった。

あの頃は、高熱で二六時中頭がボッとしていて、とりとめもなく、あらぬことばかり思い浮かべていた。あらぬことばかり思い浮かべるのは、高熱を出していなくても、今でも同じかもしれなくて、プノンペンに来てからも、いつも空想の中で、自分を甘い物語の主人公に仕立てているのだ。ただ空想の甘い物語だといっても、架空の人間を出したんじゃつまらない。現実につながっていなければ迫力がないのだが、残念なことにプノンペンには、女主人公がいないんだな。おれの物語は、いつも脱走から始まるのだ。ある日おれは脱走するのだ。だが、プノンペンでは、おれはどこに行けばいいんだ？　フィリピンでも、ビルマでも、おれには行先があった。本当は、無論、こちらは愛の対象になんか思われていないのだけれども、物語の中のおれ、惚れられているんだな。おれも惚れているから、相思相愛というわけだな。そういう娘がいて、おれは、フィリピンではフィリピンの農夫になり、ビルマではビルマの農夫になりすまして、憲兵の追及を怖れながら暮らしたわけだ。大筋はいつも決まっている。なにしろおれは脱走兵で憲兵が捜している。農夫にはなったものの百姓は下手だし、もし、憲兵につかまれば、一家一族に累を及ぼすわけだし、彼女の肉親たちにとっては厄介な存在なんだな。だがおれたちの愛は、何ものにもめげなかった。おれはフィリピンでは、彼女と一緒に村から逐電した。村の人たちに迷惑がかかってはいけないし、危険でもあったから。村を出てからおれは彼女と、地面に坐って果物を売ったり、製糖工場に雇われたりして、なんとか生活を立てた。無論、子供ができる。おれたちの夢は、そのうちに、小さなアイスクリーム屋の店を持つことだった。そう、フィリピンではアイスクリーム屋が夢だったな。ビルマでは何になろうと思ったんだっけ？　ビルマには氷がなかったが、あれは戦争中だからだろうか？　とにかくラングーンやマンダレーのような大きな町でも、アイスクリームがあるという話は、聞いたことがなかった。プノンペンには、アイスクリームがあるそうだ。つまり、氷があるわけだ。プノンペンに来て、一度も外出は許されず、ひたすら縄にぶら下がる稽古をさせられてばかりいたので、町の様子は、まったくわからない。この町に氷があるということは、酒保でときどきアイスクリームを売っているから嘘ではない。だが氷のことはともかくとしてだ、プノンペンでは脱走しても、かくまってくれる娘がいないから困るのだ。だがここでは、本当はそんなことは言っていられないのだな。なにはともあれ、脱走しなければならないところではないのか。今夜、死んでしまうのだ、空想ではなく本当に脱走すべきではないか。そう思うのだけれど、そんなことはできないのである。

それにしても、人間の生死は、運だなあ。今夜、おれが死ぬということも、もしあのときおれの退院が、もう二週間なり三週間なり遅れていたとしたら、違ったものになっているのではないか。もし、おれの退院が遅れていたとしたら、おれ、今ごろ、どういうことになっているのだろう？　なにかこのところ、北ビルマは深刻な状態になっているらしい。英印軍の空挺部隊が降りたとか、メイクテーラが陥ちたとか、聞かされている。英印軍の空挺部隊というのは、戦車を運んで来て降ろすのだという。日本は例によって、アンパン爆雷を抱いて戦車に体当りしているというのだけれど、英印軍の戦車は鉄が厚くて、下に潜り込んでアンパン爆雷の紐を引いても、もこっと持ち上がるだけで、全く平気なんだそうだ。無論、機関銃や小銃の弾なんか、はね返してしまう。兵隊がタコ壺を掘って入っていると、戦車が踏みつぶして回るのだそうだ。退院が遅れたらおれも、戦車に踏みつぶされていたかも知れない。それとも、ちょうど今ごろ、泰緬鉄道で国境を越えて、タイに入ったところあたりかも知れない。メナウ河の水上市場あたり？　バナナの皮をむきながら、おれ、運が強いなあ、なんて思っている？　ほんのちょっとしたことが原因になって、まわりまわって人がいい目に逢ったり、ひどい目に逢ったりするようなこと、なにも戦争や軍隊に限ったことじゃないだろうけど、戦争に来ると感じるなあ、人の命なんか、バカな大将のちょっとした気持ひとつで、バタバタ消えてしまう。閣下、シアヌークの保護は、三九隊を使いましょう。そうせい。命令が下る。三九隊とは勇第一三三九隊のことで、おれの所属する第二師団司令部のことだ。おれたち、全滅になるわけ。梯子で塀に上り、縄にぶら下がって王宮に忍び込むというやり方は、誰が考えたんだろう？　隊長の幹候少尉あたりの知恵かも知れない。誰かが、やり方について具体的な案を提出しなければならない。それを上の者が見て、だめなところに気がつけば直させる。いいと思えば、よし、早速練習をしろ。とたんにおれは、手の皮が剝けた。こういう案はそれとも、何人かで額を集めて考えるのかも知れない。そのへんのことは、下っ端のおれには、よくわからないけど、こんなことを考えだした人は、どこか変なところがあるのではないか。鞍馬天狗かなんか読み過ぎた人たちじゃないか。人はみな、鞍馬天狗や鼠小僧次郎吉や猿飛佐助みたいに体が軽く、ひらりと塀を越すもんだと錯覚しているのではないか。あるいはこれは、憲兵隊の案かも知れないな。作戦には憲兵が参加するというし、おれたちにシアヌークの寝所を包囲させておいて、少尉と憲兵とが中に入って行くのだという。しかし、死んだら入って行けないということを、あいつら、どうして考えないのだろう？　それともカンボちゃんは撃たないというのか。それならなにも、鞍馬天狗みたいな真似はしないで、門から入って行けばいいのに。

軍隊では、入院も退院も命令だったな。入院を命ず、退院を命ず、と言うのだ。おれが雲南戦線で野戦病院に入院して、そこからラシオの兵站病院に移されて、そのうちに退院したの、あれはみんな命令だったのだ。退院したのは、一月の中旬だったかな。何日だったかは憶えていない。退院させてほしいと、衛生下士官に頼みに行ったら、あの下士官、顔を真っ赤にして怒鳴った。

「なにッ。勝手なことを言うな。退院はこっちで出す命令だ」

「自分は、もう、治ったと思うのであります」

「馬鹿野郎、ここはホテルじゃねえんだぞ。出たいときに出られる所じゃねえんだ」

と言って、下士官はおれから、ビンタをとった。

それでもあの下士官、あれから間もなく退院させてくれたのだ。それまで、おれの方も、治ったところを見せるために、飯上げや死体運搬に、率先して飛び出して行った。飯上げは、飯や汁の入った桶を、炊事場から病室まで運ぶのだが、炊事場と病室とはかなり離れていたし、桶は重いし、楽ではなかった。死体運搬の方が、体は楽だった。一人で一つの桶を運ぶより、四人で死体を載せた担架を運ぶほうが、軽い。だが、死体が穴に落ちて、ほかの死体にぶつかる音、いいもんじゃない。丘を少し登ると、十畳ぐらいの深い四角の穴があって、まず穴のふちで、遺骨係がメスで小指を一本切り取るのだった。それが済むと、毛布をはぎ、裸の死体を、イチ、ニイの、ホイと言って穴に落とすのだった。担架から離れた死体がボコッと音を立てる。それで終わりだ。おれは自分が、もう病気が治って元気だというところを見せるために、あれに精を出したのだった。退院するとき、おれは下士官に、

「ありがとうございます」

と礼を言った。あの下士官は、ビンタはとったけれど、しかし結局、退院をいくらか早めてくれたような気がするのだ。いい奴だったんだろうな、あいつは。

「気をつけて行けよ」

とあいつは言った。

退院はしたものの、だ。さて、自分の部隊が、どこにいるのか、おれにはわからないのだった。おれたちのような兵隊を、原隊追及兵と言うのだった。

「自分は原隊追及兵でありますが、勇の司令部はどこにいるか、ご存じではありませんでしょうか」

連絡所があれば連絡所に行き、兵站があれば兵站に行き、部隊の在所を尋ねてみるのだった。部隊は仏印に転進するという噂を雲南の戦線で聞いていたから、とにかくおれも、南下してみることにしたのだ。まずラシオからマンダレーに行き、マンダレーからラングーンに向かおうと思った。おれはビルマの略地図を頭に描き、これはちょっとしたいい旅行になりそうだぞ、

と思った。部隊の在所は、途々尋ねてまわるうちに、いずれはわかるだろう。どちらかと言えば、部隊の在所がわからないことよりも、すぐにわかることのほうを心配したな。歩いたり、軍用トラックに便乗させてもらったりしながら、行先の曖昧な一人旅をするのは悪くなかった。この自由が、ずっと続けばいいと思った。あんなもの、自由とは言えないかも知れないが、あれは、大東亜戦争が始まって以来、いや、軍隊に入って以来、はじめて味わった解放感だった。原隊追及という枠の中にはいたわけだけれど、そばに命令者がいないというだけで、解放された気分になった。箸の上げ下ろしまでやかましく言うのが軍隊だが、あのときは、少なくとも、箸の上げ下ろしだけは自由だった。好きな時間に、好きな場所で寝ることができた。好きなときに、好きな速さで歩くことができた。病院を出て、二キロか三キロほど歩くと、コロンコロンと草原の向こうのほうから、涼しい音が聞こえて来た。その音を尋ねて、道から外れて草原の中に入って行くと、音の主は牛だった。牛が草を嚙んでいて、首のまわりにつけたいくつもの木製の鈴が鳴っていたのだった。音を尋ねて歩くことなんか、普通ならできないことだ。なに、錯覚だよ、偽の自由だよ、鼻に輪を通されて引きずり回されている牛より、生簀の鮒のほうが、いくらか自由だといったぐらいのことだよ。そういうことかも知れないな。しかし、そのいくらかの自由が、なんと快適だっただろう。チョウメイというう町やメイミョウという町では、市場に行って半干の小魚やセレ（ビルマ煙草）を買った。歩いていて疲れると、路傍で焚火をして、カウボーイのようにその横で寝た。そばに命令者がいたら、あんなことはできない。もっとも焚火の横で寝たときは、盗難に遭った。背嚢を枕にして寝たのだが、眼が覚めると、背嚢につけていた天幕も毛布も、なにもかもなくなっていた。通りすがりのどこかの兵隊に、まんまとやられたのである。

あのころおれは、営養失調だったんだろうなあ。ひどい体だったなあ。顔と足とはぶくぶく脹れ上がり、胸と背中は肉がなく、肋骨と背骨が飛び出していた。脹れた足を指で押してみると、ぺこりと凹んだきり、なかなか戻って来なかった。腹は、臍のあたりだけが膨れて突き出ていた。見られたものではなかった。しかし、飯上げや死体運搬に励んだとは言え、あんな体のおれを、よくもまあ退院させてくれたもんだなあ。だが、あの兵站病院でそんなことを言っていたら、退院できる者はいないだろうな。患者はほとんどみんな、営養失調の体をしていたからな。そんなふうだから、無論、おれは内臓が弱っていた。地名は憶えていないが、あれは、ラシオとチョウメイの間だった。道中、ビルマの子供に会ったら、サプライ・マスラー・シデと言った。糧秣廠の旦那がいるよ、と教えてくれたわけだ。そういえばビルマ人は、マスターをマスラーと言っていた。おれは子供に案内してもらってそのサプライ・マスラーの所に行き、勇の原隊追及兵であります、食糧をいただきたいのでありますが、と言った。おお、そうか、好きなもの、何でも持って行け、とサプライ・マスラーは言った。おれは、塩乾魚と落花生と食用油とをそこでもらったが、あの落花生を煎って食ったら、猛烈な下痢が始まったのだ。あの日は、三十分に一回の割で路傍にしゃがんで、一日に二キロぐらいしか歩けなかった。それでもとにかくマンダレーにたどり着いたのだから、しぶといもんだな。マンダレーの連絡所で部隊の在所がわかった。軍隊にも、あんな親切な人ばかりいる所があるんだなあ。マンダレーの連絡所には、兵隊はいなくて、将校と下士官だけが勤めていた。原隊を追及中だとわけを言うと、下士官の一人が原隊の在所を教えてくれた上に、さいわい夜になるとマンダレー街道を南下する自動貨車があるから、便乗させてもらえるよう頼んでやる、それまでここで、シラミ退治をして、夕飯も食って行け、と言ったのだった。通りすがりの兵隊に、いちいちこんなことをしていてはキリがあるまいに、と思いながら、おれは、ドラム缶を借りて、身につけているもの一切を煮沸した。

「これを着るといいや」

連絡所の曹長が、ロンジー（ビルマ人の腰布）を貸してくれた。時間をかけて、ゆっくり煮沸した。シラミ退治は完璧だった。ドラム缶から引き上げた衣類は、草の上に広げて干したが、すぐに乾いた。おれは、ロンジーを巻いて、のんびり半日を陽光を浴びながら過ごした。夕食をごちそうになって、南に下る自動貨車が来るのを待ったが、しかし、不思議だな、どうしてあの人たちは、あんなに親切にしてくれたのか、おれ、何と言ったらいいのかわからない。おれは、あの人たちに感謝するよ。あの人たちとも、しかし、もう二度と会う機会はないのだ。

あの一人旅の道中のこと、何ひとつ部隊に帰って話していない。おれの話、部隊ではまるで信じてもらえない。おれが何か言うと、すぐ、嘘だべや、と言われる。焚火をして寝ていた間に、天幕や毛布を盗まれたために、原隊に着くと早々、始末書を書かされた。天皇陛下の品物だぞ、と例のセリフが出た。盗まれたんではねえべ、売ったんだべ。いえ盗まれたのであります。嘘だべ。なぜ、おれの言うこと、いちいち、嘘だべと言うのかな。あのあと、トングーの停車場で、街道荒らしにやられたときも、おれは、信じてもらえなかったんだ。あれは原隊に復帰した次の晩だ。あれもまったく偶然だなあ、おれが原隊に着いた次の日、先発が仏印に向かって出発して、おれはその先発に入れられたんだ。着いた日、始末書を書いたら、始末書を書かせられたからではあるまいが、おれは熱発した。三十八度ぐらいの低い熱だったけれども、あれは、まだマラリヤが治りきっていないというしるしだったのだ。

「病人は停車場さ行って、梱包監視をやっとれ」

と言われたな。

兵隊たちが、貨車に荷物を積みこむ。おれは、その荷物の上に坐って、番をすればいいのだった。ところが来たんだなあ、街道荒らしがさ。夜だから機種はわからないが、二機で来た。例によって超低空で降りて来て、曳光弾を撃って来た。緑や桃色の光条が停車場を刺した。もちろん、みんな蜘蛛の子を散らすみたいにターッと四方に逃げた。おれは貨車の中にいたので逃げ遅れて、飛行機がいったん通り過ぎるのを待った。さいわい機銃掃射はおれから外れて、街道荒らしさんは頭上を越えた。かなり遠くまで行って、旋回して戻って来る。その間に貨車から飛び降りると、必死に走って、井戸のかげに身を寄せた。街道荒らしさんが二度目の旋回をしている間におれは、停車場の外に出て、ビルマ人が掘った防空壕に飛び込んだ。深い大きなタコ壺だった。立ったまますっぽり入れるぐらいの大きさだった。おれは防空壕に入ると、すぐ睡ってしまった。

どれぐらい睡ったんだろう？　かなりの時間、睡っていたのだろうな。なにしろあれから街道荒らしが飛び去って、みんなでおれを捜したけれど見つからないので、司令部に、おれが行方不明になったと報告したのだそうだ。おれ、停車場のすぐそばにいたんだけど、みんなおれが遠くまで逃げたと思い込んで、遠くの方ばかり捜したのだそうだ。撃たれて草の中で死んでいるのではないか、と考えて機銃掃射から遠く離れた場所を捜したというのは、こりゃおかしい。撃たれたおれが、よろよろ歩いて、遠くまで行って死んだというのか。連中のほうも、おれの言うことを、おかしいと言うのだ。

「空襲の最中に、睡ったなんて、考えられねえ。おまえにそんな度胸あるはずねえ。嘘こいてるんだべ」

班長が、本当のことを言えと言って、おれを責めたのだった。将校は、自分に納得のいく本当のことを言わせることは諦めて、キサマ、と言っておれを殴った。みんなに迷惑をかけて、けしからん、というのだが、あのときおれ、生きていたから、迷惑をかけたことになったんだな。もしあのとき本当に撃たれて死んでいたら、天皇陛下のオンタメに命をささげた忠義の兵士だ。あの将校はビンタのかわりに、恰好をつけておれの死体に敬礼をするわけだな。あいつは、おれの命なんかより、自分の立場が大事だったんだ。司令部に、古林一等兵行方不明、と報告したとたんに、ケロッとおれに出て来られたんじゃ、立場がなくなるからな。もっと上の将校から、オッチョコチョイだなあ、って眼で見られそうな気がして、逆上したんだろうな。あの将校は、先発隊長というのかな。なんとか輸送指揮官というのかな。それとも、梱包積みの監督官というのか、どういうのかな。はじめての顔だった。名前も知らない。おれが入院していた間に転属になって来たやつかもしれない。そしてカンボジヤに来てからは、あの将校を見たことがないので、もう顔も思い出せない。あのときは夜だったし、おそらく、あいつももう、おれの顔を憶えてはいないだろう。いや夜でなくたって、一度きりの顔をいちいち憶えてはいられない。はじめての顔が、何か教え込まれた観念で、通りすがりに、人を殴っては去って行く。おれたち、通り魔の中で暮らしているようなものだな。そしてその通り魔も、通り魔の中で暮らしているわけ。今度の風林火山の少尉も、プノンペンに来るまでは見たことのない将校だが、彼自身通り魔であり、通り魔たちの中でビンタを感じながら暮らしているわけだ。あいつは、この作戦のために転属になって来たのかもしれないが、人がまるで、路傍の石を蹴っ飛ばすような気安さで転属になることに較べれば、ビンタなんて、ほんのちょっと痛いだけではないかな。屈辱感なんて、気持の持ちようでどうにでもなる。

「本作戦は、必ずや、成功しなければならん。失敗は許されないのである」と風林火山の少尉は言った。「本作戦の成否が、軍の、つまりわが大日本帝国の将来に及ぼす影響は、はかり知れないものがある。それはひとえに、おまえたちの双肩にかかっておるのである」

少尉はきばって、大袈裟なことを言ったが、ああいうことを言って恥ずかしくない人になることの方が、屈辱的ではないのかな。

稽古は、王様の寝所を取り囲むところまでである。塀の代わりに、二階屋の二棟のバルコニーから棕櫚縄を三本ほど垂らして、分隊ごと別れて、次々に地上に降りる。おれたちがプノンペンに来て入ったのは、学校だった。小学校だったのか、中学校だったのかは知らないが、学校だったということはすぐわかった。小さな学校で、平屋と二階建の校舎で囲んだ四角の中に、テニスコートほどの校庭があった。棕櫚縄で全員が地面に降りると、少尉が低声で、前進、と言う。地面に伏せていたおれたちは身を起こし、そろりそろりと忍び足で校庭の向こう側まで行って、シー、と言う。司令部が事務所に使っていた建物の、裏口のバルコニーをシアヌークの御殿に見立てたのだった。おむすびを包んだ天幕と、三八式歩兵銃とを斜めに背負って、地下足袋、脚絆といういでたちだ。だが、なぜ、シー、なんて言うのだろう？　昼間、歩兵が突撃するときには、ワー、と言う。夜は、ワーではなくて、シーと言う。闇の中では、ワーよりシーのほうが、相手は気味が悪くて恐怖を覚えるのだというが、おれたち、今回は突撃するのではなくて、包囲するのではないのか。包囲でもやはりシーなのかな。シアヌーク王に、シーと言って脅迫を感じさせようというのかな。だが問題は、シーまで辿り着けるかどうかだ。塀に上るまでは、無論簡単だ。一昨日と昨日と、司令部の兵舎から、小人数のグループを作って、隠密にこの兵站に入った。そば屋に集まる四十七士といったところだ。この兵站と王宮とは目と鼻の距離だし、今夜は闇夜だ。塀に梯子をかけるまでは、音を立てずに、辿り着けるだろう。それからあとのことは、いっそ考えないことにしよう。作戦開始の十時まで、ケチしないでタバコを吸って、内地のことでも思い出すことにしよう。楽しかったことばかりを。つらかったことを思い出して死んで行くのはつまらない。極楽も地獄も、死後にあるのではなくて、死の直前にあるのではないか。ところで内地で楽しかったことって、どういうことがあっただろう？　お袋の肩を揉みながら、甘ったれた話をした。お嫁さんの話。お母さんはどんな人がいいと思う？　そうだねえ、中村さんの二番目のお嬢さんのような人がおまえのお嫁さんになってくれるといいね。おれは息子の嫁にと言って、お袋が中村さんに話に行く光景を想像した。甘い、甘い。そして、そういうことにはならなかった。大東亜戦争が始まる前に、お袋は死んでしまったし、おれは今日まで、結婚なんかに関係のないところを一気に過ごして来た。しかし、ああいう甘いことばかり思って、時間を過ごしたほうが、よさそうだ。ほかに楽しかったことと言えば、家族みんなで温泉に行ったときのこと。妹と弟と三人で、磯釣に行ったときのこと。二寸ほどの小さな黒鯛がかかって、砂の上ではねたっけ。あの妹も、大東亜戦争が始まる前に死んでしまった。弟は、いま、どこで何をしているのか。もう中学は卒業しているはずだが、無論、お互いに消息はわからない。親父はまだ生きているかな。何もわからない。しかし、温泉も、釣も、楽しかったというより、懐しいのだな。泣けてくるぐらい懐しい。とくに今夜死ぬ、と思えば、懐しい。死刑囚が台に上がる前、考えることってどんなことだろう？　こいつはまったく、わかりようがない。みんな残らず死んでしまうわけだから。死刑囚に較べるとおれたちは、生き残る可能性が全然ないというのではない。たとえば、ドクー総督がウイと言った場合。日本軍の言う条件をドクーがのめば、作戦は中止だというのである。二十四時間以内に返答すべし、イエスかノーか。山下大将がやったようなことを、仏印でもやったのだという。その二十四時間の限度が、今夜の十時だというのだけれど、十中八、九、作戦中止ということはあるまいというのである。十中八、九、作戦中止はなくて、十中八、九、全滅になるだろうというのである。それでも、おれたちには、十中一、二のいい目が残っていることになる。無論、死刑囚よりはいいわけだ。だが、今度くらい、自分の死を確かだと感じたことはない。死刑囚よりはましだといっても慰めにはならない。これまでだって、死を身近に感じたことは少なくなかった。輸送船に乗れば、魚雷をくらって沈没するかも知れないと思う。おれは、宇品からマニラに輸送されたときも、マニラから昭南に渡ったときも、海に浮かんでいる自分を想像した。船の上でだけではなく、上陸してからも何回か想像したが、輸送船では、おれ、今日にでも死ぬかも知れないな、と船が目的地に着くまでは、何回となく思った。海にはまって、鮫に足を食いちぎられて、体から血が抜けて行く状態を想像した。赤く染まった海の中で、次第に意識を失って行く自分を想像した。鮫ではなくて、海蛇のことを考えたこともあった。海蛇が鎌首をもたげて、胸から上を海面に垂直に立てて、おれに向かってスーとやって来る。海蛇がわざわざ人を嚙みに向かって来るとは思わないけれども、おれはそんなことを思った。溺死の苦しさとは、どういうものなのだろう？　おれは海水浴で鼻から水を飲んだときのことを思い出した。力が尽き果てる。もう泳げない。空気のない所に引きずり込まれて行く。そのときの苦しさは、どんなふうで、どれくらい続くのだろう？　――それは実際に、ありうることであった。だがそれを想像するおれの気持には、どこか、自分にそれが起きることを信じていないところがあった。戦線では、死はもっと身近にあったはずだ。戦線では輸送船の場合のように、魚雷が当たって、海にはまって、力尽きるまで泳いで、ゆっくり死んで行くのではない。死は、数秒後にも訪れる。空襲はそれでも、まだ悠長だ。進路が頭上から外れている、なんて考えて、ホッとするような余裕がある。だが迫撃砲となると、まったくいきなりだ。おれたちは絶えず、そのいきなりの中にいたのだった。山道を歩いていると、いきなり殺された。壕に入っていても、いきなり、鉄の破片が飛び込んで来ることもある。だから、おれ、勿論、死ぬかも知れないな、とは思った。絶えずそう思っていたわけだ。だが一方では、おれは死なないかも知れないな、と思っていたわけ。それが今度は、おれだけが生き残るなんて考えられないのだ。王宮はトーチカではないが、トーチカに斬り込む特攻隊のようなものかも知れない。そう言えば、おれは内地から、最初の上陸地のフィリピンに運ばれると、すぐ班長から言い渡された。決死隊出すときは、いちばん先におめえを出すかんな。おれたち、一人々々、班長に呼び出されて、身上を訊かれたのだった。おめえ、おかだ(女房)ないな。はい。両親は？父だけであります。母は死にました。いいなずけあっか？ありません。スーちゃんいっか？いません。だば、おめえが死んでも悲しむ者いねえな。はい。よし、決死隊出すときは、いちばん先におめえを出してやっかんな。はい。今夜が、その決死隊に当たるわけかも知れない。しかしおれは、別にいちばん先に出されたというわけではない。みんなが一様に出された。おかだのある者も。子供のある者も。スーちゃんのいる者も。そしておれたち、みんな死んじまって、おかだも子供もスーちゃんも、何も知りやしない。おかださん、あんたのトオちゃんはプノンペンで、一ヵ月鞍馬天狗の稽古をして、シーの稽古をして、体じゅう穴だらけになって、死にました。坊やたちはそうとは知らず、父よあなたは強かった、なんて歌わされてる。あの歌、上等ナイな。兵隊さんよありがとう。七ツボタン。ドーキのさくら。みんな、上等ナイな。上等は、オイオイ戦友オイ戦友、おまえのチョビヒゲ、ナチョランゾ、あれだけだな。オイオイ軍司令官、ナチョランゾ、おまえのやり方。おまえたち、みんな、ナチョランゾ。おれ、死ぬとき、ナチョラーンゾ、と叫んで死のうかな。しかし、何と叫ぼうと、曳かれ者の小唄みたいなもんだな。死んだら、終わり。すべて無。色もなく、匂いもない。生きている者が何と思おうと、それはこちらには伝わって来ない。生きている者のほうにだけ、ちょっぴり思い出が残る。しかし、ときどき思い出してもらうからといって、どうということはない。とにかく死んでしまえば一切無だ。それなら、天皇陛下バンザイ、と言って死のうが、おかあさん、と言って死のうが、ナチョランゾ、と言って死のうが、なんだって構やしない。しかし、死ぬまでは生きているわけだから、やはり、天皇陛下バンザイだとか、ナチョランゾと言って死ぬより、母や妻や子や、恋人の名前でも呼んで死ぬのが、いちばんいいのだ。眼の前が、だんだん暗くなって行く、といった具合に人は死んで行くのかな。そういうことはみんな、生きている者は想像するよりないが、おれがもし、即死ではなくて、だんだん暗くなって行く死に方をするとして、直前に誰かの顔を思い浮かべるとしたら、誰を思い浮かべるだろうな。死んだお袋だろうか？　死んだ妹だろうか？　生きている親父や弟だろうか？　そのみんな、だろうか？　それとも人は、そんな具合にはならないのだろうか？


「集合って言ってるぞ、行こう」

と隣りで洗濯をしていた内山一等兵が言った。

「おれ、洗濯終わってから行くよ、先に行けよ」

と、おれが言うと、

「ばっか、またビンタッコくらうぞ」

「ビンタくらったっていいよ。おれ、洗濯やり始めると、途中ではやめられなくなるんだ」

集合、全員集合、という声がまた聞こえた。

「すぐ来いよ、な」

と言って、内山は、やりかけの洗濯物を水に漬けたまま、駆け出していった。おれは、襦袢と袴下と褌二枚と包帯二本と軍手とを、真水の槽に移して、繰り返してすすいだ。

洗濯をやり始めると途中ではやめられなくなるというのは、実は嘘だ。だがビンタくらったっていい、というのは本当だ。今夜死ぬのではないか、ビンタぐらいくらったって構わない。もう少しここで、一人で遊んでいよう。しかし、誰かがすぐ迎えに来るだろうな。

（一九七三年「群像」八月号）

水筒・飯盒・雑嚢

三十年ぶりに仙台に来た。八月の暑い盛りに。まだ明るいうちに着いたので、汗を拭き拭き、聯隊の跡を訪ねてみたが、どこがそうなのか、よくわからない。金網で囲った自動車練習所があった。緑色のトラックがのろのろと動いている。これは自衛隊だろう。このあたりが四聯隊の跡であって、その背後の、今はもう建造物に埋め尽くされている一帯が、宮城野原ではあるまいか？　そんな気がする。宮城野原は、歩兵第四聯隊に召集された私が、匍匐前進の稽古などをさせられた演習場である。重機関銃の分解搬送や、突撃の稽古もさせられた。北西の一隅に、窪地や壕のある部分があり、私たちはその窪地や壕に身を潜めて突撃の号令を待った。重機の銃身を背中に載せての匍匐前進というのがあった。あれ、三十キロの鉄塊を背中に載せられると、私は腹這って、手足をバタバタさせるだけで、五センチだって前進することができない。その私を見て、仲間の兵隊たちが、文鎮で押えた紙みたいだと言って笑った。班長も、私のあまりの体力のなさに呆れて、気合をかける気にもなれなかったようだった。やあ、交代、と言い、私の文鎮を他の兵隊の背中に移した。あの分解搬送や突撃の稽古をさせられたのは、しかし、退院してからだった。最初は、気を付けや、オイチニの稽古だった。私は入隊して十三日目に、この原っぱで駆足をさせられて尻を抜かし、ひと月ほど陸軍病院に入院したのだった。あの陸軍病院は宮城野原の東側にあって、演習場と道路を隔てて建っていた。それらしい建物が見当たらない。あの病院も焼けてしまったのだろうか。それにしても本当に、なんという変わりようだろう。追憶——といってもわずかな感じが残っているだけで曖昧なものだが——追憶の中にあるかつてのたたずまいは、もうどこにも見当たらない。片鱗も残っていない。それはしかし、当然だと思う。空襲で焼かれた街が変わっていないはずはない。まるきり変わっていて不思議はない。宮城野原ばかりでなく、駅前にしても、部屋をとったホテルの界隈にしても、私の追憶につながるものはなかった。仙台は杜の都と言われていて、樹木の広がりの中に低く沈んだ街であったが、今は、緑よりもビルの目立つ街に変わっている。

私はしかし、この仙台に、〝跡〟を見に来たのだろうか？　〝無〟を見に来たのだろうか？　そのどちらの気持もあったように思う。焼土に再建されたこの国の街に、三十年前を見に来るというのは頓馬なことだろうか？　しかし焼土にすら〝跡〟が残っていることもあるし、なければ〝無〟を味わって帰ればいいと思う。私は、〝跡〟をも〝無〟をも予期していたような気がするが、いずれにしても、一度見ればいいのだった。私は三十年間、一度見るという宿題をかかえていたのだった。そして、とにかくその宿題を仕上げたわけだ。済んだ、と私は思った。私の仙台は、思い出の中にしかないことがよくわかった。私は自分が、なにかのめぐりあわせで助かった死刑囚で、いったんそこに立たせられた刑場を見に来た者のように思えた。刑場は消えていた。戦争というのはなにしろあれだけの体験だから、自分の中には、何かが、何かのかたちで残っているわけだろう。たとえば私が、いまだに水筒と飯盒とを雑嚢に入れて、車のトランクの隅に突っ込んでいるといったようなこと。水筒も空だし飯盒も空で、実際に使うわけではない。それでも、そういう癖を捨てようとは思わない。それどころか、あれをそばに引きつけておくと、落ち着いたような、抒情的なような気分になれるのだった。あれはもう、お護りのようなものかも知れない。私の秘密の三種の神器だ。戦争中はしかし、あれは抒情であるばかりでなく、何よりも大事な実用の道具だった。兵隊が生きるためには、鉄砲よりも、水筒と飯盒が大事だということを私はビルマの戦場で知った。ビルマの山で、ジャングル野菜と呼ばれた食える雑草を食うためには、水と鍋とが必要だった。鉄砲と弾薬とは、その重さに苛まれただけでなく、それによって強調されるどえらい大きなものへの反感から、そしてそれには敵いっこないと諦めきった無力感から、心理的にもうとましい存在だった。私は目方を減らすために、それを使いたかった。人に向けて撃つことはない、減りゃいいんだ、とこっそり思っていた。そういう思いは、栄養失調の私の消耗をいっそう早めたに違いない。水筒の水は、それがあると思うだけで安堵し、鼓舞された。水筒に水を満たすたびに元気を取り戻す。飯盒もそうだ。飯盒さえあれば、という思いに支えられる。第一、そういう考え自体が気に入っていた。鉄砲に刻まれた菊の紋章は、死にしか結びつかない。もしそれが鉄砲にではなくて、水筒と飯盒とに刻まれ、そしてもし、皇軍の勇士たちがみな一つずつ、飯盒のほかにフライパンでも背負って戦ったら、あの戦争の死者は半減したに違いない、と思うのだ。

しかし、今、車のトランクに入れてある私の三種の神器は、旧軍隊のものではなくて、デパートの登山用品売場や、アメリカ軍の払下品店で買って来たものばかりであった。水筒はアルミ製ではなくて、ビニール製である。アメリカ軍のものだというのだが、本当かどうかわからない。雑嚢にもUSAの文字が入っているが、これは日本製である。米軍のものではありません、と払下品屋の人が言っていた。飯盒は、デパートの登山用品売場で、旧軍隊と同じ型のアルミニュウム製を買ったのだが、蓋に取っ手がついていて、便利になっている。蓋が、フライパン風に使えるように改良されている。だが今は、それが何であろうと、どうということはないのだ。それを実際に使わなければならないような事態を、私は考えようとはしない。今の私には、トランクの中の道具は、単に懐しいだけの記念品になってしまっているのかも知れない。

戦後、復員兵が、編上靴に偏執して、やたらに買い集めたという話を聞いたことがある。そういう傾向が私にないとは言えない。雑嚢を買い過ぎる自分に気がついている。そうしたことは無論、戦争の思い出につながっているのだろうが、そういう変な癖は、異常な経験をした者の哀しい創痕といったようなものなのだろうか？　きずあと、といったような考え方は、私はしないけれど、やはり、ある〝跡〟ではあるのだろう。そして仙台も、いや、日本全体が、あるいは、あの空の、ビニール製の、アメリカ製か日本製かはっきりしない、あのトランクの隅の水筒のようなものになってしまった、ということかも知れない。それとも私は、独りでそんな気になっているのかも知れない。

福島競馬に行ったついでに、仙台まで足を伸ばした。そうも言えるし、仙台に行きたいので福島競馬に出かける気になった、とも言える。いずれにしても競馬は、遊びをかねた私の仕事である。馬券を買い、一方で競馬に関する原稿を書くのである。スポーツ新聞に私は、週に三回、短文を書いている。金曜日と土曜日には、翌日のメインレースの勝ち馬予想を書く。日曜日には、その日のメインレースの観戦記を書く。馬券を買うためと観戦記を書くために競馬場に出かけて行くのだが、毎年、夏になって、競馬の舞台が、府中、中山のいわゆる中央場所から、福島、北海道に移ると、私は競馬場に行かずに、テレビ観戦記というのを書くのである。それでも、都合がつけば、シーズン中に一度くらいは、福島にも北海道にも出かけて行くことにしているのだった。

福島だって仕事で行くんだよ、仙台は取材さ。家を出るとき私は妻にそう言った。しかし、これが取材と言えるだろうか？　私は宮城野原とおぼしきあたりの道路のわきに車を停めて、これが取材なら、何だって取材だなあ、と思うのだった。懐しかった。来た。見た。思い出した。終わり。簡単にそう思って帰ってしまえばいい、と思った。取材ではなくて、思い出にふけるために来たのだった。つまり、私は妻に、「遊び半分、仕事半分で福島競馬に行って来る。思い出にふけりに仙台に行って来る」と言ってもよかったのだ。だが、すると妻はどう言っただろう。取材に行く、と言われるよりは抵抗を感じるだろう。

「何を思い出しに行くの？」

「軍隊時代のこと」

「思い出してどうするの？」

「どうもしない、思い出すだけ」

「また変なことを考えているんでしょう。どうぞ、お好きなように」

私の水筒や飯盒にしても、妻にしてみれば、〝変なこと〟だろうと思う。妻は私より四つ下で、いわゆる戦中世代の年齢だが、私の水筒や飯盒や雑嚢への執念については、理解できないだろう。私は昭和二十二年の晩秋に南方から復員し、二十四年に妻と結婚したのだが、何年か経ってから、妻は、私の三種の神器を処分してしまった。

「屑屋さんに持って行ってもらった。いるの、あれ？」

「うん」

「あんな、きたないものが？」

「まあ、いいや」

と私は言った。気の小さい妻は、悪いことをしてしまったような表情になり、

「きれいなのを買ったら」

と言った。

軍隊から持って帰ったあれは、確かにきたなかった。雑嚢は色褪せ、生地は弱っていた。水筒と飯盒とは、ところどころ凹んでいて、剝げた塗料の代わりに戦地の煤を吸って、黒ずんでいた。そういうふうに古ぼけていればいるほど記念品としての価値があるわけかも知れない。しかし、あんなものを大事にされては、妻としてはたまったものではないだろう。冗談でなければ、〝三種の神器〟などという言葉は、使えない。あんなものは処分してしまったほうがいいのだ。そうは思うのだけれど、私は、あの嫌な戦争の中から、懐しい部分をちょっぴり取っておきたかったのだ。

水筒も飯盒も雑嚢も、内務班には結びつかない。内務班にも、懐しい部分が何かあっただろ

うか？　私が南方に向かって仙台を発ったのは昭和十八年の五月だった。私が補充兵として召集されたのは、その前年の十月だった。幹部候補生の試験を受けさせられて、そして落第したのが、入隊半年後の翌年の四月で、五月に師団司令部に転属になって、ルソン島に送られたのだ。

歩兵第四聯隊には、八カ月ぐらいいたわけだが、人の名前が思い出せない。中隊長の姓は憶えている。石山だった。だが、師団長の名も、連隊長の名も、大隊長の名も憶えていない。中隊付将校というのもいたはずだが、憶えていない。内務班の班長の名も憶えていない。人事係准尉の名も、教育係班長の名も、見習士官たちの名も、一切憶えていない。名前を憶えているのは、同年の兵隊の、ほんの数人だけである。

顔は、かなり憶えている。その顔といま偶然街なかで出会っても気がつかないかも知れないが、いくつかの顔を私は思い出すことができる。私を殴った班長や古兵の顔。殴られなくても、何かに関連して憶えている顔が少なくない。殴られたことも、全部は憶えていない。内務班では、寝ることが一番の愉しみだった。眠っている間だけは、何も考えなくて済むから。夜の点呼が終わって幅の狭い鉄のベッドに折り込んだ軍隊毛布の中に体を差すと、消燈ラッパが鳴る。あのラッパは確か、二度繰り返されたような気がする。丸顔の古兵で、毎晩ラッパに合わせて、兵隊さんは可哀そうだな、また寝て泣くのかや、と言うのがいた。あの古兵の顔を憶えている。

あの古兵には殴られたはずだと思うのだが、殴られたときのことは憶えていない。殴られたのをはっきり憶えているのは、不寝番勤務中にタバコを喫っていて見つかったときのこと。あの曹長だったか軍曹だったかの顔も憶えている。それから手を憶えている。何してる、とあの曹長だったか軍曹だったかは言った。殴られるな、と覚悟して手を見ると、グローブのように大きい。本当に眼から火花が飛んだ。あの下士官は、私がルソン島に行くことになって、聯隊から仙台駅に向かって行進が始まると、見送りの列の中から飛び出して来て、体に気をつけてな、と言いながら、あのグローブのような手で私の手を握った。あのときは私もホロリとしたのに、あの下士官も名前は忘れてしまった。夜尿症の上等兵がいた。あの上等兵は、中支か北支かに行っていて、病気で送り還された兵隊だった。病院から石山中隊にやって来た。四聯隊では、六十キロの俵を背負って百メートルを四十秒以内で歩く稽古をさせられたが、中隊であれができなかったのは、あの夜尿症の上等兵と私の二人だけだった。それであの上等兵は、おれとお前は同じだな、と言って親しみを見せるのだった。私はあの上等兵とも肩を寄せ合いたくなかった。今にして思えば私は了見が小さかったと思う。けれどもあの頃は強い古兵とも夜尿症とも親しめなかった。あの上等兵も、顔は憶えているが、名前は忘れてしまった。――

私はあの頃、内務班の毛布の中で、毎晩、何を思ったのだろう？　召集解除の日のことを空想しては、しかしすぐに寝入ってしまったような気がする。召集解除――まさに空想だったのだ。あの頃の軍隊では、平時と違って、年期を数えることはできない。先の見通しというものが全くなかった。解除など、外地にでも出されてしまえば、いっそ、ない、と考えたほうがよさそうであった。だが、その日を空想すること以上の放楽はなかった。そうだよ、あの実現の可能性のない光景を、私は戦地に行ってからも、数えきれないぐらい繰り返し想ったのだ。十五年も二十年もの刑を終えて、監獄の門を出たときの快感。それがどんなに実現の可能性に乏しいものであっても、それを夢みることで自分を支えていた。入隊して一週間目か十日目ぐらいに、死にたい、と思ったことを記憶している。苦痛は過ぎてしまえば懐しさに変わるというが、嘘だ。それは、ことによりけり、というものだ。屈辱的な私刑を受けたことが懐しさに変わるとすれば、それはその人間が、被虐好き変態者ということだろう。私には苦々しさや恥ずかしさを伴ったものばかりが甦って来る。南方に発つとき、下士官から、体に気をつけてなと言われてホロリとしたのは確かだが、しかしあれだって、別に懐しくはない。ひとつだけ、歩兵第四聯隊の内務班では、戸石泰一との交際だけが懐しい。戸石とは戦後もつきあっているが、共に司令部に転属になってルソン島に派遣された者を除けば、中隊で名前を憶えているのは、戸石だけだ。戸石の家は、宮城野原のすぐそばにあって、日曜日の外出の折、訪ねてごちそうになった。戸石は自分は太宰治の弟子だと言って、太宰治とのことや弟子仲間の話をした。戸石が書いた小説の載っている同人雑誌を見せてくれた。戸石の家には、穏かな母堂がいて、婚約者の八千代さんが外出日には必ず訪れて来ていた。同人雑誌の小説は、八千代さんとのことを書いたものだった。男と女となんとかと悪童たちに言われて石を投げつけられる。林の中に二人は逃げ込み、六尺豊かな戸石が、小柄な八千代さんの影を、小さいな、小さいな、と言って踏んで戯れる場面があった。抒情的な小説で戸石の人柄の良さが出ていた。その八千代さんに私は文学書の購入を依頼して、次の外出日に受け取っては、内務班に持ち込んだ。戸石は幹部候補生の試験に合格したから、十八年の春には別れることになったが、寒い冬の日、八千代さんが買って来てくれた本を外套の中に背負って運び込んだ。寝台の下の床板を一枚はずして、秘密の書庫を作り、隠していた。幹部候補生の試験を受ける者は、消燈後一時間、見習士官室で勉強することが許されていたので、それをいいことに私は、文学書を読みに行った。ガルガンチュワ物語を読んだことを憶えている。あれはフランス装の白っぽい、大判の分厚い本であった。私は秘密の書庫に何冊かの本を入れたまま南方に行ったわけだが、あれも見つかれば殴られたわけだ。異常な時代だったが、私も異常だったと思う。外地に行ったら、日本人とつきあうのと同じように現地人とつきあおうと決心して出かけて行ったが、あれだって、正義に似て実は異常だったのだと思う。同じように、ではなく、現地人に対してより、戦友に対してのほうが狷介だった。拒否していたものがあった。当時のうとましい自分を思い出せば、それだけでも苦々しいばかりだ。

しかし、もういいではないか。過ぎたことだ、と思うのである。過去の恥は引きずって回るよりないし、思い出は止めようがない。そういうことは今後も続くわけだが、仙台旅行はとにかくこれで終わりだ、と思った。

明日、板垣徳さんを訪ねたら、早々に引き揚げよう、と思う。板垣さんを訪ねないわけには行くまい。仙台に行ったらお訪ねしますよ、と言ってある。仙台在住の第二師団での旧知で、住所を知っているのは板垣さんだけである。板垣さんとは東京でも会ったし、年賀状も交換している。板垣さんは師団司令部の主計将校だった。私は衛兵隊所属の一等兵だったが、師団司令部の将校で、私が親しんだのは板垣さんしかいない。板垣さんのほうはどう思っているかわからないが、私のほうでは、少なくとも、終戦から復員するまでは、板垣さんだけには気を許してつきあった。板垣さんとは復員の船も一緒だった。終戦後私は、戦犯容疑者としてサイゴンの刑務所に拘置されたが、まる一年目に釈放されて、サイゴン郊外のカンホイ・キャンプで、さらに半年間、復員船を待った。板垣さんとはカンホイ・キャンプで再会した。師団長が戦犯容疑者として拘置されているので、世話をするために残留しているのだと言っていた。復員後はずっと音信の交換がなかったが、二十年近くも経ってから、偶然出会った。それから二度ばかり会っている。板垣さんについては、終戦後のベトナムで私が、自作自演出のアチャラカオペレッタを軍隊の野外劇場にかけたとき、化粧や着付で世話になったことが忘れられない。私は刑務所に収容される前南ベトナムで、一度はライチョウという町の近くの森の中で芝居をやり、カンホイ・キャンプでも一度、アチャラカをやった。その両方共、板垣さんの世話になった。衣装も手に入れてくれたし、女形の帯を結んでくれた。白粉や口紅も持って来てくれた。ライチョウの芝居では私は、飯炊き婆さんの役を演じ、カンホイ・キャンプでは、左の頰に大きなホクロのある盲目の娘を演じた。そのホクロを板垣さんに描いてもらった。板垣さんには会おう。それで終わりだ。それにしても、明日もまた暑いのだろうな。今年は日照りの夏である。ここひと月ほどの間に、雨が何回降っただろう？　私が住んでいる神奈川県相模原では、先月の二十日頃と今月の初めに降った。ほかには記憶がない。もっとも私は、先月も今月も、自宅で過ごした日は少ないから、相模原の雨の回数など言えたものではない。

ホテルに戻ると、すぐバスで汗を流して、相模原に電話をかけた。

「僕だ。仙台からかけている」

と言うと、妻は、

「いつ、着いたの」

と言った。

「今日」

「暑いでしょう、そちらも」

「うん。それでも仙台は、福島よりはいくらか涼しいらしい。福島は凄いよ。福島は桃や梨の産地で、今は桃の時期だけれど、雨が降らないので、果樹園なんか困っているらしいね。なんかね、土地に水分が足りなくなると、樹木は、樹木自体を護るために、実の水分まで逆に吸いもどしてしまうのだそうだね。それで実がだめになってしまうのだそうだ。雨乞いなんかもやってるそうだ」

私は、聞かされた話を伝えた。

「そう。道が混んだでしょう」

「ああ、ひどかったよ。普通なら二時間ぐらいのところが七時間も八時間もかかるという混みようだった。しかし、福島から仙台までは、割合流れがよかった」

「お盆の最中に行くんですからね。物好きね」

「明日か、明後日には帰るよ。帰りは、お盆のラッシュより、一足先行しようと思う」

「それで、取材はできたの」

「まあね。しかし、仙台とはこれで縁が切れたような感じだな」

「どうして?」

「なんにも無いんだよ。あまりにも変わっちゃってね」

「あんなに、仙台、仙台って言ってたのに」

「そうだよ、三十年間気にしていて、一日で終わりさ」

次の日も、かんかん照りの暑い日だった。午後になってから板垣さんの事務所に電話をかけてみたが、私のアドレスブックの番号では、別の家が出て来た。私は間違えて書き込んでいたようだ。

いきなり行ってみることにして、フロントで聞いてその町名の一画に行き、酒屋さんで尋ねると、すぐにわかった。角のビルの二階にあった。入って、女事務員に、板垣徳さんはいらっしゃいますか、と訊くと、おう、と言って振り向いたのが板垣さんだった。

「よかった。さっき横浜から帰って来たばかりだ。墓参りに行ってたの」

「そうですか。突然、伺いました」

応接室でちょっと向かい合ってから、ビルの前の喫茶店に行った。予定を訊かれたので、と言うと、

「いや、あとはもう帰るだけです」

「一平さんに会いませんか？　すぐ近くですよ」

「そうですね。一平さんには会って帰りましょう」

「案内しますよ」

と板垣さんは言った。

「実は昨日、四聯隊の跡に行ってみたんですが、まるでわからなくなっていますね」

「警察学校になってますよ」

「自衛隊じゃないんですか？」

「警察学校ですよ」

「じゃ、僕は何か、間違えてるな」

「行ってみますか」

「行ってみたいですね。焼けたわけでしょう、空襲で」

「馬小屋が焼けたということですよ」

と板垣さんは言った。

やはり、私は間違えている。昨日の自動車練習所は、聯隊の跡ではなかったようだ。しかし、宮城野原という広い地域があの辺であることは、間違えようのないことに思える。とにかくあの辺であることだけは確かなのだと私は思った。にもかかわらず、すぐ近くまで行っても間違えるほど仙台は変わったのだと思った。

一平さんというのは、武藤一平さんのことである。司令部でも、姓より名前を呼ばれることが多かったが、今は肉屋さんをやっていて、肉屋の一平さんと言われている。第二師団は勇兵団というのであった。師団司令部の戦争中の称号は、勇第一三三九部隊と言っていたが、仙台では勇一三三九会という懇親会がもたれていて、一平さんがその世話人をしているという話を聞いていた。一平さんとは、その勇第一三三九部隊の管理部衛兵隊で同年兵であった。私は終戦まで一等兵で、いわゆるポツダム上等兵といわれる終戦上等兵だが、一平さんは私よりは昇進が早かったような気がする。やはり補充兵だが、召集は私より一月早い、九月だったと思う。あの秋は、九月に一般補充兵の召集があり、十月に、私たち幹部候補生要員補充兵の召集があったのだ。最初から要員として召集されたので、私たち十月組は、全員試験を受けさせられたが、石山中隊では、三十人のうち五人が落第し、落第した五人のうち何人かが、九月組と一緒に司令部に転属となり、南方に送られたのである。私は、私と一緒に落第した者の名前を、二人しか憶えていない。五人のうち、誰が私と一緒に司令部に転属になったのかは憶えていない。一平さんのことも、一平さんとは仙台を出発して以来、終戦まで南方の各地で起居を共にした仲間であるにもかかわらず、名前と顔だけしか憶えていない。他の人たちについても、ほとんど同様である。勇第一三三九部隊管理部衛兵隊の人々については、歩兵第四聯隊石山中隊の人々とは違って、顔だけでなく、名前は随分憶えているのだ。しかし、その一人一人とのつきあいについては、記憶がない。憶えているいくつかの光景の中に、誰かが出て来るだけである。

つきあいの中でとらえているものがない。ということは、私が誰ともつきあわなかったということか。

もう一度、四聯隊の跡に行ってみることにした。

そこを右に曲がって、曲がれますね、そしてすぐ左に行って、と隣りのシートの板垣さんに教わりながら、車を走らせた。

「この市電の線路の中が、すっかり焼けたんですよ」

と板垣さんは言った。聯隊の跡は、国道45号線から南に入った所にあって、榴《つつじ》ヶ岡公園という標識の文字が眼についた。そうだった、聯隊は榴ヶ岡公園にあったのだ、と思い出した。変わってしまったどころか、三十年前そのままの建物が、そこにあった。看板だけは、東北管区警察学校と変わっていたが、門の内側には衛兵所があり、突き当たりに石山中隊の兵舎があった。門からのぞいた範囲であの頃と違っているものと言えば、庭が緑草に覆われ、サッカーのゴールが建てられていることぐらいのものだ。

「そのままですね。焼けなかったんですね」

「だから、馬小屋の一部が焼けた」

「建物の色は、クリーム色だったんだな。僕は、灰色のような気がしていた」

「そこが聯隊本部。そこが将校集合所」

板垣さんは、塀の中の建物を指さした。

「そうでしたね」

私は、聯隊本部当番というのをやったことを思い出した。お茶くみである。一人の将校が、医務室から手に入れた細菌培養用のバターを冷蔵庫にしまい込み、夕方、革のカバンに入れて持って帰ったことを思い出した。ああいうことを見るたびに、あの頃の私は、自分の零落を意識したものだった。

あの頃の私の零落感というのは、あれはどういうことだったのだろう？　それは私が不如意の中で未練がましく自分を憐れんでいた感傷のようなものだろうか？　私はあの頃、自分が人力車夫になった夢を見たことを憶えている。あの夢を見たのが、軍隊に入る前だったか、入ってからだったかは憶えていないけれど。ほかに夢なんか、一つも、と言っていいぐらい憶えていないのに。俵担ぎのできない私が人力車夫になれるはずはないのだが、そこは夢だから、何にだってなれるわけだろう。私はとにかく人力車夫になり、梶棒を握っていたのだった。あんな夢を見たのは、築地小劇場で「無法松の一生」を見たせいかも知れない。あれは、みじめな気持になった。人力車夫が将校の奥さんに、観音様をあがめるみたいに惚れて、みんなでそれを美しく思うようになっているのが、やりきれなかった。異の唱えようのない時代になっていることを確かめた。あの芝居はあとで、車夫が将校の未亡人に懸想するとは、怪しからんということになった、と聞いている。しかし、あの頃の私は、将校夫人が美人に描かれることだけで、また一つ絶望感を重ねた。現実に将校夫人には、美人が多いような気がしていて、軍人たちは着々と自分たちの世界を定着させようとしていたように思えたから。そういう、ひがみっぽい思いが、私を人力車夫にしてしまったのだろう。梶棒を抱えて走っていると、車上の客から背中を蹴られた。振り向くと軍人が乗っている。相手が軍人ではどうしようもなく、私は屈辱に耐えて走り続けるのだった。——なにも私は、バターを自分の口に入れたかったわけではない。ただ軍人たちが、細菌培養用の横流しバターを家庭に持ち帰るのを見ると、相手のどうしようもなさから、そこでも、背中を蹴られる人力車夫を感じるのだった。

「では一平さんの所に行きましょうか。廿人町からエックス橋に抜けて行きましょうか。私は廿人町を通って、聯隊に通った」

何か言われるたびに、少しずつ記憶がよみがえって来る。しかし、板垣さんの記憶と私の記憶とでは、どの部分が重なっているのか見当がつかない。一平さんにしても同じだ。板垣さんが通勤を思い出す廿人町は、私には聯隊から仙台駅に向かう行進の一回だけの追憶があるだけだ。ラッパを先頭に、市民が旗を振って見送る中を私は歩いた。一平さんとは、そのときの追憶は共通しているかも知れない。しかし、他に一平さんと共通している追憶とは何だろう？見当がつかない。戦地の山河だけは、共通の追憶の中にその姿を残しているかも知れないが、板垣さんは、私の頬にホクロを描いたことを憶えているかどうかわからない。零落の感傷の中で、水筒と飯盒と雑嚢とを抱きしめていた私のどこが、板垣さんや一平さんと共通するかわからない。

しかし、四聯隊が焼けていてもいなくても、もういい。とにかく、もういい、これで終わりだ、と思うのだった。〝跡〟として、四聯隊の跡は、水筒ほどの意味がないような気がした。

一平さんの店は、通運会社の裏の一方通行の道にあった。通運会社のトラックが道を塞いでいて、しばらく武藤精肉店の看板を眼の前にしたままで、辿り着けなかった。人通りの少ない四メーター道路に、一平さんの店だけが商家の看板を出している。想像と違っている。私は、商店街の賑わいの中の、冷凍室に巨大な肉塊を吊った店舗を想像していた。一平さんが白いコック帽をかぶり、胸まである厚地のエプロンをつけて、包丁と砥ぎ棒を摺り合わせている光景を想像していた。ところが、板垣さんが店の前で車から降りて、一平さんいる、と声をかけると、出て来たのは、丸首シャツに下駄ばきの、肉屋さんというよりは八百屋さんふうの一平さんだった。

一平さんは私を見ても、さして、久しぶりに珍しい人に会ったというような態度ではなく、気楽に、やあ、と言った。二十年ぶり、三十年ぶりの再会には、私も馴れている。私は小説を書き始めると、私がそこで生まれ、旧制の中学を卒業するまで育った、朝鮮の小都市に在住していた人々の訪問を受けることが多くなった。朝鮮からの引揚を扱った小説を書いたことがあって、そのために私の方からもそういう人々を訪ねたし、軍隊で知り合った人とも、幾人かに会っている。勇一三三九会の世話人をしている一平さんの前にも、終戦以来という人が、随分現われたのではないかと思われる。なにか、久闊ずれしている者同士の出会いのような気がしないでもなかったが、だが、一平さんはもともと、いつも静かに落ち着いていた人だったなあ、と思い出した。一平さんについても、風貌だけしか思い出せない。しかしそれだけは忘れていない。あの頃と全く感じは変わっていないと思った。頭髪が薄くなっていることが眼につく。

「まあ、とにかく、上がってくれっちゃ」

と言われて茶の間に上がると、一平さんは、

「あんた、戦犯だっけ、残されて、帰って来るの遅れたわけだっぺ」

「そうだよ、板垣さんと一緒に。板垣さんは戦犯じゃないけど、二十二年の十一月に帰って来た」

「運、悪かったな。しかし、生きて帰って来た者は、運悪いとも言えないな。死んだら終わりだから」

「そうだねえ。死んだ吉田——鈴木源蔵も死んだな。死ぬも生きるも、運としか言いようがないな。吉田や鈴木のことを思えば、監獄に入れられたことぐらい、なんでもないさ」

と私は言った。

「生きてりゃ、こうして会えるわけだしゃ」

「そうだよ」

「帰って来てから死んだのも、いるのしゃ。榎本兵長——伍長だべか、知ってっぺ」

「ああ知ってる。悪い奴だったな、あれは」

「帰って来たそうだけれども、死んだっつう話だ」

「ベトナムで逃亡したんだよな。あとで帰って来たわけだな。そう、榎本は死んだのかね」

「そういう話だ。そうだ、あんた、須藤、知ってっぺ。須藤邦一」

「ああ、知ってるよ、いつもニコニコ笑ってた、背の高い」

「うんだ。須藤はすぐそこに、日新火災さ勤めているのしゃ。電話かけてみっから。これ勇一三三九会の名簿、四十四年の会のとき作った。今度はあんたも入れとっから」

一平さんは、十二ページの勇一三三九会名簿を一部私の前に置くと、須藤に電話をかけるために、店の土間に降りた。名簿を開いて、記憶している名前を拾いながら聞いていると、一平さんは須藤の他にも電話をかけて、私が来ているから、都合がついたら来ないか、と言っている。

私は須藤についても、一平さんについてと同じように、風貌だけしか覚えていない。名簿の中から名前を拾い出して思い出してみても、やはり、ほとんど、風貌だけしか憶えていない。その人間が登場するシーンはと言えば、せいぜい、幾人かの者について、一人に短い一コマだけが結びついているくらいのものである。それもすべて、好ましくない一コマばかり。一平さんや須藤のように光景が結びつかないのは、私が一平さんや須藤と、好ましくない関係に、どのような意味でもならなかったということにはならないか？　帰国してから死んだという榎本伍長、または兵長（私も彼の階級は、はっきり憶えていない）については、一コマだけでなく、三コマも四コマも思い浮かべることができる。だが、それはそれほど彼が、悪い奴だったということだ。彼には理由もなく殴られた者が少なくなかった。不思議なことに、理由もなく、殴りたくなると人を殴るというような暴力を振るっていた、榎本から、私は一度も殴られなかった。彼は、分隊員に窃盗への参画を強制する分隊長であった。プノンペンでシアヌーク王宮の衛兵勤務に就かされたときには、カンボジヤ兵の被服倉庫から盗み出した軍服の生地を分隊員を使って市民に売りさばき、その金で娼婦を衛兵所に連れ込んで、人前で性交した。そういう男だったが、一等兵の私に、なぜかピーナッツとキャンデーの入った器を突き出して、食えよ、と言うのであった。私は断わると殴られると思ってそれを食った。そういう彼を私は嫌った。

嫌ったために、彼は私にとって印象的な存在になったのだ。他の人々についても、ある者については、その戦友が、みんなで追い駆けまわした青大将をどういう要領でか独り占めにして、焼いてふりかけの粉末に作って、おれ体が弱いから、悪いけど分けてやることができねえ、と周りの者に言訳をしながら、飯盒めしの上にちびりちびりとかけて食っていた。衛生サックを容器にしていた。それをおぞましく感じたから、その戦友については、その光景だけを憶えている。告げ口されて殴られた思い出。紐を結べと言って編上靴を足ごとに突き出された思い出。——せめて、歩兵第四聯隊から仙台駅に向かって出発したときに差し出されたあのグローブのような手、ああいった思い出がないものだろうか。クアラルンプールで小池班長が、上等兵昇進の選に洩れた私を慰めようとして、サイダーを馳走してくれた。選に洩れたのは当然だし、いいんです、と言った私の真意をわかってもらうわけにはいかなかったが、あれは、グローブの手のようなものだったかも知れない。小池さんは今は仙台にいないようだが、そういうことは憶えていまい。泰緬国境を貨車で越えたとき、場所が狭くて横になって寝ることができなかった。あのとき、寄りかかれや、と言ったのは沢木だったと思う。それだけのことだが、あれもグローブの手のようなものかも知れない。しかし、そういった追憶は、おぞましい追憶に較べると、ゼロに近いのだ。といってそれは、軍隊への怨恨から、〝同じように〟ではなく、隣人との間に歪んだ観念の壁を立てて、その分だけ現地人に近づこうとして、その実結局は行きずりに終わってしまった私の幼稚さへの報いだろう。

おぞましいのはどちらだったか、わからない。だが過去にはもどりようもないし、やり直しもきかない。今となっては、今から、ああいった壁を立てず、なりゆきのままにこの人たちとつきあって行くしかないし、そうするのがよさそうだ。

電話をかけ終えた一平さんは、茶の間にもどって来る。

「須藤君は、すぐ来るっつう、言ってた。門村君も、少し時間遅れて来るっつう、言ってた。門村、憶えってえっぺ」

「ああ、憶えてるよ」

と答えながら私は門村の顔を思い浮かべた。

「みんな来たら、チャバレーさ行くべ」

「いいな」

終わりではないな。始まりだな。と私は思った。一平さんたちと、特別昵懇な交際が今後始まるとは格別には思えないが、先刻まで、これで終わりだ、と自分に言っていた私は、いやいや〝始まり〟だと考え直した。

板垣さんは、来客の予定があるので残念ながら、もう帰らねばない、と言った。


（一九七三年「文藝」十月号）

退散じゃ

共同通信仙台支局の高梨さんという人から、相模原の私のところに電話があって、この一月十三日から、歩兵第四聯隊の解体作業が始まるから、私が内務班の床下に隠匿した図書が、もしかしたら、出て来るかも知れない、ついては、隠匿した場所を正確に教えてほしい、と言って来た。

高梨さんが言うには、旧歩兵第四聯隊は、建物を取り払った後、公園になるというのであった。

「そうですか。私がいたのは、第一機関銃中隊と言いまして、正門を入ると、突当りにあるのがその建物で、本を隠した場所は、二階の真ん中の部屋の真ん中あたりの床下です。一階から言えば、天井裏ということになりますね。ところで、その旧第一機関銃中隊の解体は、何日頃になるのでしょうか」

「さあ、それは、まだ、はっきりわかりませんが」

「できれば、行って、立ち会いたいのですが」

「おいでになりますか」

「できればね」

「それで、その本は、全部で何冊ぐらいだったんでしょうか」

と、高梨さんから訊かれたが、私は思い出せないのである。

「さあ、何冊ぐらいだったかな」

「十冊ぐらいありましたか」

「さあ、そうも思えるし、四、五冊だったような気もするし……」

「『ガルガンチュワ物語』のほかには、どんな本があったのでしょうか」

「さあ、忘れましたよ」

実際私は、「ガルガンチュワ物語」のことしか憶えていない。私が床下に隠匿した本は、あるいは、三冊ぐらいだったかも知れない。そんな気もするのであった。いずれにしても、ほかの本については、書名も冊数も憶えていない。そして私が、「ガルガンチュワ物語」のことを憶えているのは、ひとつにはあの本は大判の分厚いもので、持ち運びに苦労したからだ。ひとつには、私が当時、称揚される大和魂に白い眼を向けていたからだろう。ラブレーは難解で、私は、浅薄な読み方をしたことだろう。私はラブレーの尻馬に乗って、大和魂を称揚するお偉方たちに、心の中で悪態をついていたのだった。やい、雲谷斎め、びり之助め、ぶう兵衛め、糞まみ郎め。

「ガルガンチュワ物語」は、痛快な嘲罵の書である。そして、懲罰を怖れながら、こそこそとその痛快な嘲罵の書を読むことは、隠微な私の反抗であり、せめてもの気休めであったわけだ。

高梨さんと電話で話したときは、仙台まで行く時間を作ることができるかどうか、わからなかった。で、もし行けたら行く、行けるようだったら連絡するから、そのときはよろしく引き回してほしいと頼んでおいた。

私は、今年（昭和五十一年）の正月早々、ビルマに出かけるつもりでいた。私は昨年から、「古山一等兵の戦地再訪」という通しタイトルで、東南アジアの旅行記を書き始めていた。同旅行記は、「諸君！」という雑誌に分載させてもらっているのだが、一回旅行に行って来ると、二、三回旅行記を連載して、それからまた次の旅行に出かけることになっていて、旅行の間があけば、掲載の間もあくのである。

昨年の五月から六月にかけて、私はその第一回の旅行ということで、まず、フィリピン、シンガポール、マレーシアに行って来た。第二回にビルマを選んだのだが、ビルマに入国するには、ビザを申請して手に入れるまで、一カ月ほど見ておかなければなるまいということであった。それは、一カ月ぐらいかかるが、一カ月ぐらいかければ、入手できるという意味に聞いていた。

だから、昨年の十二月のはじめに、ビザの申請をして、年が明けると、もうそろそろおりてもよさそうなものだと思っていた。毎朝、眼がさめると、今日はどうだろうと思った。

ビザがおりたら、数日のうちに出発するつもりでいた。そういうわけで、高梨さんには、「できれば」だの「行けたら」だのと、曖昧なことを言ったのだった。

だが、ビザがおりたらすぐ帰宅することにすれば、仙台に行く時間を作ることは、できなくはないのだった。第一機関銃中隊の解体の日がわかれば、日帰りで行って来ることだって、できるのである。

十三日から解体作業が始まるとして、あの建物に着手するのは、何日目ぐらいになるのだろう。旧歩兵第四聯隊の建物は、ざっと考えて、全部で二十棟ぐらいはあるだろう。聯隊本部があり、大隊には三つの一般中隊と機関銃中隊と、計四つの中隊がある。聯隊には三つ、大隊があり、一棟の兵舎に一つの中隊が入っている。サンシ十二である。そのほか炊事場や浴場や物置や厩《うまや》や、まだいろいろな建物があった。どういう順番で解体を進めて行くのかわからないが、かなり日数のかかる作業ではあるまいか。そうも思い、いやいや、最近は昔と違って、建築業者も機械を駆使している。またたくまに作業を終えてしまうかも知れない、とも思うのだった。

高梨さんから、前述のような連絡があったことを、私は早速、戸石泰一さんに知らせた。戸石泰一さんについては、私は、昭和四十八年「文藝」十月号に「水筒・飯盒・雑嚢」という題の私小説を書いて、作中に実名を出した。私が小説の中で、実名を使ったのは、あの小説がはじめてであった。あの小説以来、私はときたま、小説に実名を出しているが、本稿は、「水筒・飯盒・雑嚢」の続篇のようなものだから、再び実名を使わせてもらうことにする。「水筒・飯盒・雑嚢」は、昭和四十八年の八月に、三十年ぶりに仙台を訪ねた話を書いたものである。三十年ぶりに仙台に行って、軍隊時代のことを思い出す。何人かの旧知に会う。追憶は、歩兵第四聯隊第一機関銃中隊の内務班のことにとどまらず、派遣された南方でのことにも発展しているが、高梨さんが電話をかけて来たのは、この小説の中で私が、当時戸石泰一さんの婚約者であり、現夫人の八千代さんに、文学書の購入を依頼して、それを内務班に持ち込んだ話を書いているからである。

戸石は幹部候補生の試験に合格したから、十八年の春には別れることになったが、寒い冬の日、八千代さんが買って来てくれた本を外套の中に背負って運び込んだ。寝台の下の床板を一枚はずして、秘密の書庫を作り、隠していた。幹部候補生の試験を受ける者は、消燈後一時間、見習士官室で勉強することが許されていたので、それをいいことに私は、文学書を読みに行った。ガルガンチュワ物語を読んだことを憶えている。あれはフランス装の白っぽい、大判の分厚い本であった。私は秘密の書庫に何冊かの本を入れたまま南方に行ったわけだが、あれも見つかれば殴られたわけだ。

そう私は書いている。

「そういうことだから、とにかく、おれ、行ってみるよ」

と、私が言うと、

「おれも行くよ」

と、戸石さんは言うのであった。

「それはたのしいな、じゃ行こうよ、一緒に」

「向こうの様子は、おれ、友だちに聞いて、あんたに知らせてあげるから」

「ありがとう。しかし、はたして出て来るだろうかね」

「可能性は、あるんじゃないの」

と、戸石さんは言った。

作業が、どの程度の速度で進むかについては、戸石さんも、意外に早いんじゃないかな、と曖昧に想像することしかできないのであった。戸石さんが、刻々、仙台の友人に電話で様子を聞いて知らせてくれるという。私は、一応、十五日に発つことにして、仙台ホテルに部屋を予約した。

戸石さんが同行してくれるとは、たのしく、気強いことであった。戸石さんは仙台の人で、同地に知合が多いのである。そういう人と同行すれば、円滑に引き回してもらえることになるだろう。解体作業を請負っている会社に、三十年前に隠匿した本を捜しに来たことを話して、現場に立ち入らせてもらわなければならない。共同通信の高梨さんがその会社に私を紹介してくれるだろう。だが、私は、三十年前の古山一等兵の姿を、大ぴらに仙台の人に話すことにはためらいを感じている。小説中の人物の行状として書くことにすら、気恥ずかしさがある。けれども私は、そのことを「水筒・飯盒・雑嚢」に書いたのだった。あの小説で、実名を用いたのは、その気恥ずかしさの中に、できるだけ扮飾なしに立ってみようという考えもあってのことであった。その考えがどこまで具現できたかと言えば、依然として忸怩《じくじ》たるものが残っているが、私は続けて私小説を書くことで、少しずつでも、不様な自分を認識したいのだ。しかしながら、自分の不様な姿を突き放して語れば語るほど、小説では格好のいいことになる。じかに話せば、相手は混乱するかも知れない。そんなことを考えていると、私自身が混乱してしまうのである。

だから、仙台に顔の広い戸石さんに、巧みに口を利いてもらって、しめやかに現場に入らせてもらえたら、と望んだが、そうは行かないということが、すぐにわかった。どだい高梨さんが長距離電話をかけて来たというのも、それをニュースにしようという仕事のためである。ただ私は、本が見つかれば、ささやかな記事になるかも知れないな、ぐらいに思っていたのだった。ところが、戸石さんは、

「仙台では、だいぶ、評判になっているようだよ」

と言うのであった。

「へえ、あんなものが、かね」

「うん。騒いでるらしいんだな、仙台の友だちの話では」

「騒いでいるって？」

「うん。話題になっているらしいんだ」

その戸石さんの言葉を裏づける電話が、仙台の武藤一平さんからかかって来た。一平さんのことも、「水筒・飯盒・雑嚢」に書いた。戦友会の世話役をしている精肉屋の一平さんである。

「どういうことなのしゃ、青春の愛読書が床下にあるってか、河北新報の夕刊に出てるんだ」

「へえ」

「夕刊の半分ぐらい、その話ばり、でがでがと出ているんだ」

「へえ」

「本、隠していたのか」

「ああ。その話、あなたにしなかったかなあ」

「聞いてなかったな」

「『水筒・飯盒・雑嚢』という小説を、一平さん、読んだだろう」

「ああ読んだ」

「その中に書いてある」

「そうだったっけ」

一平さんと話したあと、すぐ戸石さんに電話をかけてその話をすると、そうなんだなあ、ニュースになっているんだなあ、と戸石さんは言った。

「仕方がないな」

と私が言うと、

「仕方がないさ」

と戸石さんは言った。

「とにかく行ってみよう」

「うん、行ってみようよ」

「こういうときでなければ、きみと旅行する機会はないから」

「そうだな」

戸石さんと知り合ったのは、同じ中隊に召集されたからである。そのことも、あの小説に書いている。戸石さんと内務班で生活を共にしたのは、半年ぐらいだったと思う。重機関銃中隊には、重機の班が二つか三つあり、歩兵砲の班が一つあった。入隊したときには、私は重機の班に入れられ、戸石さんは歩兵砲の班に入れられたので、部屋が違っていた。ところが後日、それは昭和十七年の十一月の下旬であったか、十二月だったか、だったと思うが、身体の弱い兵隊を集めて、保護するということになった。そのとき、二階の第二班で、戸石さんと一緒になったのである。

私たち身体の弱い兵隊は、「特別保護兵」という名称で呼ばれていたのだったと思う。

戸石さんは、「民主文学」という雑誌に、昭和四十九年の九月号から昭和五十年の十二月号まで、「私の軍隊」という題の文章を連載した。詳細に書き込んだ大作である。同文によれば、戸石さんが幹部候補生になって、仙台陸軍予備士官学校に入学したのは、昭和十八年の五月十日である。その日まで私たちは、同じ班にいたわけだろう。

私は、幹部候補生の試験に合格しなかったので、そのまま内務班に残り、以後、戸石さんとは戦後まで顔を合わせないことになるのだが、「私の軍隊」の内務班についての記述は、私の軍隊についての追憶を如実に呼び起こすのである。

戸石さんは、博学であり、記憶力も抜群である。よくもこんなところまで、こんなに詳しく憶えているもんだな、と驚嘆しながら同文を読んだが、無論、記憶の曖昧な個所も、多少はあるように感じられた。私が、万事に曖昧であるために、戸石さんのそれをしかと訂正することはできないが、たとえば特別保護兵の正式の呼称は「特別保護兵」だったか、または「特別保育兵」であったか。そのへんのことは私と同じようにぼんやりしている。「虚兵」「弱兵」あるいは、「虚弱兵」などと呼ばれていたような気もするが、それは俗称だったのではあるまいか。

ところで、われら「虚弱兵」はどのような保護を受けたかと言えば、普通の兵隊より、豆乳を量多く与えられるとか、おかずの鰯が二、三本多く与えられるとか、それだけのことであった。戸石さんは、「朝か夕食かに牛乳一本ついたように思う」と書いているが、あれは牛乳ではなくて、豆乳である。大豆をすった汁である。そして、その保護は、ほんの数日で終わってしまったのだ。「軍隊の中で、特に食事についての特別待遇をうけるのは、甚だ居づらい感じだと思うが、その思い出があまり残っていないのは、ほんのわずかの時日でうやむやになった証拠であろう」と戸石さんは書いているが、私は、二、三本量の多い鰯の皿を、羨望の視線を浴びながら、食いにくい気持で食ったことを憶えている。一メートル八十センチぐらいも背丈があり、肩幅も広く、剣道三段の戸石さんが、なぜ〝虚弱兵〟なのか不思議に感じたことも憶えているが、当時戸石さんは痩せていて、身長に釣合う体重はなく、加うるに入営早々風邪をひいて練兵を休んだりしたので、私のような筋骨薄弱兵に仲間入りさせられたというようなことらしい。

その頃の私は、戸石さんの身長に、一にも二にも圧倒されていたのだろう。今の戸石さんは横幅もあって、見かけはもっと堂々としているが、体を悪くしている。心臓に不全がある。医学用語では、大動脈弁閉鎖不全というのだそうで、血液を心臓から動脈に送り込むときに作動する弁の締まりが悪く、そのために血液の中に澱のようなものを生じ、その澱のようなものが視神経に影響を与えて、視界が半分になっているのだそうである。発病したのは六年前で、一昨年の暮には、一時重症になって入院したりした。今は小康を保っているが、再発を警戒しなければならない。

「寒いと具合が悪いんだよ」

と、戸石さんは言う。寒い日には、息切れがして、階段を上がることができないのだそうである。

「そういう体で、旅行に出てもいいのかね。仙台は寒いだろう」

「まあ、大丈夫だよ」

「酒はもう飲めなくなったわけだね」

「少しは飲んでるよ」

戸石さんは酒豪であった。

「少しなら、飲んでもいいのかね」

「ああ、少しなら」

「本当の特別保護兵になったな」

「そうだな。もうこれからは、もっぱらものを書く生活をしようと思っているんだ」

「そうしようよ、気をつけてね」

「しかし、あなたは健康だな、別に悪いところはないだろう」

「痔ぐらいのもんだなあ」

「ひどいの？」

「疲れると、排泄の後で大量に出血するんだよ。厄介なもんだ。糞をオたれになったあとで、血をオたれになります」

「ハハ」

「しかし、オたれになりながら、まだ十年ぐらいは生きているだろう。まだ十年ぐらいは生きていようよ」

「そうだな、せめて十年はね」

私は、戸石さんが、おれは生涯、戦争体験からのがれることはできない、のがれようとも思わない、と言ったことを思い出した。それとも、戦争体験と言ったのではなくて、軍隊体験だったか。戸石さんの「私の軍隊」には、毎号、文末に、(「戦争を知らない」世代のために)という語句が記されてあったことを思い出した。

もう十年もたてば、まず「軍隊を知っている」人の数は、寥々たるものになるだろう。日露戦争を知っている古老が死に絶え、やがて太平洋戦争を知っている古老が死に絶えて、帝国軍隊は、時代劇として扱われることになるだろう。帝国軍人は善玉と悪玉に整理されて、テレビ映画などに登場して、「戦争を知らない」世代をたのしませることになるのだろう。戦争はどんなかたちになるにせよ語り継がれるのだろう。そして、軍隊は、戦争を語るに必要な分だけ、これも都合のよいかたちで語られることになるのだろう。それが〝時〟というものだと思うが、戸石さんは、その〝時〟の中に「私の軍隊」を投じておくことが、軍隊を経験した作家としての自分のつとめだと考えているようである。

私は、「古山一等兵の戦地再訪」を始めたし、今回も、三十年前に床下に隠匿した本を捜しに仙台まで行くわけで、家内から、「過去の亡霊に憑かれた人」と言われて、ひやかされている。そういうときに私は、戸石さんの言葉を借用して、おれは生涯、戦争からのがれることはできないのだ、と言うのだが、戦争や軍隊の記憶は、稀薄になるばかりだ。それを今のうちに書きとめておこうとも思わない。

「オたれになります」は、戸石さんの「私の軍隊」の中からの借用である。戸石さんは、旧軍隊では、あまりに「天皇陛下」が乱用された結果、自分でもバカらしくなって、次のようなことを言って、初年兵をイビったり、からかったりした古年兵がいたことを書いている。

「天皇ヘイカは糞たれっかや、どうだ戸石初年兵」

「はい……たれるのではないかと思います」

「なにこの野郎、たれるのではないかだど、おそれ多いこと言うな、オたれになります、だ」

「はい、オたれになります」

「ほう、糞たれっか、ほったらごと大学で教えたが」

「はい、教えてもらいません」

「ンでは、なして知ってンだや、おらだち小学校しか出てねえと思ってデタラメ語ってンでねえが」

そして、うっかり冗談だと思って油断していると、急に古年兵の態度が変わって、狂ったように殴り始めたりしたのだという。

そういう古年兵は、戸石初年兵ばかりでなく、古山初年兵をも、その種のことを言って、イビったり、からかったりしそうなものだが、私は、そのようなことを言われたことがなかった。古年兵の態度が突然変わって、狂ったように殴り始めた、というのは私にも記憶がある。軍隊とは、理由があって殴られることもあり、理由がなくても殴られる所だということを、私はそういう古年兵によって教えられた。しかし今の私は、そういう古年兵の顔のいくつかをぼんやりと思い出すことはできるが、もう名前は忘れている。

仙台には、いや、仙台だけではなくて、日本中どこにでも、今は地方人の服を着たそういうかつての古年兵殿たちが、大ぜいいるわけだ。かつて「天皇陛下」を乱用した人たちが、今「民主主義」を乱用しているわけだろう。「戦争を知らない」世代の人たちは、むしろ、そのような言葉は、「戦争を知っている」世代の人ほどは乱用しないのではあるまいか。

私が運転して、車で仙台に行くことにした。保谷市ひばりが丘団地の戸石さんの住居に寄って、八千代夫人に見送られて出発した。大宮を通って、岩槻から東北縦貫自動車道に乗った。

途中、食事をするために、サービスエリアで車を停めただけで、ひた走りに走った。

「こうして、何時間も話をする機会は、考えてみると、これまで、めったになかったね」

私が隣の席の戸石さんに言うと、

「最近はそういうこと、まったくなくなったね」

「電話で、ときどき短い話をするだけになってしまったね」

「あなたも、忙しいだろうし」

「ああ忙しいな。今の生活、少し変えなきゃいかんな、と思うのだけれど、思うだけなんだな。結局、このままずるずると行ってしまうのだろうな」

「それでもいいじゃないの」

「まあ、いいけど。それにこうして、三十年前に床下に隠した本を捜しに、あなたと一緒に旅行できるのだから、良い身分だ」

「恵まれていると思わなくちゃ」

「しかし、恵まれてみると、悪い身分の頃がなつかしくなるんだね、人間てやつは」

「そういや兵隊のときは、悪い身分だったけれど、なつかしくないことはないね」

「ことによりけりだがね」

「そうだな、いまだに、思い出すと腹の立つことも少なくないね」

私は、「水筒・飯盒・雑嚢」に、「苦痛は過ぎてしまえば懐しさに変わるというが、嘘だ。それは、ことによりけり、というものだ」と書いている。「入隊して一週間目か十日目ぐらいに、死にたい、と思ったことを記憶している」とも書いている。「私には苦々しさや恥ずかしさを伴ったものばかりが甦って来る」とも書いている。では、過ぎてしまっても懐しさに変わりようのない苦痛とは何だったか？　いまだに苦々しさや恥ずかしさを伴って甦って来る屈辱的な事件としては、まず、貴重品箱の下で捧げ銃をする私刑を受けたこと。あれも何かに書いたはずだ。あのとき私が、肉体的な苦痛もさることながら、口惜しさと恥ずかしさとに耐えかねて、ボロボロ泣いたことも。何に書いたのだったろう？

私は、これまでに、戦争や軍隊を素材に書いた自作を思い出してみた。「墓地で」「プレオー8の夜明け」「白い田圃」「蟻の自由」「今夜、死ぬ」「水筒・飯盒・雑嚢」そのどこかに書いた記憶がある。しかし、あの私刑を受けたのは、私が陸軍病院から退院してからだったから、入隊して一カ月以上もたってからだ。それよりずっと前に、私は「死にたい」と思ったのだ。過ぎてしまっても懐しさに変わりようのないあの頃の苦痛とは、一つの事件から受けたものというより、自分の国への嫌悪が、軍隊のタコ部屋的な束縛の中で、出口を見失ったために生じ、高じたものだったのだ。

日本人である限り、自分の国への嫌悪の捌け口はないのである。山本七平さんが「私の中の日本軍」という著作の中で、「軍人より軍人的な民間人」のことを書いている。山本さんが言うように、あの頃わが国では、「軍人より軍人的に振舞い、軍部より軍部的な主張をし、本職軍人などは足元にも及ばぬほどの神がかり的主戦論者」が、「言論機関を利用して堂々と対米開戦を主張する大物から、徴兵検査場でだれかれかまわず『トッツく』小物のおにいちゃんまで、社会の至る所に蟠踞し、強圧的な態度であたりを睥睨していた」。その通りで、だから〝軍隊〟でなくて、〝地方〟であっても、本質的になどと言えば同じであって、出口はないわけだったが、それでも〝地方〟では、まだ息のつける所があった。

私は、偽の捌け口であっても、それがほしかった。今でもそうだ。本質的には、あの頃の日本と今の日本とが違っているとは、私は思っていないのだ。しかし、あの時代に較べると、今のほうがよい。「真の平和、真の自由ではない」と言う人が少なくないが、「真の」はともかく平和感や自由感があるから。人から押しつけられる本質論より、自分の感じる感の方が強力である。

私の軍隊には、偽の捌け口すらなかった。それは私が、融通のきかぬ若者だったからかも知れないが。

では、過ぎて懐しさに変わった苦痛とは何だろう？　ことにより、そういうものもあったはずだ。総じて肉体的な苦痛は、過ぎてしまえば、懐しさに変わらずとも、忘れている。私は、仲仕の仕事は、ちょっぴり懐しい。行軍の苦痛は、懐しくはないが、実感を忘れてしまった。これは戦地に行ってからだが、行軍しながら、弾丸が飛んで来て当たってくれないかな、と何度も思った。だが、あのときのつらさは忘れてしまった。では、またするかね、と言われたら、あんな苦しいことはごめんだと言わないわけにはいかぬが、だがこれは、女が、お産なんて、あんな苦しいものは二度といやよ、と言うようなものだろう。

何かないか？　やはり、飢えていたことかな。それと、物がなかったこと。豆乳はあの頃でもうまいとは思わなかったが、納豆は馳走だった。何でもうまかった。靴下の穴を繕う快感。あれは懐しい。良い身分になった今の私には、あの快感はない。私は、そういう快感や、融通のきかない若さなどを、なつかしく思っているのかも知れない。だが、だからと言って、今の私には靴下を繕ってはく気はない。

「あの頃に較べると、今のほうがいいことは間違いないと思っているんだけど、快感は減ったね。時代のせいだけではなくて、年齢のせいもあるだろう。良い身分になったということもあるね。ほら、コントにあった、ある男が死んで、地獄におちた」

「うん」

「ところが地獄という所は、針の山、血の海で責められると聞いていたが、そうではない。蓮の花が咲いていて、妙なる音楽が流れている。酒はうまいし、ねえちゃんは綺麗だ」

「うん」

「男は、そこが地獄だとは考えられないのできいてみた。『ここは本当に地獄でしょうか』『その通り』『私にはそうは思えませんが』『されば、ねえちゃんのスカートをまくってみよ』男は言われた通りスカートをまくってみて、『わかりました』と言った」

「女には性器がついていなかった、というんだろ」

「そうだ」

「あったね、そういう話」

「はたから見ると、そこは天国だとしか思えない」

「なるほど、恵まれているつもりで、案外そういう所にいるものかも知れないなあ」

「それでも、恵まれていると思わなければいけない。恵まれていないと思っている人に悪いからね」

「そういうことだね」

久しぶりに、ゆっくり話のできる時間を持ったわけだが、私たちはぼそりぼそりとそんな話をしては黙り、しばらくするとまた、そんな話をしたり、思い出話をしたりした。思い出話をすると、戸石さんと起居を共にしたのは、わずかな期間だったし、その間、じっくり無駄話をしたといえば、せいぜい、休日の外出の折、戸石さんの家に行って酒を飲んだときぐらいのものだったということに気がつく。

私が入隊した昭和十七年十月一日から、復員した昭和二十二年十一月下旬までの五年間を通じて、サイゴンの刑務所に戦犯容疑者として拘置されていたときをのぞけば、ゆっくり非実用的な話をたのしんだのは、わずかだった。あのときぐらいのものだった。だが、あの頃の私は、すでに、いわゆる、腹をぶちわった話をする人間ではなくなっていた。「軍人より軍人的な民間人」が社会の至る所に蟠踞《ばんきよ》していた〝地方〟では、それでもまだ、ひそかに軍人や軍人的なものに対する揶揄や憎悪を口にすることができた。京都の高等学校の生徒であった頃、私には林順という親しい友人がいた。私は林とは、どんな〝非国民的な話〟でもすることができた。そういう所で一息ついていた。だが、当時は戸石さんに、そこまでは言えなかった。戦後、「私は貝になりたい」という題の戦争犯罪を扱ったテレビドラマが評判になったことがあったが、軍隊に入ると私は「貝」になっていた。「親しめない兵隊だったのだろうね。あの頃のおれは」肉屋の武藤一平さんに、そう言うと、「ンだな。とっつき悪かったな。無口でなや」と、一平さんは答えたのだ。今でも私のことを、高麗ちゃんと呼ぶ横山さんは、勇第一三三九部隊管理部衛兵隊でも、私のことを高麗ちゃんと呼んでいたように思う。私は一平さんにも横山さんにも、その他の戦友たちにも、親しみは感じていた。しかし、無口だった。

戸石さんの家には、何回ぐらい行ったのだろう?

四、五回行ったような気がする。

戸石さんのお袋さんと許婚の八千代さんとが、台所で玉ねぎをいため、お燗をつける。戸石さんは大いに飲み、明るい声で、太宰治の話をする。八千代さんが玉ねぎいためを盛った西洋皿を盆に載せて持って来ると、戸石さんが、これ、わりあいうまいんだ、と言って勧める。弱いくせに酒好きの私は、戸石さんの家で飲み過ぎて、帰営の途中で、道端で吐いたことがあった。

軍隊は、体に服や靴を合わせる所ではない、服や靴に体を合わせるのだ。その種の常用的の表現がいくつもあった。軍隊は要領、だとか、星の数よりメンコの数だとか。メンコとは軍隊の食器のことである。そういった言葉は、山本七平さんの著作にも戸石さんの著作にもふんだんに出て来る。私はしかし軍隊で、頑固に、そういう考えを受入れようとはしなかった。

頑固で、弱い兵隊だった。私刑にかけられれば、オイオイ泣き、少量の酒を飲めば吐き、駆足をさせられれば尻を抜かして入院し、六十キロの俵を担ぐと、銅像のように膠着したのだ。

体力検定というのがあった。懸垂が何回以上できないといけないとか、六十キロの砂俵を担いで、二百メートルを四十秒で走らなければいけないとかいうようなことであった。私は、懸垂も俵担ぎもできなかった。二百メートルを四十秒で走るどころか、まず、俵を自力で担ぐことができなかった。

だから、人に担がせてもらう。ヨチヨチと歩く。走ることなど、とてもできなかった。もし途中で俵を落とせば、その場でじっと俵を見ながら、それを担がせてくれる人の来るのを待つしかなかった。うまく行った場合には、二百メートルを二分ぐらいで歩いた。

そのような私に、なぜ重機関銃などを扱わせるのだ。人には適材適所ということがある。そういうことも少しは考えてみたらどうだろう、と私は思ったものだったが、軍隊は私のためにそういうことを考えてくれる所ではなかった。いや、終戦直前、仏印で、私は普通の兵隊としては使いものにならないからということで、俘虜収容所に転属を命ぜられた。適所が考えられなかったわけでもない。

軍隊という檻から逃げ出せないことがわかりきっているのに、いまさら軍隊に悪態をついてみてもはじまらないという気持があった。私はもはや、誰ともそういうことを語り合おうとは思わなかったが、戸石さんとなら、そういう話も、すればできそうに感じられた。そういう信頼があって、私が戸石さんに親しみ、八千代さんに文学書の購入を依頼したのだが、それは戸石さんを共犯に誘い込むことであった。見つかった場合、無論私は、戸石さんに迷惑がかからないような陳述をするつもりではいたが、しかし見つからなくとも、私は戸石さんには迷惑をかけたわけであった。

十七年の十月一日に入隊した者のうち、見送人がついて来なかったのは私だけで、したがって私は軍服に着替えたあと、着て来たものを持って行ってもらう人がいなかった。私はスフ入りの国民服を着て来たのだが、しばらく私はその国民服を中隊の被服倉庫に預け、外出ができるようになってから、戸石さんの所に運んだ。

いろいろ世話になった。私は書きかけの原稿も預かってもらったような気がするのだが、はっきりしない。戸石さんは憶えていないようだが、私は書きかけの小説を、戸石さんの家で戸石さんに読ませて、リズムのある文章だな、散文的というより詩的文章というべきだな、と言われたことを憶えている。

あの原稿は、もしかしたら、「ガルガンチュワ物語」と一緒に、床下に隠匿したのであろうか。それとも捨ててしまったものかも知れない。

あれは、侏儒と娼婦との話を書こうとしたものだった。彼はサーカスで、猿を扱っていて、猿を連れて玉の井に行く。彼と猿とが、荒川の橋で西日を浴びている光景が書きだしで、そこだけを、ほんの数枚書いただけのものだった。

「こんなものを書こうとしているんだ」

書きだしの数枚を読まされて、戸石さんは評言に困ったであろう。

戸石さんは「私の軍隊」で、私のことをなごやかに書いているけれども、もっと痛烈に書けばよい。しかし、戸石さんは、元来、なごやかな人柄なのだ。怒るより、笑う人である。そう言えば戸石さんは、よく、「笑っちゃったな」と言って、実際に笑いながら話をする。私は自分も、傾向を言えば、怒るより笑う人だと思っているが、ただ私は、声を出して笑うことが少ないのである。そういう私たちだから、たとえば、第二十五軍のシンガポールにおける華僑の虐殺の話などして、許せないな、と互いに言うのだけれども、あまり気勢が上がらないのである。

車が山峡に入ると、粉雪が吹きつけて来た。山峡を通り抜けると、雪はなくなる。仙台に着いたときには、もう暗くなっていた。

戸石さんは、最初の晩だけは、私と一緒に仙台ホテルに泊まって、次の日から、奥さんの実家に泊まるという。一晩ぐらい、ゆっくり無駄話をする時間をとろうというわけだった。だが、来客が続いた。

河北新報の堀谷さんという人が取材に来た。佐藤の善ちゃんが来て、一平さんが来た。河北新報と善ちゃんとには、戸石さんが日程を報じていた。一平さんには、私がホテルから、今着いたよ、と電話をかけた。

佐藤の善ちゃんは、戸石さんの奥さんの縁者に当たるというのであった。そういう関係で、戸石さんとはたまに会うことがあるようで、かねがね、私のことをよく憶えていると言っているという。知ってる、よく殴られてた、と言い、私が捧げ銃をさせられた光景も憶えていると言っているのだそうである。

善ちゃんは志願兵だったと思っていたが、そうではなくて、現役兵だったのだそうである。私たちより二、三カ月おそく入隊したはずだが、歌がうまくて、歌会の人気者であった。善ちゃんは、手のひらでちょいちょいと鼻を押えながら歌った。「誰か故郷を思わざる」と「佐野周二、只今帰って参りました」が得意の曲であった。

最初に来たのが善ちゃんであった。三十年前と同じように、にこにこ顔で訪ねて来て、早速河北新報を見せてくれた。

なるほど、でかでかと私のことが載っているのであった。十二日の夕刊には、「青春の愛読書床下にあるはず」「見つかって欲しい」「胸はずます古山さん」「隠したのは全部で10冊」などという見出しが、縦横について いて、旧歩兵第四聯隊の空からの全景写真や、兵舎の配置図や、私の顔写真が載っていて、兵舎の配置図には、「この建て物の床下に古山氏の〝秘密の書庫〟があった?」というネームで、×印で旧第一機関銃中隊が示されているのであった。十四日の朝刊では、解体が始まって、兵舎の天井から、仙台市長町諏訪で製造されたワイン一本、戦闘帽、ゲートル、杯、ボロボロになった軍隊シャツ、軍隊ぐつ、そして昭和三年十月二十五日平凡社刊「現代大衆文学全集第二十二巻・唐人船・第五編(平山蘆江著)」など、二十八点の品々が出て来たと報じられているのであった。

「こういう調子だから、古山さんの本も、まず出て来るね」

と、善ちゃんは言う。確かに、「唐人船」が出て来たのだから、「ガルガンチュワ物語」も出て来ていいわけだ。

私たちは、来るまで、三つのケースを想定していた。そのまま残っている場合。ねずみにかじられて粉々になっている場合。四聯隊は戦後、米軍キャンプになり、さらに東北管区警察学校になったので、改造したのであろうが、その際、発見されて持ち去られたという場合。その第二の場合と第三の場合の可能性が強いような気がしていたのだが、「唐人船」が出て来たのであるから、まんざら第一の場合もないわけではあるまいと思えて来るのであった。

河北新報の堀谷さんには、特につけ加えて話すものはなかった。河北新報の記事は、ちょっとしたところで違っていた。たとえば、私のことを、「文学を志し、京都の旧制三高を中退」と書いているが、私は文学を志して中退したわけではない。また、「古山二等兵は入隊後、二週間で厳しい訓練に耐えられずに倒れ、内務班所属になった」とあるが、内務班というのは、兵隊の居住する場所であって、強兵は外務、弱兵は内務ということではない。この記事を書いた記者さんは、内務班を、事務室のようなものに考えているのであろう。

河北新報の記事は、共同通信の取材を使って書かれたものである。「隠したのは全部で10冊」というのは、先日、共同の高梨さんが電話で問い合わせて来たとき私が、四、五冊だったか、それとももっと多かったか、もしかしたら十冊もあったかも知れない、と大変曖昧なことを言ったからであろう。だが、考えているうちに、いや十冊はなかった、やはり四、五冊程度であろうという気がして来るのだった。

それにしても書名を覚えているのは、「ガルガンチュワ物語」だけである。わが「青春の愛読書」のうち、「ガルガンチュワ物語」だけしか書名を覚えていないというのは、あの本が大判で分厚く、内務班に持ち込むのも、見習士官室に携えるのも、見習士官に見つからぬように読むのも、いちいち苦労をしたせいでもあろうが、よほど、あの本の内容が気に入っていたからに違いないのである。

しかし私は、同書の内容を、「青春の思い出」と同じように、曖昧かつ断片的にしか思い出すことができないのだ。なにしろ、大変なつかしい本であった。あの頃までは私にもまだ向学心が残っていたのだろうか。その向学心はスノビズムに通じていたわけだろうか。ヴァレリーやプルーストやラブレーなどの、難解な文学書を、旧制の高等学校生であった頃、私は必死になって読んだものだ。高等学校では私はスノビッシュでもあっただろうが、あの糞溜のような内務班を這いずりまわりながら、なお私はそうだったのだろうか。

私は、脱走もできず、自殺もできないので、せめて、見つかれば私刑を加えられる程度の違反をたのしんだのかも知れない。見つかれば退学になるので便所などでスリリングに喫煙する中学生のようなものだったのだろう。人はいつも、やれることをやるだけであって、あれが私にやれることとの限界だったのだ。

だが、あの本が気に入っていたことは確かである。内容がというより、雰囲気やある部分がというほどのことかも知れないが。戦争中も戦後も、私の頭の中から、「ガルガンチュワ」は消え去ってはいない。あれは反抗と諷刺の文学だと言われるが、諷刺文学なら当然、反抗があるだろう。だが、私が、自分を反抗に結びつけるのは、おこがましい。私がやったことと言えば、茶化したり、すりかえたり、つまり逃げただけだから。

明るさだとか、何々的精神だとか、滑稽だとか、厭味だとか、愚痴だとか、悲しみだとか、逃げ場は到る処にあるのだ。ガルガンチュワたちは、途方もなく多量の酒を飲むために、やたらに辛いものを食う。絢爛たるふぐり袋に巨大な男根を収め、貴婦人たちの女陰は、火山のように火を噴く。うんこの話が、ゴーロワ精神で語られる。ガルガンチュワが父親のグラングウジエに、尻を拭くかずかずの妙法を話したときに歌った「雪隠《せっちん》の歌」は、私のひそやかな愛唱軍歌だったのだ。

雲谷斎よ、

びり之助よ、

ぶう兵衛よ、
糞まみ郎よ、
そなたのうんこが
ぼたぼたと
わしらの上に
まかれるわい。
臭太郎よ、
糞次郎よ、
たれ三郎よ、
聖アントワヌの熱病で焼かれてしまえ！
もし仮に
みんなの穴が
閉っていれば、
尻など拭かずに退散じゃ！

車の中で戸石さんが言ったことを思い出す。

「そうだ、きみの入院の原因になった駆足をさせられたときのことを思い出したよ。あれは、士官学校出の教官、憶えてる？　いやな奴がいたでしょう」

「さて」

「いたんだよ。そいつが、聯隊歌を明日までに憶えろ、と言ったのに、おれたち憶えなかったんだ。その罰で、駆足をさせられたんだ」

「そう言えば、そんな気がする」

「そうだよ。四聯隊歌、憶えてる？」

「いや」

「最初の一行だけは憶えてるな。明治八年重陽に、というんだ。やたらに長い歌だね、とても憶えられなかったんだ」

「そういや、あったね。なんとかでなんとか、かしこくも、というところがあったな。あの、かしこくもー、というところ、そういや、耳に残ってるよ」

「四聯隊は、明治八年にできたということなんだな」

私は、四聯隊歌も、歩兵操典も、勅諭も、何も憶えようとはしなかった。歌は、歌会のときには、もし指名されれば、決まって、黄金虫は金持だ、または、海は荒海向こうは佐渡よ、のどちらかを歌った。私は、歌会を白けさせていたようだった。だんだん指名されないようになった。歩哨に立っているとき、私は、「雪隠の歌」や宮沢賢治の「修羅のなぎさ」や、あるいは自作の下手な詩に、自己流の曲にはなっていない下手な節をつけて、小声で歌ったのだ。そんなことをして遊んで、時間をつぶしていたのだった。

私が戦争中、これは歌ではないが、「雪隠の歌」以上に、いつも逃げ込んでいたのが、魯迅だった。してみると、私は、あの〝秘密の書庫〟に、岩波文庫の「魯迅選集」をも入れてあるのかもわからない。「ガルガンチュワ物語」は、「雪隠の歌」だけは暗記したが、やっと一回読んだだけだが、「魯迅選集」は、何回も繰り返して読んだのだ。「魯迅選集」に収められているい「孔乙己」や「故郷」や「阿Q正伝」や「家鴨の喜劇」の書きだしを、いつの間にか、だいたい憶えてしまうぐらい、繰り返し読んだのだった。戦地に行って半年も一年もたってからは、自分の記憶が正確かどうかあやふやにはなって来たけれども、「魯鎮の居酒屋の模様は、他処とは違つてゐた。みな表通りに向つて曲尺形の大きなスタンドがあつて」――「孔乙己」については、そのあたりぐらいまでは、だいたい憶えていた。「故郷」の「私はきびしい寒さを物ともせず、二千里の遠方から二十余年ぶりで故郷へ帰つて来た」という書きだし。「家鴨の喜劇」の「ロシヤの盲詩人エロシエンコ君がギタアを携へて北京へやつて来てからしばらくしてのことであつたが、私に不満を訴へて云ふには『寂しいよ、寂しいよ、沙漠の上に居るやうに寂しいよ！』」という書きだし。「魯迅選集」は、佐藤春夫と増田渉の訳で、「故郷」と「孤独者」とが佐藤春夫先生の訳である。佐藤春夫先生のお宅には、生前ずいぶんお邪魔したのに、魯迅の話をうかがわなかった。しまったことをした。だが、先生がなくなってから、もう何年になるだろう。今頃になってからそんなことに気がつくとは、まったく迂闊な話である。

「阿Q正伝」の中の、阿Qの優勝記略のことを、しょっちゅう私は考えたものだった。いつの間にか私は、阿Qの必勝法をいくらか変型させて自分の必勝法にしていた。阿Qにはいつも精神的必勝法があって、たとえば誰かに殴られると、「俺は兎に角、子供に殴られたんだ、当今の世の中はまるで倒まだ」と考えて、満足そうに勝ち誇って逃げて行くのである。阿Qはいわば、江戸の敵を長崎で討つ名手である。自分より強い者に殴られて、精神的必勝法をもってしてもなお屈辱が残るときには、弱い者、たとえば女をいじめてうさをはらすのである。新兵が古年兵に殴られて、自分が古年兵になれば、いい気になって新兵を殴るようなことを、いい気になってやるのである。まさかそういうことはやれないし、おれはとにかく子供に殴られたんだ、と思うことも容易ではないのだが、殴られて精神的に優位に立つために何かを見いだそうとする努力は、殴られたときの屈辱をいくらか緩和するのである。

「魯迅選集」を私が〝秘密の書庫〟に入れていなかったとしたら、あの岩波文庫を、私はどこにどうしてしまったものなのだろうか。

「ガルガンチュワ物語」もさることながら、もし一緒に、「魯迅選集」が出て来たら、と私は思った。そのほか、あっと思うような本が出て来るかも知れないのである。おそらく出て来るだろうと人から言われても、実は私は、出て来る可能性は半々だと思っていた。すでに、ワインや大衆文学全集が出て来たことには力づけられるが、その建物は、第一機関銃中隊ではないのだ。

佐藤の善ちゃんが、家が遠いので明朝また来るからと言って帰った後、一平さんと戸石さんと三人で夕飯を食いに街に出た。もう十時に近い時刻だった。一月十五日は祝日で、閉っている店が多かったが、一平さんの馴染みの寿司屋さんがやっていて、そこへ行った。一平さんも酒豪で、酒豪と飲むと、つい飲み過ごしてしまうのであった。元酒豪の戸石さんも、押えながらそれでもちょっと飲み過ぎているのではないかと気になった。

一平さんの武藤精肉店は、ますます繁昌しているようで何よりであった。店を改造して、一階を販売部、二階をすき焼部にしたのだそうである。私のために、すき焼パーティを催してくれるというのであった。何人か来てくれそうである。とっつきが悪く、親しみにくかった私のために。

次の日、午前十時に現場に行くことになっていて、その前に、今回の解体の施行者である仙台市から、社会教育課長の東海林さんと管財課長の小関さんとが来られ、〝青春の書〟が出て来た場合には、市に寄贈する約束をした。出て来るかどうか、出て来るまではわからないものを寄贈する約束をすることには、躊躇を感じたが、もし出て来た場合、はれがましくとも、市に寄贈するのが当然だろうと思った。

それにしても、榴ヶ岡《つつじがおか》の旧聯隊跡に着くと、大ぜいの記者さんやカメラマンさんに迎えられたのは、これももはや、やむを得ないことと思うしかなかった。すべて私が蒔いた種である。成り行きに任せるしかないのである。

照れないわけには行かないが、新聞社や市に、多大の便宜をはかってもらっているわけであった。私が立ち会うというので、特別にその日の十時から、第一機関銃中隊をやることにスケジュールを組んでくれたのであった。

正門から第一機関銃中隊まで、カメラを向けられながら行くと、解体会社の社長さんの仁藤一郎さんが、ニッカボッカー姿で迎えてくれて、二階に案内してくれた。

階段や階段下の石畳は昔のままであったが、部屋の間取りはまるで違っていた。米軍が使った後、警察学校として使われたわけだが、改造したのは、米軍だということであった。

私より十日早く召集された佐藤辰雄さんが駆けつけて来ていて、私は、戸石さんや佐藤の善ちゃんや、佐藤辰雄さん、市の小関さんや東海林さん、それに報道関係の人々――報道関係の人々は十五人ぐらいいただろうか、それとも十人ぐらいだっただろうか、別に人数はかぞえてみなかったが、とにかく大ぜいうちそろって、三十四年前に私が寝ていたベッドのあったあたりに行ってみたのだった。〝秘密の書庫〟はその真下にあったのだった。

床は三十年前の床の上にさらに一枚板を張り、さらにその上にリノリュウムを張ってあるのだった。

「このへんじゃないだろうか」

私が床を指さすと、戸石さんや佐藤の善ちゃんが、若い頃と変わらぬ張りのある声で、あの頃、このへんに銃架があったはずで、部屋はここからここまであったはずで、だから私のベッドはこのへんであろうと、一緒に推断してくれるのであった。

「ここらへんでねすかや。ほんだ、このへんだいっちゃ」

私がここだと思う場所について、善ちゃんがそう言ってくれれば、自信もわくというものである。

「このあたりを、あけてみてくれませんか」

そう私が仁藤さんに言うと、仁藤さんが、

「ここあけてみろや」

と、作業員に号令をかけるのであった。

先の尖った鉄棒で、床をはがす。リノリュウムをはがし、板をはぐ。たちまち二尺四方の穴があく。二尺四方の穴は三尺四方になる。

だが、そこからは、何も出て来なかった。板の上に、薄くほこりが積もっていただけだった。ねずみの糞もない。

その穴に首を突っ込んで、懐中電灯で四方を照らしてみたが、やはりそれらしいものは見当らなかった。

少し場所をずらしてみることにした。

「ここらだいっちゃ」

と善ちゃんが言い、

「このへんだということも考えられますな」

と私が言うと、

「ここ、あけろや」

と仁藤さんが号令し、たちまち、また床がはがされたが、やはり、あったものは、うっすらと積もったほこりだけであった。

「ないようですな」

私は、半々の賭けに負けた。

「米軍があけた跡、あるな」

と、作業員が言いだした。

「そうですか」

「ほら、ここさ、新しい木、打ちつけてあっぺ。配電工事をしたわけだ。そのとき持って行かったんだべちゃ」

「なるほど」

ほかの作業員が、別のところをあけて、こんなものがあったと、汚れた食器袋を一枚、持って来た。第一機関銃中隊から出て来た品は、それだけだった。

仁藤さんの説明によると、建物の床または天井には、建物によって数は異なるが、床下または天井裏をのぞくために、必ず何ヵ所か、釘を打たずに、容易に板の外れるところを作ってあるというのであった。私は、たまたま、その穴の上のベッドを与えられたので、いい場所を見つけたとばかりに、そこに本を隠したわけだったのだ。

床をあけたのは、米軍キャンプになっていたときだが、配電工事をしたのは日本人である。そのとき、日本人の大工さんか電気屋さんが持って行ったのであろうというのが、仁藤さんの推理であったが、そういう穴なら、すでに旧四聯隊時代に発見されたということも考えられるのである。

いずれにしても、夢ついえたりである。

「きみらしくていいじゃないの」

と、戸石さんは、文学的なことを言ってなぐさめてくれるのだけれども、戸石さん自身、がっかりしていた。

「もっと、ほかもはがしてみましょうか」

仁藤さんは、そう言ってくれたが、

「もう、これだけはがして見つからないのですから、あきらめましょう。いいですよ」

と私は言った。

表に出ると、高橋秀治さんという方が、ゼロックスでコピイした宮城野に関する資料を数葉、ポリエチレンの袋に入れて、あげましょうというのであった。戦前の宮城野原の写真や、今の宮城野原の地図や、榴ヶ岡の歴史や、高橋さんが新聞や雑誌に書いた、宮城野に関する文章のコピイであった。

榴ヶ岡も含めて、このあたり一帯を宮城野というのであろう。高橋さんは、宮城野を並々ならず愛している方なのであろう。

しかし、高橋さんとも、そして、三十四年ぶりに会った佐藤辰雄さんとも、話をする余裕はなかった。すぐ、記者さんたちに囲まれて、質問を浴びることになったからである。

「どんな感想ですか?」

「一口では言えませんが、とにかくがっかりしました」

「『ガルガンチュワ物語』というのは、どういう内容の文学ですか?」

「説明するの、むつかしいな。豪放な人物たちが、牛飲馬食しながら、言いたい放題のことをしたり言ったりする諷刺文学、と言っても、ピタリじゃないな。うまく言えませんが、まあそういったような、フランスの十四世紀だったかな、十六世紀だったかな、とにかく、昔、フランソワ・ラブレーという人の書いた、面白い作品です……」

私は、しどろもどろであった。

昨年の初夏に、フィリピンに行って、三十四年前に好意を持ったザボン屋の娘さんの消息をさぐったことを思い出した。彼女は数年前に死んでいた。妻から、「あなたって、過去の亡霊に憑かれて生きている人ね」とひやかされたことを思い出した。なるほど私は、そういうことばかりしているようだ。戸石さんが、「おれは生涯戦争(あるいは軍隊)から離れることができない」と言ったことも思い出した。

いずれにしても、今回は、一応、仙台からは、退散じゃ。


(一九七六年「季刊藝術」春号)

戦友

旧帝国陸軍には、戦友という関係があった。旧軍隊では、軍隊以外の社会を「地方」と呼んでいたが、私は地方にいた頃には、戦友とは、兵隊仲間で親しい間柄の者、あるいは、前線で戦闘を共にする同僚のことだと思っていた。ここは御国を何百里の「戦友」の歌の、しっかりせよと抱き起こした兵隊と抱き起こされた兵隊とは、そういう同僚であろう。太平洋戦争になってからは、おいおい戦友、おい戦友、お前のチョビヒゲ、ナチョランゾ、という軍国歌謡が作られたが、この戦友も、私が地方で考えていた戦友のイメージを変えるものではない。

ところが、召集されて内務班に入ると、軍隊で言う戦友は、それまで私が考えていたものとは違っていた。私は横の関係で考えていたようだ。ところが入隊した日に教えられたのは、縦の関係であった。

若い人のために、内務班という言葉について説明しておこう。内務班というのは、居住区のことである。内務などという言葉をつけずに、単に班と言ったほうがわかりやすいかも知れない。私が入隊したのは、仙台の歩兵第四聯隊で、その後、第二師団司令部に転属になって、同司令部管理部衛兵隊の兵隊として南方に輸送されたのであるが、歩兵第四聯隊の私の入隊した中隊では、兵隊は四つの班に分けられていて、一つの班が一つの部屋で寝起きしていた。点呼は班ごとに、それぞれの部屋に列《なら》んで受けるのであった。そういう班を内務班というのであって、私は、旧軍隊には内務班と外務班とがあったのかと借問されたことがあるが、外務班などというものはなかった。

新兵は、入隊すると、それぞれの内務班に分配される。指定された内務班で、寝台を指定される。そして、戦友も指定される。

ある古兵が別のある古兵の前に私を立たせて、

「A一等兵がお前の戦友だ、いいか」

と言った。

私は、はい、と答えたが、そのときは、古兵の言う言葉の意味がよくわからなかった。しかし、あとで、軍隊には、そのような指定された戦友というものがあることを諒解した。戦友が決まると、新兵は、戦友の靴を磨いたり、洗濯をしたり、その他いろいろ、身のまわりの世話を焼かなければいけない、というのであった。

私は、ヘマな兵隊で、入隊したその日に、早くも、あやうくビンタをくらいかけた。Ａ一等兵をＡ一等兵と面と向かって呼び捨てにしたからである。私は、上級者には殿をつけて呼ばなければならないということを知らなかった。Ａ一等兵は、Ａ一等兵殿と呼ばなければいけない。いや、Ａ一等兵には、戦友殿と呼ばなければいけないのであった。

その翌日であったか、翌々日であったか、はじめての不寝番に立たされたとき、編上靴《へんじょうか》をはこうとして、叱られた。古参の兵長が、不寝番だと言って私を起こした。私はフラフラと起き上がると編上靴をはこうとした。

「何をしとるか」

「靴をはいております」

「なぜ靴をはく」

「はあ？」

兵長の足もとを見ると、兵長はスリッパをはいていた。私は、不寝番は靴をはいて立つものだと、勝手に思い込んでいた。靴をはかなければキチッとした格好にはならないという先入見にとらわれていた。だが、兵長から、

「馬鹿者、家の中で靴をはくのか」

と、殺した声で厳しく叱責されて、なるほど、と思った。兵長が声を殺したのは、そうしなければ、就寝者の安眠を妨げることになるからであった。

縦の関係の戦友のことや、上級者には殿をつけることや、不寝番に立つときはスリッパをはくことや、そういうことを私は、逐次覚えたが、戦地でも、内地の内務班でのように、戦友が指名されたのだったかどうか……。

司令部に転属になっても、戦地に行っても、駐屯地では内務班があったわけだ。私たちは戦地では、あるときは管理部衛兵隊の兵隊が全員大部屋に入ったり、いくつかの部屋や建物に分かれて入ったり、かたちは場所によって違ったが、いずれにしてもそこは内務班だったのだ。

無論、戦地の内務班では、上級兵は下級兵に対して、内地の内務班でのように、いちいち箸の上げ下ろしまで教えたり、咎めたりはしない。靴磨きや洗濯などの奉仕の求めようも内地ほどではなく、ビンタをとることはあったが、鶯の谷渡りだとか、蟬だとか、自転車だとか、女郎屋だとか、そういった嗜虐的な私刑を加えたりはしなかった。

若い人のために、旧軍隊で行なわれた私刑についても、説明しておこう。

とても全部は書ききれないが、ビンタにも、対向ビンタといって、上級者は自分では手を下さず、二人を向かい合わせて、互いに殴らせるというのがあった。整列ビンタといって、一列横隊に列ばせて、一人一人順次に殴って行くというのもあった。鶯の谷渡りというのは、寝台の下を潜らせて、寝台と寝台の間から首を出させ、ホーホケキョと言わせる。内務班のずらりと並んだ寝台を次々に潜らせて、ホーホケキョを繰り返させるのである。蟬というのは、柱に抱きつかせてミンミンだとか、ツクツクホウシだとか、言わせるのである。自転車というのは、部隊によっては、郵便屋だの電報配達だのと言っていたようだが、テーブルとテーブルの間で、テーブルに手をついて体を宙に浮かせ、自転車のペダルを踏むかたちで、両足を交互に漕ぐのである。私刑の施行者は、速力を上げろだの落とせだのと号令をかけて、面白がるのである。女郎屋というのは、銃架を遊廓の格子に見たてて、ちょっとお兄さん、寄ってらして、ちょっと、ちょっと、などと言わせるのである。

そのほか、旧軍隊では、汚れた雑巾で自分の顔をふかせたり、靴の裏を舐《な》めさせたりした。私たちいわゆる戦中世代の者は、そのような醜いことをして人を愚弄したり、愚弄されたりしたのである。

戦地ではさすがに、そのような私刑はなかった。理由もなく、下級者を殴る古兵殿や、おい靴の紐を結べ、とえらそうに言って、兵隊に足を突き出す下士官殿がいないわけではなかったが、さすがに、鶯の谷渡りや女郎屋などはなかった。

戦地では、指定された縦の関係の戦友は、なかったような気がするのだ。内地のそれは、新兵教育の都合の上からの関係であったわけであろう。しかし、戦地に来て私たちは、兵隊は互いに、みんな戦友だという感じで、戦友という言葉を使うようになった。地方で考えていたような、親密な間柄ということは、私は格別に考えなかった。私がこれから使う戦友という言葉は、兵隊と言葉を換えてもいいようなものである。

さて、南方に送られて、私が最初に血だるまになった兵隊を見たのは、ビルマでだった。その兵隊は、他部隊の名も知らぬ人であった。その兵隊は、自動貨車（軍用トラック）の運転手だった。

私たちは、昭和十九年の初めから半年余り、イラワジ河のほとりのネーパンという寒村に駐屯した。その村の近くで、私たちが、「街道荒らし」と呼んでいた英印軍の戦闘機に、その兵隊は撃たれた。

「街道荒らし」は、単機または二機で、忽然と現われる。エンジンを止めて、まるで椰子の木の高さとスレスレに見えるような低空で、ジャングルの葉蔭から滑走して来て、日本兵を発見すると、機銃弾を浴びせ、同時にエンジンをかけるのであった。あのときは単機で来た。

最初の襲撃が危険であった。初回を免がれれば、敵機が頭上を通り過ぎて旋回して引き返して来る間に、近くの茂みの中などに転げ込んで、身を隠すことができるのであった。「街道荒らし」は、私たちの頭上を数回往復して飛び去って行く。運転兵は、最初の襲撃でやられた。

敵機が来たとき、私は数人の仲間と乾上がった田圃の中を歩いていた。まわりに身を隠すようなものは何もないので、私たちは、その場にうずくまっていることしかできなかった。遮蔽物のまったくない場所では、動かないことが敵の眼からのがれる最善の方法だと教えられていた。二度目の襲撃が来る前に、私は一目散に走って田圃の外の茂みに潜り込んだ。敵機が飛び去ったあと、私たちは茂みの中から這い出すと、田圃から街道に上がった。いくらも歩かないうちに、血だるまになって倒れている運転兵に出会った。

街道の脇に、かなり大きな樹が数本立っていて、運転兵はそこへ逃げ込もうとしたのだが、逃げきれなかったのだという。しかし自動貨車は、逃げきれたような場所に停まっていて、運転兵は車の傍で仰向けになっていた。眼は開いていたが、微動だにしない。死んではいないようであった。

同僚の兵隊が一人、運転兵の顔をのぞき込んでいた。私たちが近づくと、その兵隊は、撃たれたときの模様を話した。

もう一人いたのだが、救護を求めに行っているというのであった。

同僚の兵隊の話では、運転兵はそこから十メートルばかり離れた街道の上で撃たれたのだが、車をここまで走らせて停めると、降りてボンネットを上げてエンジンが無事かどうか確かめて、それからバッタリと倒れたというのであった。

「木口小平みたいな人だよ。立派だよ。これだけの重傷を負ってよ」

と、その兵隊は言った。

運転兵が、そのまま命を落としたか、それとも助かったか、私は知らない。

いずれにしても、その運転兵の姿は、私の脳裡に焼きつき、忘れえぬものになった。木口小平みたいな人、という言葉も、以後、私はしばしば思い出した。木口小平みたいな人、と言った兵隊は、もしあの運転兵が死んだとすれば、戦友の立派な死を讃え続けるだろう。それは、あの兵隊の心を重く占めるものになるだろう。あの兵隊は、戦友の死の立派さを讃えることが、死者への鎮魂だと考え、自分の生き方の支えにもするだろう。

もし、あの兵隊が生還して、戦死した兵隊の遺族に会えば、私に言った言葉を繰り返すだろう。

「木口小平みたいな立派な死に方でした」

遺族は、その言葉を聞いて、少しは慰められるかも知れない。

それはそれでいいのである。しかし人とは、なんとも哀しい生き物である。あの兵隊は、立派、という言葉を口にするたびに、楽になる。あの兵隊に限らず、人はみな、思いを深く濃くするつもりで、何かを言い、言ったことで薄くしてしまう。薄くすることで楽になろうとする。鎮魂だの慰霊だのといって、人は哀しみを均《な》らし、楽になろうとする。

生者には、哀しみを均らす営みが必要なのであろう。哀しみに限らず、すべて、ものごとを薄め、均らして共有する営みが必要なのであろう。ときには、虚妄をも共有する営みが必要なのであろう。戦争や軍隊に孤独に反発してみても、大岩を爪で引っ掻いてみるほどのことだというが、どのような時代にも、社会は大岩であり、人は薄めたり、均らしたり、虚妄を共有することに参加しなければ、他人と円滑に共存することはできないわけだろう。

一太郎や一い、や、木口小平、や、肉弾三勇士などの話を、私は、その頃すでに、立派だとは思えない青年になっていた。そういう話を美談として押しつけ、国民を教育しようとするものに対して、反発する青年になっていた。それも、社会に必要な虚妄の共有であって仕方がないことかも知れないが、虚妄の作り方が、私には、気に入らないのであった。忠君愛国を奨励したいなら、もっと気の利いた話を持ち出したらどうだ。一太郎が見送りに来た母親に鉄砲を上げてみせた話も、木口小平がラッパを口に当てたまま死んだ話も、それをあんなふうに忠義や孝行に付会しなければ、それなりにいい話かも知れないのだが……。

私がそのような美談にいちいち反発するようになったのは、いつ頃からだっただろう? 中学の三年ぐらいからではなかったか。十六、七になるまでは、私は、偽りの匂いを嗅いでもそれほど追求しなかったような気がする。ところがその年頃からは、ラジカルに、幼稚に、断定してものを考えるようになったような気がする。いつ、どんなときに言ったのか覚えていないが、木口小平が死んでもラッパを口から離さなかったのは、弾丸に当たったとたんに、体が硬直してしまったのだ、と私は誰かに言った。肉弾三勇士は、逃げ損って吹き飛ばされてしまったのを、軍や新聞が忠勇美談に仕立てたのだと言ったことがある。

朝日新聞と毎日新聞が、肉弾三勇士を讃える歌を懸賞募集したことを思い出した。皇太子が生まれたとき、祝賀の歌を懸賞募集したのは、新聞社だったか、それとも政府だったのか、よく覚えていない。

考えてみると、皇太子も肉弾三勇士も、そして一太郎も木口小平も、虚像しか語られない同様の存在である。

私は、皇太子の誕生を祝う歌の、サイレン、サイレン、鳴った、鳴った、サイレン、という文句を思い出した。あの歌を思い出すと、私は関連して倉田博光のことを思い出す。

倉田も軍隊嫌いの青年で、その嫌い方が、私よりもっと一本調子であったように思う。

倉田のことは、小説にもしたし、随筆でも書いた。特に、「私がヒッピーだったころ」という題の随筆では、かなり詳しく書いた。だからここでは繰り返したくないが、やはり多少は説明しなければなるまい。

倉田は市ヶ谷の城北予備校で知り合った友人で、私と共に、ある期間、当時の社会からはみ出した場所で暮らそうとしたのだった。

彼は、私が京都の高等学校を辞めた年に慶応に入ったが、学校には行かずに、童話を書いていた。活字になるあてのない童話を書いていた。昭和十七年の初めに、倉田は、玉の井に出ていた女性に勤めを辞めさせて、浅草の田中町で部屋を借りて、同棲した。その女性は、割合、自由な立場で玉の井に出ていたのだった。一応、年季は明けたのだが、四分六の約束で出ているのだ、と言っていた。容易に払える程度の少額の借金はあるが、それだけだから、その気になれば、いつでも辞めることができるのだと言っていた。倉田はその女性と三カ月ぐらい暮らして、九州久留米の聯隊に入隊した。私は、倉田より半年おくれて召集令状を受け取ったのである。

「サイレン、サイレン、鳴った、鳴った、サイレン、という歌は、あれは傑作だと思うよ」

私は倉田に、そう言ったことがある。すると倉田は、

「そうかなあ」と不満そうに言った。「僕は、やはり、イギリス海岸の歌がいいなあ」

「サイレン、サイレンと宮沢賢治の詩と較べることはないだろう」

「僕は、皇太子誕生の歌なんか、いいもわるいも、絶対に認めたくないね」

なにごとにつけても二者択一的な考え方しか持とうとしない日本人の傾向について、今の私は、批判的なことを言っている。だがあの頃の私は、二者択一的な青年ではなかったのだろうか？

当時は、軍隊も地方も、あらゆるものが、是と非の二つに分けられてしまう社会であった。

私はそういう社会を嫌悪した。だが、だからといって私は、私もまた中間のない是非を決めていたのではなかったか。

自分の是や非が、社会のそれに一致するということは、まったく望めないと思い込んでいたが、それは私の偏見ではなかっただろうか。

戦争中、国民は皆、天皇陛下のために命を捨てた、などと言うが、ごく一握りの人たちのほかは、それは掛声でしかなかった。違った声を出すことができなかっただけである。教育にはまって、そう思わなければいけない、と自分に言い聞かせていた人の数は少なくなかったかも知れない。けれども大半の人は、そう思っている気になっていても、そういうことを口にしてみても、そういうことでは死ねない本心を知っているところもあったのだと思う。また、なかには、口先だけで調子を合わせていて、本心ははっきり、そういうものとは別のところで、自分の命のことを考えていた人も少なくなかったはずだ。

だが、そういうことを私は、あのイラワジ河のほとりのネーパン村で、どう考えていたのだろうか。歳月の経過の中で、何がどう風化されたか、何がどこでどう何にすりかえられてしまったか、どんなふうにどんな錯覚が生じてしまったか、そういうことをほとんど解明しようもなく、今の自分があるのだと自覚する。しかし、路傍で、朱に染まって仰向けになっていた名も知らぬ兵隊の姿や、その仲間の、これも名も知らぬ兵隊が言った「木口小平みたいな人」という言葉を、私は、今でも、ときどき思い出すのである。

私の母は、私が入隊した年の前年に死に、妹は、私が入隊した月の一月後《ひとつき》に死んだ。私は母の死目にも妹の死目にも会えなかった。肉親の死目だけでなく、私は、それまで、人が死ぬ瞬間を見たことはなかった。しかし私は、人が死ぬ瞬間を戦争でいくつか見ることになった。

あの運転兵については、私は死の瞬間まで立ち会ったわけではないので、もしかしたら命を取り止めたということもあるのではないかと思っている。しかし私は、それから一月後だったか二月後《ふたつき》だったか、月日の詳細はもう忘れてしまったが、日本の憲兵が、カレン人を後ろ手にしばって、公衆の前で斬首したのを見た。

私は、ネーパン村に駐屯していたとき、カレン族討伐作戦に連れて行かれた。そのときのことを、私は「白い田圃」という題の短篇小説に使っている。ビルマの国民は、全体の七〇パーセントはビルマ族であって、約一〇パーセントのカレン族が、ビルマ族に次ぐ多数民族だという。その他に、シャン族、チン族、ムン族、印度人、華僑がいるが、戦争中、ビルマ族は親日的で、カレン族は親英的だとされていた。

下級兵士であった私には、ビルマの国内事情など、皆目わからなかった。ビルマにカレン族という民族がいることを、そのときはじめて知った。知ったかぶりの下士官が、カレン族は親英的であり、キリスト教徒であり、したがって、親日的で仏教徒であるビルマ族とは仲が悪い。

そういう民族だから、諜報活動をしている。だから討伐しなければならないのだ、と説明した。別の下士官が、それだけでなく、みんながぶったるんでいるから、気合を入れるための演習代わりでもあるのだと言った。

その説明を私は鵜呑みにしたが、戦争が終わったあと、本で調べて、ビルマのカレン族には、山地カレン族と平地カレン族とがいることを知った。山地カレン族は、モールメン北方の山地に住んでいて、キリスト教徒とは、山地カレン族のことである。私たちが討伐に行ったのは、ネーパン村南方のイラワジデルタに住んでいる平地カレン族であったが、平地カレン族は、別にクリスチャンではない。

そういうところは、知ったかぶりの下士官の話は正鵠を得ていなかったが、大略は下士官の説明したようなものだったのだろう。日本軍は、匪賊討伐と呼称して、カレン族の村に弾丸を撃ち込み、村ごと火をつけて焼き払ったりした。

ボーターオン（註、「白い田圃」ではチーパーオン）という名の匪賊の頭目を捕えるのが目的だと聞かされたが、捕えそこなったのだった。

憲兵が入手した情報にもとづいて、最初、ボーターオンがいるはずのある村を包囲したのだが、日本軍は犠牲を覚悟で踏み込むようなことはしなかった。私たちは散開してその村に接近したが、中から発砲した者がいた。一発撃っただけだったが、先頭に立って進んでいたわが隊長は、危い、危い、と言って、一目散に逃げ戻った。

危いので、その夜は、村に近い林の中で、八方に歩哨《ほしよう》を立てて、露営した。

歩哨は普通、一時間立哨すれば一時間か二時間休憩して再び立哨するということを繰り返すのだが、あのときは、休憩なしで、夜が明けるまでぶっ通しで立てと命ぜられた。

歩哨が敵前で眠った場合、軍法会議にかけられて死刑になるのだと聞かされていたが、私は我慢ができなくて、大の字になって寝てしまった。眼がさめたときには、すっかり明るくなっていた。

おれ、死刑に相当することをやっちまったな、と思って気がひけたが、私は咎められなかった。知っていて咎めなかったのか、知らないのか、わからなかったが、敵前で眠った歩哨は、私だけではなかったことを、後になって知った。

そういう夜を過ごしたあとで村に入ったのだが、ボーターオンは夜のうちに逃げてしまったというのであった。

それから私たちは、一日、憲兵が情報を探って来ると、次の日、その情報にもとづいて村を襲うという日々を繰り返した。

憲兵が村人を拷問にかけて、ボーターオンの行先を吐かせようとした。しかし、ボーターオンの行方は、まったくわからないようであった。憲兵の情報にもとづいて、村に踏み込んでみても、農夫やその家族が、私たちに心配そうな眼を向けているだけだった。

そういう村人の中から、憲兵は拷問にかける者を選び出した。村によっては、焼き払えと進言した。ある村で、憲兵は一人の農夫を引き立てて来た。白状しないとどういうことになるか、見せしめのために、その男を村人の前で殺す、というのであった。

私は、三人の憲兵の中の一人に、あのカレン人は、本当にボーターオンの行先を知っていて白状しないいんですか、と訊いてみた。するとその憲兵は、いや、本当に知らないのだろう、と答えた。

憲兵は村の空地の穴の前に、その農夫を引き据えて、後ろに立って、新刀を首に叩きつけた。見せしめのための処刑だから、村人を集めて見物させた。まず、日本軍に協力しない者はどんなことになるかよく見ておけ、と通訳を使って演説して、それから軍刀を振り上げた。

私たちは、村人たちと別の場所に、横隊を列んでそれを見た。

最初の一振りは、農夫の首に食い込んだが、食い込み方が不足のようであった。農夫は憲兵が二度目の刀を振りおろすまで、坐ったまま動かなかった。二度目の刀を受けると、ゆっくり前に倒れた。

あのような恐ろしい光景を、私は見たことがなかった。自分の顔から、血がひいて行くのがわかった。

ビルマには、冬期と夏期と雨期の三つの季節がある。十月から翌年の二月までが冬期で、三月から五月までが夏期で、六月から九月までが雨期である。私は戦争中ビルマに行っていたとき、ビルマの季節を単に、乾期と雨期とに分けていた。冬期と夏期を併せて、乾期と言っていた。

私がネーパン村に着いたのは、昭和十九年のはじめであった。そして、おそらく、夏期に、カレン人討伐に行ったのである。ボーターオンを追い回し、結局、捕えることができずにネーパン村に帰って来たのは乾期のさなかであった。

あの短篇に、「白い田圃」という題をつけたのは、乾期だったからである。ビルマと言っても、場所によって一様ではないが、イラワジデルタでは、夏期には田圃がカラカラに乾いて、地割れが網の目をつくって、果てしなく広がるのである。五月の末になると、雨が降りだす。雨期になると今度は、ビルマの田圃は巨大な沼のような様相を呈するのである。

イラワジデルタのカラカラの田圃を、私は牛車に揺られて移動した。あの匪賊討伐に関しては、もうまったく記録がないわけであろう。防衛庁の資料室に行っても、一片の資料もないのではないかと思われる。あの作戦については、参加した者の記憶が残っているだけである。私たちの記憶と、殺された農民の家族や隣人たちの記憶とが……。

雨期が終わりかけた頃、私たちは、雲南戦線に向かうことになった。半年駐屯したネーパン村を、八月のある晩、隠密に出発したのだった。防諜のためだということで、私たちは、いつも夜半に出発する。フィリピンのカバナツアンという町からマレーに向かったときもそうだったし、マレーのクアラルンプールからビルマに向かって出発したときもそうだった。

自動貨車には、どこから乗ったのだったろう。イラワジ河を渡る前からだったか渡ってからだったか、はっきり憶えていないが、それから何昼夜にわたる自動貨車の旅が始まったのだ。ラングーンの兵站で何泊かして、マンダレー街道を北上したのだ。

雨期は九月までのはずだが、マンダレー街道で雨に降られた記憶がないのは、どういうわけなのだろう。

雨期には、街道荒らしの襲来がなくなるのだ。街道荒らしは、アラカンの彼方に基地があり、そこから飛び立って来るのだと聞かされていた。乾期でも、夜はやって来ない。雨期は、日中もやって来ないというわけだった。そう言えば、雨期に入ってからは、街道荒らしの爆音を聞いたことは、一度もなかった。またそれまでの乾期では、夜、襲撃されたことは一度もなかった。

黄昏が近づくと、もう大丈夫だと思ったものだった。ずっと後になってから、夜も大丈夫ではないことを知ったが、ネーパン村では、やつらが来るのは、明るいうちだけだ、と聞かされていて、実際暗くなると、やつらは現われなかった。

多分、やつらは、朝食を食ってから飛び出して来て、ひとあばれしては帰って行くのだ。戦闘機だから、一日中、続けてビルマの空を飛びまわるほどの航続能力はないわけだ。午後に来るやつは、朝の組と交代に、昼飯を食ってから飛び立つのだ。

下士官がそう言った。私はその通りだろうと思った。日本軍が演習をかねてカレン人を討伐に行ったように、もしかしたら英印空軍も、演習をかねて飛んで来るのかも知れないと思った。街道荒らしと言うと、乱暴な無法者を連想させるが、むしろやつらは、空のパトロールという感じであった。

雨期でパトロールはお休みという時期だったはずである。しかし私たちは、空襲を気にしながら北上したのだった。もし爆音が聞こえたら、最初に聞いた者が、ただちにバクオーンと叫べと言われていた。もし敵機に発見されて襲われた場合には、車は最寄りの木蔭に避難することになっていた。

敵機に襲われなくても、あの頃のトヨタやニッサンの自動貨車は、今とは違って、長時間走り続けることはできないのだった。適時車を停めて休ませなければ、オーバーヒートになるのだった。それでマンダレーに着くまで、しばしば緑の枝の広がりの下に車を寄せて休んだのだった。

街道の脇で、一回か二回、飯盒炊爨《はんごうすいさん》をした。ラングーンからマンダレーまで、何時間ぐらいかかったのだったろう？　ラングーンからマンダレーまで、直線距離だと六百キロ足らずである。道が曲がっているから、もっと自動貨車は走ったわけだが、しかし、出発した翌日には、休憩をしたり、飯盒炊爨をしたりの行軍でも、到着したのであったろう。

マンダレーの兵站でも何泊かしたのだ。それからシャン高原の山道に入って、芒市というところから徒歩行軍になったのだ。芒市はすでに中国領であった。私たちは北ビルマから国境を越えて、中国の雲南省に入ったのだった。

殺人峠で迫襲砲にやられて死んだ、あの一等兵の名前が思い出せない。ネーパン村から殺人峠に来るまで、幾日ぐらいかかったのだったろう？　その間、ずっと自動貨車で一緒だった輜重隊の兵隊だった。

師団司令部管理部という部には、衛兵隊と輜重隊とがあって、私は衛兵隊だったから、あの兵隊とは、駐屯地では話をしたことがなかったが、同じ自動貨車の荷台で、何日か並んで揺られたのだった。いわばそれだけのつきあいであったが、私は衛兵隊の誰かとそれ以上にどれだけ親密につきあっていただろうか。無論、私は、どんな相手に対してもまったく同じ調子で接するほどには構えていなかったけれども、誰にも自分の考えや気持を素直に語ることなく、軍隊生活を終えたのだ。軍隊では、自分の考えや気持を他人に明かすわけには行かなかった。だが私は、そうせざるを得なかったにせよ、なにかもっと、同僚たちに親しくつきあうことはできなかったものかと、いつものことながら、後の祭りになってから思ったのだった。——

殺人峠というのは、誰かがそんな名をつけたのだった。芒市を出ると、いくばくもなくその場所にさしかかる。そこには、道が、半円を描いて山の中腹に付いていた。中国からの遠征軍は、そこを通過する日本兵に、連続的に迫撃砲弾を撃ち込んでいたのだった。

私たちは、砲撃の間隙を縫って、向こう側の砲撃の死角になる場所まで駆け抜けなければならないのだった。曲がり角の岩蔭に身をひそめていて、一人が駆けだす、二十メートルほど間隔を取って次の一人が駆けだす。そういうふうにして、向こうの山蔭まで駆け抜けようとしたのだった。

私は、あの輜重隊の一等兵の次に駆けだすことになっていた。私が曲がり角から飛び出そうとした瞬間に、前方で炸裂音が響いた。一呼吸して飛び出した。すると、道の上に、あの一等兵が鮮血に濡れて倒れていた。私はその傍を、倒れた戦友を見下ろしながら必死に駆け抜けた。しっかりせよと抱き起こすようなことは、私にはとてもできなかった。向かいの山蔭に着いてから、倒れているあの兵隊を、離れた安全な（と思われる）場所から、興奮して眺めただけだった。

ところが、私が安全な場所に着くのと入れ替わりのように、いったん、迫撃砲弾の落ちるあたりを駆け抜けた輜重隊の古兵の一人が、あの兵隊を運ぶべく引き返したのである。輜重隊の古兵は、あの兵隊の両脇に後ろから手を入れて何メートルか引きずった。それを見ている者たちが、よせ、撃たなくなるまで待て、とその古兵に向かって叫んだ。

あの古兵も、あやうく迫撃砲弾の破片を浴びるところであったが、結局、一等兵から手を離して駆けもどり、即死だ、と言った。

後であの一等兵は、輜重隊の兵隊たちの手で、あのあたりのどこかに埋葬されたはずである。私たちは、そこから龍陵に向かって前進した。

包囲されている龍陵の守備隊を救出することが、われわれの役目だと聞かされた。断作戦と呼ばれる作戦で私たちは、あの雲南の山の中に運ばれたのだったが、無論、守備隊の救出だけが断作戦の目的ではないだろう。中国の雲南遠征軍の反攻を食い止めることが、あの作戦の目的であったのだろう。下士官は、守備隊を救出する、と言ったが、私はわが軍が、救出ではなくて、龍陵という町を死守するために、新たな力を添えているように感じられた。

軍司令官や師団長や参謀らが何をどう考えているのか、無論私にはわからない。彼らにしてみれば、あのような戦いをしなければならなかった理由があるのかも知れないけれども、私には、わが軍は、勝算のない戦いを、無理に勝算ありげに戦っているように感じられた。勝算ありげ、ではなくて、負けてはいけないというだけの理由で、やみくもに踏んばっているように感じられた。武器弾薬も乏しく、兵隊の数も話にならないぐらい少ないのに、夜間、または払暁にいわゆる斬込攻撃をやる。そして遠征軍が退くと、勝った気になる。明るくなると、飛行機と砲で追い返されることになるのだが、とにかくいったんは、鉢巻山だの、何々山だのを占領すべく斬込攻撃をやる。そのたびに兵員を減らす。一時、何とか山を占領したからといって、私には、戦いに勝ったことにはならないのだと思われたが、軍の上層部では、大和魂か何かで、一時、反攻を食い止めた気になっていたのだろう。

私たち師団司令部の兵隊は、こちらから弾を撃つことはなかった。撃たれただけであった。撃ち合う部隊のすぐ後方に私たちはいて、進んだり退いたりを繰り返した。

そして、まず吉田一等兵、次に山田兵長が迫撃砲弾の破片を受けて死んだ。吉田一等兵は、私と同期の兵隊で、同じ歩兵第四聯隊から師団司令部に転属になり、同じ輸送船で運ばれて来たのだった。

私は、この雲南の戦闘を素材にして、「蟻の自由」という題の短篇小説を書いているが、吉田は、あの小説の中の、小峯という兵隊のモデルである。

あの小説の中で私は、〈小峯は、傷口からも口からも、血をどくどく流しながら死んで行きました。ものも言えず、目を虚《うつ》ろに開いたままで。〉と書いている。吉田は、そのように、目を虚ろに開いたまま、傷口からも口からも、多量に血を流して、龍陵の近くの山の中で死んで行ったのだ。

小豆ほどの小さな鉄の破片が、心臓に突き刺さったのだということであった。私たちは吉田を山道の脇に埋葬した。

もし私が、師団司令部に所属する兵隊でなかったら、生きて還ることはできなかったに違いない、と思っている。司令部の兵隊は、隷下の戦闘部隊に較べると、損耗が少なかった。吉田に続いて山田兵長が死んだが、あの山の中で戦死したのは、衛兵隊では二人だけだった。山田兵長は、ガダルカナルでは生き残った人だった。ガダルカナルでは、司令部の兵隊も、六割は死んだという。

「せっかく、ガダルカナルから生きて還って来て、ここで死ぬのかやあ」

と誰かが言った。山田兵長は、私が行ったときには、もう息が止まっていた。眼をあけたまま死んでいた。血にまみれてはいなかった。誰かが拭い取ったのかも知れない。私たちは、山田兵長も、山道の脇に埋葬した。

私は、「蟻の自由」の中で、〈僕は、小峯に友情を持っているとは言えません。〉と書いているが、ああいう言葉が出て来るように、私は、吉田一等兵にも、山田古兵殿にも、友情を持っていたとは思わない。管理部衛兵隊の兵隊で、山田兵長の次に死んだのが、鈴木源蔵一等兵であった。鈴木は戦死ではなくて戦病死である。私は鈴木の臨終を知らなかった。鈴木の死は、私が、マラリヤに罹って、野戦病院に送られ、さらにラシオの兵站病院に送られて、退院して部隊にたどり着いた後で聞かされたのだった。

管理部衛兵隊の兵隊の中では、私が最初に野戦病院に送られたのだった。龍陵の近くの山の中を、進んだり退いたりしているうちに、第二師団には転進命令がかかったのだった。南方総軍が第二師団を手もとに置き、アメリカ軍が上陸したときに迎え撃つ戦力として使う、というのであった。そのために、雲南遠征軍との戦闘は九州の部隊に任して、仏印に移動することになったのである。その移動のために司令部が後退を始めたのと、私がマラリヤで高熱を発したのは、同時だった。

迫撃砲弾が飛来することのない後方に引き揚げて、私は野戦病院に入院するために部隊を離れた。

野戦病院の自動貨車を待っていたとき、鈴木源蔵を見た。鈴木は、草の上で、ぼんやりとしゃがみ込んでいた。

「どうした、元気がないね」

私も熱で、ぼうっとしていて、元気がなかったはずだ。私が、声をかけると鈴木は、

「下痢をしてな、止まらないんだ」

と、言った。

あれが、鈴木を見て、言葉を交わした最後だった。鈴木は、その後、あっけなく死んでしまったというのであった。

私は、鈴木にも友情を持っていたとは言えない。

しかし、私は、吉田が、フィリピンに着いて間もなく、おれは、自分は絶対死ぬと思ってる、だから生きているうちに、一度は女を抱いてみたいんだ、と言ったことを忘れることができない。

山田兵長については、兵長が私の肩の肉をつかんでみて、この肩じゃ機関銃は担げないな、おれの肩をさわってみろ、と言い、私が山田兵長の肩の肉をつかみ、なるほど、違いますな、と言ったことがあった。それだけのことが忘れられず、なつかしく心にしみる思いである。鈴木源蔵については、しょんぼりと草の上にしゃがんでいた姿だけが忘れられない。

私より、鈴木のほうが先に、野戦病院に送られなければならなかったのだ。それで鈴木が助かったかどうかは、わからないが。

だが戦場で、そういうことが理屈通りに運ぶものではない。そして、人の生死は、運で決まるとしか言いようがない。殺人峠で、もし分隊長が、五秒か六秒早く、出発の号令をかけたとしたら、あの輜重隊の兵隊ではなくて私が、あの場で即死したわけだと、あれからずっと思っている。もし、吉田を襲った小豆大の鉄片が、それよりもっと大きくても、もう五センチほどずれて当たったとしたら、吉田は復員して、今も生きていて、私と同じく五十代の半ばになっているのだと思う。わずか五センチほどずれていたら、吉田は、結婚して新しい生命をつくり出しているかも知れないのだ。

そんなことを思ってみても、鎮魂にも慰霊にもなりはしない。生き残った者のラチもない感傷に過ぎないかも知れない。しかし、自分だけ生き残って申しわけないだの、後ろめたいだのと私は言えない。私が言うと空々しい。そして、そのようなことを言ってみても、私は、解放されもしないし、楽にもなれない。楽になろうとも思わない。友情を持っていなくても、後ろめたくなくても、戦友の死は、私には重い何かになっている。その重さを変えるような言葉は、一切言うまいと思っているが、さてそんなことができるものかどうか。

（一九七七年「季刊藝術」秋号）

優勝記略

戦友会の案内状を受け取った。

私は出席の返事を出したが、出席しなかった。当日になって、出かけるのが億劫になった。このところ私は、気力不足である。ひところの私なら、好奇心から出かけたに違いない。

好奇心。つまり、どんな顔があらわれるか、見たいのだ。それでいて、厭な顔が見たくないのだ。こういった場合私は、もし気力充溢していれば、好奇心が嫌悪感を上回り、厭な顔を見にのこのこと出かけたに違いない。ところが戦友会の日の私は、一途に、あいつの顔を見るのはごめんだと思った。

やはり私は、消耗しているのである。あいつが戦友会に出て来るとは決まっていない。実は、欠席の公算の方が強い、と感じているのに、出て来ることに決めている。そして私はあいつと顔を合わせて、心の中ではコンチキショウと思いながら、やあしばらくですな。そういう場面を想像するのだった。会に集まる顔を想定してみたが、私には、皆目思い浮かばないのであった。あいつの、にやにやした顔だけが、眼の前にあらわれるのだった。

あいつは、おそらく私に対して、木で鼻をくったような態度はとらないだろう。やあやあ、しばらく、と笑顔をつくって言うに違いない。すると私も笑顔をつくって、やあやあ、と言うのだ。私はこういう場合に、私が笑顔をつくることが気に入らないのだが、そういう自分を変えることができないのだ。こういう場合、条件反射的に私は、へなへなした姿勢を示してしまうのだ。

「あなたって、本当に男らしくないんだから。いつだって、態度がハッキリしないんだから。キッパリしなきゃだめ」

二人の女が、そう私に言っている。二人共そう言っている。二人の女というのは、一人は私の妻であり、一人は妻に隠してつきあっている女である。私は、二人の異口同音の批評に対して、反論することができない。確かに私は、ぐじぐじした、態度のハッキリしない人間だからである。

あいつは、あいつが男らしいなどとは思えないが、態度がハッキリしていることにはなるかも知れない。あいつは、下級者に対しては、存分に侮蔑を愉しみ、上級者に対しては、ペットのようにシッポを振ったのだ。

あいつは、東京で生活していることを鼻にかけていた。郷土の農家のおとっつぁんたちを、ドン百姓と呼び、農家出身の補充兵たちが何か失敗したりすると、東北のドン百姓のやりそうなこった、ちょっとは頭を使え、とふんぞり返った言い方をした。

私は、農家の出身ではなかったからドン百姓とは言われなかったが、体力がないために軽蔑された。

「おめえはよくそれで兵隊になれたなあ。おめえのような役立たずは見たことがねえ」

戦地に行って私が確認したことは、兵隊の仕事とは、仲仕の仕事だということだった。

戦争中私は、仙台の歩兵第四聯隊に召集されたが、数カ月後に第二師団司令部に転属になって、フィリピンに送られた。以降私は南方各地を転々と移動することになったのだったが、私は自分は〝使役《しえき》〟のために、はるばる南の国に連れて来られたような気がしていた。〝使役〟とは、岩波国語辞典には、人を使って仕事をさせること。他人にある行為をさせること。と解説されているが、私たちは、兵隊の仕事とは、勤務と使役とがあるのだと理解していた。歩哨に立ったり、不寝番に立ったり、当番についたりは勤務であるが、掃除や荷物の運搬などに駆り出されて労働するのは使役である。

「勤務《ちんむ》ねえ者は、使役さ出てけろ」

班長から声がかかり、集合した私たちは、必要な人数が選ばれて、ある行為をさせられたのであったが、荷物の積み卸しや運搬を、最も頻繁にやらされた。兵隊とは仲仕と見つけたり、と言いたくなるくらい頻繁にやらされた。

荷物をトラックに積んだり、トラックから卸して所定の場所に積み上げたり、しょっちゅう仲仕をやらされた。私たちはドンゴロスを肩に当てて、その上に、ときには百キロもある荷物を載せてもらう。私は仲間の中でも特にヨロヨロといくじなく歩いて、やっとのことで所定の場所に行き、待ち受けている積み上げの係りの者に、その荷物を取り上げてもらったのだった。

労働の量が多いと、私は、決まって発熱して、医務室に薬をもらいに行くことになったのだった。働くと熱の出る慢性のマラリヤに罹っているような具合であった。働かなければたいていは一両日のうちに熱は退く。だがときには発熱が続いて、入院させられたこともあった。

あいつは、そういう私を、糞ひるばりの只飯食らいだ、とののしっていた。あいつは、東京で生活していることを鼻にかけていたが、言葉には東北弁が残っていて、ばかり、というのを、ばり、と言っていた。しばしばキをチと発音していた。東北弁が残っているというより、東北弁に戻った、ということかも知れない。私は、朝鮮生まれの朝鮮育ちだったから、東北弁ができずに、歩兵第四聯隊の第一機関銃中隊に入隊した当初、班長から、飯残り《めずのこ》持って来《こ》、と言われて、水薬を持って来いと言われたものと解釈して、何の水薬でありますか、と借問してぶっ飛ばされたくらいであったが、いつのまにか、少しずつ、東北弁を使うようになった。何々だべ、と、言葉のしまいに、だべ、をつけるようになった。

第二師団司令部の戦地での通称号は、勇第一三三九部隊であった。第二師団の部隊にはみな、勇という称号がついていた。通称号がついているのは、それぞれがどんな部隊であるのかわからないようにするための防諜的配慮によるものだということであった。司令部であるのか、歩兵であるのか、通信隊であるのか、防疫給水部であるのか、すぐにはわからないようにしたわけである。無論、それぐらいのことはいずれはわかることだろうが、戦地ではどの部隊も通称号で呼ばれていたのだった。歩兵第四聯隊は、勇第一三〇一部隊であり、新潟県新発田の歩兵第十六聯隊は勇第一三〇二部隊であり、福島県会津若松の歩兵第二十九聯隊は勇第一三〇三部隊であった。勇の兵隊たちは、それをさらに略して、サンキュウだとか、マルイチだとか、マルニだとか、マルサンだとか、などと呼んでいた。

勇の第二師団は、宮城、新潟、福島三県の出身者で編成されていて、司令部のサンキュウには、同三県出身の兵隊が勤務していた。マルイチやマルサン出身の兵隊は、マルニ出身の兵隊とは違って、語尾に、すけ、をつけるのだった。食ったすけ、行ったすけ、などと言うのであった。

ところであいつは、宮城出身だったのだろうか、それとも福島出身だったのだろうか。すけ、を使っていなかったから、新潟出身ではないだろう。たぶん福島の出身だったような気がするが、先年の常磐ハワイアンセンターの戦友会には出席しなかったということである。今年（昭和五十二年）二月十一日の作並温泉の戦友会にも出て来なかった。それだけではなんの根拠にもならないが、福島県の戦友会にも宮城県の戦友会にも出席しなかったあいつは、なんとなく東京の戦友会にも出て来ないような気がするのだ。そう思いながら、あいつと顔を合わせはしないかと、私は警戒しているのである。

案内状には、今回の戦友会は、東京三九会（仮称）の創立総会であると書かれてあった。会則案というのが同封されていた。その会則案の、目的及び行事の章には、本会は勇三九部隊所属の戦没者の慰霊と会員相互の親睦をはかることを目的とする、と書かれている。この建前に異論を述べる者はいないだろう。しかし私は、あいつの顔を思い出すと、親睦という言葉が白々しく感じられるのだ。三十年の歳月に、当時の気持は、かなり風化されている。もう、すべて水に流して、親しくつきあえばいいじゃないか。同じ釜の飯を食った者同士じゃないか。そう言いたい人もいるだろうが、そうは行かない。何もあいつと親しくつきあわなければならない義理はないのだ。にもかかわらず、もしかしてあいつが出席していて顔を合わせることになったとしたら、私は、笑顔をつくって、やあ、しばらくですな。まさか、戦地では世話になりました、とか、今は何をしていますか、などと、それ以上に言葉を加えはしない。だが、やああ、とだけは言うだろう。その、やあの一瞬を考えただけでも気が重い。

地元にはすでに、戦友会があるわけだ。三県それぞれに三九会があり、そして、三県合同の三九会があるのだ。三県合同の勇三九会の総会というのが、会場回り持ちで開かれているのである。先年、福島県いわき市のハワイアンセンターで開かれたときから、私にも案内が来るようになったのだった。今年、ハワイアンセンターの次に、宮城県作並温泉で、勇三九会の総会が開かれた。次回は、新潟の三九会が、新潟県に会場を物色して開催するということである。

この三県の戦友会のほかに、東京の勇三九会をつくろうというのであるが、かつて勇三九部隊に所属した者で、東京に在住している者の数は、どれほどのものなのであろうか。東京は人口一千万の大都市で、日本の総人口の一割に当たる。一千万も人がいれば、もと勇三九に所属していた者もかなりいると思いがちだが、考えてみると、司令部の人員は、マルイチやマルニやマルサンなどとは違って、もともと、いくらもいなかったのだった。

サンキュウで私が所属した管理部の衛兵隊は、同管理部輜重隊と共に、司令部では最も頭数の多いセクションであったが、それでも百人とはいなかった。明確な数字は覚えていないが、総数五、六十人ぐらいであったような気がするのだ。してみるとサンキュウの総人数は、たかだか、多目に踏んでも、三百人ぐらいのものではなかったか。だとすれば、東京勇三九会の創立総会の出席者は、寥々たるものであったかも知れない。

地元の総会ですら、せいぜい五十人ぐらいしか出て来ない。私は、常磐ハワイアンセンターの会には行かなかったが、先般の作並温泉の会には出かけたのだった。

あの旅館の名は、何といっただろう。大きな旅館であった。旅館のあたりは、雪に覆われていた。何人か、三十余年ぶりの顔に会った。馬奈木元師団長も、岸本元管理部長も、三十余年ぶりの顔であった。名前は忘れたが、輜重隊の古年兵で、あの人とは感じよくつきあっていたのだと思い出させる顔があった。名前も顔も知らない人もいた。そういう人はみな、元将校で、元下級兵士は、名前までは覚えていなくとも、顔には見覚えのある人ばかりであった。衛兵隊の仲間も、十人ぐらい来ていた。十人ぐらいでは多いとは言えないが、地元の人たちに話を聞くと、欠席者の中には、あいつと顔を合わせるのが厭だから戦友会には出席しないと明言している人がいるというのであった。

作並温泉の会のときには、私は、あいつの顔を思い浮かべなかった。あのような話を聞いたために、思い浮かべるようになったのかも知れない。かなり風化していた気持が、いくらか生々しさを取り戻したわけかも知れない。

仙台市大町で精肉店を経営している武藤一平さんは、地元の勇三九会の世話人で、一平さんから誘われると、私はなごやかな会を想像してしまうのであった。それは一平さんの人徳でもあり、私の甘さでもあるのだろう。

特に三九会だの戦友会だのということではなくて、ほかの用事で行った場合でも、私は仙台に行けば一平さんを訪ねるのである。今でもそうかも知れないけれど、兵隊であった頃の私は、胸襟をひらいて陽気に仲間とつきあうような人間ではなかったから、誰からも親しまれなかったはずである。そのことを言うと一平さんは、うんだなや、無口だったなや、あんたはさ、と言ったが、一平さんは私が訪ねて行くと、そのたびに、仙台在住のかつての衛兵隊の仲間に連絡をとり、都合のつく人を呼び集めて、店の二階の座敷に、すきやきの卓を設けてくれるのである。そのたびに（といって、戦後、作並の会のときも含めて、三回行っただけだが）、私たちは、武藤精肉店ですきやきをつついたのだった。私は作並温泉の会を、武藤精肉店の二階の会を単純に延長して考えていたのだった。それはその通りであった。仕掛が大きくなり、何人もの新顔に接したということが違っていただけだった。

元兵隊たちが集まれば、当然、戦地の話になり、欠席者が俎上にのぼる。作並温泉の会でもそうだった。

大広間での宴会の後、私たちはそれぞれ割り当てられた部屋に引き揚げて、なおも酒を飲んだ。私は例によって飲み過ぎ、例によって眠ってしまった。眼が覚めると、かつての兵隊仲間たちが、戦地の話や欠席者の話をしていた。かつての衛兵隊員には、二つの部屋が割り当てられていたが、みんな私の部屋に集まっていた。

作並の会には、一平さんの家ですでに再会した人たちの他に、鈴木班長や佐藤の菊さんや、私と終戦後、戦犯容疑者としてサイゴンで監獄生活を共にした梅ちゃん——梅本さんなども来ていた。梅ちゃんは私と同年か一つ上の年配であるが、すっかり頭が薄くなっていた。佐藤の菊さんや一平さんたちは、すでに還暦を越えている。菊さんは私に、あんたは苦労したな、体が弱かったからな、つらかったべなあ、と言った。私の非力は、みんなの印象に残っているようであった。

班長は、鈴木班長だけしか来ていなかった。鈴木班長や梅ちゃんは、ガダルカナルの生き残りである。勇部隊は、開戦時にジャワを攻略し、そこからガダルカナルに転じて壊滅的な状態となった。生存者は、ブーゲンビルを経てフィリピンに撤退した。一平さんや菊さんや私は、師団再建のための壊滅分の補充要員としてフィリピンに送られたのである。

私たちは、フィリピンからマレー半島に移り、さらにビルマに転じて、昭和十九年の秋に、北ビルマの作戦に参加した。北ビルマの戦闘も激烈なものであったが、ガ島帰りの兵隊は、ガ島に較べれば、ビルマのほうがずっと楽だ、と言っていた。私たちは北ビルマの戦線では、一日に約二合の米を与えられた。ガダルカナルでは、二勺しかもらえなかったというのである。

「二勺って言えばな、盃に二杯ぐらいの量だ。それを粥にして啜っていたわけだ」

ガ島帰りの古年兵たちから、ずいぶんガ島の話を聞かされたものだった。艦砲射撃の物凄さ。

トカゲを追い回したこと。米を奪うために日本兵が日本兵を襲った話。人間の肉を食った奴がいるという話。ブーゲンビルに撤退して、地面を這って病院に通った話。ブーゲンビルでの病院通いの話をしたのは、Oさんだった。

「栄養失調になっていて、立って歩くことができないんだ。だから這って、二百メートルぐらいの距離を、何時間もかけて通うんだ。少し進んでは休み、少し進んでは休みだから、時間がかかるんだよ。診療がすむとまた這って、何時間もかけて帰って来るんだ」

Oさんは、補充兵たちに人柄が好かれていた古年兵であったが、なぜか、あいつは、なにかにつけ、Oさんに、つらく当たったというのである。

「それでOさんは、戦友会には出ないのしゃあ。会うかも知れねえから、厭だつんだなあ」

「あの班長、ハワイアンセンターのときには来たの？」

と私は訊いた。

「来ねえ。来れねえんだべ、嫌われていること知ってっから」

「それじゃ、Oさん、出て来ても顔を合わせることにはならないのにな」

「うんだしゃ。うんだども、Oさんは厭だつんだなあ」

Oさんは、ブーゲンビルで這って病院通いをしていたときに、あいつにののしられ、尻を蹴られたというのである。ののしられたり蹴られたりされなければならないようなことを何もしていないのに、いびられた、というのである。あいつもガ島帰りだが、あいつは這って病院通いをしてはいなかったのである。Oさんの話では集団で這ったということだったが、あいつはそうではなかったのである。組織のあるところには、明確な理由もなく、恨んだり恨まれたり、いびったりいびられたりする関係が生じるのだ。あいつとOさんの場合がそうだ。あいつと私との間にもそれがある。それは軍隊の普通であるかも知れない。だがその普通が、人の弱り目に出たのではゆるせない気持にもなるだろう。そしてその関係はOさんの場合には、太く、私の場合にはいくらか細く生じていたように思う。それがいまだに尾を曳いているのである。

「Oさんは、気持の優しい人だったよ」

と菊さんが言った。

「そうだったね」

私は、O古年兵殿の顔を思い出して、あの顔は兵士の顔になりきれない顔だったな、と思った。顔だけでなく、言葉づかいも、兵士らしさからどこか外れていた。下級の兵隊に威張ることのできない人であった。下級の兵隊に威張ることのできない人は、上級の兵隊が威張っても、どこかちぐはぐになるところがあるのだ。決まりの威張ったり、軽侮したりするかたちや流れが、Oさんのところで不協和音を発したわけだろう。そういう人は、帝国陸軍では、いちいち明確な理由がなくても、上級者からは白い眼で見られがちであった。

勇三九部隊が、最も長期間にわたって駐屯したのは、ビルマのネーパン村だった。ネーパンという寒村の記載されているビルマの地図は、日本では市販されていない。私の知っている限りでは、ネーパン村の所在が示されている地図は、ビルマから復員した軍人のあるグループの人々が作成した白地図に、おそらくそこには勇の司令部が駐屯していたという理由で記載されているのがあるのみである。

イラワジデルタのその寒村で、勇三九の将兵は、昭和十九年の二月から約半年間、大いに慰安所通いをしたのであった。下級兵士は日曜の外出日、日中、慰安所に行った。将校は夜、勤務さえなければいつでも自由に行くことができた。下士官はどうだったのだろう？　慰安所のことについて、中国大陸から復員した友人に尋ねてみたことがある。その友人が駐屯した中国の村では、兵隊は休日の昼、下士官は平日の昼、将校は曜日に関係なく夜、という区分になっていたというのである。そして、別のやはり中国大陸から復員した友人に尋ねてみると、その友人が駐屯していた場所では、兵隊は日中に限られていたが、下士官は臨機応変に外出が許されていて、慰安所から朝帰りで帰って来たこともあったというのだった。ネーパン村ではどのような具合だったのだろう？　場所によっては将校専用の慰安所のあった所もあったようだが、ネーパン村では一つの慰安所に、将校も下士官も兵隊も、時間をずらして通ったのだったと私は思っている。

私は、軍隊に召集されるまでは、遊廓や玉の井や場末の三業地に通ったものだったが、軍隊に入ると、いつもオナニーで性欲を発散させていた。ネーパン村の慰安所には、一度行っただけだった。そんなふうだったから、大まかなことしか覚えていないのだけれど、ネーパン村の慰安所で、将校とはもちろん、下士官ともかち会った記憶がない。だが、時間帯は違っていたにせよ、一人の女の部屋へ、将校と下士官と兵隊が通えば、女をめぐるある関係ができるわけだろう。A子は、B大尉の馴染みであり、C軍曹の馴染みであり、D上等兵の馴染みという関係が。そして、たとえば、A子は、B大尉はしつこくて嫌いだと言っていたとか、C軍曹にはそっけないが、D上等兵には大変親切なようだとか、そんなニュースが伝わるのだった。もしかすると、そういう場合、当事者たちの胸裡には、多少であっても楽しくないものが生じるかも知れない。

ところで私が慰安所の話を持ち出したのは、あいつとOさんとには、慰安所にかかわりのある思い出があるからだが、慰安婦への接し方についても、私はOさんを尊敬していた。

実は、私が一度だけ接した女性は、Oさんの馴染みで、その日、私はOさんに言ったのだった。

「私は、今日、E子の部屋に行きましたよ」

「そう。きみもセミになったの」

Oさんは、班長のいない場所では、きみ、という言葉を使った。E子と遊ぶことを、Oさんはセミになると言っていた。なにしろE子は、身長一メートル八〇センチのグラマーの女性だから、セミになって大木に止まって来る、と言うのだった。

「ええ、セミになって来ました」

私がそう言うと、Oさんは、

「E子は性質のいい女だろう」

「そうですね」

「そうだよな。性質のいい女とおまんこすると、可愛いくなるよなあ」

いいことを言う人だと私は思った。

Oさんについて、もうひとつ忘れることができないのは、雲南省の山の中で私が行軍に落伍したとき、迎えに戻って来て、私の荷物を担いでくれたことである。

あの年の秋、私たちはネーパン村を引き払って、北ビルマから中国の雲南省に入って、戦闘に参加したのである。あの戦闘は、結局最後は退却したけれども、あの頃はまだ、一進一退のところがあった。第一線の戦闘部隊が、夜間あるいは払暁の斬込攻撃で目的地を攻略すると、司令部は二キロか三キロ、山道を前進する。だが占領した目的地は奪回されるのだった。すると私たちは、二キロか三キロ、また山道を後退したのだった。その二キロか三キロの行軍に私は必ず落伍したのだった。水筒と雑嚢とガスマスクを羽交につけ、ゴボウ剣を吊し、背嚢と三八式歩兵銃とその弾薬一二〇発。約三〇キロの重機関銃の弾薬。そういったものが私の荷物だったが、それを身につけると私は、行軍が始まると同時に遅れてしまうのだった。しかし、何回か、行軍から取り残された私が、闇の中の山道をとぼりとぼりと歩いていると、低声で私の名を呼びながら、古年兵殿が二、三人迎えに来てくれたのだった。

どういうわけか、今の私は、そのとき迎えに来てくれた古年兵のうち、Oさんだけしか覚えていないのである。そして、Oさんのことだけは、かなり鮮明に覚えているのである。

「がんばれ。おれたちだって疲れているんだよ。だから、がんばらなきゃだめだ」

とOさんは言った。Oさんの言う通りだが、がんばる気になってみても、私はみんなと同じ早さで歩くことができなかった。

仲仕もできず、行軍もできない私は、そのうえに、よく脚《あし》を一面に化膿させて繃帯を巻いた。南の国はバイキンが活発で、化膿に悩む兵隊が多かった。人によって、顔や首を化膿させる人、手を化膿させる人、脚を化膿させる人とそれぞれの型があった。私は脚型であった。膝から下が一面に化膿するのである。

眼に見えないほどの脚の小さな疵が確実に膿んでしまうのだった。

脚の化膿は、フィリピンから始まった。それは、治ったかと思うとすぐまた膿むのだったが、最初の頃がひどかった。初めのうちは、眼に見えないほどの小さな疵のことなどには無頓着で、半ズボンで草の中を歩いたりして、たちまちやられてしまったのだったが、ビルマに行ってからは、そういうことに気をつけるようになって、ぐっと少なくなった。

フィリピンで、両脚にぐるぐる巻きに繃帯を巻き、その上に巻脚絆を巻いて、慰安所に行ったことがあった。ルソン島のカバナツアンという町から、連絡将校の護衛兵としてマニラに出張したとき、吉田一等兵と連絡所の近くにあった慰安所に行った。そのときのことを私は「蟻の自由」という題の短篇小説に使っている。吉田は小峯という名にしてある。

「俺たち、どうせ死ぬだろ。俺、まだ女、知らないんだよ。女知らないで死ぬの、死にきれないよう。な、だから一緒に行ってくれよ。俺、一人じゃ行けないんだよ」

と小峯が言うのだ。私は小峯に、死ねばなにもかもなくなってしまうのだ、いまさら慰安所で女を抱いたってしようがない、と言ってみたが、小峯がどうしても行きたいと言うので、台湾人の女性を慰安婦にした慰安所に行ったのだったが、「蟻の自由」では、私が膿んだ脚に繃帯を巻いていたことも、慰安所から出たところであいつに出会ったことも書かなかった。あいつは、

「おめえは、脚が悪いと言って勤務は休んでも、慰安所にはちゃちゃちゃっと行くんだな。これからはなんぼ繃帯巻いても、勤務は休ませねえかんな」

と言われたのだった。

あのとき私は、さすがに女は抱かなかったのだが、そんなことを言っても仕方がないから「はい」と言っておいた。

あのときのあいつの眼付は、しかし、あいつだけの眼付ではないことを私は思うのである。天皇の赤子《せきし》などとぬかしおって、上級の赤子が下級の赤子をどんなに愚弄したか、あいつはその平均的日本人に過ぎなかったのである。教育だなどと称して、上級の赤子は下級の赤子を人間以下のものとして扱った。

旧軍隊の、変質者が考えだしたとしか思われない私刑のかずかずを持ちだすまでもなく、たとえば、当番などと言って人様に下男をさせてまるで羞恥を覚えなかった上級赤子たちの体質を、あいつの眼付に感じていただけのことで、それが日本人の平常のものになっていたわけだから、まるでもう、どうしようもないのである。

だから、私は戦争中、いつも阿Qの必勝法のことを考えていた。魯迅作「阿Q正伝」の、あの阿Qのことである。

私は自分も含めて、どいつもこいつも阿Qだと思っていた。魯迅の眼で、阿Qと変わりがない自分を眺めてみようとも思った。それが、私の必勝法にケチをつけることになるのはわかっていたのだが。

いきなり阿Qを持ちだしたのでは「阿Q正伝」を読んでいない読者とは話が通じなくなって

しまうおそれがあるが、たとえば阿Qは、たとえ、誰に玩笑されようとも、誰にゴッンゴッンと打ち付けられて痛めつけられようとも、「俺は兎に角、子供に殴られたんだ、当今の世の中はまるで倒まだ……」と考えて、満足そうに勝ち誇って逃げて行く。そういう一種の精神上の勝利法で、常に優勝するのである。やがてその精神上の勝利法を見破られて、「阿Q、これは子供が親父を殴るんぢやないのだぞ、人間さまが畜生を殴るんだぞ、貴様云へ、人間さまが畜生を殴るんだと！」と言われて、自分を虫けらだと言ってみてもなお殴られて、自らを軽蔑することの「第一人者」と考える。「自らを軽蔑する」ということを勘定に入れないなら、つまりは「第一人者」ということになるし、強い者にやられた分だけ弱い者をいじめて、得意になることもできるのである。

「阿Q正伝」は、戦前の、岩波文庫の「魯迅選集」に増田渉氏の訳で収載されているが、同書は戦後は、絶版になっているようである。しかし、同じ岩波書店から全十三巻の「魯迅選集」が出ていて、その第一巻に、竹内好氏の訳で収載されている。新潮社版の「現代世界文学全集」の第四十二巻にも、竹内好氏のものが収載されている。戦後は、竹内氏訳の「阿Q正伝」ばかりが出回っていて、増田氏訳のほうは姿を消している。竹内氏訳もおそらく名訳なのだろうが、私は、増田氏訳の、用語が派手で、文章に強い調子をつけた「阿Q正伝」の方を愛読した。戦争から帰って来てからも、神田の古本屋を歴訪して、岩波文庫版の「魯迅選集」を捜したのだった。そして、駿河台下の書店で手に入れた。

文庫版は戦前の本だから、表紙や扉の横書きの文字は、右から左に書かれている。柱も、右から左に書かれている。旧漢字、旧仮名づかいである。収載された八つの短篇のうち「故郷」と「孤独者」の二篇は佐藤春夫の訳文である。それで文庫版の「魯迅選集」は、佐藤春夫と増田渉と、共に訳者として表記されている。

原文がどのようなものであるかは、中国語並びに中国文学について素養のない私にはわからない。だから、訳文を自己流に読むばかりだが、私は、文庫版の文章は用語が派手なせいか、おかしく哀れな歌を高い調子の音で聞いているような気持になる。その高い調子は、阿Qという存在の虚しさや哀れさや、あるいはおかしさを、際立たせるものだが、戦争中の私には、そういう調子が必要であった。

軍隊または国家から与えられた「軍人勅諭」にしても「戦陣訓」にしても、たいへん音の調子が高い。ソプラノにバスで対抗する手もあるだろうが、戦争中の私には、私流の誦文が必要であった。誦文には調子が伴わなければ唱えにくい。韻があったほうが威勢がよい。勅諭などはちゃんと、五五七七七で切り出して来ている。「我国の軍隊は世々天皇の統率し給ふ所にそある」とおいでである。それに抗するには、竹内氏の訳文より、増田氏の訳文のほうが、私にはありがたかった。

「阿Q正伝」の第二章および第三章が必勝法の章である。竹内氏の訳では、第二章には「勝利の記録」第三章には「続勝利の記録」と章題がついているが、増田氏の訳ではそれが「優勝記略」「続優勝記略」となっている。軍あるいは国が、所にそある調でおいでなら、当方としては、勝利の記録より、やはり優勝記略と言いたくなるのである。

阿Qはつねづね未荘の間人《ひまじん》たちに愚弄され、からかわれるのであるが、彼は、彼の頭皮に生じているいくつもの癩瘡疤《しらくもはげ》を自慢にならぬことと意識して、「癩《らい》」及び一切の「頼《らい》」の音に似たものを口にすることを諱《い》み、後にはさらに推し広めて「光」も「亮」も、さらに「燈」「燭」などまでも諱み、ひとたびこの諱み字を口にするものがあれば、相手によって、口下手な奴なら罵倒し、弱そうな奴なら殴りつけるのであったが、なぜか阿Qがやっつけられる時が多いので、次第に方針を転じて、たいていは怒目して睨みつけることに改良する。ところが、彼が怒目主義を採用すると、未荘の間人たちは、ますます彼を玩笑するようになる。そのあたりをたとえば竹内氏は次のように訳している。

「ほほう、明るくなったぞ」

阿Qは、きまって腹を立てる。彼は睨みつけてやる。

「なんだ、ランプがあったのか」彼らは一向平気である。

阿Qは困って、別の仕返しの文句を探さなければならない。

「おめえなんかには……」彼は、彼の頭上にあるのは高尚な、立派な禿であって、あたり前の禿でないことを考えていたのである。しかし、前に述べたごとく、阿Qは見識が高いから、それを言い出すと「禁忌」に触れることを早くも見て取って、それきり言葉を途切らせたのである。

これが増田氏の訳文では、

「よう、亮《あか》くなつて来たな」

阿Qは例によつて怒り、怒目して睨むのであつた。

「なんだ此處に吊りランプがあつたのか！」

と彼等は怕れやしない。

阿Qは方法がない、是非なく別の復讐的言辭を考へ出して
「貴様なんかにやあるめえが、こんな……」

この時、まるで頭上にあるものは一種の高尚なる光榮的なる癩瘡《しらくも》の如くで、決して平常の癩瘡ではないのであつた。だが前文に述べたとほり、阿Qは氣位が高いから、彼に即刻忌み言葉に觸れる次第となることに氣付き、それ以上に言葉を進めはしない。

となっている。

首をちょん斬る場合の擬声語にしても、竹内氏のは「バサリ」であるが、増田氏のは、「チアッ」である。

そんなふうに調子は違っているが前述のように、阿Qは、つねに精神上の勝利法で勝つのである。自分で自分を張り飛ばして、張り飛ばしたものは自分で、張り飛ばされたものは別の一人だというような気になることもできるのである。

かくも重宝な勝利法を利用しない手はないので、私は阿Q風に、しばしば「第一人者」たちと肩を並べたのだ。あいつは、下級の赤子を愚弄することでは「第一人者」であったが、私もまた、人を愚弄する者を愚弄することでは「第一人者」だったのだ。

あいつは、阿Qに似ていることで「第一人者」であったが、私もまた、阿Qに似ていることで「第一人者」だったのだ。

阿Qが、銭旦那の長男に黄色く塗った杖で、ピシャリ！　ピシャピシャ！　と打擲された屈辱事件の後、若い尼僧を、頭を撫でたり、頬っぺたをつねったりしていじめるところなど、あいつにそっくりである。そして、精神上の必勝法を使っていたことでは、私は阿Qにそっくりである。

それにしても、戦友会に出席しなくても、あいつと偶然どこかで会ってしまうということだって、ないとは限らないのである。現に私は、戦後三十年間に、東京の路上や競馬場や、そして大阪でも、偶然、五、六人の元三九の将兵に会っているのだ。私は、もし、どこかで偶然あいつに会ったとしたら、どんな態度をとるだろう？　憎しみのこもった眼を向けるだけで、やあ、しばらく、などと言わないかも知れない。いずれにしても、阿Qと王鬍とが演じたような陽気な立回りを演じたりはしないだろう。

互いに視線をそらして、足早に立ち去ってしまうようなことになればいいのだが、あるいはあいつは、やあ、やあ、と親しげに話しかけて来るかも知れない。そんなことにでもなったらかなわないが、どうなるかは予想できないのである。

こんな気持は、妻や妻に隠れてつきあっている女には、話せるものではない。話したら、いつまでつまらないことを引き摺っているのよ、いい加減にしたら、と言われるに決まっているのである。

（一九七八年「野性時代」一月号）

元憲兵

一昨年（昭和五十一年）の秋に、バスルームを含めて床面積七坪半ほどの部屋を買った。こういうのをワンルームマンションというのだそうである。値段は千五百万円であった。私には大きな買物であった。一部を現金で支払い、残りを十年間の月賦で払うことにした。

そこを仕事場と称している。そこを買うまでは、私はよくホテルに宿泊して小説を書いた。平河町の都市センターホテルのビジネスホテルを使うことが多かった。あのホテルは普通のホテルとビジネスホテルとを併営している。赤坂プリンスホテルのある通りに面しているのが普通のホテルであり、裏の砂防会館のある通りに面しているほうがビジネスホテルである。私がビジネスホテルを使うのは料金が安いからである。都市センターホテルのビジネスホテル部では、バス付で最も料金が安いのは、最上階のシングルルームである。八階のその部屋は、屋根裏部屋のように窓が斜めになっている。私はその屋根裏部屋のような部屋を使うことが多かった。

そのうちにホテルに飽きた。それでワンルームマンションを買ったのである。ローンの支払額は、それまでのビジネスホテルの宿泊料を上回る。

「賃貸のもっと安い部屋でもよかったんだ」

購入の契約をしてしまってから、私は妻に言った。

「借金を背負い込んだわけだから、あなたの怠け癖、少しは直るでしょうね。あなたのような人には、このほうがいいかも知れないわ」

と妻は言った。

しかし、ローンの契約をしたからといって、勤勉になどなれるものではない。むしろ私は、いっそう怠惰になった。

毎晩、ベッドにひっくり返って、テレビの深夜映画を見る。それが終わるのが、午前二時である。それから机に向かうこともあるが、そのまま寝てしまうこともある。

木曜日の晩は、「人間の條件」をやっているので、午前三時までテレビを見る。深夜映画はたいていは二時頃に終わるのだが、「人間の條件」は、午前一時五分から三時まで放映されるのである。

五味川純平原作のこの物語は、かつて劇場用の映画にもなり、テレビ映画にもなって、両方共私は見ているが、今放映されているのは、その後に作られたもののようである。劇場用映画「人間の條件」は、小林正樹監督。主役の梶を仲代達矢がやっていた。テレビ映画のほうの梶は、加藤剛がやっていた。いま深夜番組で放映されているのは、梶を演じている俳優も、その妻美千子を演じている女優も、新顔である。字幕に名前が出るわけだが、私はまだ名前を憶えていない。

劇場用「人間の條件」は、確か第六部まであった。最初二部ずつ三回にわたって封切公開され、その後、全巻通し上映が何回かあった。ひところ、ナイトショウと言って、劇場も深夜興行をしていたが、あれは今でもあるのだろうか。土曜の夜に、いったんその日の興行が終了した後、深夜番組を朝までやる。そのナイトショウで「人間の條件」を通しでやる。「人間の條件」を通して上映すると、八時間か九時間か、かかるのである。あれはいつ頃だっただろうか。私はその全巻通しの「人間の條件」をぜひ見たいものだと思っていながら、機会を逸してしまったのだった。

劇場用の「人間の條件」は、私は、後半を封切で見ている。第三部から見たものやら、五部と六部だけを見たものやら、はっきりしないが、いくつかの場面が、頭にこびりついている。そのシーンはもしかしたら、テレビの「人間の條件」のものと混同しているところもあるかも知れないが、劇場用のほうでは、仲代達矢の梶が、満洲奥地の収容所を脱走して、どこかの街で中華まんじゅうに手をのばし、大ぜいの中国人に打擲される場面を憶えている。収容所から、三人ぐらいで逃げたのではなかったか。避難民たちと一緒になったのではなかったか。野卑な兵隊が避難民の娘を手籠にして、梶がその兵隊を打ち据えたのは、劇場用のほうではなかったか。中華まんじゅうに手をのばして打擲される場面では、仲代達矢は一人きりになっていた。そして仲代達矢は、打擲されても握った中華まんじゅうを手放さずに、それから、美千子、美千子、と妻の名を呼びながら、雪の中を歩き続けるのだ。妻に、中華まんじゅうを食べさせたい。しかし、まんじゅうはもうカチンカチンになっているのだ。そして最後に仲代達矢は、まんじゅうを握ったまま雪の中に倒れて死ぬのである。

加藤剛の「人間の條件」では、加藤剛の梶が召集されて陸軍二等兵になり、当番勤務をつけられて将校の家に行って洗濯をしていると、将校の妹が、これ洗っといて、と言って、加藤剛の前の盥にパンティをポイと投げ込む場面を憶えている。パンティを眼の前の盥に投げ込まれたとき、加藤剛は、静かに顔を上げて女を見たが、口惜しそうな表情ではなく、哀れむべき女といった表情をしていた。将校の妹は、そういう梶が、気になって仕方がないのであった。

戦争中私は万年陸軍一等兵だったから、そういう場面は、身につまされるのである。私は将校の妹にパンティを投げ付けられたことはなかったが、下士官に、おい、靴の紐を結べ、と足を突き付けられたことがある。そのとき私は、口惜しそうな顔をしたに違いない。

軍隊では、当番勤務につかなくても、そういうことがしばしばある。そしてその程度の屈辱感にすら、私は馴れずに終始こだわっていた。

満洲に侵入したソ連軍が、日本の女性をトラックから路上に捨てる場面。あれは劇場用映画のほうだったと思う。ソ連軍に連れて行かれた日本女性が、用済みの後、投げ捨てられるのである。女は死体のように身動きもしないのだ。捕虜になった日本兵がぞろぞろ足取りも弱く列になって歩いている場面。あれも劇場用のほうだったと思う。列から、入れ替り立ち替りに日本兵が飛び出しては、路傍の叢に蹲る。あれは、日本兵はみんな、腹を下していたからである。

戦争中の食べ物の話、兵隊の下痢の話、共に身につまされる。それらは、当番の話と同じように、すぐ自分の追憶につながり、自分のこととして考えてしまうのである。

今、毎週木曜日に放映されている「人間の條件」は、話が、梶が、無実の理由で中国人労務者が処刑されるのを阻止すべく飛び出して行ったために、憲兵隊で散々拷問された挙句、故意に手を回されて軍隊に送り込まれたあたりまで進んでいる。

憲兵隊では憲兵に、縄で吊し上げられたり、棒で打たれたり、靴で頭を踏みつけられたり、飯や汁を頭からかけられたりする。隊長の憲兵大尉も、美千子にちょいちょいとみだらなことを言う憲兵軍曹も、その下の憲兵上等兵も、みな極悪非道の憎むべき人間として描かれている。

入隊するとこんどは、極悪非道の古年兵が登場し、「セミ」や「うぐいすの谷渡り」や「お女郎」など、日本軍隊十八番の私刑が紹介される。軍人精神も入っていなくて行動能力もない弱虫の兵隊が「お女郎」をやらされる。その弱い兵隊に、私は似ていなくはない。その兵隊は、銃架につかまって、「ちょっとそこのいなせなお兄さん、寄ってらっしゃいな」と言いながら泣く。そしてその兵隊は、自殺するのであるが、私もあの兵隊と同じように、軍隊精神を示す才覚はなく、行軍能力のない虚弱な体力の持主であり、私刑にかけられると、それが「お女郎」ほどひどいものでなくても、オロオロ泣いた。

私は、自殺するところまで追い詰められなかったとも言えるし、あの兵隊よりは強靭な心も持っていたわけでもあろうが、オレは軍隊では、ああいう兵隊だったのかも知れないなあ、と思うのである。

私にしてみれば、梶のような陸軍二等兵や、美千子のような妻は、あまりにも絵空事の中の人物であるために、中華まんじゅうを握るとか、パンティを投げ付けられるとか、そういうところが心に残る。つぶらな瞳の美千子が、正義と純愛一筋に生きる姿は、まあメロドラマだからあれでいいのだろうが、見ていて実は、辟易する。それなら見なければいいのだが、やはり見ないではいられないのである。

軍隊経験のある友人と、「人間の條件」について話すと、話がはずむ。その友人は、いま私が毎木曜日に見ている「人間の條件」は、昼オビ用と言って、昼のメロドラマの時間帯に放映すべく作られたのだろう、それだけに元来メロドラマ的なところのある「人間の條件」が、いっそうメロドラマになっているんじゃないの、と言った。

「それで美千子が面会に来て兵営の中のどこかに宿泊をゆるされて、梶と寝て、夜明けに梶が、心に焼き付けておきたいから裸でそこに立ってくれと言って、美千子が窓際に立つ場面、ああいう場面が名場面ということになるんだろうね。しかし、実際、満洲奥地の部隊に、妻が面会に来た場合、陸軍二等兵でも、あんなふうに一部屋あてがわれたのかな」

「どうだろうね。そのへんがメロドラマのメロドラマたるところかも知れない」

「ソ満国境に近いあたりの部隊でも、あんなふうな私刑が行なわれていたものなのだろうか?」

「前線では、人の苛め方のかたちが後方とは違って来るのが普通だけれども、部隊によっていろいろかも知れないし、よくわからんなあ」

「混成部隊と郷土部隊では、かなり違ったところがあるかも知れないしなあ」

「そうだよ、郷土部隊だと、あんまりひどいことをすると、村に帰ってから具合が悪いっていうような意識がどこかで働いて、ブレーキがかかるというようなこともあるかも知れないね」

友人も私刑にかけられて、失神したことがあるという。友人はその後で、自殺ではなく相手を殺そうという気になったが、仲間に説得されて、やっと思いとどまったことがあると言った。

メロドラマは、きっかけでさえあればいいわけだ。私たちは、自分に引き付けて、軍隊や戦争の話をすればいいのである。

絵空事のような人間について、ありゃちょっと格好が良過ぎるなあ、と話していると、絵空事でない、格好の悪い人間のことを思い出す。映画は人間を悪玉善玉の二種類に分けてしまう。憲兵や将校や古年兵は、ひたすら悪人であり、会社の上役は卑怯で狡猾である。そういう人達を配置することによって、善玉の主人公は、はきだめの中の鶴的に映えるということになる。

メロドラマは、何かのイントロダクションになり、どこかで身につまされるところがあればいいのである。戦争中の食べ物のことや下痢のことを思い出す引金になればいいのである。私は、陸軍一等兵だった頃は、妻もいなかったし、恋人もいなかったが、もし妻や恋人がいて死ぬ場合には、まんじゅうを握り締めて死にたいと思う。メロドラマは、いろいろそういうことを、思わせればいいのだ。

しかし私は、妻も恋人もいなかったので、せめてきょうだいに食べてもらおうと思って、二キロほどの外米と、半斤にも足りない黒砂糖とを、後生大事にかかえて復員したのだった。

私はサイゴン中央刑務所から釈放されると、サイゴン郊外のカンホイキャンプに収容されて、そこで、いつ来るとも知れぬ復員船が来るのを待ったのだった。私は終戦後、戦犯容疑者として拘置されたために、同じ部隊の者たちより、一年半以上も遅れて復員したのである。仏印にいた日本兵は、ほとんどが昭和二十一年の春に復員したのだった。私が釈放されたのは、その翌年の春であったが、その頃になると、もう復員船は、いつ来てくれるのか見通しのつかない時期になっていた。

終戦直後は、アメリカが復員船を用意してくれたのだ。日本に残っていた船だけでは、とても運び切れないほどの日本人が国外にいたわけだ。二十一年の春には、アメリカの船団がやって来て、復員兵を運んだのだ。そのアメリカの船団は、その頃はもう、他の地域に移っていたのか、もう復員のための輸送をやめてしまっていたか、していたわけだろう。そして、何艘かの日本の船が、時間をかけて、残されていた人々を拾ってまわったわけであろう。

私たちを迎えに来た日本丸は、昭和二十二年に仏印に来た唯一の復員船であったかもわからない。半堂さんは、外米と黒砂糖のほかに緑豆を少々後生大事にリュックサックに納めて、この緑豆と砂糖で妹におしるこを食べさせてやろうと思っているんです、と言った。

私はカンホイキャンプで半年間、ドンゴロスで作ったパンツをはいて過ごした。半堂さんとは、カンホイキャンプで親しくなったのだった。三十年前、私は二十七歳であった。半堂さんは私より二つか三つ年下だろう。私はあのキャンプで、ガリ版の週刊新聞を発行した。半堂さんは入隊前、ガリ版印刷で食っていたことがあるのだそうで、手伝いましょうと言ってくれて、それから親しくなったのだった。カンホイキャンプは、砂地を有刺鉄線で囲み、一般の兵隊は、その中に建てたニッパハウスに寝ていた。例の、中央が通路で、その両側の竹張りの床に、目差しのように並んで寝るやつである。私はしかし営繕係を仰せつけられたおかげで、一室を与えられたのだった。営繕係は、電球だとか、針金だとか、莫蓙だとか、釘だとか、そういった諸品を管理し配給する役である。私はそういった諸品の倉庫に粗末なベッドを据えていて、そこは同時にガリ版新聞の発行所でもあったのだ。

半堂さんは、毎日私の所にやって来て、原紙を切ったり、馴れた動作で謄写印刷をしてくれたりしたのだった。

キャンプで野外芝居大会を催したときには、私はマゲモノナンセンスと称するアチャラカ芝居を創り、キャンプをまわって出演者を募り、自ら演出し、私自身も出演した。

キャンプで演じたのは、「春風吹く街」という題のアチャラカで、筋だけがあって主題のない芝居であった。江戸時代の江戸の話ということにして、健忘症の大店の女将や、美男の手代や、瞼の母を捜している盲目の娘や、盗癖のあるその弟、その他を創った。私は、母を捜している盲目の娘〝泣虫お京〟に扮し、半堂さんが私の盗癖のある弟の役を演じた。

健忘症の大店の女将が、実はお京姉弟《きょうだい》の母親である。健忘症だから、なかなか昔のことを思い出すことができないのだが、藪井松庵先生がエレキをかけると、少しずつ思い出すという話にした。メンスのときには体に水分が多くてエレキの回りがよく、効果が上がるという話にした。松庵先生が女将にエレキをかけると、女将は散々滑稽に体を震わせた後、ああ思い出した、思い出した、そういや……と言って、過去のことをポチリポチリと話し、お京姉弟と別れた事情がだんだんハッキリして来るのである。

そんなこともあって、私はあのキャンプでは、誰よりも半堂さんと親しくし、一緒に帰国できることを喜んだ。日本丸が迎えに来たからといって、フランスの許可が下りない者は、帰国することはできなかったのである。

ところで半堂さんは、日本丸に乗船して間もなく、油紙に包んでリュックサックに入れていた黒砂糖を、そっくり誰かに盗まれてしまったのだった。

「仕方がないですよ」

と半堂さんは言ったが、黒砂糖がなくてはおしるこができないではないか。私は辞退する半堂さんに、自分の黒砂糖を半分受け取ってもらったが、日本に帰り着いてみると、米も白砂糖も、闇で買えるというのだ。

それで私たちの米や黒砂糖は、まるで値打ちのないものになってしまったが、あのときの半堂さんの心は、中華まんじゅうを握り締めた梶の心と同じだと思うのである。

半堂さんは確か、補助憲兵ではなかったかと思う。帰国して東京で、一度か二度、半堂さんと会ったが、それっきりになってしまった。年賀状だけは今も交換しているけれども、もう三十年も会っていないわけだ。

いったい、あのキャンプで知り合った人は、ほとんどが憲兵か補助憲兵である。サイゴン中央刑務所の雑居房で知り合った人々も、大半は憲兵か補助憲兵である。

メロドラマでなくても、憲兵に悪玉のレッテルを貼ることに異議を唱える人はいないようだ。これも、偏見や差別ということになるのだろうが、差別反対を唱えている人も、憲兵にまでは手がまわらないようだ。

さて、「春風吹く街」では、大店の女将も、藪井松庵も、駕籠かきの二人も、憲兵または補助憲兵であった。あの人たちもまた、元悪玉ということから逃れられないのであろうか。

——はじめ憲兵とは、私にはひたすら怖いだけの人であった。市民にとって、悪事を働いていなくても警官が怖いように、兵隊は憲兵が怖いのである。悪事を働いていなくても官憲が怖いという気持は、お上に対する不信の念から来ているわけであろう。憲兵が怖いということは、その憲兵を持つ国が怖いのである。しょっぴかれる者はしょっぴく者が怖い。ホラホラ言うことを聞かないとお巡りさんが来ますよ、と言って戦前の母は子供を脅かしたが、悪いことをしなくても、言うことを聞かないとしょっぴくのが、警官であり、憲兵だと、私たちは承知していた。聖戦に反対する者はもちろん、疑義をいだく者は、〝言うことを聞かない者〟である。

こんな単純な言い方で言ってもいいくらい、戦前の国民は簡単にしょっぴかれた。憲兵は、しょっぴいた者を簡単に拷問にかける。そういう事実があったことを、人は否定することはできないだろう。しかし、だからといって、元憲兵に、憲兵であったという理由だけで元悪玉のレッテルを貼ることは、哀しい所業であろう。

　憲兵が行なった拷問や殺人を、私は一度だけ、ビルマで見た。それ以外はすべて、人に聞かされた話である。私がビルマで見た憲兵の所業は、「白い田圃」という短篇小説の素材に使ったが、私たちはイラワジデルタで、カレン族の討伐に出動させられたことがある。カレン族は、ビルマ族に較べればその数は寥々たるものだが、ビルマで、ビルマ族に次いで数の多い民族で、親英的だと決めつけられていた。イギリスへ情報を提供する敵性民族である。したがって膺《よう》懲《ちょう》しなければならない。大まかに言えば、そういうことなのだろうと思う。

　私は下士官から、カレン族の首領の名をボーターオン（註、「白い田圃」ではチーパーオン）という、そのボーターオンを捕えるのがこの作戦の目的である、と聞かされた。が、私たちの部隊は、まず最初の包囲作戦に失敗した。ボーターオンがいるという情報を得て、ある村に近づいたが、逃げられてしまったのである。

　次の日から、憲兵を先導にボーターオンの追跡が始まったが、どこに隠れたものやら皆目わからない。それで憲兵は、村人をしょっぴいて来て、お前はボーターオンの行先を知っているだろう、白状せい、白状しないなら白状させてやる、と拷問にかけるのである。

知らない者は拷問にかけられても白状するわけには行かない。しかし、知っていれば拷問に耐えかねて白状するだろう。だからあの憲兵は、そのカレン人が知っているかいないかは二の次にして、とにかく拷問にかけてみたのである。

私が見た拷問は、一つは、仰向けにして、動けないように縛り付けた者の顔にタオルを広げ、その上に水を注ぐというものであった。それをされると、息を吸うたびに水が体内に入り、ひどく苦しいのだという。

もう一つは、手を縄で縛って、体を空中に吊り上げたまま放置するという拷問であった。カレン族はビルマ族と同じように、ロンジーをはいている。ロンジーというのはスカートのようなものだが、腰に回した布を引っ張って折り込んで留めるだけのものだから、両手を縛った縄で吊られると、腹がへこんで、ずり落ちてしまうのである。あの憲兵は、むきだしになったカレン人の下半身を、梶を痛めつけたドラマの憲兵のように、棒で突いたり打ったりして、白状しろ、と強要した。

隠し立てする者はこういうことになるのだと言って、本当に知らないかも知れないカレン人を、公開の場で打首にもした。

私には、そんな理不尽な処刑はやめて下さいと言う梶のような勇気は、つゆほどもなかった。

私はただ青ざめて、不快な思いでそれを見ていただけであった。

サイゴンの刑務所で寝食を共にした憲兵の所業については、私は一向にわからない。仏印でも、数々の拷問と殺人とが行なわれている。フランス人の処刑や、アメリカ人パイロットの処刑に関して、連合国の戦犯検察官と憲兵との間には、虚々実々の攻防があったと聞いているが、そのような立場にいる者が私などに不用意な言葉を漏らすはずはないし、私の方もそれを聞かせてくれとは言えない。

終戦時、このフランス人を生かしておいては自分たちの死刑は必至だからというわけで、留置していたフランス人を殺害して、鎖を巻いてサイゴン河に投じたということがあり、それをフランスの検察官が嗅ぎつけ、虚々実々のやりとりをしているという話も耳にした。しかし誰が何をやったか、それがどこまで噂で、どこまで本当の話なのか、むろん、私にはわからない。

私たちは、憲兵と一緒に暮らしても、そういったことは、まったく話題にしなかった。

サイゴンで、最初に私が拘置されたのは、チーホア刑務所という名の監獄であった。そこに五カ月ほど入れられていて、それからサイゴン中央刑務所に移されたのである。チーホア刑務所でも顔を合わせ、中央刑務所でも顔を合わせた憲兵がいる。チーホアからシンガポールのチャンギー監獄に移送された憲兵もいる。

チャンギーに送られた者には、死刑を覚悟していた者が多かった。もと機関車の運転士だったという憲兵がいて、その憲兵は、蒸気機関車の石炭のくべ方について聞かせてくれた。

「もう一度、乗りたいなあ」

とその憲兵は言ったが、あの元憲兵は、今も生きているだろうか。

新潟出身の憲兵から、海苔つなぎのそばの話を聞かされたことを憶えている。

「もう一度、あのそばを食ってみたいなあ」

あの憲兵も、チャンギーに送られた。あの憲兵は、インキンになるからといって、いつも男根を空気に曝らして寝ていた。私と同じ俘虜収容所関係で入っていた兵隊が、

「体格の良いわりに、曹長さんのチンポコ案外小さいですね」

と批評した。

「もうこいつも使えんじゃろう」

と憲兵曹長は言った。

チャンギーに移された憲兵には、シンガポールの華僑粛清事件に関わりのある人が多かったのではあるまいか。あるいは、マレー半島の共産ゲリラを拷問したり処刑したりしたことで咎められている人もいたのだろうが、詳しいことはわからない。

あの人たちの誰が処刑され、誰が帰って来たのだろうか。

帰って来た人は、ある人はサラリーマンになり、ある人は商人になり、ある人は農夫になり、ある人は大工になり――あるいはそういうもとの職業にもどる。そして人によっては元憲兵であったことを隠す。あのカレン人を公開の場で、打首にしたような元憲兵も、そこまでやってはいけないとひそかに首を振っていた元憲兵（そういう憲兵もいたはずだ）も人によっては世間に元憲兵であったことを隠す心を多かれ少なかれ持つ。元憲兵たちには、そういうものがあると思うのだ。

私はチーホア刑務所以来、元憲兵たちの間で一年半以上も暮らしたから、帰国してからも、戦争中私が所属していた第二師団司令部の元戦友たちと同じように、元憲兵とつきあう。もっとも、元第二師団司令部の戦友会はあるが、元チーホア刑務所や元サイゴン中央刑務所の獄友会はない。元憲兵の会はあるようだが、監獄やカンホイのキャンプの同窓会はないから、仏印で知った元憲兵と再会することはほとんどない。年一回の年賀状の交換以上に、今でもいくらかつきあっていると言える元憲兵は、金沢の森永さんと福島の斎藤さんぐらいのものである。森永さんは正確には元憲兵ではなく元補助憲兵であったかもわからない。果樹園の経営者にもどった斎藤さんは元補助憲兵である。しかし、元憲兵か元補助憲兵かといったようなことはもうどうでもいい。元憲兵も元補助憲兵も、それは本人の意識の中では、重みのある過去であるかも知れないが、第三者にとっては、どうでもいいことである。しかし、いずれにしても、私は、森永さんや斎藤さんと知り合った。そして、監獄で少しばかり煮えたものが、シャバではかなり冷めてしまっているわけだろう。

「大正および大正人」というタイトルの、ちょっと変わった雑誌がある。「大正文化会」という社団法人が編集している雑誌であるが、その五月号に、数人の元憲兵の文章が載っていた。その一人が、一般兵が志願して憲兵になる順路を書いていたが、それはいわゆる〝狭き門〟であって、だから憲兵にはエリートの意識があったらしい。それには、「世界に誇る精鋭の、中より更に選ばれて（憲兵の歌）」の選良兵《エリート》でもあった、と書かれている。補助憲兵は、その選良兵の数が微々たるため、各兵科からつのったものだと書かれている。しかし、補助憲兵は、つのるもなにも、命令による転属であったわけだろう。

福島の斎藤さんは補助憲兵として憲兵隊に勤務して、留置場の看守をしたために、刑期二年の禁錮刑を言い渡されたのだった。

「おれ声がガラガラ声で大きいから、いつもどなって留置人に精神的苦痛を与えた、ということらしいんだな」

と斎藤さんは言った。

「それで二年というのは、わりくいだな」

と私は言った。

斎藤さんは、サイゴン中央刑務所の同房の友である。彼の裁判のほうが私のより早かった。私は、八ヵ月の禁錮刑を言い渡されたが、未決拘留期間がすでに一年に及んでいたので、裁判の翌日に釈放された。斎藤さんは、多分刑務所の事務の間違いで、刑期が満ちる前に釈放されて、日本丸で私と一緒に帰国した。

「声が大きいために有罪になる者もいるし、殺さなくてもいい人間を殺しても、うまく帰った者も少なくないが、そんなことを言ってみてもしょうがねえやな」

と私が言うと、

「うんだ、どうしようもねえ」

と斎藤さんは言った。

だが、斎藤さんの声の大きいのは地声でどうしようもないが、心身共に消耗困憊した留置人にしてみれば、大きな声を聞くだけでも苦痛であったに違いない。すべて、どうしようもないことばかりである。

ビルマのイラワジデルタでカレン族の討伐をしたとき、憲兵は何人かの村人を数珠つなぎにして引き立てた。その村人たちがどういう理由で選ばれたのかわからない。それまでの見聞による印象から、どうせたいした理由のない恣意的なものだろうと思ったが、私の思いが当たっているかどうかはわからない。

いずれにしても、私たち兵隊には、その捕虜を監視する役が与えられた。

そのうちに一人のカレン人が、縄を解いて逃げ出した。番に就いていた私の同僚は、逃亡をはかったカレン人を射殺した。逃亡する者は射殺せよ、という命令に従ったのである。

「やっぱり気持がよくねえやなや」

と同僚は言った。

もし、おれが番に立っていたら、当たらないように発砲して逃がしてやったのにな、と思ったが、番に立っていなかったのだから、どうしようもない。

「人間の條件」の梶のように、無用の殺人はやめてください、と憲兵の前に飛び出して行く勇気は、とてもとても私にはないが、当たらないように発砲する程度のことなら私にもできる。また、その程度のことなら、実際に私はやった。だが、そういうことをしたからといって、むろん、私は善玉ではないし、村人を射殺した同僚が悪玉でもない。彼が善玉で私が悪玉でもない。

そして、命令通りにカレン人を射殺した同僚と、地声が大きいために、もしかしたら無罪か、一年ぐらいで済んだかも知れないのに二年の判決を受けた斎藤さんと、自分たちが生き延びるために、フランス人を殺してサイゴン河に沈めた憲兵と、そして私と、どこにどれだけの違いがあるのか、私にはよくわからない。

異常が、軍隊の組織の中や戦場では正常であり、そこでの異常が、シャバでは正常なものとして迎えられることがあるということだろうか。カレン人を射殺した同僚も、かつては拷問に罪悪を感じなかった憲兵も、みな、戦争が終わって、軍隊の正常からシャバの正常にもどって来たということだろうか。そういうことは、生きている限り、多かれ少なかれ、誰もが引きずってまわらなければならないことであり、だから放っておくしかないということだろうか。元《もと》を言うなら、特に戦中世代の私たち大正生まれの者には、戦争中に人に言えないようなことをして来て、それを時代や戦争のせいにしている者が少なくないのである。そういう人たちは、元何と言えばいいのだろうか。

シャバにもどれば、憲兵も並の人である。メロドラマで憲兵が悪玉に描かれることは仕方がないにしても、実生活で、人に対して元憲兵という意識にとらわれた心は持ちたくないものだ。しかし、元憲兵さん自身に、その意識にとらわれている人が少なくないかも知れないのである。そういうことはもう、どうしようもないことである。

獄友会などというものはないと思っていたら、先般、サイゴン中央刑務所で親しくなった甘名さんという人から電話があって、鶯谷で獄友の集まりがあるが出ませんか、と言って来た。

甘名さんは、日時と場所を言い、会費は五千円だと言った。

その日、私は出かけて行ったが、元憲兵が四人出席しただけの集まりで、甘名さんは、なにか都合が悪くなったといって、欠席したのだった。甘名さんは元憲兵ではなく、商社の社員だったのだが、なぜかサイゴン中央刑務所に入っていたのだった。

その会の四人の出席者のうち二人は、初めての顔であった。二人の初めての顔のうち、一人は、私が出所した後に、サイゴン中央刑務所に入ったのだという。四人の元憲兵さんたちは、「憲兵正史」を刊行しようといって、編集を進めていた。その集まりは、獄友会というより、「憲兵正史」の編集委員会のようなものであった。

私は場違いの参会者であったが、それでもその集まりに出席して、プロコンドル島の話などを聞かせてもらった。私は裁判の翌日に釈放されたが、長期の刑を受けた人たちは、その後、島ぐるみ刑務所だというプロコンドル島という島に移され、そこからさらに巣鴨の拘置所に移されたのだということであった。

「憲兵は世間に悪者扱いされるがね。しかし、憲兵も作戦に従っていたわけでね。だから正史を作っておきたいのですよ」

と、元憲兵の一人が言った。

その正史は、仏印の憲兵正史ということらしい。前記の「大正および大正人」に「世紀の日本憲兵正史」という本の広告が載っているが、これとは別のものである。「世紀の日本憲兵正史」は、全国憲友会連合会本部というところから刊行されているが、私は実物を見ていない。

（一九七八年「海」六月号）

ムショ仲間

「週刊朝日」に、「シリーズ学園用語の基礎知識」というコラムがあって、次のような女子大生言葉が載っていた。

甲女　うっす。
乙女　うっす。ね、きのう丙女がカレ連れてんの見ちゃった。
甲女　ひぇー。あのキャバスケの男ってどんな。
乙女　なかなかジュリってた。けどねえ、いまいち、首から上がしっこかった。N大だってさ。
甲女　N大やM大は、サーファーぽくって、連れて歩くにはかっこいいけど、いまいちパープリンが多いからねえ。やっぱりいざ固めるとなると、かしこい男に走ってしまうね。

以下略。

キャバスケとは、キャバレーの女《スケ》の意。ジュリってたは、ジュリー（沢田研二）のよう、ということ。いまいちは、いまひとつ。首から上がしっこかったとは、いわゆるブ男だということ。サーファーっぽいのは、現在一番もてている男の一種であるという。パープリンは、あほの意。固めるは、生涯の伴侶にするの意。そういう説明がついていた。

沢田研二というのは、女の子に大変人気のある歌手であって、ジュリーという愛称で呼ばれているのである。それぐらいのことは私も知っているが、なぜ沢田研二がジュリーなのか、その愛称の由来については知らない。

などと書くと、私も、女子大生から、おじんくさっ、と言われそうである。そう言えば、このコラムには、ハラッタオジンノスケベワケ、と見出しがついていたが、ハラッタは腹が出た、オジンはおじさん、スケベワケは髪を頭の真ん中で分けていること、だという。私はスケベワケにはしていないが、すでにハラッタオジンである。

ところで、私が若くてまだハラッていなかった頃、私たちはどんな流行語隠語を使っただろう？

私たちは、これほどやたらに流行語や隠語は使わなかったが、やはり、いくつか、私たちにも学生だけにしか通じない言葉があったはずである。

「週刊朝日」のコラムに出て来るような会話をするパープリンの女子大生は、実際にどれくらいいるのか知らないが、そうだ、私たちもまた学生であった年頃には、たとえば、私が一年間在学した京都の旧制高等学校では、ナカスという言葉が使われていた。ナカスは泣かす、と書くわけであろうか。私は入学すると、一学期だけ寮に入ったが、先住者たちがしばしば口にするこの言葉が耳についた。その意味を訊くと、先住者の一人が、

「まあ、英語で言えば、swellという言葉が近いだろうな」

と説明した。

しゃれた、立派な、最上の、すてきな――そういった意味合いの言葉であって、いいなあ、と言えばいい場合などに、ナカースと言うのである。

ナカス小説、ナカス音楽、ナカス映画、ナカス景色、ナカス行為……

誰だったかが、「民族の祭典」は、最近にないナカス映画だと称讃したのを憶えている。「民族の祭典」は、「美の祭典」と共に、ドイツが作ったベルリンオリンピックの記録映画であったと記憶するが、なにしろ古いことで、内容についてはまるで私は忘れてしまっている。

あれは、昭和十五年であるが、古いこと、と言いながら、私は、昭和十年代のはじめの頃見

たいくつかについては、「民族の祭典」よりはもっと詳しく憶えているわけだから、「民族の祭典」は、私にとっては、ナカス映画ではなかったのだろう。

では、あの年見た映画でナカされたものには何があっただろう?

私は、旧制の高等学校に入っても、受験浪人をしていたそれまでと同じように、洋画も邦画も、片っぱしから見てまわったのだった。

旧制の中学では、映画館への出入を厳しく禁じられていたので、卒業すると、禁じられていたそれまでを取り返そうとするかのような勢いで、新作に限らず、旧い映画も、まめに見に行った。

東京では、新宿通りと明治通りの交叉点の角のビルの何階だったかに、光音座という旧作洋画館があって、私は、その光音座に、上映が替わるたびに出かけて行ったものである。当時は、純喫茶と呼ばれる喫茶店のコーヒー代が二十銭。光音座の入場料は、たしか、三十銭であった。あの頃の三十銭は、現在の四百円か五百円ぐらいに相当するのではあるまいか。京都では、それぐらいの料金で、よく、三条河原町の朝日会館に、旧作洋画を見に行ったのだった。

「民族の祭典」は新作だから、どこか封切館に見に行ったのだが、どこの映画館だったか思い出せない。思い出すのは、ある友人が言った言葉だけである。

「ナカス映画だ。芸術の立体化というのか、立体的な芸術というのか、今後は世界的に、そういう方向に向かうと思うんだ。『民族の祭典』は、その方向を示すものだと思ったな」

「フランスの名作とどう違うの？　立体的とはどういうこと？」

と私が訊くと、友人は、

「どう言えばいいのかな。つまり、散文的ではなく、低徊的ではなく、建築的な美の方向に変わって行くのだと思う。ラテン風ではなく、ゲルマン風になるんだ。耽美主義はなくなって、構築的なものになって行くんだ」

わかったようなわからないようなことを言った。

当時は、散文的であったり、低徊的であってはいけないとされていた時世であった。建設や樹立ということが称揚されていて、なにかにつけ号令をかけられていた。大東亜共栄圏の完成。東亜、あるいは世界新秩序の樹立。頽廃や虚無や耽美や諷刺などは非国民の精神として咎められ、完成や樹立のために、建設的なものの考え方をしなければいけない。今よく人の使う言葉で言えば、〝前向き〟でなければいけないのであった。

芸術の立体化という友人の前向きの言葉を、私は鼻白む思いで聞いた。芸術の立体化などを、すばらしいものであるかのような言い方をしてほしくはないのであった。それでなくても、旧制の高等学校では、ドイツ語が幅をきかしていた。英語は珍しくないし、フランス語は微力であった。フランス語を第一外国語とする級を設けている学校は、全国三十数校の高等学校のうち、数校しかなかったから、ドイツ語が流行した。旧制高校生たちは、女《スケ》をメッチェンと言い、金をゲルと言っていた。金がないことを、ゲル欠と言っていた。ありがとうは、ダンケシェン、あるいは略してダンケ。——私は、フランス語を第一外国語とする全国で数少ない級に入ったのだが、級友たちの中には、メルシと言う者もおり、ダンケと言う者もいた。第一外国語をフランス語とする級にも、ドイツ語で侵入していた。あのドイツ語はやりも、ハラッタオジンノスケベワケと似たようなものかも知れない。学生もやくざも香具師も、わが社会を特別のものとして強調する。自分たちだけの言葉を作って、特別の意識の中に閉じこもろうとする。

わが社会、わが環境の特別を強調するものとして、まっさきに挙げなければならないのは、旧軍隊であるかも知れぬ。

帝国陸軍では、軍隊以外の社会を〝地方〟と呼んだ。非軍人の一般の人々を、〝地方人〟と呼んだ。軍隊を〝中央〟とは言わなかったが、軍隊が中央だと強調したくて、そのような軍隊語が作られたのだろう。中央と地方とが同じ言葉を使ってはケジメがつかない。だから、発熱を熱発とひっくり返して言い、洗面を面洗とひっくり返して言い、うっかり私たちが、発熱だの洗面だのと〝地方語〟を使うと、ここをどこだと思っているのだ、なぜして地方語を使うんだ、と気合《チアイ》コをかけられたのであった。

しかし、軍人が軍隊が中央だといくら強調しても、私には刑務所《ムショ》としか思えなかった。だから私は、軍隊の外を、地方ではなくて娑婆と呼んだ。むろん、そう言ってもチアイコをかけられない場所でだけだったが。

私は、学生の流行語にも、軍隊語にも、素直に馴染めなかった。と言うより、馴染むまいと思う心があったと言ったほうがいい。旧制の高等学校には、バンカラを好む者が少なくなかった。バンカラのバンは野蛮の蛮、カラはハイカラのカラで、弊衣破帽を誇示するバンカラファッションがあった。家紋の代わりに学校の徽章を染め抜いた羽織のわざと色を褪せさせたものを着て、新選組風に首にかける太い紐を付け、朴歯の下駄をはいて、二十代の青年が豪傑を気取った。わが同世代の秀才たちは、今の青年たちがジュリーを真似て、ネックレスを付け、女もののような派手な色や模様のシャツを着てシャレたつもりでいるのと同様に、バンカラってシャレていたのであった。私の周囲の素直な旧制高校憧憬者たちには、そのファッションにも憧れていた者が少なくなかったが、私はそういう人たちに同調できなかった。

そんな私だから、マセていたの、ヒネていたのといろいろ言われても仕方がない。私自身も、そう思っている。しかし、私は、頑固に、外国人に対して外国語を使うようにしか、軍隊では、地方だとか面洗だとかといった言葉は使わなかった。軍隊には、このような、使用を強制された言葉のほかに、旧制高校のナカースのような、自然発生の流行語もあった。

ヤレンという言葉に出会ったのは、軍隊というムショから、終戦後、戦犯容疑者としてサイゴン中央刑務所というムショに入れられてからだったような気がする。ヤレンは、四国辺の方言であって、格別に作られた言葉ではないと聞かされた。これは特に作られた隠語ではなくて、方言が流行したわけである。参った。かなわん、どうしようもない、というような場合に使われていた。暑くてヤレンなあ。あんな馬鹿と一緒じゃヤレンたい。九州出身の憲兵が、「たい」をつけて、ヤレンたい、と言っていた。あるいは、九州の方言にも、ヤレンという言葉があるかも知れないが、私は、この言葉は、四国の言葉だと聞かされた。サイゴンのムショには九州出身の憲兵も四国出身の憲兵も入っていて、私は起居を共にした。サイゴンのムショでは、憲兵も一般兵科の将兵も、軍属も市民も同じ雑居房に入れられていた。将校は、出身地がマチマチであった。軍属や市民もそう、憲兵、下士官も各地の人がいた。が、補助憲兵や、私のような捕虜収容所関係の兵隊たちは、みな東北の出身者であった。もっとも私は、本籍地は、東北の宮城県だが、育ちは朝鮮だから、部隊では、郷土の言葉を使わぬ数少ない兵隊の一人であった。

私は東北の方言を、いくらか自分の用語に取り入れた。宮城県や福島県では、キをチと言い、シをスと言う。機関銃をチカンジュウと言い、睾丸をチンタマと言う。漫談であったか落語であったか、東北人のシとスの混同を使ったおふざけのセリフがある。天井のススはサススセソのこのスが二つで天井のスス、食べるおススはサススセソのこのスとこのスで食べるおスス。

動物のススはサススセソのこのスが二つで動物のスス。わかったね。私はキをチ、シをスとは言わなかったが、ダべだのケロだのというようになった。なになにダべ、だとか、なになにしてケロや、だとか。せいぜいそれぐらいが、私の東北弁の取り入れ方であった。

サイゴンのムショでは、東北出身の補助憲兵や、捕虜収容所の関係で私と共に入獄したやはり東北出身の兵隊も、ヤレン、ヤレンと言いながら過ごしたのであった。

俘虜収容所からは、サイゴン本所長の大佐と、パクセ分所長の中尉と、パクソン分遣所長の少尉と、私たち三人の兵隊が投獄されたのだった。

サイゴン中央刑務所を舞台にした私の小説「プレオー8の夜明け」中の名前を使えば、樋口兵長と増田上等兵と私こと吉永上等兵とである。樋口も増田も共に、福島県の出身者であった。「プレオー8の夜明け」には、監獄芝居で若い娘役や子役を演じた仲住トヨちゃんが出て来るが、トヨちゃんも福島県の出身である。

トヨちゃんは、補助憲兵で、憲兵隊の留置所の看守をやらされたとき、みだりに留置人に怒鳴って精神的な苦痛を与えたというかどで、禁錮二年の判決を受けたのだった。しかし彼も私たちと同じ日本丸で、昭和二十二年の十一月に帰国したのだった。

私たち俘虜収容所の兵隊は、三人とも禁錮八カ月の刑を言い渡され、未決通算をすると釣が出て、裁判の翌日に釈放されたのだが、それから半年ばかり、サイゴン郊外のカンホイという所に設けられていたキャンプに収容されて、復員船の入港を待ったのであった。

私たちがサイゴン河で乗船した日本丸は、いったん海上に出て、サン・ジャック岬の近くでトヨちゃんら数名を乗せるために、一時、停泊した。トヨちゃんたちは、サイゴン港での乗船には間に合わず、ムショからサン・ジャック岬まで、トラックで日本丸を追走したというのであった。

乗船して来たトヨちゃんは、禁錮二年のはずが、一年半で釈放された勘定になる、誰かと間違えられて釈放されたのではあるまいか、今にも間違いだと言って連れもどしに来るのではあるまいか、と懸念して、日本丸が動きだすと、

「もう、だいじょうぶだべな」

と言った。

「ああ、だいじょうぶだよ。それに、間違いじゃないかも知れないよ、復員船はたまにしか来ないから、フランスは刑期をまけてくれたのかも知れないよ」

と私が言うと、

「ほんだごと、あんだべかなあ。やっぱりおれ、人、間違えたんだと思うんだな」

とトヨちゃんは言った。

戦犯裁判は、無実の罪で処断されても、誰からも助けてはもらえない。東北には、鈴木、佐

藤、斎藤、高橋などの姓が多く、同姓のために人違いで収監され、首実検に引き出されて、訴人から、多分あいつだったと思うと言われたために、拷問のかどで有罪になった補助憲兵がいた。彼には、おれじゃねえんだ、人違いなんだ、とただぼやくことしかできない。私たちもまた、その無実の犯人と同じように、ぼやき、諦めることしかできないのであった。だから、ぼやきさえしなかった。

戦犯裁判に、正義や正当を求めても詮のないことである。首実検などというおぞましい方法で、証人に、多分、と言わせる。すると、多分は、確かに変わって動かしがたい証拠になってしまうのであった。

トヨちゃんは、大きな荒い声を出して留置人に苦痛を与えたと咎められたが、トヨちゃんとしてはごく普通の声を出しただけだったのだ。樋口と増田とは、私と同じく八カ月の禁錮刑を言い渡され、裁判の翌日に釈放されたのだったが、二人は、日本軍の炊事倉庫から砂糖を盗んだ数人のフランス人俘虜の頭を直径二センチほどの竹の棒で、そう激しくなく、各人一発ずつ打擲したのであった。ヘルメットをかぶっていた者は、その上からポンとやられたので、痛くもなかったはずであった。しかし、その程度でも、国際法規に背いた俘虜虐待のかどで、八カ月の判決を受けたのであった。私は、樋口と増田と、一緒に俘虜虐待の容疑で入獄し、一緒に釈放され、同じ復員船で帰国したのだが、帰国すると、二人とはそれっきりになってしまった。

昭和二十二年の四月に、私たちはサイゴン中央刑務所から釈放されて、カンホイのキャンプに入れられて、十一月まで、復員船の到着を待ったのである。カンホイのキャンプでの樋口のこと、増田のこと、ほとんど憶えていない。樋口のことはそれでも、二、三の光景を憶えているが、増田については、ほとんどどころか、何一つ憶えていないのである。カンホイのキャンプでは、最初は私は、しばらく大部屋で起居していたが、すぐ、個室に移ったのだった。

大部屋というのは、中央に通路を通し、その両側に、一尺か一尺半ぐらいの高さに床《ゆか》を上げたニッパハウスである。その両側の床に兵隊たちは目刺しのように並んで寝たのであった。あれが日本軍の住居の標準型であった。接収家屋を兵舎にした場合には、床《ゆか》を上げずにそのまま住んだこともあったが、兵舎を新築する場合には、わが軍は決まってあの構造に作ったのだった。真ん中を通路にして、その両側に、一尺か一尺半ぐらいの高さに目刺しの床《とこ》を作るのだ。小さなニッパハウスでは、通路を中央に通せなくて、片側に寄せてしまう。将校の住む個室や、慰安婦の部屋は、片側通路の構造だったが、兵舎も兵站も病院も、大部屋はみな、中央通路の簡素な建物を、手軽く建てたのであった。

カンホイの大部屋では、私は樋口と増田と三人で並んで寝ていたはずである。昭和二十年の三月に仏印事変があって、日本軍は多数のフランス軍俘虜を収容しなければならなくなった。

そのために仏印では、臨部隊という通称号の俘虜収容所を作って、私と樋口とは通称号勇第一三三九部隊の第二師団司令部から臨部隊に転属になり、増田は、通称号勇第一三〇三部隊の歩兵第二十九聯隊から臨部隊に転属になって来たのであった。トヨちゃんは増田と同じ歩兵第二十九聯隊から補助憲兵として憲兵隊に転じたのである。

臨部隊以来、私たち三人は、いつも身近にいたのであった。終戦後いったん私たちは原隊にもどった。私と樋口とは同じ原隊だが、増田は原隊が違うから、約半年、私は増田とは顔を合わせなかったが、戦犯容疑者として再び私たちは集合したのであった。以来私たちは、ずっと並んで寝たのだった。最初に入れられたチーホア監獄の第十五号雑居房でも、そこから移ったサイゴン中央刑務所の第十三号雑居房でも、さらにそこから移った同じサイゴン中央刑務所のプレオー8雑居房でも、私たち三人は、いつも並んで席を占めていたのであった。カンホイのキャンプでも、そうしなかったはずはないのだが、カンホイキャンプでの増田のことが、まったく思い出せないというのは、どういうわけだろうか。果たして一緒に釈放されて、一緒にカンホイで生活を共にしたのだったかどうか、と思うほど、すっかり増田は私の記憶から消えてしまっているのである。

樋口については、酔ってキャンプ内をふらついていた姿を憶えている。キャンプでも私たちは、野外芝居を催し、私は「春風吹く街」という題のちゃちなオペレッタを書き、自ら演出し、自分も出演したのだった。そのオペレッタは、私が、サイゴン中央刑務所のプレオー8雑居房で書き上演したものの再演であった。私はそのオペレッタでは、掏摸《すり》の弟のいる盲目の美女、泣き虫お京に扮し、樋口はお京に懸想する商家の番頭の与七の役を演じたのであった。

その芝居について憶えているし、それに樋口は、よく変な歌をうたった。「緑の地平線」だとか、「新妻鏡」だとか、「婦系図」だとか、私も知っているそんな歌もよくうたったが、「のばせばのびるカツレツの肉よ、のばしてのびない親父のハゲ頭云々」という歌や、「酔っぱらったふりして掻っぱらったよ、掻っぱらった彼女は浮気者云々」という珍しい歌をうたった。賑かにはしゃぎながらマージャンもした。そういう樋口だから、私は彼については、いくらか憶えているのだ。一方、増田は芝居もやらず、マージャンもしなかった。歌は、はじめのうちは、少しは歌っていたが、だんだん歌もうたわない人間になった。北ビルマの戦闘で、左ひじに負傷して、その腕の屈伸が自在でないということもあったが、それよりも性格で、スポーツにも加わらなかった。カンホイキャンプでは、私たちは、野球をしたり、九人制のバレーボールをしたり、相撲をしたりして気を紛らしたのだったが、増田は仲間に入らなかったので、そういうことに関連して思い出せもしないのである。

カンホイキャンプでは私は、営繕係と、監獄への差入係の役を引き受け、そのおかげで、小さな倉庫を自分の個室にすることができたのであった。倉庫には床《ゆか》は張っていなくて、土間に木作りの寝台を据えて、私はそこで起居することになったのだった。

私は、三人組から解放されて、いい気分であった。樋口や増田を嫌っていたわけではなかったが、いつも三人組であるのがうとましかった。そういう私だから、樋口や増田にしてみれば、私には、どこか親しめないものがあったのではないかと思われるのである。

私たちは、不運を共に蒙った仲間だ。だから、あるいは、樋口や増田にしてみれば、もっと身を寄せ合って結束してしかるべき、という気持があっただろう。私は、そういう二人の気持にいつも水を差したに違いない。雑居房では人を嫌えば自分がつらい。逃げ場所がない空間でいつも鼻を突き合わせていなければならないからである。だから私は、なるべく人を嫌わないように努めたのだった。幸いなことに、そう努めてみても嫌わずにはいられないような人物とは、チーホアの雑居房でも、サイゴン中央刑務所でも出会わなかったけれど、少なくとも私は、樋口や増田の仲間意識をうるさく感じていた。そして仲間意識を突き放すようなことを言った。

私たちがサイゴン中央刑務所にいた間、カンホイのキャンプから、刻みタバコとそれを巻く紙の差入れがあった。じゅうぶんな量ではなかったから、いきなりきっちり一人ずつには分けにくく、まず三人分ずつに分ける。それを三人が一人ずつに分ける。そういう分け方をしたのだった。俘虜収容所の三人組は、当然そのままタバコ分配の三人組に組み合わされた。増田は、おれがタバコの保管者になると言いだした。

「ああ、そうしろよ」

と私は言った。

「おれが、タバコ巻いてやっから」

と増田は言い、それが仕事でもあり、愉しみでもあるように、時間をかけて細巻きのタバコを巻いた。

「ちょっと細過ぎるようだな」

と私が言うと、

「物資欠乏のおりから、これぐらいにしなければ、もたねえんでねえか」

と増田は言った。

私はそのタバコをオイチョカブに賭けた。五日分まとめてよこせ、と私は保管者の増田に要求する。

「またオイチョカブか」

「うん」

「ほどほどにしろよ。勝てばいいけど、負けたらどうすんだ」

「博奕だから、無論、勝つか負けるかわからない、だから博奕なんだ」

「負けたら、どうすんだ。おめえだけタバコ吸わずにいられれっか。乞食してまわるのか。同じ収容所のおれたち、おまえが乞食してまわるの黙って見ていたら、人非人と言われるでねえか」

「大袈裟なことを言うなよ。負けりゃ、パンを食わなきゃすむんだ」

差入れのほかに、タバコを手に入れるもう一つの方法があった。サイゴン中央刑務所では、主食が朝はパン、昼と夜が米のめしであった。分配されるパンの量は、二人に長さ三十センチほどの棒パンが一本だった。私たちはそれをコッペパンと呼んでいたが、それを看守にやってタバコと交換してもらうのだった。コッペパン一本にタバコ三十本という相場だった。だから、朝食を食わなければ、私は毎日、その半分の十五本のタバコを手に入れることができるのであった。

私は、何回かオイチョカブで大敗した。増田からまとめて配給してもらった差入れのタバコをそっくり取られたうえに、さらに勝者に対して、何日かのパンを、一日十五本の計算で提供すると約束しなければならなかった。私の負けがこんで来ると、増田がそばで、もういい加減にやめろよ、今日はついていないんだから、と口やかましく言った。

「そばでハラハラされたんじゃ、博奕はできない。ちょっと離れていてくれないか」

と私が言うと、

「心配で離れていられっか」

と増田は言う。そして、私が増田の言う「乞食をしてまわる」状態になると、これやっから、としかめっ面で言って、二本か三本、自分のタバコを私にまわしてくれたのだった。

増田は、小心で、優しく、いばり屋であった。私にはいばらなかったが、トヨちゃんたちには、大きな口をきいていた。その増田を樋口はしばしばからかっていた。樋口も、普通に優しい男であったと思う。私は、そういう二人と調子を合わせて愉しむことができなかった。今になって思えば、あの頃の私は、いわゆる、お高くとまっていたのだった。私は、いばったり、からかったりするのを嫌い過ぎていた。日本陸軍の将兵たちのいばり方や愚弄する仕方を私は嫌悪した。現地人に対する日本人のいばり方は、日本人の心の貧しさを示すものだと考えた。

昨今は、ふた言めには〝差別〟が指弾されて、新聞社や放送局は、メクラという言葉を、目の不自由な人と言い換える。それぐらい差別には気をつかっている。私が、サイゴン中央刑務所で書いたオペレッタ「春風吹く街」のヒロイン泣虫お京を、今やメクラの美女とは言えなくなった。いらはい、いらはい、××館にいらはい、片目は半額、メクラはタダよ、といったおふざけの歌があったが、それを、片目の不自由な人は半額、両目の不自由な人はタダよ、と言い換えると、盲人はかえって陰にこもった差別を感じるのではないかと思われるが、そのような世の中に変わって来た。これも気色が悪いが、武力大国であった頃の日本人の他民族蔑視、そして同じ日本人どうしの上級者の下級者に対する思い上がり、あれはやはり厭なものであった。

しかし私は、あれほどいちいちヒステリックに反発しなくてもよかったのではないか、と今は思うのである。

だが、二十代の私は、そういう日本人を逆に差別し、増田がトヨちゃんにいばれば、心の中で増田をあなどり、樋口が増田をからかえば、樋口を心の中であなどったのだ。樋口や増田はそういう軍隊での友人であったから、帰国すると、それっきりになってしまったのだ。

樋口も増田も仲住トヨちゃんも、福島県の人だが、帰国して私が、ときたま、手紙を出したり、手紙をもらったりしたのは、福島市の在で果樹園を経営している親のもとに帰った仲住トヨちゃんだけであった。

帰国してすぐ、仲住トヨちゃんから、村祭りの野天芝居でやりたいので、私が書いて監獄芝居で演じた「白浪子守唄」の台本を貸してほしいという依頼を受けた。「白浪子守唄」は、終戦後私たちが、南ベトナムのライチョウという町の在にいて、その後、監獄に入れられるとも思わずに、私が野外芝居のために書いたマゲモノオペレッタで、それをプレオー8雑居房で再演したのであった。監獄では私は、御用御用の捕方と飯炊き婆の二役を演じたが、仲住は何になったのだったろうか。このオペレッタの台本は、ライチョウで罫紙に書いたものが、私が監獄から釈放されたとき、残留軍が保管していた私のわずかばかりの荷物の中にあって、私はそれを日本に持ち帰ったのであった。

その台本を私は、仲住に送った。しばらくして、「白浪子守唄」は村祭りの芝居で三等に入ったという知らせを受けた。

東京と福島市の在とでは、そうは遠くはないのだが、訪ねて行く機会はなかった。復員後ずっと私は、生活に余裕がなくて、私用の旅行など、まったくできなかった。

昭和二十二年の十一月に復員して、それから二十六年目の昭和四十八年の夏に、はじめて私は仲住トヨちゃんを訪ねたのだった。わざわざ訪ねて行ったわけではなかった。あるスポーツ新聞に観戦記の執筆を頼まれて、福島競馬に出かけて行った。そのついでに寄ったのであった。

仲住は私より四歳若い。帰国した年、私は二十七歳、仲住は二十三歳であった。再会した昭和四十八年には、私は五十三になり、仲住は四十九歳になっていた。

老けた私が、老けた彼を農協に訪ねた。彼は農協で桃の選別をしていた。

「僕だよ」

と言うと、

「ああ、あんたか」

突然の私の訪問に驚いた様子もなく、仲住は私の顔を見た。

当然のことだが、私は、深い皺が刻まれ、いくらか瞼のたるんだ仲住の顔を見て、なんという変わりようだろうと思った。彼も私を見て、同じ感慨にとらわれたに違いない。

玉手箱をあけた浦島太郎と浦島太郎との出会い。二十六年の間に、私にもいろいろなことがあったが、仲住にもいろいろなことがあったであろう。なにしろ、二十六年である。その間に、仲住の親は死んで、彼が世帯主になったのだが、思えば彼と文通していたのは、帰国して数年間だけであった。その頃は、仲住は、収穫の季節になると、桃や梨を、木箱で送ってくれたのだったが、いつの間にか、年賀状を交換するだけの付合になってしまっていた。

農協から彼の家に同行して、果樹園を見せてもらい、それから部屋でしばらく雑談した。互いに子供の話をした。彼は、子供は三人生まれたが、一人失った、と言って、薄命の子の位牌を仏壇から取り出して、この子だ、と言いながら、ほこりを拭った。

一年おいた次の年、私はまた福島競馬場に行った折に仲住を訪ね、今度は、勧められるままに、彼の家に泊めてもらい、翌日、磐梯吾妻スカイラインを彼の子息の運転でドライブした。以後、会う機会がなかったが、今年三度目の訪問をした。実は昨年の秋、思い出したように電話をかけてみたら、彼が蜘蛛膜下出血で脳の手術をしたのだと奥さんに告げられた。以後、ときどき術後の容態を電話で聞いたが、もうほとんど恢復したという。それが気休めや嘘ではないことが、電話に出た彼の声でわかる。ひところは彼は元気のない声を出していたが、やがて普通の声にもどっていた。

しかし、彼に会っても、話はそうは弾まないのである。私たちには、共通の話題が少ない。

それに、私には、彼と彼の奥さんの福島弁が、しばしば聴いてわからないのであった。帰国した当初、仲住はそう離れていない所に住む増田から、来い来いと誘われて、訪ねたことがあったという。しかし、その後、交際が切れて、今は、どうしているのかわからない、というのであった。

「樋口という人いたな」

と、仲住は言った。

「ああ、彼とは去年、勇一三三九の戦友会で三十一年ぶりに会った。復員して、若松に帰って、サイダの製造販売をやってたと言っていたよ。今は何をやってるのかな、聞いたけれど忘れた」

「そうかい」

「樋口も、頭髪が薄くなっていた。樋口は、おれより一つか二つ年長ではなかったかな、だとすれば、頭も禿げるわけだ」

「うんだな」

「話しっぷりは相変わらずだった」

「そうかい」

奥さんがテレビのスイッチを入れると、巨人と広島との野球が出た。

「野球、好きかね」

「まあ、好きだな」

「巨人ファンかね」

「うんだな。ほかはだめだ」

「そう」

そんな話を、とぎれとぎれにする。しばらく私たちは話をやめて、テレビを見た。

このあいだ会ってから四年ぶりだが、またいちだんと仲住は老けたように見えた。そう言えば、前回来たときも、雨の少ない年で、雨乞いの話を聞いたのだ。

「雨乞い、って、どんなことをするの」

「合羽を着て、バケツで水かけて、祈るんだなあ。利き目あるかどうか。まあ、気休めだな」

今年はカラ梅雨《つゆ》かも知れぬ、と仲住夫妻は心配しているのであった。

「少し降ってくれないと困りますね」

と私が言うと、

「ほんだなえ、百姓はなえ。雨ばりでもわかんねえし、天気ばりでもわかんね。どっちかといえば、雨ばりよりは、天気ばりのほうが、いくらかよかっぺ」

と、仲住の奥さんは言った。

「じゃ、また来ることにして、今日は帰るよ」

と、私が言うと、

「なんだ、泊まって行かねえのか」

「今夜は、泊まれない。また来るから」

「そうかい」

彼の果樹園に桃や梨が実る頃に、また来い、と仲住夫妻は言うのであった。行けるかどうか。

ろくに話も弾まず、何年に一回か、顔を合わせては、また互いに忘れたような関係にもどるのだけれども、とにかく彼とは、付合が続いているのである。

増田とはおそらく、生涯、再会の機会はなく終わってしまうだろうと思われる。


（一九七九年「季刊藝術」夏号）

子守り

昨年（昭和五十四年）の三月に『点鬼簿』というタイトルの小説本を講談社から上梓した。同書のあとがきに書いたように、このオムニバス式の私小説は、私が編集長という肩書で十二年半続けた季刊の芸術雑誌「季刊藝術」に、第41号から第47号まで、七回にわたって連載したものであるが、最終回を書いた第47号が出た月のみそかに、旧友の戸石泰一君が死んだ。戸石の命日は一昨年の十月三十一日である。

戸石の死は、私に、こたえた。

彼は、「おれは生涯戦争から離れることができない」と言ったが、「できない」と言うなら、私も、できない。私たちは戦中世代と呼ばれる年齢の者だが、戦中世代の者で、あの戦争から離れることのできる境遇で過ごしていた者が、どれぐらいいるだろうか？

人はみな、過去から離れることができない、とも言えよう。だが戸石は、実は、「おれは生涯戦争から離れないぞ」と宣言したのである。おれは死ぬまで戦争を、あるいは軍隊を語り続けるぞ、と決意を述べたのである。

私も今後、死ぬまで、しばしば戦争や軍隊について何かを書くだろうが、私には戸石のような決意はない。

「よく状況中の人となり」という言葉を彼は口にもし、ものにも書いた。この言葉は、そう言われれば私も、うっすら憶えているような気がする。旧軍隊の「作戦要務令」の中にあったような気がする。戸石は、「自分はすぐ状況中の人になる体質だが、君はその逆なんだな」と私に言った。自分は、よく状況中の人となる人間だから、みんなと共に幹部候補生になったが、君はそのコースから落ちこぼれた。君はそういう体質の人間なんだ。

そう言って彼は、私の「状況中の人になれない」ものを評価し、激励してくれた。

私が、学校を退学したのも、軍隊で将校になれなかったのも、戦後、会社勤めをして冷飯を食ったのも、ひとつには、私の「状況中の人になれない」体質が、私をそこに追い込んだわけだろうが、そこに、私の頭の悪さや、狷介頑迷を指摘することもできる。戸石が「よく状況中の人となる」のは、彼が素直であり、包容力が豊かであったからでもある。私がそう言うと彼は、

「そう言うと、よくなっちゃうけど、こういうものは、生まれつきでどうにもならないんだなあ」

と言って、頭を掻くのであった。

頭の悪さや、狷介頑迷な性格から生じたものも、それは人の一生のなかの節《ふし》のようなものだなどという言い方をすると、よくなっちゃうけど、いずれにしても、そういったことは、互いに、どうにもならないのである。

他人の、そのどうにもならない体質をおれに咎められるものか。咎められなくても、合わない体質の者とは、人は親しくならないだろうし、強いて親しくなる必要もない。友人と親しく付き合えるのは、それがどのようなものであれ、互いに合う体質の持主だということだろう。それに私たちは激励され、そこを私たちは避難の場所のようにして生きているわけであろう。友人が急逝し、激励し合った思い出だけが残るというわけだ。それは当分、ジクジクとこたえます。

そんな気持が消えていないうちに、昨年は、また数人の友人が死んだ。

九月に吉田満さんが死んだ。

吉田さんとは、江藤淳さんの紹介で知り合った。それまでは、『戦艦大和ノ最期』の著者として名前を知っていただけであった。

私は『戦艦大和ノ最期』を、読む前は、それまでに読んだいくつかの元将校の書いた手記のレベルを超えるものだとは思っていなかったが、読んで感動した。『戦艦大和ノ最期』は、私が読んだ数少ない傑れた戦争文学であった。戦争文学という言葉を、私は便宜的に使うが、これまでに私が読んだ元将校の手記とは異質の澄明なものを吉田さんは終始吐露していた。

戦後私は、自分の偏見を是正しようという志向を持った。戦争中私は、異民族を蔑視する日本人の傾向に、一本調子に反撥したが、それが、日本人への偏見を生んでいることに気がついた。

将校であれ、下級兵士であれ、人は一人々々違うのだから、そのつもりで人に接しなければいけないと自分に言い聞かせていたが、一般的な風潮に無自覚に自分を載せている人たちを、感情的に憎んだり軽蔑したりした。どうして自分は、あんなに狭量だったのだろう、と後になって反省した。

しかし、狭量からかなり脱したつもりでも、私は、元将軍の文章などを読んで、しばしば、クソと思い、だが、諦めた。自分に何ができるというのだ。以前の私に較べれば今の私は、ペンによる力をいくらかは身につけているのだろうが、それでも私などは、もちろん吹けば飛ぶ人間である。卑しい奴が高慢ちきなことを言ったからとて、私にできることは、一人でクソと思うことだけである。

そういう私にとって、吉田満さんは、私をありがたい場所に曳き出してくれた人であった。吉田さんが、日銀の政策委員会庶務部長をしていたとき、銀行を訪ねて、はじめて私は吉田さんに会った。吉田さんとは、饒舌に話し合う機会はなかったが、以後、著書を交換し、そのたびに私の方からは一言礼を言っただけだったが、吉田さんの方からは、もっと言葉の多い書簡をもらった。

吉田さんは、私の著書の『兵隊蟻が歩いた』については、長文のエッセイを書いてくれた。私は、昭和五十年と五十一年に、戦地再訪の旅をして、その旅行記を『兵隊蟻が歩いた』という題で、文藝春秋から上梓した。私は、このあいだの戦争では、陸軍一等兵の階級で、フィリピン、シンガポール、マレーシア、ビルマ、中国雲南省、タイ、カンボジア、ベトナム、ラオスの各国を、転々とした。右のうち、シンガポールとタイとは、通過しただけのようなものだが、そこをもう一度訪ねてみることにして、雲南省とカンボジアとベトナム、ラオスにはまだ行けないでいるが、他はひとまわりして来た。

そのようにして書いた元下級兵士の、事によっては自分とはまるで異質の考え方をする私の作品を素材に、吉田さんは、「書いても書いても書いても……」という題で、自らの戦後責任を確認しようとするエッセイを書いて、「季刊藝術」に寄せてくれたのであった。

吉田さんはその中で、私に欠落しているものを指摘している。それは私が、今後考えて行かなければならない命題を教えてくれている。

吉田さんは、私の文章を引用し、私の「痛烈な指摘」を紹介し、また、私とは違った当時の生甲斐を述べ、私の「指摘」をじっくり受け止めた結論として、私の〝死〟の捉え方の曖昧さを指摘する。吉田さんは、「わたしは、古山元一等兵殿の忌憚のない叱責を、半ば被告席にすえられた気持で読み進むほかなかった」と書いているが、私も吉田さんの文章を、半ば被告席にすえられた気持で読んだのである。

親しく、そのような気持の持ち合える友人に、急に先立たれたことは、私には、こたえた。戦中派世代の生き残りの責任を、私は吉田さんのように果たそうとはしない。これを吉田さんが聞いたら、またしたたかなことを言う、と言われそうだが、私は、したたかなのではなくて、自分に欠落しているものを認識し、そのあるものは、おくればせながら充塡しようとするだろうし、また、そういう自分を認識する者として、多くの欠落の多い人々のことを考えて行きたいのだ。

と言っても、もう吉田さんから返事は返って来ない。その返事は自分で考えてみるしかないのだ。

去年は、暮が押し詰まってから、さらに二人の訃報が届いたのであった。

それを知ったのは、両方共、喪中につき新年のご挨拶を遠慮させていただく、という通知が来たからだった。安斎清吉さんも、藤野ミキさんも、十一月に他界したのであった。

安斎清吉さんのことは、私は「季刊藝術」第50号に、「ムショ仲間」という題で小説に書いた。「季刊藝術」第50号は、去年の七月の発行で、この号を最後に、同誌は休刊になったのである。

その最後の号に私は、福島市の在で果樹園をやっている仲住トヨちゃんを訪ねた話を書いている。「ムショ仲間」のムショは、サイゴン中央刑務所であり、仲住トヨちゃんというのは、私がかつて、サイゴン中央刑務所の戦争犯罪人の監房を素材に書いた「プレオー8の夜明け」という小説中の名前だが、その仲住トヨちゃんのモデルが安斎清吉さんである。

サイゴンから私と安斎さんとは、昭和二十二年の十一月に復員した。復員船が入港したのは九州の佐世保であった。当時、私は二十七歳であり、安斎さんは二十三歳であった。

復員したとき、私は、肉親の所在がわからなかったので、ひとまず母方の親類が住んでいるはずの別府に寄って情報を得ようと考え、安斎さんとは、小倉で別れた。

それから二十六年後の昭和四十八年に、私は福島を訪ねて安斎さんと再会した。

すでに私は五十三歳になり、安斎さんは四十九歳になっていた。

そして、昨年に、また私は彼を訪ねたのであった。

「ムショ仲間」と同じことを書くことになるから詳述を略すが、一昨年彼は、蜘蛛膜下出血で、脳の手術をしたのであった。

蜘蛛膜下出血の手術は難手術だと聞いている。ある日、安斎さんとは無音のままいつの間にか日が経ってしまったなと思い、電話をかけてみた。すると奥さんが、うちの人は入院中だと言った。病名を聞いて私は、不吉な予想をしたが、難手術は成功し、退院にまで漕ぎ着けたと聞いてホッとした。

小倉で別れて、二十六年ぶりに再会し、それから一年おいた次の年にも彼を訪ねている。二度目のときは勧められるままに彼の家に泊まり、一日、彼の家族と磐梯吾妻スカイラインをドライブした。

昨年の六月、以来、四年ぶりに私は彼に会った。五十九歳と五十五歳。

見た目では、安斎清吉さんは、大病後とは思えないぐらい元気そうに見えた。

彼の子息は、確か長男が夭折し、今は、次男と長女と四人家族のようであった。

二度目に彼を訪ねたとき、彼は長男を失った話をした。これが息子の位牌だといって安斎さんは、仏壇から位牌を取り出して埃を払った。

私の床を取ってくれた部屋には、寄書きをした日の丸の旗が、鴨居の上に張ってあった。その日の丸を安斎さんは、戦地には持って行かなかったのだろう。だからこうしてここにあるのだろう。もしそれを戦地に持って行けば、持ち帰れなかったのではあるまいか。

旗に名前を書いたのは、彼の郷里のこの辺の人々であろう。私は、戦争中の彼の出征風景を瞼に描いた。国民服を着て、赤い襷をかけて、バンザイの声に応えて、安斎さんは、悔いのない御奉公をする、と挨拶したのであろう。彼は、状況中の人となる自分の体質の検討や分析などしようとはせずに、よく状況中の人になったのであろう。そして、終戦が近づいた時期に、彼は補助憲兵にさせられ、憲兵隊で留置人の看守をさせられた。

そのために安斎さんは、禁錮二年の判決を受けた。彼も私も、自分が犯罪を犯したなどとは思っていない。しかし、裁判では——特に戦犯裁判では、人を犯罪者に仕立てることは容易である。安斎さんは憲兵隊の留置所の看守に就いたとき、大きな声でどなって、留置人に精神的苦痛を与えたというかどで、二年の禁錮を食らったのであった。

「声の大きいのは地声だかんな」

サイゴン中央刑務所の雑居房に、裁判を終えて帰って来ると、安斎さんは言った。陰険な者でもヒソヒソと静かな口をきいていればムショにほうり込まれずに済んだのである。彼のように気持の優しい善人でも、大きな声で、まるでどなっているような口をきけば、犯罪とされるのである。留置人に、さあ、早く出ろっちゃ、などと叫んではいけない。さあ、なるべく早く出てください、と、しとやかに、女性的な言い方をしろというのか。馬鹿々々しい。

しかし、馬鹿々々しいと思ってみても、裁判官が、二年、と言えば、二年檻の中で過ごさなければならない。私は、裁判は安斎さんより後でうけたが、禁錮八ヵ月の判決で、未決を通算すると四ヵ月も釣が出たので、裁判の翌日に釈放されたのである。

釈放は私の方が彼より一足早かったが、同じ復員船で帰国したのであった。昭和二十二年には、サイゴンには、一年に一回ぐらいしか迎えの船は来なくなっていた。その船を安斎さんは、中央刑務所の鉄格子の中で待ち、私は、キャンプの有刺鉄線の囲いの中で待ったのであった。

安斎さんに較べれば、私の八ヵ月のほうが割安である。私はとにかく、フランス人俘虜の将校に、一発ビンタを、軽くだけれども、食らわせているのだから。それが国際法規違反であることに間違いない。高いビンタについたなあ、と私は思ったが、結果的には、私は無罪の者と同じ日に釈放されることになったのである。未決通算をして出た釣に対して、弁償があるわけではないし、だから、八ヵ月が無罪であっても、あるいは一年であっても、同じことなのであった。

ところで、安斎さんが、私と同じ復員船の日本丸に乗ることができたのは、人間違いで彼が釈放されたのではないか、というのであった。私は、サイゴン河で日本丸に乗船したのである。実はそのへんの記憶が曖昧だったので、同じ日本丸で帰国した友人に問い合わせてみると、その友人は、乗船時のことはよく憶えていると言い、キャンプで荷物の検査を受け、ほど近いサイゴン埠頭から、横付になっている日本丸に艀《はしけ》などは使わずに直接乗ったのだ、と思い出させてくれた。

サイゴン港は海に開かれているのではなくて、サイゴン河岸の港である。サイゴン河はメコン河に較べれば水量が少ないが、それでもかなり大きな汽船が通行できるのである。日本丸はそのサイゴン河を南下して南シナ海を日本に向かって航行したのである。

日本丸は、十一月三日に出港し、南シナ海に出るまでに、ニャデーという所に寄港して油を積んだ。そのニャデーで、一人が帰国許可を取り消されて下船させられ、三人ぐらいが、トラックで船を追って来て、そこで乗船した。その三人だったか四人だったか、日本丸を追いかけて来て乗り込んだ者の一人が、安斎清吉さんであった。

日を数えてみると、入所してまだ二年に達していないのに、荷物をまとめてトラックに乗るようにと言われたというのであった。もし人間違いであったら、誰かが割を食っていることになるが、わけがわからない、と彼は言った。

復員船は滅多に入港しないから、フランスは刑期をまけてくれたのかも知れない。そう思うことにしようと、私は言った。いったい戦犯裁判というのは、いろいろわけがわからないのである。人違いで、まったく身におぼえがないのに、首実検でこの人だったようだと指をさされ、重刑を科せられる者もいる。人違いで罰せられる者がいるなら、人違いで釈放されることもあるだろう。しかし、安斎さんは、もし自分が人違いで釈放されたのだったら、誰かがその分苦しんでいるわけだと気にしていた。

大東亜戦争がどのようなものであれ、当時の国民は、国を護るべく命を捨てた。私は、それを犬死だなどとは思わない。それは、死である。それに、犬だの猫だのを付ける思考は私にはない。そして、死をどのように捉えるかが、その人々の生き方である。吉田満さんは、遺稿となったエッセイ「死者の身代りの世代」(「諸君!」昭和五十四年十一月号所載)の中で、戦中派世代の生き残りは、生き残ったことで存在を認められるのではない。本来ならば戦争に殉死すべきものであり、たまたま死に損なったとしても、生きて戦後の社会をわが眼で見たことに意味があるのではなく、散華した仲間の代弁者として生き続けることによって、初めてその存在を認められるのである、と言っている。ここには、吉田さんの生と死に対する姿勢が端的に述べられている。吉田さんは、そのような生を貫いた人であった。ところで吉田さんの言う、散華した仲間の弁、とは? 吉田さんはその例として、林尹夫《ただお》の手記「わがいのち月明に燃ゆ」の文章の一部を紹介している。

(前略)日本は危機にある。それは言うまでもない。それを克服しうるかどうかは疑問でもある。しかしたとえ明日は亡びるにしても、明日の没落の鐘が鳴るまでは、我々は戦わねばならない。(略)

おれは「歴史を恨み得ぬ」と考える以上、いたずらな泣言を捨てよう。そしてたとえ現代日本が、実に文化的に貧困であろうとも、また健全なるよき社会でなかろうとも、欺瞞と不明朗の塊であろうとも、我々日本人は、日本という島国を離れては、歴史的世界を持ちえぬ人間であり、我々はこの地盤が悪かろうとも、しかもそれ以外に我々の地盤はなく、いわば我々は、我々の土壌しか耕せぬ人間であると考える以上、おれは泣言を言ってはならない。——

このように言われると、私は、そういや私は、『兵隊蟻が歩いた』の中では、随分、泣言を言ったようだな、と思われるのである。

林尹夫の言うように、私も、日本がどのような国であれ、自分がそこを離れては歴史的世界を持ち得ぬ人間であり、この土壌しか耕せぬ人間であるということは自覚している。

だが私は、だから泣言を言ってはならないとは思わないし、明日は亡びるにしても、明日の没落の鐘が鳴るまでは、我々は戦わねばならない、とは考えない。吉田さんもお気付のように、私は日本民族否定、ましてや全面否定などする気はないし、そんなことができるわけはない。ただ何かが欺瞞だと思えば欺瞞だと言い、傲慢だと思えば傲慢だと言い、無知だと思えば無知だと言いたい。それぞれの民族らしい良さというものがある。日本民族には日本民族らしい良さがある。それを一般的な傾向として言うことはできる。それは誇らしくもあり、愛さずにはいられない良さである。だが私は、それを帝国陸軍や当時の自国の一般的な傾向の中にはなかなか見出すことができなかった。林尹夫という人は、「一つの真実（おれの性格の中の政治的なもの）のゆえに、他の真実（非政治的なもの）を殺すしかない」と言っているが、私は逆であった。だからと言って私は、歴史を恨みはしなかった。不運をかこつ心が全然なかったとは言わないが、私は恨まずに諦めた。そのような私は、勇ましくなかった。私のこのようなものの言い方は、しばしば開き直ったような印象を与えるようだ。しかし、自分としては、おそらく誤謬と偏見の多い、怯懦《きようだ》かも知れない自分を、できるだけ率直に語ろうとしているつもりなのである。

吉田さんくらい純粋を感じさせる人に、私は会ったことがなかった。たとえて言えば、吉田さんは、流星のように澄んだ光を発しながら燃え尽きるように死んでしまった人であった。吉田さんと私とは、考え方や生き方に違っているものが少なくなかったが、共鳴するものがあったと私は思っている。私の『兵隊蟻が歩いた』を読んでいるうちに、吉田さんの胸中には、重い澱《おり》のようなものが溜まって行く。私の言葉から、あの戦争での死者、生存者を含めた無数の日本人の自己犠牲、善意、無念の思い、果たされなかった願い、を引き継ごうとする姿勢が、見られないからである。だから吉田さんは、叱ってもよかったのだが、いろいろ疑問を問いかけても、否定して斥けはしないのである。私は、吉田さんの文章を読んで、澱のようなものなどは溜まらない。私は、さあこのことを考えてごらんよ、と言われて、そうだと思う。

安斎清吉さんのことを思っているうちに、考えが吉田満さんに移ったが、吉田さんを澄んだ光を発しながら死んだとたとえるなら、安斎さんは、泥水に押し流される川底の小石のように生き、そして、ひっそりと消えてしまった。

いったん、恢復したように見えていたが、急に病気が再発して、今度は入院して、三日しかもたなかったのだという。

安斎さんにとっては、戦争は何だったのだろうか。彼は、泣言を言ったり、愚痴をこぼしたりする性格ではなかった。私が召集された東北の軍隊では、言っても無駄なことを、ぼやいたり、不平をこぼしたりする兵隊が少なくなかったが、彼にはそういうところがなかった。ぼやこうがぼやくまいが、私たちはみな、泥水に押し流される川底の小石であり、流れには逆らえないと知っている。そういう小石たちは、自分たちの死をどのように意味づけようとしたのだろうか。大君のためやスメラ御国《みくに》のために戦って死のうと兵士たちは本当に思っていたのだろうか。強いられた大義にやむなく同調しながら、心からそう思っているような気になっていた人もいるだろうし、そのふりをしていただけの人もいるだろう。決められた道を進むしかなかった。その道を、歴史のゆえにこうせざるをえない、と自覚しながら進んだ人もいるし、本当は厭だが反抗もできないからこうせざるをえないと、歴史もアイデンティティも考えずに進んだ人もいるわけだろう。フランス人は、文化を護るために命を賭けたと言われるが、私には信じられない。そういう人も、いるだろうとは思う。親分のためなら命を捨てるという人がいる。教祖のためなら命を捨てるという人がいる。大君のために命を捨てるという人がいる。ほとんど逡巡なしにそういう心で生きている人がいる。そういう人は必ずいるはずだ、と思う。もっと現実的に、たとえ戦地に派遣されて、生命を危険にさらすようなことになろうとも、農家の生活よりも軍隊の生活を選び、軍隊の方がなんぼかいいと思っていた人もいる。しかしそういう人が、全体に占める数は、知りようがない。調べようもないであろう。私は自分のわずかばかりの実感からそれを推測するしかない。その推測で言えば、私には、兵隊たちの大部分は、拒めずに奉公したが、その生甲斐のナンバーワンは、年期明けを思うことではなかったか、と思われるのである。

私もそうであった。しかし、もしどこかの国の軍隊が日本軍のように自分の国に攻め込んで来て、こないだの戦争のような殺戮を行なったりしたら、彼らに対する殺意や、彼らと命を賭けて戦うことが、年期明けへの思いに代わって、生甲斐のナンバーワンに変わるであろうと想像されるのである。

安斎清吉さんは、あっても当然であり、私にはそれを歌うがゆえに一層愛着をもたせられる嘆き節を声に出しては歌わない人だったけれども、サイゴンの刑務所に投じられたときには、心の中では不運をかこち、そして諦めたであろう。

私は、安斎清吉さんに近い場所で生きた。似たような小石であった。しかし、話し合うものは、多くはなかった。ムショ仲間のなつかしさから訪ね、歓迎された。しかし、言葉で話し合うものは多くはなかった。いわば、互いに言葉の不自由な者同士のように、言葉少なに、しかし、親しく付き合った。戦後三十余年間に、三回しか会えなかったそういう友人である。しかし、生きていてさえくれればまた会えるのに、もう会えないのである。

私が小説に、あるいは実名で書き、あるいはモデルにして書いた人々が、次々に死んで行く。一昨年来、そういう時期が急に来たようである。

大分県速見郡日出《ひじ》町の藤野ミキさんについても、私は『点鬼簿』に、実名で、生きて会えた人として、少しばかり書いた。ミキさんとは、昭和四十七年に別府に行ったとき、思いがけなく会うことになった。それを私は、次のように書いている。

上田の湯町の従姉が私を珍しい人に会わせてくれるという。

「それが偶然なのよ。すぐ近くの時計屋さんに、高麗雄さんのところで看護婦さんをしていた人が嫁いでいたのよ。それが、時計を直しに行って、偶然わかったのよ」

「ほう、会えば思い出すかな」

「それが、会えなくなったのよ。自動車にはねられて死んでね、今日が初七日なのよ」

「へえ。では、会わしてくれるというのは?」

「その亡くなった方のお姉さんで、ミキさんという人。憶えていません?」

「憶えていないな」

「会えば思い出すわよ」

と従姉は言った。


従姉は、ミキさんは私の家で女中さんをしていたと言ったが、私は思い出せなかった。姉妹で朝鮮新義州の私の家に来て、姉は女中として勤め、妹のスエは父が開業していた病院で看護婦をしていたというのであった。

その妹のスエの方が、従姉の住居から歩いて五、六分ほどの所にある時計屋に嫁いでいたが、一週間ほど前に死んだのだというのであった。スエの初七日の法事に行けばミキに会えるから行ったら、と勧められた。ミキの方も私に会いたい、と言っている、というのであった。

ミキさんに会ったが、私は思い出せなかった。しかし、話を聞くと、朝鮮新義州のあの家で、毎夜、当時二歳ぐらいの私を抱いて寝たのだという。

「奥様から、高麗雄はまるでミキの子みたいだね、と言われましたよ」

とミキさんは言った。

「そうですか」

と私は言い、新義州の家を思い出した。

赤レンガ造りの二階建であった。私は、一階の茶の間で、ミキさんに抱かれて寝たのだろうか。それとも二階の六畳だろうか。私の記憶では、女中たちが茶の間で寝ていた時期と二階の六畳で寝ていた時期とがある。そのどちらか、でなければ二階の子供部屋でミキさんに抱かれて寝たのかもわからない。五十を過ぎて、二歳のときの抱かれて寝た話を聞くのはくすぐったいが、みんなが若かった頃のあの家には、生気が満ちていただろうと、なつかしく思う。私が二歳なら、母は三十二歳である。ミキさんはその頃、十五、六の少女だったのである。

三十二歳の母も、十五、六のミキさんも、私の追憶にはない。

私は、想像の中で、三十二歳の母と、十五、六のミキさんと、二歳の自分を思い描く。ミキさんは、どんな子守唄を私に歌ってくれたのであろうか。

翌日、従兄姉《いとこ》たちが設けてくれた宴席に、ミキさんにも出てもらい、私の方からも日出町のミキさんの住居を訪ねたのであった。

ミキさんは、私が四つか五つのときに、新義州から郷里の大分県に帰ったのである。その頃になると彼女は、もう添寝はしなくなっていて、私が数え四歳のとき、私の長姉について東京に行った。母は長姉を東京の女学校に入れるつもりで、姉を膝元から離したのである。ところが大正十二年の関東大震災で、その計画が挫折したのであった。ミキさんは、震災に遭った後で郷里に帰ったのであった。

「いろいろなことがありました。いろいろ思い出します」

とミキさんは言ったが、それをほとんど口にしない。口かずの少ない性質なのであろう。私は、ミキさんとも、ぽつりぽつりとしか話をしない。御主人は、よく話す性質ではないようである。彼女の住居では、一室に御主人が寝ていた。私も、船員をしていたのだそうだが、今は体を悪くしていて、眼も見えなくなっているというのであった。

少しばかり畑があって、職業にはならないが、農作をしているというのである。その農作物をどっさり土産にもらったのは、翌年の三月に彼女を再訪した帰りであった。

あの頃、二年続けて、別府に行ったのであった。長篇小説を書くための取材旅行に行ったのだが、取材活動と言えるほどのことはろくにしないで、ただ旅をたのしむようなことで終わってしまった。

九州、四国、中国地方には、朝鮮、満洲から帰って来て住んでいる人が多い。終戦時に引き揚げて来た人に限らない。そのあたりは、距離も近く、大陸に渡りやすい土地柄なのだろう。

かつての植民地には、九州、四国、中国地方の出身者が多く、その人たちの多くが郷里に帰っている。中学の同窓生にも、九州在住の者が多い。由布院の武田寛さんも同窓で、私は二年続けて、別府と由布院と日出町に行った。そのほかに、どれが最初のときだったか、どれが二回目のときだったか忘れたが、国東半島と佐伯港にも、足をのばした。

国東半島には、母方の先祖代々の墓所があるというので、見に行ったのである。佐伯港には、同窓の村上博之さんと多田重美さんとがいて、招かれるままに訪ねたのであった。

村上さんも、昨年死んだ。村上さんは旧制の新義州中学で私より二年あとのクラスの秀才であった。彼の尊父は新義州で製材所を経営していたが、博之さんは佐伯港に大規模に合板工場をつくり、家業を拡大した。多田重美さんは村上博之さんと同級の親友で、取締役として社長の博之さんを助けていた。二人とも、その明朗で人なつこい性格で、同窓生から好かれていた。

多田さんから、村上さんが別府の温泉研究所に入院した由、通信があった。別府の温泉研究所は、私の父が、私の出征中に、モルヒネ中毒の治療のために入院した病院である。多田さんは、病名まで知っていたかどうかはわからない、私の父が入院した病院であることを知っていて、村上はかつて大兄の御尊父が入院された温泉研究所に入院中です、と書いた書簡をくれた。

村上さんが、死に到る業病に取りつかれているとは思わなかったのに、吉田満さんが亡くなった翌日に亡くなった。村上さんは、五十七歳であった。

昨年は五十代の友人を三人も失った。「週刊文春」に、〝戦中世代第二の戦死〟とかいった特集記事があったのを思い出す。五十代後半の者は、戦争中、壮丁の適齢期に当たり、前半の者は、育ちざかりの十代に、ろくなものも食えずに体を酷使した。無理をした影響が今出て来ているのではないか。一般的に、最近は、五十代の死が目立つ、というのである。そういう戦争の後遺症が、あるいはあるかも知れないが、そんなことを言ってみても、どうしようもない。

戦中世代に限らず、寿命の短い人は短いし、長い人は長い。

「あなたはきっと長生きするわね。悪運の強い人だから」

と、家妻は私に言う。戦争に行って、死なずに帰って来たからである。実際、戦争では、運に恵まれて、生き残った。もし、あのとき、出発の号令がもう何秒か早くかかっていたら、私は迫撃砲弾に体を裂かれたはず。もしあのとき、立哨勤務に就けられなかったら、私は鉄の破片を浴びたはず。もしあのとき、下痢をしていたら、私は栄養失調で死んでいたかもわからない。もしあのとき、転進命令が下らなかったら……きりなく「もし」を自分の生死に結びつけて考えることができる。軍隊の配属も運である。自分の出産そのものが、偶然であり、そのような運は、生まれたときからついてまわるわけだが、戦地での生死については、私は運がよかったと自分でも思う。しかし、ガダルカナルで生きのびた古年兵が雲南の戦線で死んだ。雲南の戦線では運よく死を免れた私が、平和な日本で早死にしないとは限らない。

もっとも私は、今年は還暦である。還暦まで生きれば、今年死んでも早死にはならない。由布院の武田寛さんは、戦争中、聞けば驚くような状態を乗り越えて生きて来た。武田さんはニューギニアで戦って、頭に砲弾の破片を受け、南の直射日光の下で、一昼夜倒れていたが、生命をとりとめた。一コ中隊で生存者は数名しかいなかったという苛烈な戦闘をしたのである。その負傷で武田さんは、内地に送還され、除隊になった。戦争中、負傷で内地に送還されて軍務を解かれるというケースも、聞いてみれば、稀にはあったのである。除隊になった武田さんは、両親の住んでいる新義州へ行った。新義州に行くと間もなく終戦になり、元兵隊だったということで武田さんは、シベリアに送られた。武田さんは、シベリアの粗悪な給食と過酷な労働に耐え抜いて帰国した。そんなきわどい道を通って生き抜いて来たのだから、強運を続けてほしい。しかし、安斎さんにしろ、吉田さんにしろ、村上さんにしろ、死なれるまでは、死ぬとは思わなかった。

ミキさんの現在の年齢のことは、私はろくに考えていなかった。だが四十八年に会ったとき、すでに彼女は、七十歳ぐらいだったのである。それでも私は、また会えると思っていた。そのうちにまた別府、または国東半島に行こう。そのときには必ず彼女を訪ねよう、と思っていた。私に記憶はなくても、「高麗雄はまるでミキの子みたいだね」と言われるぐらい私の面倒を見てくれた彼女である。せめて、たまに顔を見せるぐらいの付合は復活させたいものである。そう思っているうちに、六年もたってしまった。それでも私は、彼女の年は数えなかった。病気だとも知らなかった。

ミキさんの一人息子の嫁の和子さんが、しばしば便りをくれた。息子さんにも、一度会った。四十八年に別府を訪ねたときは、帰途、別府から神戸まで、船に乗った。

彼女は、桟橋まで、見送りに来た。そこへ彼女の息子さんが、小型トラックでダンボールの箱を運んで来た。庭の畑で作ったものを、荷物だろうが持って行ってくれと言うのであった。重いから、神戸まで小荷物で送らせましょう、と言って、息子さんが手続きをしてくれた。

四十七年に会ったときも、四十八年に会ったときも、彼女はわずかしか口をきかなかった。安斎清吉さんとの付合に似ている。私は安斎さんにもミキさんにも、少しばかり質問する。相手が安斎さんなら、それでもまだ、質問の材料がある。今年の天候は、作物にどうか、だの、サイゴンの刑務所で一緒だった誰某の消息を知っているか、だとか。ミキさんには、質問の材料もなかった。新義州のあの家の話でもすれば、少しは話になったかも知れない。震災で逃げ出したときの話などすれば、話好きなら、尽きないだろう。しかし、彼女の口は重く、私のわずかばかりの質問に短く答えるだけで、ただ、おとなしく、優しそうな眼を向けているだけであった。

私は、彼女が私に話した言葉を思い出してみても、

「奥様から、高麗雄はまるでミキの子みたいだね、と言われましたよ」

のほかには思い出せないが、あるいは彼女もまた、半世紀前の新義州の追憶の中に残っている私の母の言葉は、これだけかも知れない、と思われた。

五十年前の追憶は、彼女の中に、どのようなかたちであるのか私にはわからないが、ある言葉を鮮明に憶えている情感は、人には、忘れ得ぬ強いものではあるまいか、と思われた。

自分はどうか、と考えてみた。私は、自分の十五、六の頃のどんな言葉を鮮明に憶えているだろうか。十五、六と言えば、中学の三、四年である。その頃のことで、いくつか憶えていなくはない。しかし、それは、ほんとに二つか三つであり、苦い厭な情感が伴う言葉——つまり、厭な言葉ばかりである。私は中学の三年のとき、一学期だけ、国分寺の明星中学に転校した。ある親類に養子に望まれて、その気になって東京に出て来たのだったが、その気がなくなって、実父母のもとに帰ったのだった。一学期だけ東京で過ごしたような生徒は、好ましい存在ではなかったのだろう。もとの学校へもどって来たときに言われた言葉。「君は東京でいろいろ悪いものを身につけて来たに違いない。それを持ち込まないようにしてもらいたい」そう言った教師は、もうそんなことは憶えていないだろうが、私は、いわれのない差別を受けたように感じて、口惜しかった。

私が鮮明に憶えているのは、たとえばそのような、思い出したくないような言葉ばかりだ。

そして、その言葉を思い出すと、厭な情感が、かなり生々しくよみがえって来る。ミキさんが憶えているその言葉は、いい思い出をよみがえらせる言葉だから私に言ったのだろう。その言葉を一つ言っただけで、彼女は多くをしゃべったことになるわけかも知れない。

無口なミキさんは、長い間桟橋に立って、遠ざかる船を見送っていた。死なれてみると、あれが最後の別れであった。

船は、朝早く神戸に着いた。ダンボール箱の土産は、神戸港に着いてからが厄介であった。なにしろ、重くて、運ぶのが骨であった。

その日は、オリエンタルホテルに一泊することにしていたが、船着場ではタクシーが拾えなかった。通りまで出てみたが、拾えない。ホテルはすぐ眼の前にあるのだから、私は歩いて行くことに決めて、重機関銃の弾薬手が弾薬箱を肩に担ぐように、掛声をかけてダンボールを肩に載せたが、重さで体が動かず、歩道橋を渡るのに、ひどく時間がかかった。なんとか頑張って階段を上りきると小休止して、下りの階段は、一段々々引きずりおろした。

ホテルに辿り着いて、ボーイにワゴンで部屋に運んでもらったが、何を持ち込むのだといぶかしげな眼で見られているような気がした。

翌日、新幹線の駅まではタクシーで行ったが、列車に乗り込むまで、また重い思いをした。

しかし、私は、その重い土産をもらって、ヒイヒイ言うことになったことが、楽しくなっていた。こういうことでもなければ、ミキさんとの半世紀ぶりの邂逅が、あまりに平板すぎる。君子の交わり淡きこと水のごとし。私は君子ではないが、水のような交わりに終わっても、それはそれでいい。平板であっても、それは仕方がない。しかし、人知れず五十年前の子守りの心のこもったダンボール箱と格闘しながら帰る旅も悪くない。

新幹線に乗ると私は、ダンボール箱をデッキに置いた。

盗まれる懸念はないが、なんとなく気になって、列車が米原を過ぎた頃、座席を立って見に行った。すると、若い男女が、私のダンボールに腰かけていた。

「その荷物には腰かけないでください」

と私は文句を言った。

若い男女は、何も言わずにすぐに立った。席が空いているのに、若い男女は、デッキで二人でいる方がいいようであった。

（一九八〇年「すばる」三月号）

七ヶ宿村

毎年、年の始めに、老妻と旅行に出かけるのが恒例になっているが、さてこれまでにどのような旅行をしたのだったか、他の事と同様に、断片しか思い出せない。

その断片とは、せっかく部屋を取った宿が騒々しくて食事もまずくて、つい溜息をついたり、妻が「今年はひどいところに連れて来られたわ」と呟いたり、妻が旅先で体の具合が悪くなって、ものが食べられなくなったりしたときのこと。失敗だっただとか、つらかっただとか、そういう思いになったことばかりだ。

これまでに、京都、奈良、能登金沢方面、伊勢志摩方面、伊豆——伊豆は下田、修善寺、湯ヶ島、湯河原、箱根——いや、箱根には、正月旅行には行っていないかも知れない。箱根は足の便が良いので、いくつかの温泉に行ったが、それはすべて正月ではなかったような気がする。

京都には、二度、もしくは三度行っている。

京都は、九州、中国方面にひとり旅で出かけたときの往還に寄ったり、京都競馬場のレースの観戦記を頼まれて行ったり、同窓会で行ったこともあるし、なにかと従来、訪ねる機会が多かった。それだけに、京都のことはそれがいつのことであったのか、年月が曖昧になっている。競馬がらみなら、月は天皇賞の四月か、菊花賞の十一月か、だが、レース観戦と街でのことがつながらない。競馬を観に行く旅では、私はいつも、少なくとも一泊する。前日に行って一泊し、レースの日の夜に帰るか、レースの当日の早朝に東京を立って、その夜一泊してゆっくり帰って来るか、する。新幹線ができてから、京都なら日帰りができるようになったが、私は京都では、少なくとも一泊、時には二泊する。泊まって何をするかと言えば、街を歩くだけのことが多いが、情事の追憶がなくもない。女性を伴った旅をしたこともある。あのときは何泊したのだったろうか。あのときは、宿は京都ホテルをとって、しかし、京都競馬場の天皇賞でもなく菊花賞でもなく、阪神競馬場の桜花賞レースに行ったのだった。神戸にも行った。しかし、あのときは二泊したのだったか、三泊したのだったかは憶えていない。憶えているのは、自分がケチくさかったこと、スタミナ貧弱で、彼女を十分に満足させられなかったこと。そういう追憶が澱《おり》のようなものになった感じで私の中にのこっているけれども、細かいことは忘れてしまった。

彼女との旅行にしても、妻との旅行にしても、思い出していい気分になれないことばかり、それもかなり曖昧に、憶えているのである。その私に妻は、

「あなた、このごろますます呆《ぼ》けて来たわね」

と言う。

「どういうところで、それがわかる？」

「物忘れがひどくなってるわよ」

「物忘れは昔からだし、老化が進んでいることは当然だ。けど、はたでわかるほどに進んでいるかね」

「ええ、そうですよ」

「たとえば？」

と私が訊くと、妻は、

「あんまり多過ぎて、憶えていられませんよ」と具体的な例は挙げずに、「そう思っているんでしょ、自分でも」

「うん」

「自分でそう思わなくなったら、本当の呆けなのよね」

「そのうちに、忘れたことはなかったことということになる。あなたは忘れているだけで、こ

ういうことがあったのだ、と人に言われても受け付けない。自分の憶えていること、思うことだけがすべてなんだ。そんなふうになるんだろうなあ、そして、互いに、まったく別のことを考えている。通じるものは何もない。そのうちに、毎日顔を合わせるたびに、あなたはどなたでしたっけ、なんて挨拶したり、挨拶なんか全然しなかったり――」

「そんなになる前に死にたいなあ」

「死ねるかなあ」

「もっとも、まったく違ったことを考えてて、お互いに通じるものがないのは、今だってそうだけど」

「いずれは、互いに通じないなんてことも思わなくなる」

たまに妻に会い、そんなことを言っている。

妻の明子と結婚したのは、私が二十九歳のときだから、今年は、以来、四十一年目である。いわゆる見合結婚というのをしたのだった。どちらかが好みに合わないと嫌わなければ、断わる理由はなく、それを言い出すには、私には好ましい相手に思えたが、かと言って、格別に好ましく感じられたわけでもない。妻の方は、まったく私には魅力を感じなかったが、親の言葉に従ったのだ。それにしても、結婚するまでは、こんなひどい男だと思っていなかった、と言っている。妻が私をどのように、どれくらい、ひどい男だと思っているのかは、齢古稀を迎えても、依然としてよくわからないが、私たちのような夫婦は珍しくあるまい。私の友人に、やたらに愛という言葉を口にする老人がいる。愛があるとかないとか、真実の愛だとか偽わりの愛だとか。その友人は、愛がなければ夫婦は別れるべきだ、などというような若々しいことを言い、私は会話に窮するのだが、私と妻との間に、愛は、もちろん、ある。それを友人がどう評するかはわからないし、どう言われてもかまわないが、とにかくそれはある。しかし、妻とは、愛などということは、まったく話題にはならない。

いずれにしても、妻にとって、私は好ましい夫ではあるまい。ほとんど家に帰らないし——妻は、それはむしろ歓迎すべきことだと言う。妻がほとほと嫌なのは、私が何もかまわず、だらしがなく、将来のことなどまったく考えないようなことなのだ、と言う。

「将来のことで考えていることは、だな、いずれ、よぼよぼになったら、俺たち、同じ屋根の下で、毎日、鼻を突き合わせて暮らさなきゃならなくなるということだ」

「そこまでしか考えないのよね。私が死んだ後のことなんか、全然、考えないんでしょう」

「そういうことは、そのときになってから考えればいい」

「すべてそうなのよね、あなたは。そのときになって考えればいい、なんとかなるさ、なのよね、すべてね」

「あなたは、俺が死んだ後のこと、考えてるのか。このままここに一人で住むとか、ここを売ってアパート暮らしをするとか……」

「私のことは心配いらないの。まわりに相談に乗ってくれる人がいるから。あなたはいないでしょう、みんなに嫌われているから。あなたは、お友達はみんな離れていくし、女はできないし」

「なんとかなるさ」

「ほら、また、なんとかなるさ」

私は妻を、水のごとき運命共同体、などと言っている。水とは、君子の交わりは淡きこと水のごとし、の水の意である。君子の交わりは淡きこと水のごとく、小人の交わりは甘きことアマサケのごとし。君子は淡くして以て親しみ、小人は甘くして以て絶つ。それから何だっけ、故なくして合する者は則ち故なくして離る、だったかな。私には、君子というのは、肌に合わない。私は、実は、君子より小人の方が好きであり、性に合う。一時、アマサケのように甘く、そして絶つ、あるいは、故なくして合し、故なくして離れる、君子から見れば、愚かであろうものの方が、私には向いている。

けれども、確かに、アマサケの状態は長続きするものではない。しかし、甘さが薄くなり、と言って、消えてはしまわずに長続きする交わりもある。君子の交わりだって、男女の交わりだって、水のごとしであって、水よりは甘いところがあって成り立つのである。その甘さも悪くはないが、アマサケのようなしつこくどろどろの甘さを、私は欲しがっている。

しかし、妻との間には、ついにアマサケはなかった。

若干甘さのある水のごとき交わりを続けている友人が、私にいないわけではない。嫌われて、みんな離れて行ってしまったわけではない。けれども、もちろん、今の私に、学生時代のような友達付合はない。仕事を持ち、家庭を持てば、友達付合だって兄弟付合だって、学生のころや子供のころとは、当然違ったものになる。

だが、妻は、私が心の冷たいエゴイストであるがゆえに、親しい友人もできず、できかかっても、離れて行ってしまうのだ、と言う。

「林さんとだって、石山さんとだって、せいぜい、年に一度か二度、会うぐらいなのでしょう、今は」

「そうだよ。けれども、林君とは、それでも疎遠になった感じがないし、石山君とは、しょっちゅう電話で話しているよ」

「あなたは、自分に都合の良いように思っているだけなのよ」

「そうかも知れないが、それでいい」

伊東市在住の石山とは、用事がなくても、よく電話で話をしている。しかし、会うのは、なるほど、年に一度か二度だ。石山は、私と妻の淡きこと水のごとき間柄を心配する。

「そんなに帰らないのは、よくないな。もっと帰ったらどうですか。うちじゃ仕事ができませんか」

彼は、言葉使いが丁寧である。

「できないな。それに、家内もこの方がいいらしいんだよ。ほら、亭主元気で留守がいい、ってやつ」

「そんなことないと思うけどな」

「いや、君んとことは違うんだよ」

前夫人に先立たれた石山が、初恋の女性と再婚してから、もう十年になる。彼は私より三つか四つ若いから、当時は還暦ちょっと前の年配である。

石山夫妻の身内と数人の友人だけが集まって、そのとき結婚披露宴を、私の仕事場のある南青山五丁目の中華飯店の二階で催した。

あれからもう十年もたっているのに、妻は、「石山さんは新婚さんなのよ」と言っている。妻も、あの披露宴には出席した。その後、妻は、子宮癌の手術をして、それからすでに四、五年たっている。にもかかわらず、妻が石山さんは新婚さん、と言うのは、妻もいくらか呆けている。あるいは、十年たっても石山夫妻には、いまだに新婚さんを感じさせるものがあるのだろう。

私には、石山夫妻の睦じさが、珍しくも感じられ、当たり前にも感じられる。いずれにしても、わが家とは懸隔があり、だから昨年の暮、電話で話したとき、正月の日程を訊かれて、

「例によって、正月は、婆さんと旅行をする。二日に出て、五日に帰って来る予定だよ」

と私が言うと、

「来年は、どこですか」

「仙台に二泊して、秋保という温泉に一泊の予定です」

「東北新幹線ですね」

「いや、車で行くつもりです」

「車で？　元気だなあ」

「仙台の南に、七《しち》ヶ宿《しゆく》村というところがあってね、そこに行くのに、車があると便利だから。レンタカーでもいいんだけど」

「その七ヶ宿村ってところに、なにかあるんですか？」

「ダムができましてね、その底に親父の故郷が沈んだんです。で、そのダムを見たくて」

「へえ、そうですか。それにしても、よく宿が取れましたね」

「元旦をはずせば、シティ・ホテルなら、早目に申し込めば案外取れるんです。取ったのは東急だけど、——それとも、シングルだから取れたのかな、正月はシングルの方が空いてるのか

も知れない。とにかく取れました。秋保の方は紹介してもらいました。こちらはツインです」

「仙台はシングルですか。せめて、ダブルでなきゃ窮屈じゃないですか」

「ああ、そうじゃないんだ、シングルを二つ取ったんですよ。わが方はお宅と違って、一つのベッドに二人で寝たりはしません」

石山は一瞬言葉に詰まったが、

「なぜ、シングルを二つ取ったりするんですか」

「家内の希望でね。実は俺もその方がいい。イビキをかいたなんて文句を言われないし、テレビの好みはまるで違うし、正月にどんなものがあるのか知らないけど、ニュースにしても、見る局が違うんだよ。俺と婆さんとは。だから」

「なるほど、しかし、驚いたなあ」

と石山は言った。

今年の正月旅行の行先を仙台、秋保にしたのは、淡きこと水のような伴侶の心遣いである。かねがね私が、七ヶ宿村に行きたがっていたので、妻は、仙台と秋保温泉に行こうと言ったのである。

仙台から七ヶ宿村まで、車で小一時間ほどで行ける。二日の夜仙台に泊まって、三日に七ヶ宿村に行くことにした。

昨年の正月は、六甲と有馬温泉に泊まり、神戸と高砂に行った。六甲から神戸の夜景を見たり、神戸の繁華街で買物をしたり、異人街を見たり、普通の観光もしたが、さらに西方のその地方都市に行ったのは、妻の父がその市にある製紙工場の工場長をしていた半世紀ほど前の一時期、妻がその会社の社宅で過ごしたことがあるからだった。

正月旅行は、妻の行きたいところに行くことにしている。正月は元旦をはずしても、普段より混む時期だから、早目に宿に申し込まなければならず、八月か九月には、来年はどこにしようか、という話になる。あなたは行きたいところはないの、と妻が言い、俺はどこでもいいんだ、あなたの行きたいところに行こう、と私は言い、ほらまた、どこでもいい、なんでもいい、が始まった、あなたの、どこでもいい、なんでもいい、なんとかなるさ、が嫌なのよ、レストランに行っても、いつもあなたは、俺も同じものと言って、私と同じものを食べるでしょう、特に食べたいものもない、着たいものもない、家はボロでもいい、旅はどこでもいい、収入は食えるだけあればいい、そういうところが私は嫌なの、あなたには欲望ってものがないの、と妻は言う。

「欲望のない人間はいない」

「では、あなたは？」

「朝鮮新義州、サイゴン、プノンペン、ラオスに行きたいと、ずっと思っている」

「あなたは、死ぬまで、戦争や新義州から離れられないのね」

「戦争のことも、子供のころのことも、大半は忘れたし、これまたもう、ほとんどうでもよくなっているのだけれど、今、言ったところには、もう一度、行ってみたい、と思ってるよ」

「それだけ？」

「もう少し、ましな小説を書きたい、と思ってる」

「でも書けないんでしょ」

「うん」

「才能がないのね」

「うん」

「それから」

「いい女とめぐりあって、親しくなりたい。この年になっても、そう思っている」

「年が若くても、あなたが女性に好かれるということはありませんよ」

「また、俺を、ケチで、不精で、不潔で、だらしがない、と言いたいんだろう」

「だって、そうですもの。そんな人が、女性に好かれるわけはないでしょ」

「それはわからない」

「ま、夢は持ってらっしゃい。ハナミズ垂らした七十爺さんでも、空想はご自由ですから」

妻にこんなふうに呼応していると、私は、自分が父にどこかで似ているような気がしてくる。妻も、私の母に、どこかが似ているように思える。男が、どでんと鈍く、狡く、呼応するのである。狭く感応してとぼけていればいい。好かれようなどとは思わず、じっとしているだけ。気張らないこと。そういう男に対して、女はどこかでいらいらする。しかし、不満はいだき続けるが、なんとか自分を治める。この男と女の関係が逆転している場合もあるが、男は、しばしば、狡さを鷹揚さだの包容力だのに引き入れておき、巧く使う。そういう男に、正直な女は太刀打ちできないように思えるが、巧くやろうとするものは、一筋に正直な者には敵わない。

私が戦争に行って、終戦後戦犯容疑者になってサイゴンの監獄に収容されていた時期に、父は、故郷の七ヶ宿村で死んだ。母は、私が京都の旧制高等学校を退学になって、東京にもどってルンペン暮らしを始めた年の夏に死んだ。母は五十一歳で、父より五年前に死んだ。父は六十四歳で死んだ。その母と父とを、私は少年のころ、真正直な女と、その真正直さを愛し、同時にいささかたじろぎながら、しかし、明治育ちの医者らしく、悠然と自分のペースで通している男とを、母と父に感じていた。私は両親を、特に父を、理解していなかったような気がする。少年だったから表面的にしか考えなかったということもあるが、あのころの年配では、解するより感じて物を決めてしまう。そして、その感じるものは当たっていることが多いのだが、感じるだけで考えないから、通り一ぺんのものになってしまう。

父は、私が仙台の陸軍に召集された昭和十七年の暮、朝鮮新義州から、九州の別府に引き揚げた。父は、宮城県刈田郡七ヶ宿村の出身だが、母は九州女で、父が別府を引揚げ先に選んだのは、そこには母の身内が住んでいたし、温泉があるからだった。父の別府での様子は、私は知らない。私が入隊して以後の父や妹の話、別府の話、別府で終戦を迎えた父が、あの終戦後の混雑列車で故郷の七ヶ宿村に帰った話、七ヶ宿村で死ぬまでの暮らし振り、それを私は、ヴェトナムから帰還してからすべて姉から聞いた。

子供が多いと、親は、平等にはなれないはずだ。私は、父には好かれていなかったような気がする。私も父を、嫌ってはいなかったけれども、そして、父から嫌われているとは感じなかったけれども、どこか、しっくり行かないところがあった。それが何であるか、いまだによくわからないまま、私はとっくに父の没年を越えた。

孤独ではあったに違いない。明治男の家長は、もちろん、自分の孤独など口にはしない。けれども、口に出さなかっただけに、父の孤独は一層濃いものになって行ったに違いない。

父に気晴らしになるようなものが、何かあったのだろうか。父は子供のころ、何をして遊んだのだろうか。伜の私は、体は貧弱でも少年時代は野球に熱中し、冬はスケートを楽しんだ。旅行を楽しみ、小説を読みふける。中学を出ると、芝居や映画に熱中した。美術館に通い、遊廓にも行った。そのようなことは、父にはろくになかったのだ。

父は酒が飲めず、宴会に招かれても、急患を理由に中座して帰って来る。親しくなった芸妓がいたとも聞いているし、平安北道庁主催の植樹ピクニックに行くと、芸妓と一緒に、博多どんたくのぼんち可愛いやねんねしな、を踊ったりした。そうだ、あのころ、新義州では、朝鮮の山は木が少ないから、と言って、内地で言えば県庁に当たる道庁や、市庁に当たる府庁などの主催で、植樹という名目のピクニックが毎春あったのだった。芸妓同伴で昼食が宴席になるのだった。莫蓙を敷いて、酒や料理が出て、三味線を鳴らす、そういう自然保護の催しがあり、医者はあの小さな町では名士だったから、私たちは家族ぐるみ招かれたのだった。

できれば父は、家族を楽しませるためにも、そういう催しに付合ったりする。それは、あの町のコロニーたちとのできるだけの付合でもあった。けれども、父は、昼夜町医者としての仕事に追われていた。毎夜、夜半に往診を求められる。すると父は、ベッドから起き出して出かけて行く。

父はモルヒネ中毒になった。父が別府に引き揚げたのは、それを治療するのにいい病院があったからでもあるらしいが、姉は、父がモヒ患になったのは、胃腸が丈夫でないのに、毎晩往診があるようなハードな仕事をしていたので、打たなければできなかったのだ、と言う。それもあっただろうが、それだけではなく、父は、薬で孤独を紛らしていたのかも知れない、と私は思う。

父も、母に対して、自分への呵責の意識のようなものを持っていたのではないだろうか。父に親しい芸妓がいたとしても、父のその種のことは、私に較べれば微々たるものだ。しかし、意識の強弱は、行為に比例するものではないから、父の呵責と私のそれとは較べようもないが、私は妻に対して、うしろめたさを感じている。

その正直者と狡猾者の関係が、母と妻とでは性格はまるで違うが、私は、自分が、想像する両親の関係に似ているように思え、とぼけ方や、いくじのなさもまた、自分が父と、どこかで似ているような気がするのだ。

父は、母が死ぬと、明治の男らしさなどとたんに失い、腑甲斐のないところを見せた。だらしがないなあ、と私は陰口を利いたが、私は、今は、腑甲斐なさだの、だらしのなさだのが、嫌いではない。今は、強い、無知な奴がしたり顔で正義を口にしたりするのに出会うと、ヤジのひとつも飛ばしたくなるが、腑甲斐ないからといって、臆病だからといい、卑怯だ、怠惰だからといって、人を悪くは言えない。しかし、あのころ、母の死後、腑抜けになり、一日中ベッドに坐わり込んでぼけっとしていた父を、侮る心が私にはあった。稚い倅の気持としては、どんなにつらいものに見舞われても、父だけは毅然としていてほしいという、勝手な期待があって、その期待がみごとにはずれたことが不満であったのだ。

母の死後、父は長女——私の姉のみつ子を頼りにし、姉もまた、まめに世話を焼いていたようだ。姉は、軍医に嫁していたが、夫の出征中、父が引き揚げるまでは、新義州に来て母の代役を勤めた。父が別府に住んでいた時期は神奈川県座間の軍人官舎に住んでいたが、なにかと父の相談に応じていたようだ。製紙会社に勤めていた長男――私のすぐ上の兄も、終戦のころには、勤めが樺太勤務から東京本社詰めに変わり、東京にもどって来ていて、父が七ヶ宿村に帰ることになったときは、別府まで迎えに行き、村まで送って行ったということだ。

兄は、そのころのことを、まったく話題にしない。私はそのころの話を、姉から聞き、聞いては忘れ、忘れてはまた聞くのである。

親類のことについても、朝鮮育ちの私はまるで知らなくて、姉に聞いては、すぐ曖昧になり、また姉に同じことを聞く。そういうことを繰り返しているのである。

父も、自分の話は、まったく口にしない性格であった。子供のころ私が、お父さんはどうしてお医者さんになったの？　などと訊くと、そういう問いには答えてくれるけれども、自分の方から自分の話をするということはなかった。七ヶ宿村についても、子供のころ私は、わずかに母から聞かされただけだった。母は父と結婚して、何年目か知らないが、一度、父の故郷に連れて行かれたのである。父の本家があり、身内が何人もいる七ヶ宿村に挨拶に行ったのである。何日ぐらい滞在して、どのような挨拶回りをしたのか、もう今ではわからない。けれども私は、母が言葉の通じない七ヶ宿村に行って、父の甥に当たる本家の吉三郎をはじめ、父のきようだいたちに会って来たことだとか、囲炉裡の話だとか、巨大な藁葺屋根の話だとか、太い柱や梁のことだとか、間取りのことだとか、白石から七ヶ宿村に通じる七曲がりの山道のことだとか、途中の名所材木岩のことだとか、を聞いた。

私も、その七ヶ宿村なる父の故郷に行ってみたいと思っていたが、なかなか行く機会がなく、仙台の聯隊に召集されて、正月に、確か四日か五日の休暇があり、そのとき初めて行ったのだった。

なにしろ昔は、どこへ行くにも時間がかかった。正月の休暇には、兵隊は、わが家や親元に帰るのが普通だが、仙台から別府に行くには、乗り換えの時間も加えると、片道三十時間ほどかかるのである。空路はなかった。そんなわけで、四日や五日の日程では、別府まで行くと、トンボ返りで帰って来なければならないことになる。だから私は、その休暇を七ヶ宿村と東京に行くことに使ったのだった。

戦後は数回行っている。妻は、私の両親の生前を知らず、私がろくに知らないぐらいだから、私の両親の身内のことは何も知らないと言っていいぐらいだが、それでも何年か前、七ヶ宿村で古山の親類筋の法事に招かれ、一度だけ私に同伴したことがあった。

私も、妻の生い立ちや身内のことなど、少ししか知らない。妻が娘であったころ、高砂にいたことがあるという話は聞いているが、それがいつごろであったのか、どれくらいの期間であったのかは知らない。親類のことなど、私の両親筋の人々と同じように、間柄を聞かされても、すぐに忘れる。名前も忘れる。

だから、しばしば、同じ言葉を繰り返すことになる。

「あの人、どういう関係の人だったかな」

と妻に訊く。すると、妻はもううんざり、といった顔で、

「もう何度も言ったでしょう」

「かも知れないが、忘れた」

「もう、いやだわ」

それにしても、妻が高砂に行ってみたい、と言いだしたのは、私には珍しく、そして、そうか、妻もやはりそうか、と思った。

私が、朝鮮新義州や戦地を再訪したいと思っているように、妻にも再訪したいところがある。それを従来は、妻は言わなかったが、ずっと持ってはいたのだ。

そして、昨年は、遊山旅行と感傷旅行を組み合わせたのだった。

妻が住んだという家や、乗ったという電車を見て来た。妻は、昔がのこっているところと変

わってしまったものとを見たはずだ。妻の思いは、私にはわからない。妻は、それを私に伝える気もなく、

「幸福だった昔を思うにつけ、今の私は不幸だわ」

と言う。

「それほど不幸でもないだろう」

「また、自惚れが始まった」

昨年、自分の関係の感傷旅行をしたので、今年は私の関係の感傷旅行をしようと妻は思っている。

「私は、別に温泉に行きたいとは思っていないのよ。でも、あなたは温泉に行きたいんでしょ。だったら秋保がいいわ、七ヶ宿から近いし」

そろそろ、また七ヶ宿村に行ってみたいと私は言っていた。それで、では今度の正月は東北にしようということになったのだった。

「では、仙台と七ヶ宿と秋保でいつものように、一応、三泊四日ということにしよう」

私が地図を見ながら、アキホと言うと、

「アキホじゃないのよ、アキウっていうのよ」

と妻に直された。

正月三日には、仙台では初売りというのがあって、大層賑わう。初売りのことなど知らずにいたのだったが、名物なのだそうで、三日は、ルーム・テレフォンで時間を決めて妻と落ち合い、午前中は東一番丁に見物に行った。

仙台も京都同様、私には忘れられないことの多い市であり、訪ねた回数も多い。今、会いたい人も少なくない。旧軍隊関係の、いわゆる戦友たち。戦友たちには帰還後亡くなった人も少なくないが、この市に健在する戦友で、会いたいと思う者が何人もいる。戦後知り合った久保さん、今村さん、田中さん。そして、ひょんなことから書簡を交換するようになり、今度御地に赴く機会があったらお訪ねしたいと言ってある画家の伊藤さん。けれども会いたい人が多いので、誰にも会わないことにする。親類もいて、来たら寄れと言われているが、これも行かないことにする。

昔、私が入隊して、屈辱の糞溜めにつかって過ごした歩兵第四聯隊跡は榴《つつじ》ヶ岡《おか》にあって、今は公園になっている。今度もまた、そこへ行ってみたい気持がなくもないが、今年は仙台は、東一番丁だけにする。

どの店も店頭に福袋を並べ、店によっては騒々しく客を呼ぶ。割引の商品券を買うと、豪華商品の抽選券がもらえるようで、また一般の商品も割安のようで、みんな大きな紙袋を下げている。

私は東一番丁では旅の記念に、革でくるんだ二千円ほどのボールペンを買っただけで、いったんホテルにもどり、七ヶ宿村に向かって車を走らせた。

東北自動車道を仙台南で乗って東京方面に向かい、二つ目の白石のインター・チェンジで国道113号線に降り、米沢方面に向かうと、七ヶ宿村になる。

その名のように、昔、七つの宿場があって、この道は、山中七ヶ宿街道と呼ばれた。七つの宿場は、米沢の方から順に言えば、湯原《ゆのはら》、峠田《とうげた》、滑津《なめづ》、関《せき》、渡瀬《わたらせ》、下戸沢《しもとざわ》、上戸沢《かみとざわ》である。街道に沿って白石川が流れる。

旧七ヶ宿街道は、渡瀬と下戸沢の間で、白石ではなく、小塚峠を越えて、福島県の桑折《こおり》方面に通じている。したがって、国道113号線と旧山中七ヶ宿街道は、おおむね重なっているが、国道113号線は、渡瀬、下戸沢間で、旧街道と大きく分かれることになる。そして、下戸沢と上戸沢とは、藩政時代も現在も、行政は七ヶ宿村（今は町か）に属さず、他の自治体に入っている。

上戸沢には御番所があって、ここで通行者の検分が行なわれたのである。

七ヶ宿街道は、徳川時代に、秋田、弘前、黒石、本庄、矢島、天童、上山、亀田、鶴岡などの大名が、参勤交代で通ったという。

私はかつて、時代小説を二つばかり書いたことがあり、そのうちの一篇に、この七ヶ宿街道を使った。その折文献に当たって、父からは得られなかった七ヶ宿村についての知識を得た。私の古山という姓も、それが明治の創姓ではないことも知った。藩政時代、農民や商人などの平民には姓がなく、それが明治の御代になって、平民も姓をつけることになったという話を聞いたので、それでは多分、父の父、つまり祖父が古山という姓を登録したのであろうと考えた。兄や姉もそう思ったようだ。

「もっとスマートな姓をつけりゃいいのになあ、こんな田舎くさいんじゃなくて」

と兄が言った。私もそう思った。

姉は、祖父がこの姓をつけたにしても、祖父もおそらく父の父なら漫々的の人で、村人たちがお寺の和尚さんにでもつけてもらっていて、ところが祖父が行ったときには、もういい姓は全部売り切れていたのよ。で、和尚さんは案に困って、窓から外を眺めたら、山が見えた。古くからの山が。それで、古山でよかろうなんてことになったのでしょうよ。

まあ、そんなところだろう、と私は思っていた。この古山という姓について、これも私は父に訊いてみたことがある。うちの古山という苗字は、明治につけたの？　すると父は、説明の手間を省いたのか、そうだ、と言った。それでもう私は、そうだと思い込んでいた。

ところが文献に当たって調べてみると、それは藩政時代からの苗字であった。宝暦三年に、古山清四郎と古山弥惣次の二名が、父の出生地である七ヶ宿村渡瀬で肝入検断を勤め、その没後も子孫が、相伝えて肝入検断を勤めたという。古山はそのあたりから渡瀬にひろがっていったのである。

渡瀬の人々は、父の甥が跡を継いでいる街道沿いの本家を、こうじゃ、と呼び、こうじゃと街道を隔てたもう一つの古山家を、かいしゃ、と呼んでいた。こうじゃは糀屋で本家の屋号であり、かいしゃは会社の意であった。父の姉の古山たまが、道のむこう側の同姓の古山に嫁いだ。だから、会社の古山の、女川で病院を開業している全一、会社に住んでいる幸平は、私には従兄の息子ということになる。

糀屋は、準本陣だなどと書かれているが、古い建物がほとんど改造されずにのこっていて、軒下に旅人宿と書いた、大きな四角い看板が下がっている。私の知る糀屋は、旅人宿はしていなかったが、看板はそのままにしていて、その建物と共に、民俗学者や郷土史家らに知られており、その写真は方々の著書に掲げられているが、準本陣だなどと言えるようなえらそうな感じはない。いかにも客の入りの悪い旅人宿といった感じで、その貧相、うらぶれたたたずまいがいいといった建物である。渡瀬には、糀屋のほかに、ある時期脇本陣があったのではないかと思われる。

会社の古山は、運送を業としていたようで、会社とは、運送会社の会社だと考えられる。いずれにしても、糀屋の古山も会社も、父の親類で、親類は、関にもおり、父はその親類だらけの故郷に、別府から無一物で帰って来て、最後は、横川の高橋家（私とどういう間柄なのか、忘れた）の世話になり、そこで死んだのだと聞いている。

「結局、七ヶ宿村はすっかりダムの底に沈んだの」

七ヶ宿村に向かう車の中で、私と妻は話した。

「すっかり、じゃない。親父の出生地の渡瀬というところと、その先にある原という部落と、その先の追見《おつけん》という部落あたりまでらしい。その先の関というところは、そのままらしいよ」

「じゃ、もう、糀屋も会社もないわけね」

「当然。そういや、あなたが行ったときには糀屋も会社もあったわけで、あなたは貴重な文化財を、それがなくなる前に見たってわけだ」

「あれが文化財なの？」

「そうだよ」

「人はどうなったの」

「人は立退保証金をもらって、仙台に行って住んでいる人もいるし、もっと小さな町に住んでいる人もいる。会社の幸平さんは大河原町というところに住んでいる」

「幸平さんの祖母があなたのお父さんのお姉さんだったわね」

「そうだよ、たしか。よく憶えているね、そんなことを」

「私はあなたみたいに呆けておりませんから」

「親父は渡瀬に帰ると、幸平さんのところで居候していて、それから横川の高橋さんという家に移った。そして、故郷に帰って一年目に、横川で死んだのだそうだ」

「その高橋さんのところへ、あなた行ったことがあったんじゃなかった？」

「あるよ、二十年ぐらい前に。オバンツアンにしか会えなかったけれど、親父の最後のころの話を聞かせてもらった。あのオバンツアンまだ元気かな」

「行ってみましょうよ」

「ああ、行ってみよう」

「あなた、お父さんの命日は憶えているでしょうね」

「たしか、九月だったね。日は忘れた。おふくろの方は、憶えているけど」

「お父さんの命日は、秋分の日、九月二十三日です。お父さんの命日ぐらい、憶えなさいよ」

「親父、おふくろが死んだ後は、哀れだったな。渡瀬に帰っても、医者だから病人が出たら診てやったりして、重宝がられた面もあったのかも知れないけれど、粗大ゴミ扱いされた面もあったんじゃないかな」

「その気の毒なお父さんを、あなたぐらい悲しませた息子はいなかったのよね」

「かも知れない」

「かも知れない、じゃなくて、そうだったんです」

そうだ、会社の古山の法事に招かれて、あのときは小原温泉のいづみ屋で席が設けられたのだ。いづみ屋も親類筋だと聞いているが、どういう関係なのかは、もう一度姉に訊いてみなければわからない。

小原温泉は、白石から七ヶ宿への道の途中にある。そこを過ぎると、ダムまでいかほどもない。

前回来たときは、工事はまだ初期であったが、もう、七、八割方は完了していると思えるほどに進んでいた。まだ終わってはいないことが明瞭な水の量であった。古いもののこびりついている街道は、これで水が満ちれば、他でもほぼそっくりの景観の見られるきれいな人造湖になるわけだ。

電気を供給し、水害を防ぎ、自然を守り農業を振興させるために、ダムがいかに重要なものであるかを、拡声器で流していた。ダムの脇に、立派な自動車道路ができていた。やがてその道は、スキー場のある遠刈田の方まで伸びるのだろうが、走ってみると、関まではできていない。

関のあたりは、いつ降った雪なのか、白さが目立った。そういえばこの道は、冬季は雪で通行できなかったのだ。

昔でなくても、横川への道は、通行止の札が立っていたので、もしかしたら父が死ぬ前に釣に行ったかも知れない養老湖に行ってみた。さすがにこのあたりまで来ると、山が美しい。帰りに、ダムのほとりに建てられている「わたらせの記」を刻した碑面を写真に撮って山を下った。碑には渡瀬牧野農業協同組合解散記念建立と刻されていた。「安永風土記」の一部が使われ、湖底に消えた屋号や地名や、村の公共機関の名や地積や、そして家屋を沈めた人の名などが書かれている。家屋を渡した人の名を、水没者誰々と列記している。糀屋の古山、会社の古山のほか、古山姓が随分多い。それにしても、水没者として姓名を列記すると、この人たちはみんな溺死者のように見える。

糀屋も会社も消えてしまったこの感じ、こりゃ「今昔物語」の世界だわい、と思う。渡瀬に限らず、何だって、いつかは消えてしまうのだ。まず、考えられることは、そう遠い先のことではなく、私か妻か、一人が消え、もう一人も消える。これだけは間違いない。

「さて、来年もまた、どこかに行けるといいな」

「まだ早過ぎるわよ、まだ年が明けたばかりではありませんか」

（一九九一年「群像」三月号）

日常

寝たり起きたりしている、と言うと、病人のようだが、私はこの部屋でもう十数年来、寝ては起き、起きては寝ている。

この部屋を仕事場だの仕事部屋だのと称している。私が原稿を書く部屋である。原稿を書くときは机に向かうわけだし、たまには旅行をしたり、一日か二日自宅に帰ったり、ゴルフ場に出かけて部屋を空けることもある。

けれども私は、ここは独房で、自分は独房に幽閉されている囚人で、毎日々々、寝ては起き、起きては寝て、ボケッと過ごしているだけの者のように思われる。

朝起きて、昼寝をして、宵寝をして、深夜あるいは明方にまた寝たりすることがある。朝酒を飲んで、一寝入りして、また酒を飲んで、また一寝入りする。そういう日もある。

ゴロゴロしているという言葉は、そのような私にふさわしい。

ゴロゴロしながら私は、このゴロゴロ暮らしはいつまで続くのだろうか、と思う。昨年が古稀であった。今年七十一歳。そろそろ、脳梗塞で倒れてもいい年である。私は脳梗塞で死ぬような気がする。ある日、私は脳梗塞で倒れ、死後何日かたって発見される。三日に一度ぐらいは、妻に電話をかけて、何かないか、と訊く。すると、妻は、自宅に来た書簡について、答える。急を要する書簡が来た場合は、妻の方から電話をかけて来る。だから、電話がないということは、緊急の用はないということだが、いつか、私か妻のどちらかが頓死していて、そのために電話が通じないということになるかも知れない。

そんな思いがあるから、私は、用がなくても三日に一度ぐらいは、妻に電話をかけるのである。

この七坪半の、バストイレ付、電話付、外出自由の独房で、私が思うことは何か。

七十年の自分の生涯について、振り返って私は何を考えただろうか。

そんなことを思ってみて、ろくに考えてもいないなあ、と思うのである。

この部屋で私は、十数年来、ろくなことは考えず、いつの間にか、年ばかりとってしまったような気がする。

気がついてみると、干からびていた。腐っていた。そんな気がする。

ろくに物も考えず、ぐうたらぐうたら時を過ごしたような気がする。

ぼんやり十数年来、と思っているが、妻に訊くと、この部屋を買ったのは、昭和五十一年である。してみると、もう十五年だ。昭和五十一年は、私は五十六歳である。まさか、十五年間、私はただゴロゴロしていたわけではないだろう。そんな気がしているだけだろう。そう思って自分の年譜を見ると、五十四年に「季刊藝術」が休刊している。

年譜には書いていないが、妻が北里大学病院で子宮癌の手術をしたのが六十年であった。しかし、五年前のことも、十年前のことも、もっと前のこと、戦争中のことも、戦前のことも、すべて遠くなりにけり、である。

何を思い出しても、切実なものがない。年を取ると人は涙もろくなるというけれども、かつては、思い出しただけで泣きたくなったようなことが、もう、どうでもよくなっている。気持に生気がなくなり、鈍く虚ろになっている。

五十代の私は、少年期を甘く思い出していた。戦場の面白さや理不尽を人に語りたかった。妻に対して後ろめたく思う感情にみずみずしいものがあった。それが薄れ、平たくなっている。女たちのことを思い出してみても、他人事のようである。絵空事のようである。何人かの女を、たまに思い出すことがある。しかし、遠くなりにけり、である。

もう二度と会うことのない女との過去の情事の追憶など、疎くなる一方だ。しかし、少しばかりの話をするぐらいの関係になっているだけだとしても、付合があるとすれば、今の付合の方が過去の情事より重い何かである。

女に限らない、友人にしても、死んでしまった友や、消息不明の過去の友の追憶など、遠くなるばかりだ。食品に賞味期間があるように、追憶にも期間があるようだ。期間を過ぎると褪《あ》せてしまうもののようだ。

年に一度か二度ぐらいしか会わないが、林君とは付合が続いている。

その林君が、久しぶりに彼の短篇の載っている同人誌を送ってくれた。同人誌の通しナンバーが第22号となっている。第5号を送ってくれたのは九年前であった。あれから九年間彼が同人誌を送ってくれなかったのは、その間林君は小説を書いていないということだ。

それにしても、第5号に載っている「友の所在の周辺で」と第22号の「行きゆくままに」の間に九年の歳月があるとは思えない。私は「行きゆくままに」を前作と同じ時期に、続けて書かれた作品のように感じながら読んだ。

「行きゆくままに」は、私が読んだ限りでは、彼の四つ目の小説である。なにか他にも書いているのかも知れないが、もしそれを何かに発表すれば、彼は私にくれるはずである。林君は友人に誘われて同人誌に加わって、初めて短篇を書いたのではないか。あるいはもっと前に書いたことがあるのかも知れないが、私が初めて読んだのは、「駱駝」第3号の「ダッキとその族」という作品だ。

二作目が「どうくるるのよう子」、三作目が「友の所在の周辺で」である。「駱駝」は年に二回出しているようで、十年前の林君は、半年に一作のペースで、三篇続けて書いている。

最初の「ダッキとその族」は、寓話小説というのか、宮沢賢治の童話のような、井伏鱒二先生の「山椒魚」のような、幻想があり、隠喩があり、諷刺のある短篇である。二つ目の「どうくるるのよう子」からは、林君自身らしい〝私〟が出て来る。

ダッキというのは蛙のボスの名前である。作中、ダッキのほかに、ゲッコ、ピッキ、コッポ、クッパ、カレム、ゼノペなどという名の蛙が登場する。蛙たちは人に擬して書かれている。二作目の「どうくるるのよう子」の〝どうくるる〟というのは、沖縄の言葉の〝ぺだんでゅくるる〟をつづめたものなのだそうで、太陽のある場所とか太陽の位置ぐらいの意味だそうだ、と、作中の人物の言葉で説明している。その「どうくるる」からは、林君自身らしい〝私〟が出ては来るし、このような小説も、一応〝私小説〟と呼ばれることになるのかも知れない。そして、私の〝私小説〟もそうだが、林君の〝私小説〟も、架空の話を加えて書いているようだ。

「どうくるる」の版画家の野原よう子について、あるいはそのモデルについて、私は何も知らない。三作目の「友の所在の周辺で」の竹内さんのことについても、私は何も知らない。けれども竹内さんのことは、林君からある程度話を聞いている。

「友の所在の周辺で」では、林君が戦後四十年目に、消息不明の旧友の実家を訪ねる話である。林君の小説を読むと、私は五十年前を思い出し、終戦直後を思い出す。林君の小説を読むことは、林君のことを思うことになり、それは、私自身を振り返ることになるのだ。

竹内さんのことは、私は戦前、召集されて仙台に立つ日にも聞き、戦後も聞いた。

私が軍隊に召集されたのは、昭和十七年の秋であった。林君は、その翌年、例の学徒出陣というやつで、豊橋の工兵聯隊に召集されたのだと言っていた。

召集令状が来たとき、私は、朝鮮の京城にいたのだった。今のソウルを、戦前は京城と言っていた。当時、私の生家は、北朝鮮の新義州という町にあった。新義州は鴨緑江岸の町で、河の向こうは満洲であった。

あの年の夏、私は東京から新義州の生家に帰ったのであった。父は新義州で病院を開業していたが、十六年に母が死ぬと、病院を手放して内地に引き揚げる気になった。病院が売れて、生家を整理するという。それを手伝うという名目で、そのころ私は、東京で、戦後の言葉で言えばヒッピーのような生活をしていたのだが、一時家に帰ったのだった。

召集令状が来ることはわかっていた。帰ったのは、その前に肉親に会っておこうという気持があったからであった。別れを告げに行ったのだった。

新義州に帰ると、妹が肺結核で床に就いていて、そのうちに京城医専の附属病院に入院することになった。私は、京城の知人の家に泊めてもらって、妹を毎日見舞うことにした。

あのとき、何日ぐらい、京城にいたのだっただろうか。京城の知人というのは、父の大学時代の級友で、当時は本町と呼ばれていた繁華な商店街から横道にわずかに入ったところで、外科病院を開業していた。瀬戸病院というのであった。

私は瀬戸家の人たちを、瀬戸の小父さん、瀬戸のお兄さんと呼んでいた。小母さんは亡くなっていて、あのときの瀬戸家は、小父さんとお兄さんと娘が二人の一家であったが、瀬戸のお兄さんと長女の朝さんはあの家にはいなかった。あの家に住んでいたのは、小父さんと次女の夕さんとであった。

私は瀬戸病院から、総督府のそばの医専病院に通ったのだった。妹については、助かる見込みはないと言われていた。奔馬性肺結核というのであって、病気の悪化が激しく、三ヵ月の命だと言われていた。

父は、自分が内科医であり、病院を開業していながら、妹を京城の病院に入院させた。それは娘の絶望的な病気に、肉親では冷静な治療ができないからだということであったが、絶望的なら、遠くの病院に入院させずに自分で診るべきだと私は思ったが、父にしてみれば、絶望的だから大病院にすがって、一縷の望みをもとうとしたのでもあったわけだろう。

その気持を父は、私の姉には語ったようだ。母が死んだ後、父は、姉とは話し合っていた。

召集令状は、新義州の生家に届いた。そのことを姉が、瀬戸病院気付の電報で知らせてきた。

私は生家に返電を打ち、新義州には帰らず、京城から入隊地の仙台に向かった。

あのころは、釜山から下関まで連絡船で渡り、下関から東京まで、十八時間特急列車に乗った。新義州から東京までの所要時間は、四十八時間であった。新義州から京城までは九時間、東京から仙台までは六時間ぐらいであった。

新義州から東京に来て、兄の家に泊まり、指定日の前日の最終列車で仙台に向かったのである。

指定の入隊時刻は、午前八時だっただろうか、九時だっただろうか。入隊した日は十月一日であった。時間を計算して、私はギリギリまで京城にいて、病床の妹と別れた。東京では、兄の家に、一泊したのだったか二泊したのだったか。林君とは、どんなふうにして連絡を取り合い、どこで会い、会ってどこへ行き、どんな話をしたのだったか、もう憶えていないが、仙台に立つ日、彼と会い、彼だけが上野駅のプラットフォームまで、見送ってくれたのだった。

私は戦後二十五年たって、「墓地で」という短篇を書き、次に「プレオー8の夜明け」という小説を書いた。「プレオー8の夜明け」の〝私〟は、上野駅の改札口で、女と別れる。女は〝私〟の出征中に〝私〟の子を生んで死ぬ筋書になっているが、当時の私には、そういう女はいなかった。上野駅まで見送りに来てくれたのは林君だけで、発車のベルが鳴ると林君が、

「なるべく死ぬなよな」

と言い、私は、

「運次第だな」

と答えた。

十八年の六月に私は、南方に送られたのだった。軍隊はその直前に、三泊四日だったかの休暇をくれた。戦場に行く前に家族とひとときを過ごして来いという趣旨の休暇であった。

父が新義州の病院をたたんで九州の別府に引き揚げたのは私が仙台の聯隊に入隊した直後であった。妹は、京城で別れて一ヵ月後に死んだ。私が歩兵第四聯隊から第二師団司令部に転属になり、衛兵隊の一等兵として南方に送られることになったとき、父は別府にいた。

家族とひとときを過ごして来い、という休暇なら、私は別府の父に会いに行くのが本筋かも知れない。家族と言っても別府には、父と末の妹がいるだけだったが。私は末の妹と二人で暮らしている別府の父の許に行く気にはなれなかった。三泊四日の休暇では、行ってもトンボ返りで帰って来なければならない。仙台から別府までは、乗り換えの時間も含めると、片道三十

時間を超えるだろう。午前中に仙台を立っても、別府に着くのは翌日の午後になる。三泊四日では、次の日の午前中に別府を立たなければならない。

姉は、父が別府に引き揚げると、神奈川県座間町の陸軍士官学校の官舎に住むことになった。北支に出征していた軍医の夫が、陸士の医務室に勤務することになって還って来たのである。私は別府ではなく、座間に行って休暇を過ごしたのだった。

あの休暇の折に、林君に会い、一緒に横浜へ行ったような気がするが、それはもしかしたら、休暇で座間に行ったときのことではなく、入隊のために朝鮮から上京した十七年の九月の末のことであったかも知れない。

母のことや妹のことは、私は短篇に書いた。母のことは短篇だけでなく、長篇にも書いている。

しかし、母も、妹も、父も、遠くなりにけりである。

林君のことは、随筆には書いたことがあると思うが、小説に書いた記憶はない。何かに書いただろうか。

林君は、私が入隊したころは、どこに住んでいたのだっただろうか。

あのとき私は、彼とどんなふうにして連絡を取って、どこで落ち合ったのだっただろうか。上野駅で別れるまで、どこで、どんな話をしたのだっただろうか。何も憶えていない。

林君に、

「憶えているかい」

と訊いてみたが、

「憶えていないな、君と別れた後、竹内を訪ねたような気がするんだけどね、それも確かじゃないな」

と言うのであった。

林君とは、戦後いち早く会い、それから、年に何回かは会っている。戦後すぐのころは、正月に彼の家を訪ねるのが恒例であった。

当時、彼は、千葉市松波町に住んでいた。私たちは、中山競馬場で落ち合い、競馬をやり、それから松波町に行った。

彼が、駒込の私の家に来たこともあった。彼とは会っても、林君は元来口かずが少なく、彼よりは私の方が喋るが、しかし、私もそうは喋らない。私たちは、ボソリボソリと話し、黙っている時間の方が喋っている時間より長いくらいである。

それでいいのである。たまに会い、少し話せば、久しぶりに親しい友人に会って、大いに語り合った感じになるのである。

彼とは、京都の高等学校で親しくなった。私は一年で退学したが、以来、親しくしている友人である。年は私の方が一年多いが、私は二年浪人して入り、彼は現役で入って、体を悪くして留年したので、同じ文科丙類で机を並べることになったのであった。

私は一年で退学したが、一年でも京都の高等学校で過ごせたのは幸運であった。旧制の高等学校のあの得意と陶酔は、今の学校にはないものだろう。東大にも京大にもないものだろう。今も一流校と呼ばれる学校に入学した者は、自分がそこの学生であることが得意だろう。そういう学校の卒業生には出世する者が多かろう。しかし、今の一流校の学生には、昔の高等学校の生徒のような得意や陶酔はないだろう。

その得意と陶酔の場から私は転落したわけだった。私は京都の第三高等学校に入って得意であった。だから、転落がつらかったのだ。当時は支那事変たけなわの時代であったが、私は反戦反軍の言辞を弄していた。ただし、相手によっては口を緘《かん》し、あるいは少ししか言わない。それを、まったく警戒なしに話せたのが林君であった。支那事変を正義とする国で出世してはいけない、と私は、自分が出世コースを歩みながら言っていた。三高から東大や京大に進んだからといって、もちろん、出世するとは限らない。しかし、私は、一応、出世コースに乗っていたつもりだったのだろう。それでいて、この国で出世してはいけないのだと言っているのだから矛盾している。それならさっさと学校を辞めればいいのだが、私はあの学校に未練があった。いい学校であった。京都という街も、もっと長くいたいところであった。その矛盾の中で、結局、私は落ちこぼれた。どっちつかずのまま、私は、欠席の多い、成績劣等の生徒になった。学校の勉強はせずに、小説ばかり読んでいた。生徒の分際で、遊廓に通った。

私は林君よりスノビッシュであり、バランスを欠くことの多い生徒であった。私が林君にそう言ったら、彼は、いやあ俺も同じだよ、と言うだろうが、私はそう思っている。林君は、自分をなるがままに任せて、まったく動じない友のように感じられた。矛盾も不合理も、林君には、なるがままの一部であるかのように思われた。卑下自慢というのがあるが、彼は、一流をひけらかす自慢もなく、卑下自慢もない。旧制の高校生は、ストームなどということをやって、はしゃいでいたが、林君は、ストームなどはやらない。かと言って、ストームの批判もしない。彼には、旧制高校生のファッションであった弊衣破帽に朴歯《ほおば》の下駄などは、無縁であった。流行からも時流からもはずれていた。彼は、言っても無駄な批判はしない、同調もしない、すべてなるがままに任せて、その結果がろくでもないものになっても、なるようになったよ、と言って笑っていた。彼には豪傑笑いはない。彼の笑いは、微笑か苦笑だ。

林君にも、旧制高校生の得意や陶酔が、彼なりにあったのだろうか。あったとしても、それは見えて来ないのである。彼は私のように、この国で出世してはいけないなどと言ったりはしないが、出世や富を手に入れるために努力する気はない。そういうものが感じられた。いつの間にか、彼と親しくなっていた。私は林君の何に安心し、どこに共鳴していたのだろうか。とにかく私は、林君には、神国日本への反発を、安心して口にすることができた。私の言葉を、彼は、うん、うん、とうなずきながら聞く。

そんなふうであった。

五十年前に京都で、私たちは何を語り合ったかは憶えていない。憶えているのは、言葉が少ないのに、なんとなく理解し合っていた感じである。

この感じは、五十年後の今も、あのころとまったく変わらない。あのころと同じように、林君は脱俗ぶるでもなし、威張りもしないし、卑下もしない。

彼とは、多くを語らなくても何か通じ合っている感じがするのだが、しかし、私が彼について、どれほどのことを知っているか、どの程度に理解しているかということになると、実は、ろくに知りもしないし、理解もしていないのだと思う。しかし、人と人との関係とはそういうものなのだろう。ろくに知りもしなくて、ろくに理解もしていなくても、親しくなる者は親しくなる。そういうのをウマが合うと言うのである。

これまで付き合って来た人、現に付き合っている人たちは、自慢する人か、人をけなす人か、やたらに他人を褒めるが、自慢もする人、他人はけなし、自慢をする人、他人はけなさないが自慢をする人、自慢はしないが、やたらに人をけなす人、そのどれかの人ばかりだ。林君は、自慢もせず、人をけなしもしない。競争心などまったくないかのようである。俺は裏通りばかりを歩くところがあってね、と彼は言ったことがあるが、低徊趣味や虚無を見せる気はない。自己弁護だの、理論武装だのというようなものは、林君には無用のもののようであった。

そういう人は、社会や組織からは、はみ出したり取り残されることになりそうだが、しかし、林君は、はみ出したり、取り残されたりはしなかったようだ。軍隊では、私と同じように、幹部候補生にはなれず、あるいはなる気もなく、終始下級兵士のままでいたが、東大を卒業すると中学の先生になり、次に東京書籍という教科書会社に勤め、それから開成高校の教師になった。東京書籍は最大手の教科書会社であり、開成高校はナンバーワンの進学校である。東大を出て、最大手の教科書会社からナンバーワンの進学校に勤めたのだから、裏道を歩いたわけではない。

しかし、林君は、どのような地位に据えられても、競争の場からははずれている気でいたことだろう。

彼は、私より一つ年が少なく、今年、古稀である。今年で、開成高校を辞めるのだと言っていた。

「辞めたあと、どうするの」

と訊くと、

「どうするか、何も考えていない」

と言う。

「いわゆる年金暮らし、ということになるのかな」

「そういうことになるんだろうね。まあ、なんとか食ってはいけるだろう」

と彼は他人事のように言っていた。

「とにかく、たまには会おうよ」

と私が言うと、

「ああ、たまには会おう」

と彼も言う。

しかし、今年は、まだ一度会っただけだ。だいたい、戦後は、彼とは年にせいぜい二、三度会うぐらいのことになっている。死ぬまで、こういう付合が続くことになるのだろう。

それでも、そんなに疎遠になってしまったという気もしないのだ。

林君が結婚したのは、いつだっただろうか。奥さんに初めてお目にかかったのは、いつ、どこでだっただろうか。千葉市松波町の家で、だったような気がするが確かではない。

その後、林君は、亀戸の公団マンションに住み、それから今の目黒のマンションに移ったのだ。なにしろ、もう七十歳だ。彼の子たちも、もちろん、もう成人している。上が男で、下が娘である。私は、今年四十一になる娘が一人いる。孫も女の子で、一人いる。

私たちの子は、もう皆親元にはいない。

彼の住まいは、もう何年も訪ねたことがない。なにしろ、せいぜい年に二、三度会うだけである。その二、三度は、彼が青山の私の部屋を訪ねて来てくれている。彼は先年、茨城県の牛久に別宅を持った。月の半分は、牛久にいるのだという。牛久に電話をかけたら奥さんが出たことがあった。しかし、たいていは、彼一人でいるのだという。

彼も私のように、一人で飯を食っているのか。外食したり、自炊したりしているのか。スーパーマーケットなどに行っているのか。

私は、青山で、よくスーパーに行く。外食したり、自炊したりしていて、食料品を買って来る。紀ノ国屋に行くこともあるし、三丁目のピーコックまで行くこともある。

スーパーに行くのは、独房の囚人には、毎日の運動の時間である。

こうして歩くことが、多少は運動になるかも知れないな、と思う。

毎日ゴロゴロしているわけだから、これではブロイラーだと思えて来る。食っちゃ寝、食っちゃ寝というやつだ。ますます腹がせり出す。

食事はどうしているのか、と訊かれて、外食したり、自炊したりしていると答えると、へえ、自炊をするんですか、マメですね、と言われたりする。なに、ちゃんとしたクッキングをする気がなければ、自炊なんて誰にだってできる。食器洗いは面倒だが、物を食わないわけにはいかないのだから仕方がない。

掃除洗濯、炊事は、やれないと言う人がいるが、普通の人間にやれないような難しいことではない。だが、掃除と洗濯は、やれなくはないが面倒なので、私もしない。だから、部屋はほこりだらけである。洗濯は、パンツとハンカチぐらいは自分で洗うが、ダンボールの箱に詰めて、宅配便で妻に送るのである。

妻とは、林君と会うよりは会っている。だが、妻とも、ここ二十年ぐらい、まるで別居生活のような過ごし方をしている。

いや、ここ二十年ぐらいだけではなくて、私が所帯をもったのは昭和二十四年だが、当初から私は、よく家を空けた。

この部屋では、妻のことも思う。妻以外の女のことも思う。

そう言えば、妻と結婚して駒込に住んでいたころ、林君が訪ねて来てくれたことがあった。何回か来てくれたような気がする。あのころは、年に二、三度ではなく、もう少し頻繁に会っていたのだ。

軍隊の雑嚢を肩にかけて来たことがあった。雑嚢に腰紐を巻いてふたをとめていた。弊衣破帽は一種のオシャレだが、あれは、無頓着というやつだ。

京都の土産だと言って、ミイラになった松茸を持って来てくれたことがあった。届けようと思っているうちに日が経ってしまって、カラカラに乾燥してしまったというのであった。

林君の小説を読むと、林君のことを思う。彼のことを思うと、戦争中の自分のことから、結婚した当初の妻のことまで、追憶がひろがる。

駒込の追憶も、薄れはしたが思い出す。

あの家は十一坪しかない小さな家だった。この部屋より、いくらか広かったわけだ。あとで二坪建て増して、十三坪にした。小さな書斎と小さな浴室を作ったのだ。

私は二十二年の十一月に、ヴェトナムから復員して、翌年の春から、日本映画教育協会という財団法人の事務局に就職したのだった。日本映画教育協会を、私たちは略して映教と呼んでいたが、映教に米屋の息子がいて、彼の親父の紹介で、私は明子と結婚したのだった。明子の母が、出入りの米屋に娘の相手捜しを頼んでいて、その話が私に来たのだった。

映教は財団法人だから、経営は寄附行為に依らなければならないのだというのであった。映画会社や、映画関係の商品を作っている会社や、映画教育を普及推進する団体などが映教の会員になっていて会費を納めていた。その会費の納入を寄附行為というもののようであったが、それだけでは足りないといって、映教は映画商品の販売を斡旋して、稼いでいた。だがそれでもなお経営が苦しかったようで、私は、福岡にとばされた。

結婚して半年ぐらいたったころであった。協会は、私に、福岡に行って支局を開けと言った。開設の資金は出せない、事務所は、福岡にいる映画商品の代金滞納者からぶん取れ、そして、以後、独立採算でやって行け、というのであった。

それを拒むなら、退職しろ、という単身赴任であった。協会としては、私が辞めるもよし、行くもよし、どっちにしても人員整理になるのである。

私は、結婚早々失業するわけにもいかなくて、結局、いったん福岡に行ったが、一方で転職先を捜した。二カ月後に、河出書房に入れてもらえることになり、東京にもどった。しかし、河出書房に入れてはもらったものの、私はまったくうだつの上がらぬ社員であった。

河出でも私は、軍隊と同様に万年一等兵であった。階級も給料も、後輩の社員に抜かれた。もちろんそれは、私がダメ社員であったからだが、そういう私と結婚してしまった妻は、貧乏くじを引いたわけだ。妻は、私の見込みのなさを、いち早く感じていたようだった。私と結婚したことを後悔していた。

いずれにしても、河出でやって行くしかなかったのだが、三十二年に河出は倒産し、私は一年ぐらい失業をした後、教育出版という教科書会社の嘱託になり、その五年ぐらい後に、PL教団が経営する芸術生活社に転入したのだった。

「芸術生活」から「季刊藝術」に移ったのは、昭和四十二年である。「季刊藝術」に移って、四十四年に初めての小説「墓地で」を書いたとき、私は四十九歳であった。結婚して二十年目である。

教科書会社の嘱託をやっていたときも、「芸術生活」に移ってからも、私はしょっちゅう会社に泊まり込んだし、出張が多かった。小説を書き始めてからは、ホテルに泊まり込んでろくに帰らなかった。この部屋を設けてからは、もっと家を空けている。

世間には同居離婚などというのがあるのだそうだが、私と妻とは、四十年来の別居夫婦である。

この状態が終わるのは、私か妻のどちらかが倒れたときになるだろう。それはもう、さほど先のことではないかもわからない。

私と妻とのこの状態を話すと、妻は、お寂しいでしょう、と言われるのだという。

私は、奥様がお寂しいでしょう、と言われる。

私は、妻の気持はわからない。私は、寂しく、気楽である。

この部屋にほとんど閉じ籠りきりで、過去の断片を、不確かに、とりとめなく、呼びもどしてみたり、誰かのことを、思ってみたり、だいたいそういうのが、私の日常というもののようだ。

競馬場にも、たまには行く。昔のようには行かなくなったけれども。だが競馬のある日は、競馬場まで出かけて行かなくても、電話で馬券を買い、ラジオを聞いている。メインのレースともう一つぐらいは、テレビでレースの実況を中継するから、スイッチを入れる。

競馬の開催日の土曜、日曜は、四時半まで競馬をやり、そのあと、ゴルフの放送などを見て、日中は終わってしまう。この国のテレビは、ほとんどの番組が女子供向けに作られているし、下品なものが多いので、競馬やゴルフのほかでは、他のスポーツ番組だとか、ドキュメンタリーだとかを、見たり見なかったりするぐらいだが、ドキュメンタリーには、ときどき、見ていて感動させられることがある。いわゆるテレビのヤラセに気持を損われても、なおだ。

テレビの番組がいとぐちになって、過去の断片を、不確かに、とりとめなく思い出していることがある。

朝鮮を扱ったドキュメンタリーを見て、新義州のころのことを思い出すことがある。東南アジアが映ると、戦争中のことを思い出したりする。戦場や焼跡が映し出されると、林君との別れや再会を思い出したりする。

軍隊では、軍隊以外を地方と呼んでいた。軍隊が中央だということなのだろうか。その地方のことを私たちは、娑婆とも言っていた。娑婆で最後に別れたのが林君であり、五年後、娑婆にもどって来て、友人の中で最初に会えたのも林君であった。

戦争で私たちは、互いに消息不明の状態になっていた。肉親の消息もわからずに、私は帰国した。上陸したのは佐世保であったが、佐世保の援護局の留守宅名簿には、私の肉親の名はなかった。で、私は、まず、五年前の、父の朝鮮からの引揚げ先であった別府に行ってみたのだった。別府には母の兄が住んでいた。母の兄から私は、父が死んだということを聞かされ、浜松在住の遠縁の者を訪ねてみてはどうじゃ、と言われて、言われたとおり、浜松に行った。浜松の小父が、姉の住所を知っていた。私はまず姉を訪ね、姉から兄の在所を聞き、しばらく兄のもとに寄食した。

その兄の家に、林君からの書簡が届いていた。もし、無事復員したら連絡してほしいと、彼の所番地を書いてあった。早速、手紙を書いて林君に会い、よく兄の住所がわかったね、と訊くと、私が果たして生きているか、死んでいるかわからないが、もし生きていたらと思って、彼は私の本籍地であった宮城県刈田郡七ヶ宿村の役場に問い合わせて、兄の住所を知ったというのであった。その私の本籍地は、三高の教務課で調べたというのであった。

そのころ林君は、市川の中学の先生をしていて、学校の宿直室のような部屋に住んでいた。その部屋を訪ねて、彼と再会したのだったと思う。

「生きて帰って来たよ」

上野駅のプラットフォームで、なるべく生きて帰れよな、と言った林君の言葉を思い出していた。私がそう言うと、

「幸運だったな」

と林君は言った。

「ああ、運がよかった。君も軍隊にとられたのだろう」

「ああ」

あの戦争では、片方の眼が見えない者も、一つでも見えれば鉄砲だって撃てると言われて召集されたと聞いていた。

「肋膜の既往症で免除なんてわけにはいかなかっただろうね」

「ああ」

「外地には送られなかった？」

「ああ、それが、演習で穴に足がはまって怪我をして、はずされたんだなあ」

と林君は言った。

彼の召集前後のことは、「友の所在の周辺で」に書かれている。私は娑婆での最後の日に林君と会えたし、生きて帰って来たが、彼は竹内さんとは、入隊の直前、大阪駅のプラットフォ

ームに行って会えず、大阪から東京まで追いかけて会いに行って会えず、結局竹内さんは還らぬ人になるのである。竹内さんの嫂《あによめ》の妹との恋愛が、この短篇には書かれている。竹内さんの消息を知りたくて、戦後四十年もたって、竹内さんの実家を訪ねると、四十年前の恋人は、友の兄の妻になっている。

私小説といっても、小説は、どこにフィクションが仕掛けられているかわからない。林君の私小説も、事実を事実のままに書いているわけではあるまい。いずれにせよ、林君の小説を読むと、俺の知らないことが林君には山ほどあるんだ、と思う。やはり、林君だな、とも思う。

先日、彼が送ってくれた「駱駝」第22号所載の「行きゆくままに」には、外地送りから林君がはずされた経緯が書かれている。死について書いている。母の死、そして母と自分とのことを書いている。

林君の母上とは、千葉の松波町で何回かお目にかかった。母堂はその後、兵庫加古川の妹のところに行った。私は、彼の母上には、亡くなるまで年賀状だけは差し上げていた。親と子の間の通じにくいもの、通じなくても彼の中にある母親への思いが、みごとに書かれている。彼は、通じないものを通じさせようとはせず、自分をも、母をも、その他のすべてをも、ただ「行きゆくままに」任せている。人に示す気のない愛が、人に知られないままに流れている。奥さんへのいたわりも、自然ににじみ出ている。

二作目の「どうくるのよう子」には、彼が奥さんにこきおろされるところがある。

あなたって人は自己本位で、それでいて自分の意志をはっきりさせないのネ。何を考えているのか、さっぱりわからない。自分じゃそれでいい気でいるんでしょうが、うっとうしいたらありゃしない。今までそれでずいぶんひとにいやな思いをさせてきたと思いますヨ。眉間に縦皺よせて、顔を見るだけで不愉快ヨ。常識がないのネ、世間知らずで。いつまでもそんなかってなことをしていて、私はそんな人の世話はしませんヨ。独りで生活したらどうなの。あなたなんかには、子ども寄りつきませんヨ。覚悟してらっしゃい。

彼が、

俺、これで常識的なんだナ。そうでなかったら、もう少しましな生活をしている。

と言うと、

あんた、学校教師でよかったワネ。そうでなかったら、今ごろはとっくに野たれ死にネ。いっそそのほうが、早く見きりをつけられてよかったのヨ。あんたってばかネ。何もわかっちゃいない。

と言われる。

林君の奥さんが、実際にそう言ったとは思えない。これはおそらく、林君自身が自分に投げつけている言葉であろう。そしてこれは、このまま私が妻に言われそうな言葉だ。

私と妻とは、互いによく、先に自分の方が死にたい、と言う。

「しかし、希望は希望。実際にはどういうことになるか、どっちかが死ぬまではわからない」

「いいえ、絶対、私が先に死ぬわ。でも、もしあなたが先に死ぬんだったら、早く死んでね」

「そうしてやりたいが、どうなるんだろう」

私と妻とは、たまに会って、そんなことを言っている。

そう言えば、林君の四つの小説は、いずれも、死を書いている。「どうくるるのよう子」では、活力への渇望が書かれているが、彼はこの作品で死から一羽ばたきしてみようと試みて、しかし、高くは飛べないのである。

林君が小説を書き始めたのは、還暦を迎えてからである。最初の作品から、死を書いているということは、彼が死の近くなった年齢で書き始めたということもあるかも知れない。そうではなく、元来彼は、死を考えることが好きな資質なのかも知れない。あるいはもっと別のものかも知れない。

いずれにせよ、戦争で彼も、生死の脆《もろ》さはかなさを痛感したのである。運で死に、運で助かる。生死に限らず、脆いもの、はかないものを、彼は好む人だと思う。

戦争は、いいか、わるいかで考えるべきものではない。そのどこに美があるのか、魅力があるのか、どこが醜く、どこが汚いのか、を小説を書く者は求めなければならない。

そして、醜いものや汚いものも、受け容れたいものである。とにかく、生死は、はかないがゆえに、より魅力あるものになっているわけであろうか。

芥川龍之介に、「或日の大石内蔵助」という短篇があるが、「ある日の小ボケ老人」は、こんなことをとりとめもなく、思っているのである。明日はまた、いくらか違うことも考えるだろう。年を取ると、くどくなる。同じことばかり言うようになる。ということは、ある思いばかり繰り返すということであって、私も、ある思いを繰り返しているのかも知れない。これからも繰り返すのかも知れない。

たとえば、それは、どんなことだろうか。

「ある日の小ボケ老人」は、ある日はこんなことを思って一日を過ごす。次の日も大差はない。今日は一日中、林君とのことを追憶したが、明日は石山君のことを考えて過ごすかも知れない。明日は、もう少し助平老人になれるかも知れない。なれないかも知れない。

明日は、小説のことだとか、林君のことなど、まったく考えない日になるかも知れない。朝から酒を飲み、一寝入りして、起きて、また酒を飲み、少しばかり、雑誌などを読み、また一寝入りして、起きて、また寝て——そんな一日になるかも知れない。

そんなある日が続く。そういうのが、私の日常だ。なんと単調な日常だろうか。

突然、これから自宅に帰ろうかな、と思うことがある。しかし、帰らない。急に、旅に出てみようかな、と思い立つことがある。しかし、体が動かず、単調な日常を繰り返してしまう。

この活力のなさは、年のせいもあるのだろうか。私が怠惰だからなのか。

そのうちに、林君の牛久の家にも行ってみようと、思ってはいるのだが……。


「駱駝」第22号所載の「行きゆくままに」を読んだ後、林君に電話をかけてみた。

最初に目黒にかけてみたが出ないので、牛久にかけてみたら、奥さんと一緒に行っていた。

「『行きゆくままに』読んだよ。いい小説だね」

「ありがとう」

「十年ほど前に、君が持って来てくれたはじめのころの『駱駝』に書いた『ダッキとその族』『どうくるるのよう子』『友の所在の周辺で』の三作も、読み返してみた。みんないい作品だと思う」

「そう、ありがとう」

「君、ほかには書いていないの。『友の所在の周辺で』から、今度の『行きゆくままに』の十年間、何も書かなかったの」

「いやあ、二つか三つ、書いている」

「それは、活字にしたの？」

「ああ、僕が書いたものは、全部、『駱駝』に載せているんだけど、あげてない？」

「もらっていないよ。読みたいな」

「じゃ、送るよ」

私は、カラカラに乾いた松茸を届けてくれた林君を思い出した。彼は、私がまだ読んでいない作品が載っている「駱駝」を送る気でいて、忘れて、それっきりになってしまったのだ。

「ああ、送ってくれよ。で、『友の所在の周辺で』と『行きゆくままに』の間に、どんなものを書いたの」

「うん、一つは老人の死を書いた。一つは、兵隊にとられて軍隊に入る前後のことを書いた」

「そう、読みたいな、待ってるよ」

と言いながら、私は、また彼は、死を書いているんだ、と思った。

あのころの軍隊というのは、人の死ぬ所である。軍隊に入る前後のことを書いた小説にも、死が書かれているわけだろう。

「しばらく、そこにいるの？」

「うん、しかし、明日ちょっと東京に行く用事があるから、『駱駝』を送る手配をする」

「ああ、待ってる。それはそれとして、しばらく会わないな。このあいだ会ったの、いつだったかな」

「いつだったかな。今年、一度会ったような気がする」

「そんな気がするな」

「また会おう」

私たちは、そんな話をしたが、今度会うのは、いつになるだろう。「駱駝」は、今度はすぐに届くだろうけれど。


（一九九一年「別冊文藝春秋」夏号）

セミの追憶

このところ、やや下火になっているが、先般、戦争中の従軍慰安婦のことが、大騒ぎに騒がれた。

戦後ほぼ半世紀もたってあのような騒ぎになるとは、なぜだろうか。誰も知らない旧悪が、はじめて露見したわけではない。朝鮮半島が日本の植民地であったころ、わが国は朝鮮民族に対して、いろいろとひどいことをした。従軍慰安婦の大半が朝鮮人であったということも、あのころの日本のやり方や考え方を語っている。そのことも、しかし、在来まったく語られなかったわけではない。戦後生まれの若者には知らない者もいるだろうが、朝鮮人労務者の強制連行や従軍慰安婦のことは、書かれもし、従軍慰安婦については戦後早い時期に、映画にもなっている。

だが、これまでは語られてはいたが、騒ぎにはならなかった。それが半世紀近くもたってこんなふうに燃え上がったのは、ひとつには、集中豪雨式だの、金太郎飴風だのと言われるマスコミが、口を揃えた報じ方をしたからだろうか。

なにやら、燠《おき》から炎が立ちのぼったような感じである。

大分県の正義の婦人団体のリーダーで、日本の旧悪の告発に熱心な人がいて、その人が炎を立ちのぼらせたのだという。けれども、マスコミの集中豪雨式の報道がなければ、もちろん、これほどの騒ぎにはならない。

正義の婦人団体の運動に呼応するかのように、元朝鮮人従軍慰安婦が名乗り出た。

私をこんなひどい目に遭わせ、一生を台無しにした日本政府よ、謝罪せよ。

と彼女たちは言う。彼女たちには、謝罪をして補償しろと言う人もおり、補償は求めない、ただちゃんとした謝罪を求めているのだ、と言っている人もいるようだ。

そういう人たちが、韓国のほかにも出て来た。北朝鮮にも、中国にも、フィリピンにも。そして、そういう人たちの団体が、それぞれの国にあるようだ。そして、韓国の新大統領も、フィリピンの大統領も、金銭的補償は要求しないが、真相の究明を求める、などと言っている。

元従軍慰安婦の騒ぎが起きた当初、日本の政府は、慰安所を作ったのは民間の業者であって、資料不足でよくわからない、といったような幼稚な弁解をして逃げようとした。それが、正義の炎に油を注ぐことになり、調査をすると態度を変えないわけにはいかなくなった。

今は、調査中であり、報道によれば、調査の担当者が、元関係者や元従軍慰安婦に話を聞いているところだという。しかし、新聞もテレビも、元関係者という人たちがどういう人たちなのか、事情聴取の規模がどのようなものであるのか、それがどれくらい進んでいるのか、そういったところまでは、まだ報道してはいない。

元関係者というのは、戦争中慰安所を管理していた旧軍人だとか、慰安婦たちの検診を担当した軍医だとか、彼女たちを徴集した、あるいは募集した人だとか、そういう人たちのことであろうか。事情を聞いている元従軍慰安婦というのは朝鮮人か日本人か。その両方なのか。いつの日か、聴取の内容は発表されるのだろうか。いつか、発表しなければならない場所に追い込まれたとしても、そのときは、例によって政府答弁式言辞が作られることになるのだろう。

元従軍慰安婦というのは、ほぼ私と同年配である。韓国人や北朝鮮人の元慰安婦たちも、日本人の元慰安婦たちも、現地で募った現地人の元慰安婦たちも、今や、最も年少の者が、もうすぐ古稀に達する年配である。私はすでに古稀を過ぎ、今年七十三歳になるが、軍隊に取られたときは、二十二歳であった。

あのころ、朝鮮人慰安婦は、二十歳前後の者が大半だったのではないだろうか。日本人慰安婦には、年増も多かったような気がする。私には、日本人元従軍慰安婦の友人がいるが、彼女は私より年長である。

元従軍慰安婦たちは、半世紀前のことを、どの程度に覚えているのだろうか。何を思い出しているのだろうか。

兵士たちもそうだが、元従軍慰安婦たちも、人によって、思いも違うだろうし、遭った目も違う。外地に派遣されたといっても、人によっては、砲弾を浴びることもなく、飢えることもなく帰還した者もいる。ひと口に慰安婦というが、慰安婦には、中国雲南省の騰越に派遣されて、日夜、砲撃や空爆にさらされ、最後に捕われた者だけが、とにかく死なずに帰って来たという人もいる。騰越の守備隊は、連合軍の反攻で全滅し、二千六百人の将兵のうち、二十人か三十人か、捕虜になった人だけが生還した。同じく雲南省で千六百名が全滅した拉孟《ラモウ》の守備隊も、数字は確かではないが、たぶん、二、三十人ぐらいが、捕虜になって、死だけは免れたというのである。拉孟の守備隊にも、従軍慰安婦が派遣されていた。朝鮮人女性と日本人女性とが拉孟の慰安所にいたのだと聞いているが、何人ぐらいいたのかは知らない。彼女たちの中に、生き残った人がいるかどうかも私は知らない。

どこ出身の、なんという名の女性が、拉孟や騰越で死んだのか、生き残ったのか、日本政府の調査は、そこまでは及ぶまい。そこまでやる気もあるまい。わが第二師団司令部に派遣された朝鮮人元従軍慰安婦たちについても、その消息はもうわからない。

一人、鈴蘭といったか白蘭といったか。一応、消息が伝えられているのは彼女だけである。その鈴蘭さんだったか白蘭さんだったかは、戦後、元第二師団司令部の兵士のカミさんになったというのである。私は、仙台で、元戦友からそのことを聞いた。

「鈴蘭だったか、白蘭だったか、ネーパンの慰安所に、そういう名の女がいたっぺ」

と元戦友は言った。

「ああいたな。一番美人で、一番売れっ妓で、目立っていたな、彼女は」

「うんだ。その鈴蘭だったか白蘭だったかが、司令部の兵隊のオカダになっているんだと」

宮城県では、妻のことをオカダと言う。

「へえ、いい話だな」

「くわすくは、わかんねえども、な」

彼女を妻にしたのは、元司令部の兵隊といっても、私たち管理部衛兵隊の者ではないようだ。名前を聞いても、顔は思い浮かばない。しかし、会ったら、あるいは見覚えのある人物かも知れない。

私は、二人を見てみたいと思った。しかし、すぐそういう気になるところが、小説書きの、そして私のいやなところだと思った。二人にとって、私は、何のかかわりもない人間である。そんなことをしてはいけないのである。

それにしても、目立って美人であった鈴蘭だったか白蘭だったかも、もう七十婆さんなんだな。彼女の夫も、私も、私の元戦友たちも、みんな七十爺さんで、彼女たちはみんな七十婆さんか。

昭和十九年の二月に、第二師団司令部は、マライのクアラルンプールから、ビルマのネーパン村に移動したのであった。

泰緬鉄道で、タイからビルマに入って、モールメンから、ラングーン、さらに西に進んでイラワジ河を渡った。ネーパン村は、イラワジデルタにある寒村で、その村の竹林の中に司令部は駐屯したのであった。

竹林の中に、竹の柱に、ニッパ椰子の葉の屋根をのせた小屋を作った。

ネーパン村に来てどれぐらいたったころだっただろうか、従軍慰安婦たちが来た。

彼女たちが着く前に、司令部の兵士たちが、竹とニッパ椰子の葉で、たちまち慰安所を作った。

司令部の前の道を東に行くと、ヘンザダから南下する街道とぶつかる三叉路になる。三叉路からわずかに南に下った、右側の竹林の中に慰安所が作られた。

やって来た慰安婦たちは、全部で十人もいただろうか。

日曜日に外出が許されると、兵士たちは慰安所に行く。下士官は、日曜でなくても行っていたようだ。将校はもちろん、いつだって行けるし、泊まることもできたようだった。料金は、兵は三円五十銭、下士官は四円五十銭、将校は六円といったふうに、相手は同じでも違っていた。

仙台でもそうであったが、ビルマの寒村でも、兵士は三人で組んで外出するのである。三人揃って出て行き、三人揃って帰営しなければならない。

外出といっても、ネーパン村では、慰安所のほかに行くところはなかった。私は、それでも、外出するといったん一人になり、三叉路のそばの農家を訪ね、その家の娘にビルマ語を習った。そして、約束の時間に、慰安所から帰って来る二人と三叉路で待ち合わせて帰営するというのが、私の休日外出のパターンであった。

三叉路で待ち合わせるのではなく、慰安所の中庭を待ち合わせ場所にしたこともあった。

あのころの私はなぜか、慰安婦を抱く気がなかった。

私はまる五年、軍隊の飯を食ったが、その間、時計なしで過ごした。時間だけでなく、何でも、今の言葉で言えば、ファジイにやり過ごしていればいい。起こされるまで寝ていればよい。交替の時間は人が告げてくれる。みんなと一緒に帰れば、門限に遅れるということもない。ボケッとしていて、命令されたことを、なんとかやってりゃいい。それがやれることであれば、だ。

あのころの私は、外面は一応みんなと調子を合わせていたが、なんでもそんなふうに考え過ごしながら、自分の殻の中に狷介に閉じこもっていた。将来の見通しは、まったくない。この奴隷のような環境が、いつまでとも知れず続くか、死ぬかだ、それが私の将来だ、と私は思っていた。

まわりの戦友たちは、ほとんどが妻子持ちの補充兵であった。彼らの将来だって、私と変わらないわけだが、妻子持ちは、とにかく死んではならぬと思っているのではないか。私には、それもない。死は怖いが、死んでもいいのである。そう思っていた。

軍隊に取られるまで、私は、玉の井に通った。京都では宮川町に通った。橋本の廓にも行った。しかし、軍隊では、慰安所に行く気になれなかった。けれども、マニラで一度とネーパン村で一度、慰安婦の部屋に入った。両方とも私は、そのことを小説に書いているが、マニラでは、吉田という戦友に連れて行ってくれと言われて行った。

そのときのことを私は、「蟻の自由」という短篇に書いた。吉田の名を小峯に変えている。

「俺たち、どうせ死ぬだろ。俺、まだ女、知らないんだよ。女知らないで死ぬの、死にきれないよう。な、だから一緒に行ってくれよ。俺、一人じゃ行けないんだよ」

ルソン島で司令部が駐屯していたのは、カバナツアンという、マニラから北方一〇〇キロほどの位置にある町であった。そこから、将校の護衛としてマニラに出張したとき、同行した吉

田がそう言い、私は、

「どうせ死ぬなら、女を知ったって知らなくたって、すぐなにもかもなくなっちゃうじゃないか」

と一度は突き放すが、

「きみは、散々遊んで来たから、そんなことが言えるんだ。俺は、そうはいかん」

と吉田に言われて、それじゃ、と言って行ったのであった。

あの慰安所の慰安婦は台湾人であった。そしてあの慰安所では、私は彼女を抱かずに帰ったのだ。

吉田はあれから一年後に、雲南の戦場で、迫撃砲弾の破片が心臓に当たって、死んだ。

ネーパン村の慰安所では、春江だったか、春子だったか、そういう名の体の大きい慰安婦に誘われ、性交した。

ネーパン村の慰安所のことを、私は「白い田圃」という短篇に書いた。あの小説でも、作中の人物とモデルとは、名前を変えている。慰安婦たちの源氏名も変えている。ナンバーワンの慰安婦の名は桃子になっている。他に鈴蘭という名も出て来るが、鈴蘭という名が出て来るからには、あのナンバーワンの名は、白蘭であったように思われる。たぶん私は、白蘭を桃子という名に変えてあの小説を書いたのだ。あの小説では、私は、私より十も年上の梅子という名の慰安婦を抱いたことになっているが、これも事実ではない。私らしい人物の名は徳吉で、徳吉の年齢は二十六歳ということになっているが、あの年私は二十四歳であった。私はそんなふうに、いろいろと作って書いていたのだ。

ほかに、「プレオー8の夜明け」にも、ネーパン村の慰安所の話が出て来る。「プレオー8の夜明け」に出て来る大柄の慰安婦の名は春江である。してみると彼女の源氏名は春子であったのか。なにしろ、あのころの私は、本当の名は使わなかったはずだから。

私がネーパン村の慰安所の中庭のベンチで休んでいると、春江が来て、

「なにぼんやりしているの」

と言うのである。

あのとき、私は、三人組の連れの二人が、どこかの部屋から出て来るのを、あの中庭のベンチに腰をおろして待っていたのだ。

春江に誘われて、私が、

「㊣なら遊ぶよ」

と言うと、春江は、

「おいて、まけとくよ」

と言って、私を部屋に入れるのである。

わが戦友たちは、みんな㊫を越えた料金を呈して遊んでいた。もてたいので奮発する。みんながそうするので、㊫なら、と言うと、まけとくよ、ということになるのである。

娼妓の名と言えば、追憶には出て来るが名前を忘れてしまった女性とのことを、「名無しの権子の思い出」という短篇で書いたことがある。彼女は、橋本遊廓の娼妓で、私に恋文をくれた唯一の女性である。誤字だらけ、テニヲハの混乱した文章であったが、京都の高等学校を退学して東京に去った私に、彼女は何通か恋文をくれた。そういう女性の名前を私は覚えていないのである。

あの短篇を書いたのは十九年前、私が五十四歳のときである。文中の「私」は五十歳になっている。

思えば、そのころから私は、すぐ人の名前を忘れてしまう自分の記憶力の弱さをかこっているのだ。

五十四歳では老化現象とは言えまい。元来記憶力が弱いのである。最近は、その元来のものに、老化が重なっているようで、一段と人の名を忘れるようになった。

あいつの名は忘れようがないはずだのに、と思うような人の名をかたっぱしから忘れている。

姓名のうち、つい二、三年前まではフルネームが言えたのに、急に、姓だけしか言えなくなったというようなことも、しばしば起きる。住所録に書きつけてあるような相手なら調べて思い出すこともできるが、調べようのない人物については、お手上げである。

前記の吉田についても、名前の方は忘れた。彼が、私と同じ中隊に、私と同じ日に入隊し、共に幹部候補生の試験に落第した相棒だったということも忘れていたが、自分の旧作を読んで思い出した。

軍隊で知り合った人については、師団司令部で同じ釜の飯を食った連中、戦後、サイゴンの刑務所の雑居房で一緒に過ごした連中については、何人か姓名を覚えているが、入隊した仙台の歩兵第四聯隊の第一機関銃中隊の将兵の名は、根こそぎ忘れている。

中隊の将兵だけでなく、あの聯隊については、聯隊長の名も大隊長の名も覚えていない。一緒に入隊した人たちについても、故戸石泰一、故吉田のほかは全く覚えていない。

私たちは、昭和十七年の十月一日に入隊した。九月二十日にも補充兵が召集されていて、私たちは、十月一日《いっぴ》組、九月二十日《はつか》組とそれぞれ呼ばれていた。九月二十日組は、おおむね世帯持ちであった。十月一日組は、幹部候補生の試験を受けさせられる者たちが召集され、幹候要員と呼ばれていた。

幹候要員は学卒である。あのころ国は、兵士ばかりでなく、将校も量産しなければならず、学卒に試験を受けさせて、一気に下級将校をふやした。

私が幹候要員として召集されたのは、もしかしたら村の兵事係の手違いかも知れない。

あのころ学生には、二年間の徴兵猶予期間というのがあった。わが国の兵制では、普通は数え二十一歳で入隊するのだが、旧制の中学より上級の学生は、二年までは浪人や留年をして二十一歳を超えていても、在学中には軍隊に取られないというきまりがあった。そのきまりも戦争が激しくなるにつれ、文科の猶予が廃止になったり、卒業が繰り上げになったり、後にいろいろと変わった。

いずれにしても私は、十六年の三月に京都の高等学校を退学していたし、徴兵年齢を過ぎていたので、一般の国民として徴兵検査を受けなければならない立場にあった。

検査は十七年の四月に受けた。結果は、第二乙種合格の第一補充兵というのであった。第一補充兵というのは、現役兵の次に徴集されるランクである。召集を覚悟しないわけにはいかない。時代が時代だから、長い期間放っておくはずがない。そういうことは思ったが、あの年の九月に繰り上げ卒業をした者たちと共に、幹候要員として召集されるとは予想できなかった。

それを知って私は、

「自分は中途退学でありますから、受験資格はないと思うのであります が」

と班長に申し出た。いや、あれは班長ではなくて、人事係の准尉に言ったのだったか。だが、中途退学でも、資格はあるというのであった。

班長であったか、准尉であったかが、私が退学した京都の高等学校に言って、在学中の教練の合格証を取り寄せろ、と言った。私は言われた通り書簡は出したが、あなたは教練に合格していないという通知が返って来た。それでも班長だったか准尉だったかは、今度は、中学を出ているのだから、資格はあるのだと言うのであった。

私が入隊した四聯隊の第一機関銃中隊には、三十人ぐらいの十月一日組がいた。十月一日組は、現役と補充が一緒に召集されていたようである。翌年の一月下旬であったか、二月であったかに試験があり、三十人のうち二十人ぐらいが甲種に合格し、四、五人が乙種に合格し、私や吉田、その他、五人が落第したのであった。

甲種に合格したいわゆる甲幹は、予備士官学校で教育を受け、短期間で将校になる。乙種に合格した乙幹は、下士官になるのであった。

合格者たちが、聯隊から予備士官学校に移ったのは、十八年の四月か五月である。

私たち落第者は、そのまま中隊にのこったが、間もなく、私や吉田のような十月一日組の落第者が数名と、九月二十日組から抽出された何名かが、師団司令部に転属になり、南方に送られたのであった。

仙台の中隊の人間の名は、班長たちの名も、所属の将校の名も、十月一日組の連中の名も、九月二十日組の連中の名も、古年兵たちの名も、すっかり忘れてしまった。私と共に幹候の試験に落第した者たちの名も、吉田のほかは忘れた。しかし、落第者が五人だったということだけは覚えている。

第一機関銃中隊で、故戸石泰一と同じ釜の飯を食ったのは、わずか半年ぐらいだったが、例の三人組の日曜外出では、私はいつも戸石と組み、聯隊のすぐそばにあった彼の家に行って、酒を飲んだ。彼は、太宰治の弟子で、小説を書いていると言うし、人柄からも、彼には気のゆるせるところがあった。

軍隊では、私は無口であった。わかりました、だとか、どこそこに行きます、だの、入ります、だの、終わりました、だの、そういういくつかの言葉を口にするだけであった。しかし、戸石の家では、文学や映画の話をすることもできる。私は戸石の奥さんの八千代さんに、文学書の購入を頼み、次の外出日にそれを受け取って、ひそかに中隊に持ち込んだり、入隊の際に着て来た私服を、彼の母堂に預かってもらったりした。

短い期間であったが、軍隊ではそういう付合をしたし、戦後再会して、交際が復活した。

そういう経緯があるから、戸石泰一の名は忘れない。しかし、あの中隊で知り合った者のうち、今でも名を覚えているのは、姓だけの吉田と、佐久間長松ぐらいのものである。

しかし、名前は忘れているのに、二、三の人物を、今でも私は、ときどき、ふと思い出すのである。

たとえば、あの上等兵だ。名前も消息もわからないが、階級だけは覚えている。

あれは、十八年の五月か、六月である。私が幹候の試験に落ちて、師団司令部に転属になるまでの間のことであったような気がする。

私は命令で、公用腕章を着けて、退院したあの上等兵を陸軍病院に迎えに行ったのである。

「迎えに来ました」

と言うと、彼は、うれしそうな顔をして、

「うん」

と言った。

陸軍病院から榴ヶ岡の聯隊までの路上でも、私は少しばかり彼に話しかけた。

「シナへ行っていたんですか」

「うん」

「十三師団にいたんですか」

「うん」

「戦傷ですか戦病ですか」

「うん」

戦傷ですか戦病ですか、と訊いているのに、うん、では答えにならない。なんだ、こいつ、

と思いながら私も口をつぐんだが、営門の前で、

「あなたは私より階級が上なんだから、号令はあなたがかけてくださいよ」

と言った。

「うん」

私の言葉を彼はどのように聞いたのだろうか。彼は号令をかけずに、営内に入ろうとするのであった。

営門を複数で通るときには、引率者が号令をかけて、歩調を取り、頭《かしら》ひだりをして、衛兵所の前を通るのがきまりである。営門には、門のそばに歩哨が立ち、内側には衛兵所があって、衛兵たちが横並びに長腰掛けに腰をおろしている。その後ろ、中央にいる下士官が衛兵司令である。営門を将校が通るときには、横並びの衛兵の誰かが、敬礼、と叫び、みんな起立し、衛兵司令は挙手の礼をする。将校は、それに応えて、これも挙手の礼を返す。兵が通る場合は、衛兵の方が、歩調を取り、頭ひだりの礼をして、それに衛兵司令が挙手の礼を返すのである。

今は、旧帝国軍隊のことを書くたびに、頭ひだりとはどういうことか、捧げ銃《つつ》とはどういうことか、上等兵と一等兵とはどちらが階級が上なのか、そういうことをいちいち説明しないと、若い人たちにはわからないのだそうだが、旧帝国陸軍の階級を、下の方から言えば、二等兵、一等兵、上等兵、兵長までが兵。伍長、軍曹、曹長が下士官。その上に准尉というのがあって、

少尉、中尉、大尉、少佐、中佐、大佐、少将、中将、大将が将校である。

そう言えば、見習士官というのがあったが、見習士官と准尉とでは、どっちが上だったのだろうか。元帥というのは階級ではなくて、大将に重ねて与えられる名誉号である。

私は一等兵、彼は上等兵だから、二人で営門を通る場合は、本来なら彼が号令をかけなければならないのである。

捧げ銃というのは、両手で握った銃を顔の前に立てる礼である。歩調を取る、とは、膝を上げ、オイチニ、オイチニの歩き方をすることである。頭ひだりは、号令で、キクッと顔を左に向ける礼である。礼の相手が左方にいれば頭ひだり、右方にいれば、頭みぎということになる。

歩調取れの号令で営門に入り、衛兵所の前を過ぎるとき、頭ひだりの号令で顔を左に向け、通り過ぎたら、直れ、歩調やめ、と言い、もとにもどるだけのことだ。ところが彼は、全く号令をかけないのである。

彼は、号令とは何か、号令をかけるとは何か、そういうことについて、まったくなんにも知らないかのようであった。彼は、横で私が、ほら、歩調取れ、って言いなさい、と言っても、言わない。ほら、頭ひだり、と言っても、反応はなく、ぶらぶら歩きで衛兵所の前を通ろうとした。私だけが、号令なしで、歩調を取り、頭ひだりをしたが、それで衛兵所の前を通過できるわけがない。

「こら、なんだお前らは、やり直し」

と、衛兵司令が一喝した。

「やり直し、だってよ」

「うん」

彼は、やり直しという言葉は理解したようであった。

私たちは、営門の外に引き返し、

「今度は、ちゃんと号令をかけてくださいね」

私が念を押すと、彼は、うん、と言ったが、二回目も彼は号令をかけずに、ぶらぶら歩きで通ろうとした。

「やり直し」

あれで私は、もしかしたらこの男、いわゆる知恵遅れなのかも知れぬと思ったのだった。

三度目は、変則だが、私が号令をかける役にまわり、衛兵所前を通過したが、通過できたと思ったとたんに、

「おいこら、ちょっとここさ来《こ》」

と私たちは、衛兵司令に呼び戻された。

私は、相棒が退院患者であり、彼を迎えに行って来たのだと事情を述べ、この人は号令のか

け方を知らないようであります、と言うと、衛兵司令は、よし、いけ、とすぐ放免してくれた。

衛兵司令は、一目で彼が知恵遅れだと判断したのか。あのときの衛兵司令の心のうちは、私にはわからないが、とにかく、なんとか殴られることもなく、私は彼を中隊の事務室に連れて行ったのだった。

彼は、その日から私の班で起居することになったが、次の日、彼は、古年兵に殴られて泣いた。私がいた内務班では、一部が二段ベッドになっていて、あいにく彼は、その二段ベッドの上段に寝かされたために、下の段の古年兵の上に、尿を漏らしたのであった。

彼は夜尿症であった。それにしても、下敷きの藁布団を通したわけだから、彼の寝小便は、よほど量が多かったのである。

古年兵は、二つか三つ、彼の横面を張った。平手打ちのビンタというやつである。彼はヒイと声を挙げ、張られた後、鼻をすすりながら、大粒の涙で顔を濡らした。けれども、すぐ彼は笑顔にもどった。その日から彼は下段に寝かされることになった。

迎えに行ったのが私だったからか、彼は私に親しみを示した。私には、視線が合うとほほえむのである。私は、彼と視線が合わないようにつとめたが、体力検定の俵かつぎで私が失敗すると、彼が寄って来て言った。

「俺とお前、おんなずだなや」

体力検定というのは、あのころ、学校でも行なわれたが、軍隊でもやらされた。兵士それぞれの体力を測定すると共に、その向上をはかるものなのだろう。腕立て伏せや懸垂が何回できるか、六〇キロの土を詰めた俵をかついで、二〇〇メートルを何秒で歩けるか、そういうことをさせるのである。

腕立て伏せ、は、タイマイササエと言ったような気がするが、これは狭い姿勢でやれば三、四回はできたが、私は、懸垂は一回しかできなかった。俵かつぎは、まったくできなかった。屈強の者は、自力で俵を肩にのせ、二〇〇メートルを四〇秒で小走りに走る。私は自力ではかつげないので、人にのせてもらうのだが、六〇キロの俵を肩にのせると、二〇〇メートルはおろか、一〇〇メートルも歩けなかった。ヨチヨチヨロヨロと歩いているうちに耐えきれなくなり、肩から俵が滑り落ちる。するともう私は、その場に佇んでいるしかない。地上の俵は、手をかけても、私の力では動かない。そのうちに屈強の兵士が、次の兵士の検定に必要だから、俵を取りに来てくれる。

私の一〇〇メートル弱の所要タイムは、二分から三分ぐらいだろう。

彼も、俵かつぎができなかった。懸垂は一回もできなかった。

そのような兵士は、中隊に私と彼と二人きりしかいなかった。彼は、私が彼を迎えに行った人間であるばかりでなく、俵かつぎのできない相棒でもあったので、さらに親しみを覚えたのかも知れない。

「俺とお前、おんなずだなや」

あれが、うん、以外に、彼が私に話しかけて来た唯一の言葉であった。

そう言って、彼がほほえみかけるのに、私は何も答えず、プイと顔をそむけた。

私は、あの寝小便垂れと話をする気にも、親しむ気にもなれなかった。

同じ、といえば、しかし、俵かつぎができないということのほかにも、人の前でボロボロ泣いたということでも、私たちは同じであった。私は彼のように、ビンタぐらいでは泣かなかったが、古年兵にリンチにかけられ、派手に泣いたことがある。

軍隊にはいろいろと嗜虐的な私刑があった。それがどんなものであったかは、反戦小説や反戦映画などでしばしば紹介されているが、これも江戸時代の牢内のいじめ同様、もう時代物になっているわけだろう。

しかし、それを経験した私の中では、薄れてはいるが、すっかり消えてしまうということはない。

このいやらしさは、軍隊だから生じるものというより、日本人のいやらしさだ、と私は思った。

旧軍隊の私刑には、愚弄を愉しむものが多かった。肉体的な苦痛を与えるより、みっともない行為をさせていたぶるのである。雑巾で自分の顔を拭かせる。スリッパの底を舐めさせる。北から南まで、日本全国の天皇の軍隊に共通する私刑に、自転車があった。鶯の谷渡りがあった。セミがあり、お女郎があった。自転車というのは、二つのテーブルの間で、テーブルについた手で体を宙に浮かせ、足でペダルを踏む動作をする。スピードを上げろと言われると足の動きを早くする。スピードを落とせと言われると、緩慢に動かす。これは、体も楽ではない。鶯の谷渡りというのは、ずらりと並んだ寝台の下を潜って、寝台と寝台の間で顔を出して、ホーホケキョと鳴き、再び寝台の下に潜ってホーホケキョをやる、それを繰り返す私刑である。セミというのは、柱を抱いて、ミーン、ミーンと鳴くのである。お女郎というのは、銃架を娼家の格子に見たてて、ちょっとお兄さん、お寄りなさいな、などと言って、女郎の真似をするのである。

私がかけられた私刑は、何と言うのか。中腰のまま、許しが出るまで捧げ銃をさせるというのであった。愚弄と肉体的苦痛の両方が備わったものであった。私の銃に、一本の鼻毛ほどのゴミがついていたのを咎められたのであった。

その私刑にかけられて泣いた私を、しかし、あの夜尿症の上等兵は見ていない。彼が来たのは、その後だ。してみると彼は、ただ体力検定で、私が彼と同じように無力であったので、無力者同士の親近感を、あの、おんなずだなや、という言葉で示したのである。

そういえば、無口なことでも、私は彼と同じだった。親しむ相手がいなかったということでも同じだった。だが、彼は私に親しもうとしてソッポを向かれて相棒が作れなかったのだが、私は、人と親しむことを自ら拒んで、作らなかったというわけで、そういう点では同じではなかったけれども。

私は、私をリンチにかけた古兵の名も忘れた。しかし、あの無表情な顔付は、鮮明ではないが思い出す。あの古兵も、おそらく、私に頑固で閉鎖的なものを感じていて、つねづね、苛らついていたのである。そして、口実ができたので、ここぞとリンチにかけたのである。

銃は天皇陛下の御分身であり、その御分身に鼻毛ほどもあるゴミをつけたまま放置するとは、何ごとだ。

銃は陛下の御分身だから、戦争に負けて武装解除を受ける前に、兵はヤスリを渡され、銃に刻まれていた菊の紋章をけずらせられた。

菊の紋章を消すことで、陛下の御分身を御分身でなくなそうというのであった。

軍隊というところは、そんな奇妙なことばかり言っているところであった。しかし、心の中で思うことは、思うだけにとどめないとひどい目に遭わされるのが、あの時代のわが国であった。

故戸石泰一と共に、フルネームも覚えていて、あの夜尿症の上等兵と同様に、しばしば、ふと思い出すのが佐久間長松である。

佐久間長松について思い出すのは、南方に行ってからのことばかりだが、彼は私と共に第一機関銃中隊から司令部に転属になった九月二十日組の補充兵であった。

転属と共に、同じ輸送船で宇品からルソン島に送られ、二十一年の二月に、彼がサイゴンで、復員のリバティ船に乗るまで、私たちは同じ第二師団司令部管理部衛兵隊の下級兵士であった。

私たちは、フィリピン、マライ、ビルマ、中国雲南省、カンボジヤ、ヴェトナムと移動したが、二十年の五月から終戦までの私が司令部から俘虜収容所に転属になっていた三カ月をのぞくと、ずっと一緒だった。ただし、帰国は佐久間の方が早く、私は佐久間より一年九カ月ほどおくれて復員したのであった。私は、終戦直前、俘虜収容所に転属になったために、戦犯容疑者として拘束され、二十一年二月の復員船には乗れなかったのである。

佐久間の元職は、常磐炭鉱の坑夫であった。子供はいたのかどうか知らないが、妻帯者であった。外地でずっと一緒だった衛兵隊の仲間の名も、かなり忘れているが、戦後戦友会で再会した者たちの名は、今も覚えている。佐久間長松は、戦友会には出て来ないが、彼の名は忘れようがない。なにしろ、彼は泥棒の名人で、フィリピンで最初にもらった私の二十一ペソの俸給のうち、それをもらった夜、寝ている間に、私の胸から十ペソの軍票を一枚抜き取ったのだから。

彼が泥棒の名人であることは、なぜか、輸送船の中ですでに評判になっていた。十ペソ抜かれたことに気がついて、私は佐久間に言った。

「お前だろ、やったのは」

「なにが」

と彼はとぼけたが、顔が盗んだことを語っているように思えた。

「俺の胸から、寝ているうちに、十ペソ盗んだだろう」

「知らん」

「返せよ」

「俺、やってね」

「白ばくれたってわかっているんだ、返せよ」

「証拠ねえべ」

最後は、証拠ねえべ、と言って開き直るのである。

軍隊では、月給を俸給と言った。陸軍一等兵の俸給は、仙台では十三円であった。それが外地では二十一円になり、一等兵でも古くなると二十三円五十銭になる。

外地では、軍票で俸給をもらう。円が、フィリピンではペソになり、ビルマではルピーになり、インドシナではピアストルになる。ピアストルだけは軍票ではなかったような気がするが、記憶が曖昧である。俸給をもらえなかった場所もあったような気がするが、これも曖昧である。いずれにしても私は、兵士の中でも、特に金を持たぬ兵士であった。

同じ俸給をもらっているのだが、兵士によっては、たっぷり金を持っている者がいた。佐久間長松がそうであった。金を盗んだり、盗んだ物品を売ったりすれば、金持ちになる。佐久間は、鍵師でもあったようだ。錠のかかった倉庫の中のものを、いつの間にか入手していた。それを売って軍票に換えるのであった。

そうして得た軍票を持って慰安所に行き、奮発するのである。

そう言えば、第二師団司令部がルソン島で駐屯したカバナツアンという町にも慰安所があった。クアラルンプールにもあった。カバナツアンでもクアラルンプールでも、私は、慰安所には行かなかったが、彼女たちの姿は見た。私が見たクアラルンプールの慰安婦は、中国人だと思われた。クアラルンプールの慰安所は、町外れの司令部から市中に通じる街道沿いの丘の上にあった。あの町では、休日に外出を許された兵士たちは、輜重《しちよう》隊が用意してくれたトラックで街に行く者たちと、慰安所に行く者たちと二手に分かれた。街に行った者は、決められた時間に、決められた場所に集まり、迎えのトラックを待ったのであった。慰安所に行く者は、歩いて行き、歩いて帰った。彼女たちは、丘の上で、私たちを載せて眼下を走るトラックに、手を振ったり、何かを言ったりした。あの町では、そういう彼女たちの姿を遠望しただけであった。

ネーパン村の近くにヘンザダという町があって、そこには、日本人慰安婦の慰安所があったことも思い出される。その慰安所の前を通ったことがあった。あの建物は、二階建てで、二階の窓から、兵隊さん入ってらっしゃいよ、と声をかけられた。私を見下ろしていた女の一人は若い女であったが、一人はかなりの年であった。彼女たちは、しどけなく和服をまとっていた。

ネーパン村の朝鮮人慰安婦たちは、白蘭も、春子も松江も、ワンピースを着ていた。松江が、私が「白い田圃」で書いた梅子のモデルである。あの慰安所では、松江だけが年を食っているように見えたが、もちろん、彼女たちの年齢も本名も私は知らない。

それにしても、ナンバーワンの白蘭の名も、私が誘いに応じた春子の名も、その名が正確かどうかあやふやなのに、松江の名前だけは、覚えている。彼女が松江という名であったことは確かである。

あのころにも私たちは、慰安所によっては兵士たちが行列を作って順番を待っているという話を聞かされた。戦後、ある朝鮮人従軍慰安婦は、一日に百人も二百人もの客をとらされたという信じられないような話も聞いた。十二歳で日本軍に連行されて慰安婦にさせられた朝鮮人女性の証言も読んだ。その女性は、彼女と同じように連行された十八歳の朝鮮人女性が、日本軍の言うことを聞かなかったために、みんなの見ている前で股裂きにされて殺されたと、信じられないことを言っている。

しかし、おびただしい数の慰安婦たちが、戦地に送られて死に、あるいは苛酷な目に遭わされたことは確かだ。

ネーパンの慰安婦たちも、かなりの客をこなさなければならなかっただろう。そして、あれからあと、大変な目に遭ったはずである。しかし、ネーパンでは、あの慰安所は、兵士たちが行列を作って順番を待つほどに混むようなことはなかったのである。ラッシュのはずの日曜日であるにもかかわらず、春子は、春子の方から私に声をかけてきた。白蘭の部屋には切れ目なく男たちが出入りしていたが、松江はいつも、いわゆるお茶をひいていたようだ。彼女は、不細工ですすけた感じの年増で、化粧もせず、くわいのような形をした髷を、頭上にのせていた。彼女は、腰の曲がった老婆のようでもあった。あの日、私は、彼女が、兵士を誘って断わられ、別の兵士を誘ってまたも断わられている光景を見た。そして、佐久間長松が、うれしそうな顔をして、松江の部屋に入って行くところも見た。

佐久間長松は、チョロマツと呼ばれていた。彼は仲間の兵士たちから、あきれられもし、面白がられているところもあった。そして、あきれられていたことでは、私もオンナズだったのだ。私は、役に立たない兵士としてあきれられていて、しかも、好かれていなかったはずで、あきれの理由も、仲間たちからの親しまれ方も、彼とは違っていたわけだろうが。

チョロマツは、松江が気に入っていたのか、それとも女なら誰でもよくて、たんに空いているからということで敵娼《あいかた》に選んだのか、彼の心のうちは私にはわからないが、その後も彼は、外出のたびに、松江のところに行っていたようであった。

しかし、ある日急に移動するのが軍隊である。私たちは十九年の八月に、ネーパン村から中国雲南省に向かうことになった。

その後、あの慰安所もどこかに移ったのだろうが、どこに移ったのかというようなことはわからない。

しかし、翌年の二月ごろプノンペンでだったと思うが、師団の者が、逃げて来た彼女たちと、モールメンで出会ったという話を聞いた。

あのころから、ビルマの日本軍は、連合軍の反攻に抗しきれず、壊滅したり、退却したりすることになったのである。

「松江が妊娠していて、大きな腹を抱えていたそうだ」

と聞いた。そして、第二師団司令部の将校が、父親は自分だと明言したのだと聞いた。

「どうして、自分が父親だということがわかるのだろうか」

「うん、しかし、なにかわかる理由があるんだろう」

その自分が父親だと明言した将校の名も、その話をした者の名も、もう私は忘れた。

松江はその後、どうなったのか、子供は生まれたのか。もし生まれて健在だとすれば、その子は今は五十歳になっている。松江が今も生きているなら、八十ぐらいになっているわけだ。白蘭は生きていて、今、この国で生きているわけだが、春子はどこかで今も生きているのだろうか。アナ兄弟という下司な感じの言葉があるが、東北の人は、シをスと言い、キをチと発音する。あれは戦争が終わった後、戦犯容疑者として拘置された監獄の中でだった。東北の先生はこう教える、天井のススは、サススセソのこのスが二つで天井のスス、食べるおススは、サススセソのこのスとこのスで食べるおスス、動物園のススは、サススセソのこのスが二つで動物園のスス、ってな、と言って周りの者を笑わせた者がいた。あの男の名も忘れた。ネーパン村で私は、戦友の一人に、あのあと、アナチョウダイと言われた。

「セミになったみたいだったべ」

巨軀の春子と性交すると、大木にとまったセミになったような気がする、と私のアナチョウダイは言ったが、あのチョウダイの名も忘れた。

戦後再会した元戦友がいる。元獄友がいる。年賀状を交換している元戦友がいる。そういう元戦友の姓名だけは忘れないし、忘れても住所録で甦らせることができる。しかし、このところ、私の忘れ病は、特に進行が激しいように思われる。

そういう状態の中で、夜尿症の上等兵や、佐久間長松や、春子や松江や白蘭のことなどを、ときどき私は思い出している。

あの上等兵や佐久間長松は、まだどこかで生きているのだろうか。生きていればみんな七十爺さんであるが、私の年配の者は、今累々と死んでいるところで、もしかしたら彼らも、もう死んでいるかも知れないと思うのである。

春子も、もし生きているとすれば、七十婆さんである。女子バレーボールの選手ほどの背丈の老婆である。

目立った美人でナンバーワンであった白蘭も、今は七十婆さんだが、どんな婆さんになっているのだろうか。彼女と一緒になった人は魚屋をやっているのだと聞いているが、彼女は、亭主がさばいた魚の切身を、亭主のチョウダイのオカダに渡して、もうすっかり身についた日本語で、毎度ありがとう、と元気な声を出しているかも知れない。

私はネーパン村の慰安所では、中庭の長腰掛に腰をおろし、ぼんやりと仲間の終わるのを待っているばかりの不景気な客だったから、とても彼女の亭主の兄弟にはなれなかった。なる気もなかったし、彼女と口をきく機会もなかった。

彼女はもちろん、春子も、一度私がセミになったぐらいでは、私を覚えているなどということはありえない。しかし、私の方では、彼女は、かなりあやふやだけれども、そして源氏名だけだけれども、数少ない、いまだに名前を覚えている人物の一人である。

彼女は、どこかで生きているのだろうか。生きているとしたら、日帝に対して、はたまた自分の人生や運命について、どんなことを考えているのだろうか。彼女たちの被害を償えと叫ぶ正義の団体に対しては、どのように思っているのだろうか。
そんな、わかりようもないことを、ときに、ふと想像してみる。そして、そのたびに、とてもとても想像の及ばぬことだと、思うのである。

（一九九三年「新潮」五月号）

過去

九州の方から、私の古い著書『兵隊蟻が歩いた』について借問の書簡をいただいた。

文中に「新聞の伝える百人斬り競争や南京の大虐殺事件の報道などは、作り物である」とあるが、南京の大虐殺事件を報道したのは、何年何月何日の何新聞であったか。南京大虐殺を伝えたのは、日本の新聞ではなくてアメリカの新聞ではなかったのか。この事件が新聞報道等で初めて明らかにされたのは東京裁判報道ではなかったか。新聞報道が作り物だとすれば、次の各氏の著作、所論もすべて作り物ということになるのだろうか。洞富雄、本多勝一、藤原彰、吉田裕、笠原十九司、高崎隆治、彦坂諦、秦郁彦、鈴木明、山本七平、板倉由明、阿羅健一、東史朗、曾根一夫。「改ざん」屋の田中正明氏でさえ「捕虜の殺害等があったことを否定するものではない」と述べているぞ。百人斬りの虚報性は、素人《しろうと》でも非合理性が計算できるが、この二つの異質性のものを同一に作り物とする粗雑さは解せない。

もう一つは、私の別著『船を待ちながら』に「日本の軍隊では、私たち下級兵士は、日記や記録を書いたりすることはできなかった」とあるが、これは『兵隊蟻が歩いた』の「仙台の武藤一平さんがひそかに記録して持ち帰ったメモ」と矛盾しないか。

書簡をくださった方は、そして、将兵の日記や手記が現存している件を挙げ、日記の禁止は単なる口頭命令であったのか、それとも何か成文的な法令があったのか。或いは日中戦争時代は許されていたが、太平洋戦争では禁止されたということなのか。——そういうことが書かれていた。

私は、ろくな答えになっていなかったかもしれないが、返事を出した。南京の大虐殺事件の報道をしたのは何年何月何日の何新聞であったか、などという質問には、私は答えられない。私は、今そういうことを訊かれても、そういうことは憶えていない。南京虐殺事件については、多くの人が書いているが、私はその全てを読んでいるわけではない。

全てを読むのはもともと無理だとして、では大半は読んでいるといえるか。それも、どうかな。私には、一知半解のところがあるだろう、と思う。偏見や誤りもあるだろうと思う。けれども私は、マスコミが伝えるものは、百人斬り競争や南京虐殺事件に限らず、真実に近いか遠いかの差はあれ、事実を伝えることで、あるときは事実を伝えないことで、真実とは違うものを作る物だと思っている。

私は、事実もろくに知らずに、真実を知りたがっている。

私が知っている事実は微小である。自分の見たことは、事実と言えるだろう。見まちがいということもあるから、見たことは全て事実だとは言いきれないかもしれないが、オレは現に見たんだから、というのは強い。けれども人は、どれだけのものを見て、それをどれだけ正確に記憶しているものなのだろうか。

私は半世紀前に、国に徴集されて、戦地に送られたが、私が見たのは、あの大戦争の、そして大軍隊の、ほんの一部である。にもかかわらず、なまじ、軍隊や戦場を経験したので、経験しない人よりは知っているつもりになっている。この〝つもり〟が、誤りを作り、それが誤りであることに気がつきにくくしているのである。

一事が万事ではないのに、そう思ってしまう。

私が強制連行されたのは、東南アジアである。中国大陸の帝国陸軍と東南アジアの帝国陸軍とでは、どこが同じであっただろう、どこが違っていただろう。私は中国大陸で、帝国陸軍がどんな非道を行なったかを、自分の目で見ているわけではない。けれども、各地でひどいことをしたと思っている。話を聞いてそう思っている。話は中国人からも聞き、中国から帰還した帝国陸軍の兵士からも聞いた。その話に誇張があり、あるいは、ときには嘘も混じっていることがあったとしても、私は中国大陸での帝国陸軍の非道は、ひどいものであったに違いない、と思っている。

見たものは信じられるが、聞いたことは信じられないとは言えない。南京攻略に参加していなくて、話に聞くばかりであるが、帝国陸軍の将兵の中には、俘虜や、非戦闘員をも殺戮《さつりく》した人がいるだろう、と思っている。ただその報道が、どこまで事実や真実を伝えているか、ということになると、作り物、と言いたくなる。

私は、仙台編成の第二師団司令部所属の下級兵士であったが、司令部付であったおかげで、私は人を殺さずに復員することができた。

ビルマから中国雲南省に入って、第一線にほど近い地点までは行った。師団長のいるところは戦闘司令所と呼ばれていた。戦闘司令所を護るのが私たちの役目であったが、雲南遠征軍と呼ばれる米式装備の中国軍の歩兵に襲撃されるということはなかったので、私は三八式歩兵銃の引鉄《ひきがね》に指をかけたり、手榴弾を投げたりしないで済んだ。あの龍陵というところでは、私は機銃掃射と砲撃を受けただけであったが、疲労困憊《こんぱい》して、マラリアを発して、原隊が退却するとき、野戦病院にとりのこされた。

あの戦場で、わが司令部は、少なくとも二人の俘虜を処刑したはずだ。処刑の現場は見ていないし、処刑を命じられたのが誰であったかも知らないが、日を違えて二人、処刑前の俘虜を見た。

最初に俘虜を見たとき、下士官に、この俘虜はどこへ送るんですか、と聞いてみた。すると下士官は、どこへも送りはしない、殺すのだ、と答えた。

雲南やビルマには、日本軍は俘虜収容所は作らなかったのではないか。どこかにそれがあるというような話を、一度も私は聞いたこともないし見たことがない。

雲南戦線の俘虜は、下士官が言ったように殺したのであろう。

日本兵にも、俘虜になりそこねて殺された者がいる。中国軍は、日本軍の俘虜を、保山の収容所に送った。病人や負傷者は楚雄の陸軍病院に送り、後に俘虜たちは昆明の収容所に移された。

俘虜になってから、虐待されて衰弱し、死んだ日本の将兵がいる。収容所であちらさんにレイプされた朝鮮人従軍慰安婦がいる。

聞いた話だが、ひどいことをする奴は、当然、日本軍にも連合軍にもいる。

南京で日本軍に殺されたり傷つけられたりした中国人の数は詳らかではない。日本軍は、マニラでも、シンガポールでも虐殺事件を起こしている。その被害者の数も、推定で伝えられているばかりで、シンガポールの被害者の数は、中国は四万人と言い、イギリスは一万人と言い、日本は六千人と言っていると聞いた。

いずれにしても、戦争では、多くの人が無惨に殺される。シンガポールの虐殺は、軍の命令で行なわれたと聞いているが、アメリカも軍の命令で、無差別爆撃を躊躇しなかった。

戦死であろうと、軍の命令で殺される死であろうと、たまたま悪い奴に出会って殺される死であろうと、死は死であり、死は個人的なものである。三百万人の中の一人の死であろうと、三人の中の一人の死であろうと、死はその人一人の死である。

私は雲南の戦場での俘虜の死の現場は見ていないが、ビルマで、憲兵がカレン人を処刑した光景は見た。

そのことを私は、私が小説を書き始めて三作目の「白い田圃《たんぼ》」という題の短篇に書いたが、私はイラワジデルタのネーパンという村に駐屯していたとき、カレン族の討伐に出動させられたことがあった。ビルマは多民族の国で、いろいろな民族がいるが、一番数の多いのがビルマ族で、二番目に多いのがカレン族である。話によると、カレン族は親英派であり、諜報活動をしているので、討伐するのだという。カレン族に、イギリスの諜者がいないとは言えない。けれども、カレン族はすべてイギリスのスパイで、反日勢力であるかのようなことを言う。下士官の一人は、おめえらぶったるんでるから、気合ッコかけるための討伐だしゃ、演習代わりだ、と言った。

そうだとすれば、帝国陸軍は、私たちがぶったるんでいたために、何人かのカレン人を殺したことになる。

カレン人に、ボーターオンという名のボスがいて、そのボスを捕えるための作戦だと聞かされた。カレン人に変装した憲兵が仕入れて来た情報にもとづいて、私たちはカレン族の集落を襲った。憲兵が村人にボーターオンの所在を聞いたが、知らぬと言い張るので、村人の前で、見せしめのために殺す、というのであった。

集めた村人の前で、演説をしたあと、憲兵の一人が、穴の前に跪《ひざまず》かせたカレン族の男の首を、江戸時代の首斬り役人のように、後ろにまわって斬った。一刀で首が体から切り離されるということもあるのだろうか。しかし、あの処刑では、憲兵が二度軍刀を男の首に叩きつけても首は落ちなかった。二度目の軍刀を受けると、男は首をつけたままの姿で、ゆっくり前のめりに倒れた。それを憲兵が、穴に蹴込んだ。

憲兵は、というのか、わが討伐隊は、といえばいいのか、カレン人の村から、男を十人足らず、女を四人、隊の宿営地に縄をつけて連行した。私たち下級兵士は、殺された男についても、連行した男女についても、憲兵や下士官に聞かされたこと以外、何もわからない。

けれども、いろいろ話してくれる下士官がおり、それに憲兵の一人は、なぜか、初めての陸軍一等兵の私に、殺された男のことや、四人の女たちのことについて、いくらか聞かせてくれた。それをもとに、私は、想像をひろげた。

憲兵は、処刑された男については、隠して言わないのではなく、本当に知らないらしいんだがね、隠すとこうなるという例を示すために殺すんだ、と言った。四人の女については、一人はボーターオンの妾で、三人はその親戚だ、と言った。妾と言われた女は二十代で、親戚の女は、四十代と五十代と思われた。

しかし、憲兵は、本当は妾というほどの女ではないようだがね、強姦されたことがあるというだけの関係のようだ、と言った。

彼女も、叩いてボーターオンの行方を吐かせることのできる人物ではない、ということを承知で、憲兵は、あるいはわが討伐隊は、彼女や彼女の親戚を捕え、連れて来たのである。

少しでも関連があれば、詰問してみる。本当であれ、嘘であれ、知らないと言う者は、拷問にかけてみる。

ボーターオンの行方を追及することより、趣味の拷問を楽しんでいるかのように、私には見えた。憲兵は、私たちが見ているところで、連行した男を二人、拷問した。一人は五十歳ぐらい、もう一人はもっと年上の男であった。年少の方は、水責めの拷問にかけられ、年長の方は、吊しの拷問にかけられた。

水責めの拷問というのは、体を仰向けに台にしばりつけ、顔にかけた布の上に水をそそぐ拷問である。それをやられると、息をするたびに、空気ではなく水を吸う。その水で腹が河豚《ふぐ》のように膨れあがる。

吊しの拷問には、逆さ吊りだの、海老責めだの、いろいろと種類があるようだが、私があの名も知らぬイラワジデルタの村はずれで見たのは、両手を頭上でしばって吊し上げ、ブランコのように空中で泳がせるというやり方のものであった。巨木があった。その枝に憲兵は縄をかけ、カレンの老人を吊し上げた。吊し上げられると腹がへこむから、ロンジーと呼ばれる腰布が脱け落ちる。男は下半身を晒した姿で、空中に弧を描いた。

殺された男と同じように、拷問にかけられた二人も、おそらく知らないから知らないと言ったのであろう。いくら白状しろと言われても、知らぬことは白状しようがない。にもかかわらず人は、処刑されたり、拷問にかけられたりする。

私の三作目の小説「白い田圃」では、ボーターオンをチーパーオンという名にしてある。ボーターオンの妾として捕えられた女の名は、マメチュイという名にしてある。そのマメチュイが吊りの拷問にかけられ、〝私〟が彼女を吊り上げる役をさせられた話にしてある。

襲撃した村から連行したカレン人は、男が五人、女が三人ということにしてある。

日本軍の将兵の名も、実名ではなく書いている。

だが、事実は、私は拷問を手伝ってはいない。吊りの拷問にかけられたのは、二十二歳の女ではなく、五十代、もしかしたら六十代の男であった。連行したカレン人の数は、女は三人ではなく四人であった。男は五人ではなく、もっと多かったと思う。男の数は、私は正確には知らないが、はじめは十人ぐらいもいたのではなかっただろうか。そのうち何人かは、尋問の後、釈放されたのではないだろうか。いつのまにか数が減っていた。ある戦友が、男の一人を射殺した。その現場を私は見ていないが、射殺した戦友が、逃げる奴は撃て、と言われていたので撃ったのだが、人を殺すというのは気持の悪いもんだ、と言っていた。その戦友は、男たちの監視の役につけられていたのであった。そして、今はもう他界している。

私は、四人の女の監視の役につけられた。二十二歳の女の名は、マメチュイではない。二十二歳という年齢もさだかではない。私は四人の女たちと話はしたが、名前や年は聞かなかった。カレン族の言葉は、ビルマ語なのだろうか、カレン語というのもあるのではないだろうか。けれども、私がビルマ語で話しかけると通じたし、憲兵も、ビルマ語で尋問していた。私は語学の才はないのだが、ビルマでは、日常の会話ができるくらいには、ビルマ語を習得していた。

女たちは、水責めや吊りの拷問にはかけられなかったが、ボーターオンの妾だと言われている女は、殴られたのだと言って、自分の耳を指さした。耳たぶから血が出ていた。

彼女が、ジャパン・キンピー・ムカウンブー（日本の憲兵はよくない）と言ったのは事実である。彼女がそう言うと、他の女たちも相槌を打った。私も相槌を打った。そして、彼女たちが小便をしたいと言い、私が彼女たちを茂みの陰に連れて行って、用が終わるのを待ったこと、見ぬふりをしながら見たことは、事実である。ジャパン・セッティ（日本兵）の私に、ジャパン・キンピー・ムカウンブーと言ったのは、よっぽどそう言わずにはいられなかったからであろう。あの女たちは、次の日、釈放されたようであった。

あの討伐戦のことだけでも、私が見て、事実だと言いきれることは少ない。いったい、ボーターオンとは何者なのか。下士官は、あのカレン族を、親英民族で諜報活動をしている民族だと言ったが、カレン族の中には諜報活動をした者もいただろう。しかし、それは、ビルマ族にも、ビルマの他の民族にもいただろう。下士官は、カレン族はカレン族ぐるみスパイであり、武装集団であり、ボーターオンというのは、その頭領の名であり、だから彼らを討伐するのは当然であると私たちに話した。私たちがぶったるんでいるので気合ッコをかけるためのものだとも言った。それを私は、カレン族の中にはイギリスに通じている者もいるが、武器を持っている者もいるが、下士官の言うようなものではないのではないか、と思いながら出動した。

突然、今までに全く聞いたこともないボーターオンなどという名を聞かされても、兵士たちは驚かない。あの乾季の、カラカラに干上がった田圃の中の村を、いくつか、火をつけて焼いた。

この村は、これから焼き払うので、その前に略奪に行くからついて来い、と下士官が言う。優等生ぶっていると言われるかもしれないが、私は、そんなことをする気にはなれず、言われたように下士官について、住民が逃げてしまって無人になっている村に入ったが、物を盗る気持などみじんもなく、アンペラの壁に飾ってあった家族の写真を何葉か、額から抜いて持ち帰った。いつかまたこの家の者に出会ったら、渡してやろうと、あり得ないことを考えた。結局、その写真は、雲南の戦場で連日豪雨に打たれて、ボロになってしまった。

略奪しようにも、村には、目ぼしいものは何一つなかったのである。といって、見も知らぬ村人の写真などを盗った者は私だけであった。あの下士官は、村人たちが衣類でも遺して行ったと思っていたのではないか。私は、あの兵士たちが陰でチンポノサキという綽名《あだな》をつけていた下士官が、こんなものしかなかったと言って、大きな柱時計を抱えて帰って来たのを見て、ああ、あれを住民に売って、なにがしかの金にするつもりなのだろう、と思ったが、実際にはどうであったか、知らない。いずれにしても、なぜ村に火を放たねばならないのか。ボーターオンに対するいやがらせなのか、カレン族に対するいやがらせなのか。

帝国軍隊というのは、なぜこんな愚かなことを、愚かとも思わずにやるのだろう、と思ったが、愚かであろうと何であろうと、私たちは出動の命令がかかれば、出動しなければならず、移動の命令がかかれば移動しなければならないのであった。村に火をつけろと命令されたら、火をつけなければならないし、本当に知らないかもしれない者を、知らないと言うから水責めにする、その水を汲んで来いと命令されたら、拷問用の水を運ばなければならない。逃げる者は撃てと命令されたら無辜《むこ》の人間をも撃たなければならない。

軍隊で命令に背くことは、至難である。事と場合によっては、こちらが命を失うことになる。私たちにできることは、たとえば射殺を命じられた場合、ひそかに的を外し、失敗したといった顔をしてみせるぐらいのことである。

あのチンポノサキ班長も、今はもうこの世にはいないそうである。

もしかしたら、あのカレン族の討伐作戦と、南京の虐殺事件とには、共通するものがあるのではないか、と私は思い出すのである。

南京を攻め、占領した部隊の将兵にも、カレン人の村を焼くことを何とも思わないような人がいただろう。見せしめのために、知らないことを知らないと言った人を殺して何とも思わないような人がいただろう。そうでない人もいただろう。

私は、イラワジデルタでは無惨な殺人を見たが、南京については、物で読み、話に聞くばかりである。だが、南京でも、無惨な殺人があったことは確かだろう。しかし、新聞が報じる通りのものではないだろう。シンガポールやマニラの虐殺事件を、マスコミは伝えない。なぜか、南京事件ばかりが語られるが、なぜだろうか。私の参加したカレン族討伐事件のごときは、まして、語られることはない。平和のために戦争の悲惨を語り継ぐ会などというのがあるようだが、南京事件は、いつの世までも語り継がれるわけであろう。シンガポールの事件もマニラの事件も、その語られ方がどうであれ、記録されている。だが、あの惨殺や拷問のあった事件は、私たちや、当時被害を受けたカレン人たちが死んでしまえば、消えてしまう。

あの討伐事件ほどの規模の戦争の悲惨は、世界中、到る処にあって、大半は、当事者の死と共に消滅する。南京大虐殺事件の被害者の数と同じように、正確な数はわからないが、中国大陸で、日本陸軍将兵が行なった虐殺の犠牲者の総数は、おそらく南京を上回るものであるだろう。その到る処のそれぞれの悲惨は、どの程度に記録されているのだろう。おそらく、その大半は、当事者の死と共に消えてしまうのであろう。

私は、私と同年配の、秘密を墓場にまで、誰にも語らずにかかえて行く男の姿を思う。悪いのはみんな戦争なんだ、とお定まりの文句を言ってみても、本人としては、人によっては何かがのこる。人柄に人気のある会社のお偉いさんが、もしかすると、百人斬りは計算上無理だとしても、安易に殺すべき相手ではない人を一人、あるいは数人殺していて、戦争のせいだけにはしきれないでいる。あるいは、何とも思っていない。お偉いさんの中にも、そうではないお父さんの中にも、五十年前に、中国人の少女を、あるいは老婆を、強姦した人がいる。それを、妻子に秘匿して、しかし、戦争のせいだけにしきれないで、たまに、ひそかに思い出す人がいる。思い出して、ある人はいささかつらい気持になる。だが、それはほんのちょっぴりだろう。他人事《ひとごと》のようにしか思えない人もいる。何も感じない人もいる。まだ私が三十歳前後の、戦後いくらもたっていない頃、つらい気持になるどころか、自分が行なった殺人や強姦を、得意気に話していた奴がいた。そういう奴もいるが、死ぬまで隠し通そうとする人もいるだろう。推理小説などには、よく、過去を知られたくないために人を殺す、という筋があるが、過去には、人それぞれに知られたくないものがいろいろある。もちろん、戦争に関連のあることばかりではない。いわゆる戦争を知らない世代の人たちにも、いろいろとそれがあるはずだ。

もちろん、私にもある。軍隊での私は、今語れば自慢になりかねないようなことを、ひそかにやり、いくらかでもいい気持になろうとした。あのカレン族の討伐では、連行した女たちに、監視の役につけられたとき、仲間の目をかすめて、女たちの手をしばった縄を緩めてやった。しかし、それは、もしかしたら、彼女たちの命にかかわる親切であったかもしれないのである。私としては、痛みを和らげる程度に緩めたつもりだけれども、緩め過ぎていて、もし彼女たちが縄から脱し、逃げ出したりでもしていたら、撃ち殺されたかもしれないわけだから。

イラワジデルタのカレン族の村は、海に点在する島のように、一面の干上がった田圃の中に点在していた。その一つの村を包囲して、歩兵砲弾を撃ち込むと、村人がたまらず村から飛び出して近くの集落を目がけて走った。逃げ出して走る村人を、わが皇軍は重機で撃った。危険で怖いから命がけで逃げ出したに決まっているのに、逃げる奴は疚《やま》しい奴だから撃て、と言う。幼い子の手をひいて逃げ出した女がいた。それも、〝疚しい奴〟であった。戦友が、それを撃とうとしたとき、私は、今度は自分に撃たせてくださいと叫び、撃たせてもらった。当たらないように、通り過ぎたあとを狙って撃った。女と子供は、転びながら逃げおおせた。すると、チンポノサキが、腹這いになっている私の尻を蹴って、なんじゃ、おまえ、当たらねえでねえか、この、でこすけ、と言い、他の者に交替させたのであった。

私が撃っている時間は安全なのだが、カレン人の母子は、私たちを憎んだだろうし、私は彼女を怖い目に遭わせたのである。

このことも、「白い田圃」に書いた。「白い田圃」を読み返してみると、〝私〟の名は、徳吉である。すでに書いたように、「白い田圃」には多少事実を変えて書いている部分もあるが、ま、私小説である。あれには、私が生まれ育った朝鮮新義州のことも少しばかり書いている。鴨緑江を隔てた対岸の満洲の安東（丹東）での、馬賊の処刑のことについても、少しばかり書いている。

カレン族退治を隊長の大尉と下士官のチンポノサキは、匪賊討伐だと言った。それで徳吉一等兵は、子供のころよく耳にした馬賊を思い出し、子供のころ住んでいた新義州を思い出すのである。

はじめ、馬賊という言葉があり、後に匪賊という言葉が登場した。匪賊という言葉が登場したのはいつごろだっただろうか。馬に乗らない武力集団があって、彼らを匪賊と呼称したのである。匪とは、悪人賊徒のことである。馬賊も匪賊のうちである。しかし、あちらに言わせれば、日本軍が匪賊である。カレン族にしてみれば、明らかに、天皇の軍隊は、匪賊である。村人を殺し、家を焼き、柱時計を略奪したり、そういう奴らこそ、匪ではないか。

だが、もちろん私たちは、盗賊としてイラワジデルタに出動したわけではない。私たちは、別に悪人というほどの者ではない。「白い田圃」では尾形という名にしてある隊長の大尉は、穏やかで、いわゆる好々爺のような感じの人であった。隊長には、猛とか勇とか、闘とか剛とか、そういう文字は無縁である。なにしろ、あるカレン族の集落に向かって進んでいたとき、一発銃声が鳴ったら、たちまち向きを変えて、一目散に逃げ戻って来て、村への突入を中止した隊長である。あの隊長は、よほど怖がり屋だったのかもしれないし、そうではなく、冷静で、臆病を装ってつまらないことを避けたのかもしれない。それは、私が射撃が下手でカレン人の母子に命中しなかったのか、当たらないように撃って命中させなかったのかが、私にしかわからないように、大尉にしかわからない。あるいは、怖がり屋でもあり、冷静でもあったのかもわからない。あの大尉も、年齢を思うと、もう生きてはいないかもしれない。生きていれば、八十歳の半ばから九十歳ぐらいになっていると思うが、隊長がそういう感じの人物だったので、一層憲兵の猛や剛が目立った。

憲兵は三人いた。あの憲兵たちは、人を殺すことを、何とも思っていないようであった。あの憲兵たちは、今はどうなっているのだろうか。

憲兵が三人も加わり、というより、私たちを使ってのボーターオン追跡作戦である。一時は、どこからか隷下部隊が、歩兵砲弾をカレン族の村に撃ち込んだ。してみると、あれは、ぶったるんでいる私たちに気合ッコをかけるためのものではなく、ボーターオンというのは、日本軍としてはそうまでして、捕えたい理由のある人物であったのかもしれない。けれども、私たちには、カレン族というのは親英的な民族であり、ボーターオンとは、その首領的な男であると聞かされただけで、それだけしかわからないのである。

下級兵士とはそういうものだ。上級者の話だけが情報である。上級者は、あるときは事実の一部を伝え、あるときは、いいかげんなことや嘘を言う。その上級者も、よほど情報を知り得る立場にあるか、よほど上の方の者でないと、知らないことが多いだろう。

オレは実際に見たのだ、実際にそれに参加したのだ、と言う人も、その人が見たもの、経験したものは、全体のごく一部に過ぎないだろう。そして、なまじ、一部を見たり、経験したりしたために、全体がつかめなくなるということも、あるかもしれぬ。

元下関労報動員部長吉田清治が書いた「朝鮮人慰安婦と日本人」という本を読んで、私は書かれていることをそのまま信じて驚いたものであった。戦争中のいわゆる〝朝鮮人狩り〟について、それをした当の本人が書いたものだということもあるが、私がその手記を頭から信じたのは、ビルマで〝ビルマ人狩り〟で狩られた労務者の行列に出会ったことがあったからでもある。ビルマで出会った行列というのは奇妙なものであった。先頭の日本兵が義勇奉公隊という大書した幟《のぼり》を立てて歩き、手錠をかけられたビルマ人の行列がそれに続き、その横に何人かの武装した日本兵がついていた。

何ですかこれは？　と武装した兵士の一人に聞くと、泰緬鉄道で働かせる労働者だということであった。なぜ手錠をかけているのかと聞くと、逃亡防止のためだと言う。それで服役中の囚人でも連行しているのかと思ったら、そうではなく、公園や市場でつかまえて連れて来たのだと言った。その兵士が嘘をついているのでなければだが、帝国陸軍というのは、ひどいことをするものだ、と思った。彼らが服役中の囚人たちであったとしても、奇妙である。だとしても幟が奇妙である。もし兵士の言葉が本当であるなら、自分の国がいやになる。

軍隊で、すでに私は、自分の国がいやになっていたので、改めて驚いたわけではなかった。日はじめは、それでも、ここまでやるとは思っていなかったので、いささか驚いたが、すぐ、日本軍ならやりそうなことだと思われた。ビルマ人狩りがあるなら、朝鮮人狩りもあるだろう。わが祖国は、収容所を作ったり、送ったりする手間を省くために、俘虜を殺し、見せしめや脅しのために、知らないことを知らないと言った村人を公開処刑する軍隊国家である。俘虜は、軍事目的の労務に就かせてはならぬ、という国際条約があるとか。しかし、日本軍は、そんなものは無視して、俘虜も、人狩りで集めたビルマ人も、泰緬鉄道の工事に使った。ビルマであんなものを見たために、私は吉田清治氏の〝朝鮮人狩り〟についての告白を容易に信じてしまったが、だんだん全面的には信じられなくなった。そんなものである。

俘虜収容所と言えば、仏印事変の後、ヴェトナムでは、収容所が作られた。ビルマ、雲南、カンボジア、ヴェトナムと移って来て、私は、その俘虜収容所に転属になった。私はサイゴンからラオスの分遣所に派遣されたが、分遣所の俘虜たちは、日本軍の陣地構築のための労役に就かされた。もし、アメリカが印度支那半島に上陸して来た場合、ラオスの陣地を最後の砦に戦う。そのための陣地づくりだというのであった。

結局、そうはならずに、日本は降伏したが、俘虜を使って最後の陣地をつくるとは、あのころはもう日本は、国際条約など考えていられないところにまで追い詰められていたのである。

——けれども、私には、全体のことはわからない。私に判断できること、理解できることは微小である。私がわかったようなことを言うと、一知半解になるだろう。

九州の借問の書簡をくださった方へ、一応、返事は差し上げたけれども、本篇も、返事に代えたい。

そうそう、日記のこともありましたね。どうやら部隊によって、いろいろ違うようですね。私の師団でも、将校にはマメにつけていて、戦後、本にして出した人もいる。しかし、私の所属していた第二師団司令部管理部衛兵隊では下士官が口で言って禁止していたのです。他の部隊では、そうでない環境もあったようですね。だから、仙台の肉やの武藤一平さんは、いわば危ない橋を渡ったのです。一平さんのメモは、日記とはいえない、ごく簡単なメモです。何年何月何日、マライ、クアラルンプール発、何月何日ラングーン着といったようなことが、わずかに記されているだけのものでした。それでも、いつどこにいたか、どこからどこまで行くのに何日かかったか、など、ある程度、思い出させてくれました。一平さんはそのメモを、上官に見つからないように、腹巻きの中に入れて持ち帰ったのだ、と言っていました。

日記の許容と禁止は、時期の違いより、地域の違い、部隊の違いによって、いろいろとあったのではないでしょうか。

なに、簡単なメモを持ってまわることぐらい、やる気になればやれないことではなく、また、下士官に見つかったとして、叱られて、二度とやるな、と念を押されるぐらいで済んだかもしれません。もしかしたら、ビンタの一つぐらい食らったかもしれないけれども、それぐらいなら、たいしたことではない。

だが、直属の下士官の禁じたこと、将校の禁じたことには、一等兵は従わなければならないのです。私は、自分に禁じられたことは、他の部隊の一等兵も禁じられているのだと思い込み、「日本の軍隊」では、と書いてしまったのですね。そういうところが、一知半解ってことなんでしょうね。チンポノサキが禁じたことを、日本の軍隊の禁と受け取ったことには、早とちりがあったかもしれません。

あなたから、借問の書簡をいただいて、またまた私は過去を思い出しました。ろくに何も知らずに、ただウロウロと生きのびた戦争中のことを。

（一九九五年「すばる」六月号）

P+D BOOKS ラインアップ

三匹の蟹 大庭みな子 ● 愛の倦怠と壊れた"生"を描いた衝撃作

冥府山水図・箱庭 三浦朱門 ● "第三の新人"三浦朱門の代表的2篇を収録

虚構の家 曽野綾子 ● "家族の断絶"を鮮やかに描いた筆者の問題作

地を潤すもの 曽野綾子 ● 刑死した弟の足跡に生と死の意味を問う一作

プレオー8の夜明け 古山高麗雄 ● 名もなき兵士たちの営みを描いた傑作短篇集

白球残映 赤瀬川 隼 ● 野球ファン必読!胸に染みる傑作短篇集

P+D BOOKS ラインアップ

ソクラテスの妻　佐藤愛子　●若き妻と夫の哀歓を描く筆者初期作3篇収録

女優万里子　佐藤愛子　●母の波乱に富んだ人生を鮮やかに描く一作

黄昏の橋　高橋和巳　●全共闘世代を牽引した作家〝最期〟の作品

堕落　高橋和巳　●突然の凶行に走った男の〝心の曠野〟とは

生々流転　岡本かの子　●波乱万丈な女性の生涯を描く耽美妖艶な長篇

長い道・同級会　柏原兵三　●映画「少年時代」の原作〝疎開文学〟の傑作

P+D BOOKS ラインアップ

居酒屋兆治　山口　瞳　●高倉健主演映画原作。居酒屋に集う人間愛憎劇

血族　山口　瞳　●亡き母が隠し続けた私の「出生秘密」

家族　山口　瞳　●父の実像を凝視する『血族』の続編的長編

血涙十番勝負　山口　瞳　●将棋真剣勝負十番。将棋ファン必読の名著

続 血涙十番勝負　山口　瞳　●将棋真剣勝負十番の続編は何と〝角落ち〟

夢の浮橋　倉橋由美子　●両親たちの夫婦交換遊戯を知った二人は…

P+D BOOKS ラインアップ

P+D BOOKS ラインアップ

人間滅亡の唄　深沢七郎　●〝異彩〟の作家が「独自の生」を語るエッセイ集

アニの夢 私のイノチ　津島佑子　●中上健次の盟友が模索し続けた〝文学の可能性〟

楊梅の熟れる頃　宮尾登美子　●土佐の13人の女たちから紡いだ13の物語

記憶の断片　宮尾登美子　●作家生活の機微や日常を綴った珠玉の随筆集

幼児狩り・蟹　河野多恵子　●芥川賞受賞作「蟹」など初期短篇6作収録

ウホッホ探険隊　干刈あがた　●離婚を機に始まる家族の優しく切ない物語

P+D BOOKS ラインアップ

海市 福永武彦 ●親友の妻に溺れる画家の退廃と絶望を描く

風土 福永武彦 ●芸術家の苦悩を描いた著者の処女長編作

夜の三部作 福永武彦 ●人間の〝暗黒意識〟を主題に描く三部作

夢見る少年の昼と夜 福永武彦 ●〝ロマネスクな短篇〟14作を収録

加田伶太郎 作品集 福永武彦 ●福永武彦〝加田伶太郎名〟珠玉の探偵小説集

廃市 福永武彦 ●退廃的な田舎町で過ごす青年のひと夏を描く

P+D BOOKS ラインアップ

罪喰い
赤江瀑
●〝夢幻が彷徨い時空を超える〟初期代表短編集

春喪祭
赤江瀑
●長谷寺に咲く牡丹の香りと〝妖かしの世界〟

おバカさん
遠藤周作
●純なナポレオンの末裔が珍事を巻き起こす

宿敵 上巻
遠藤周作
●加藤清正と小西行長 相容れぬ同士の死闘

宿敵 下巻
遠藤周作
●無益な戦。秀吉に面従腹背で臨む行長

銃と十字架
遠藤周作
●初めて司祭となった日本人の生涯を描く

P+D BOOKS ラインアップ

ヘチマくん　遠藤周作　●太閤秀吉の末裔が巻き込まれた事件とは？

フランスの大学生　遠藤周作　●仏留学生活を若々しい感受性で描いた処女作品

春の道標　黒井千次　●筆者が自身になぞって描く傑作〝青春小説〟

裏ヴァージョン　松浦理英子　●奇抜な形で入り交じる現実世界と小説世界

快楽（上）　武田泰淳　●若き仏教僧の懊悩を描いた筆者の自伝的巨編

快楽（下）　武田泰淳　●教団活動と左翼運動の境界に身をおく主人公

P+D BOOKS ラインアップ

残りの雪（上）　立原正秋　●古都鎌倉に美しく燃え上がる宿命的な愛

残りの雪（下）　立原正秋　●里子と坂西の愛欲の日々が終焉に近づく

剣ケ崎・白い罌粟　立原正秋　●直木賞受賞作含む、立原正秋の代表的短編集

サド復活　澁澤龍彥　●サド的明晰性につらぬかれたエッセイ集

マルジナリア　澁澤龍彥　●欄外の余白（マルジナリア）鏤刻の小宇宙

玩物草紙　澁澤龍彥　●物と観念が交錯するアラベスクの世界

古山 高麗雄（ふるやま こまお）
1920年（大正９年）８月６日―2002年（平成14年）３月11日、享年81。朝鮮新義州出身。
1970年『プレオー８の夜明け』で第63回芥川賞を受賞。代表作に『小さな市街図』『セミの追憶』など。

P+D BOOKS

ピー プラス ディー ブックス

P+Dとはペーパーバックとデジタルの略称です。
後世に受け継がれるべき名作でありながら、現在入手困難となっている作品を、
B6判ペーパーバック書籍と電子書籍で、同時かつ同価格にて発売・配信する、
小学館のまったく新しいスタイルのブックレーベルです。

プレオー8《ユイット》の夜明け

2018年8月14日　初版第1刷発行
2024年7月10日　第4刷発行

著者　古山高麗雄
発行人　五十嵐佳世
発行所　株式会社　小学館
〒101-8001
東京都千代田区一ツ橋2-3-1
電話　編集　03-3230-9355
販売　03-5281-3555
印刷所　大日本印刷株式会社
製本所　大日本印刷株式会社
装丁　おおうちおさむ（ナノナノグラフィックス）

ISBN978-4-09-352345-5

P+D BOOKS

P+D BOOKS ラインアップ

都心ノ病院ニテ幻覚ヲ見タルコト　澁澤龍彦　●澁澤龍彦が最後に描いた〝偏愛の世界〟随筆集

秋夜　水上 勉　●闇に押し込めた過去が露わに…凛烈な私小説

五番町夕霧楼　水上 勉　●映画化もされた不朽の名作がここに甦る！

ややややのはなし　吉行淳之介　●軽妙洒脱に綴った、晩年の短文随筆集

焰の中　吉行淳之介　●青春＝戦時下だった吉行の半自伝的小説

男と女の子　吉行淳之介　●吉行文学の真骨頂、繊細な男の心模様を描く

P+D BOOKS ラインアップ

虫喰仙次　色川武大　●戦後最後の「無頼派」、色川武大の傑作短篇集

小説 阿佐田哲也　色川武大　●虚実入り交じる「阿佐田哲也」の素顔に迫る

ぼうふら漂遊記　色川武大　●色川ワールド満載「世界の賭場巡り」旅行記

親友　川端康成　●川端文学「幻の少女小説」60年ぶりに復刊！

廻廊にて　辻邦生　●女流画家の生涯を通じ〝魂の内奥〟の旅を描く

夏の砦　辻邦生　●北欧で消息を絶った日本人女性の過去とは…

P+D BOOKS ラインアップ

（お断り）

本書は2001年に文藝春秋より発刊された『二十三の戦争短編小説』と
1994年に新潮社より発刊された『セミの追憶』を底本としております。
あきらかに間違いと思われるものについては訂正いたしましたが、
基本的には底本にしたがっております。
また、底本にある人種・身分・職業・身体等に関する表現で、現在からみれば、
不当、不適切と思われる箇所がありますが、著者に差別的意図のないこと、
時代背景と作品価値とを鑑み、著者が故人でもあるため、底本のままにしております。